Jurica Pavičić

BLUT UND WASSER

Roman aus dem Kroatischen
von Blanka Stipetić

schruf & stipetic

Deutsche Erstausgabe

Originaltitel:
Crvena voda
(Profil Zagreb 2017)

ISBN: 978-3-944359-49-6

Umschlaggestaltung: JBC
Umschlagfoto: Stevan Aksentijevic, pixabay
Satz und Layout: Hilga Pauli
Druck und Bindung: CPI, Clausen & Bosse, Leck

Das Buch erscheint mit finanzieller Unterstützung des Ministeriums
für Kultur der Republik Kroatien.

www.schruf-stipetic.de

BLUT
UND
WASSER

Erster Teil

Silva ist verschwunden

1
Vesna (1989)

Zuerst erinnert sich Vesna immer an das Wetter. Altweibersommer, als würde der Himmel sich ins Fäustchen lachen. Den ganzen Nachmittag über wehte vom Meer her ein leichter Mistral und erfrischte den warmen Septembertag. Als es dunkel wurde, kroch angenehme Kühle durch die Gassen, Küchen und Zimmer, ein erster Bote des Herbstes.

Doch Vesna erinnert sich nicht nur an das Wetter. Sie erinnert sich auch an die Umgebung.

Sie erinnert sich an das Haus auf der Anhöhe, in der Gasse hinter der Kirche, das Haus, in dem sie den größten Teil ihres Lebens verbracht hat. Wenn sie die Augen schließt, sieht Vesna ganz deutlich die Zimmer, Möbel und Einrichtungsgegenstände. Die Eingangstür oben an der Treppe, die verglaste Veranda, das Wohnzimmer, die Terrakottafliesen in der Küche. Im Wohnzimmer stand ein Tisch mit einem abgewetzten Sofa. Im Flur ein Garderobenständer aus Metall, daneben die Tür. Die Tür zu Silvas Zimmer, an der Silva ein Schild angebracht hatte: KEEP OUT.

Vesna erinnert sich, wie das Wohnzimmer an diesem Tag aussah. In einer Ecke stand der Fernseher, auf dem Sessel lag ein Haufen ungebügelter Wäsche. An der Wand hing ein Kalender mit kanadischen Landschaften und über der Küchentür eine Oleografie. Das Bild zeigte Jesus mit feuchten und verträumten Augen, mit gewelltem Barthaar, gesenktem Kopf und erhobenem Zeigefinger, als wollte er sie vor den kommenden Ereignissen warnen.

So sah ihr altes Haus an jenem 23. September 1989 aus.

Es war ein Samstag, und wie jeden Samstag aßen sie gemeinsam zu Abend. Alle vier saßen sie am Tisch. An der Stirnseite Jakob, ihm gegenüber Vesna und an der Längsseite zur Terrasse hin ihre beiden Kinder, die Zwillinge Silva und Mate.

Daran erinnert sich Vesna. Sie sind alle vier zu Hause und sitzen am Tisch. Vor ihnen steht das Essen, das sie gekocht hat. Es gibt gedünstete grüne Bohnen, frittierte Sardinen und dazu Brot. Zu viert sitzen sie am Tisch und essen, ein ganz gewöhnliches Abendessen wie viele zuvor.

Im Fernsehen laufen die Nachrichten. Es sind bewegte Zeiten: Chinesische Studenten demonstrieren auf dem Tiananmen-Platz, die Rumänen rebellieren, die slowenische Kommunistische Partei hat eine Verfassungsänderung durchgeführt und fordert eine Reform der jugoslawischen Föderation. Die Ereignisse erhitzen die Gemüter. Aber Jakob und Vesna interessieren sich nicht für Politik. Sie leben in dem festen Glauben, wenn sie sich nur von Schwierigkeiten fernhalten, werden sich die Schwierigkeiten auch von ihnen fernhalten.

Vesna erinnert sich an alles: Gerüche, Geschmäcker, Bilder. Sie erinnert sich an die weichen Innereien der Sardinen, die im Mund zergingen. An die Bohnen, die sie mit etwas Knoblauch zubereitet hatte. Sie erinnert sich an Jakob, der wie immer langsam und wenig aß. Daran, wie Silva gierig die kleinen Fische verschlang und Gräten aus dem Mund pulte. Natürlich erinnert sie sich auch an Mate. Wie er langsam und vorsichtig die Sardinen zerkaute, die großen Gräten ordentlich am Tellerrand nebeneinander ablegte, wie Leichen. Mate hat schon immer so gegessen. Langsam, methodisch zerlegt er sein Essen in kleine Stücke, als müsste er einen Liliputaner füttern.

Vier Gestalten, über den Tisch gebeugt, saugen an kleinen Fischen und pulen Gräten aus dem Mund. So erinnert sich Vesna an den Abend. Sie erinnert sich bis zum heutigen Tag.

Denn heute weiß sie, was sie damals nicht wusste.

Dies war der letzte Abend ihres normalen Lebens.

* * *

Im September 1989 waren Jakob und Vesna fast achtzehn Jahre verheiratet. An einem Samstag im Herbst 1971, drei Wochen vor

Weihnachten, schlossen sie im Standesamt von Misto die Ehe. Die Feier fand im Saal des einzigen Hotels am Ort statt, und die Hochzeitsnacht verbrachten sie in einem feuchten und kalten Hotelzimmer.

Einen Tag nach der Hochzeit zogen sie zu Vesnas Tante Zlata in das Haus hinter der Kirche. Einen Monat später musste sich Vesna eines Morgens übergeben. Die Woche darauf sagte ihr Hausarzt, dass sie schwanger sei. Drei Tage später hatte ihr Gynäkologe in Split eine weitere frohe Botschaft: Sie erwartete Zwillinge.

Mate und Silva waren zweieiige Zwillinge. Wenn man sie genauer betrachtete, konnte man die Ähnlichkeit aber erkennen, die gleichen Augenbrauen, die gleiche Nase.

Tante Zlata lebte still und unsichtbar bei ihnen, bis sie 1978 eines Nachmittags reglos auf dem Küchenboden lag. Schlaganfall. Sie beerdigten Zlata, wie es sich gehörte, warteten eine Woche, räumten dann ihr Zimmer aus und Silva zog ein.

An jenem Nachmittag 1989 wohnte Silva noch immer in diesem Zimmer. Hier verwahrte sie ihre Kleidung, ihren Modeschmuck und ihre jugendlichen Geheimnisse.

Auch wenn Mate und Silva sich äußerlich ähnlich sahen, waren sie in ihrem Wesen ganz unterschiedlich. Mate war ein ruhiger, verantwortungsbewusster Junge, auf den man sich verlassen konnte und von dem Vesna sicher war, dass sie im Alter auf ihn würde zählen können. Silva jedoch war anders. Silva, hatte Tante Zlata immer gesagt, war eine Rebellin. Silva wird es weit bringen, sagte Jakob einmal. Weil sie es versteht, ihren Willen durchzusetzen.

Im September 1989 waren Silva und Mate fast volljährig. Mate sollte im Sommer darauf sein Fachabitur machen und sich dann an der Uni für Schiffsbau einschreiben. Silva besuchte eine Wirtschaftsschule. Doch auf die Frage nach ihren weiteren Plänen, wand sie sich und wechselte schnell das Thema. Beide gingen seit der neunten Klasse in Split zur Schule. Da Mate seit der neunten Klasse einen Job hatte, den er nicht verlieren wollte, blieb er in Misto wohnen. Er stand jeden Morgen um sechs Uhr auf und fuhr mit dem Überlandbus eine halbe Stunde lang die Küstenstraße entlang zur Schule. Silva hingegen wohnte im Schülerinnenwohnheim in der Kyrill-und-Method-Straße in Split. Nach Misto kam sie jeden Samstag. So war es auch an diesem Samstag, am letzten Sommerwochenende.

In diesem September 1989 war Jakob zweiundvierzig Jahre alt. Er bekam Geheimratsecken, war aber noch immer schlank, sein Bauch flach, und darauf war er besonders stolz.

In diesem September 1989 hatte er noch eine Stelle als Buchhalter in einer Kunststofffabrik. Die Fabrik befand sich in einer Halle aus Glas und Metall oberhalb der Küstenstraße, heute steht dort nur noch eine Ruine. Die Fabrik stellte alles Mögliche aus Kunststoff her – Bälle, Bootswände, aufblasbare Gummiboote. Jakob arbeitete in der Lohnbuchhaltung. Er erledigte seine Arbeit gewissenhaft, gründlich, aber ohne Ehrgeiz. Wenn er nach Hause kam und gegessen hatte, legte er sich auf das Sofa und las Zeitung. Dann ging er in den Schuppen und widmete sich der Tätigkeit, der seine ganze Leidenschaft galt: Amateurfunk. In jeder freien Minute lötete und schraubte Jakob, er baute Geräte, die Vesna geheimnisvoll und magisch erschienen. Und dann, wenn es dunkel wurde, arbeitete sich Jakob durch die Frequenzen und unterhielt sich stundenlang auf Englisch mit Menschen, die er nie treffen würde. Vesna hörte manchmal zu, wenn ihr Mann mit fremden Menschen auf der anderen Seite des Globus sprach. Den Sinn dahinter hat sie nie verstanden. Aber das hatte sie Jakob nie gesagt, denn Männer brauchen schließlich eine Spinnerei.

1989 war Vesna achtunddreißig Jahre alt. Seit vierzehn Jahren unterrichtete sie Erdkunde in der Grundschule. Von Montag bis Freitag brachte Vesna den Kindern im Ort bei, was der Golfstrom ist, welche Länder Erdöl exportieren und welche Flüsse durch Jugoslawien fließen. Da der Ort klein war, traf sie ihre Schüler auf der Straße und im Supermarkt und die Eltern nickten ihr sonntags in der Kirche zu. Als sie angefangen hatte zu unterrichten, war sie überzeugt gewesen, die Schule und Kinder zu lieben. Mit der Zeit war sie sich da nicht mehr so sicher. Immer öfter ging sie mit unterdrückter Ungeduld in den Unterricht und die Ungezogenheiten der

Kinder machten sie schrecklich wütend. Nach vierzehn Jahren hatte Vesna immer öfter den Eindruck, dass Kinder in ihrem Wesen nicht gut sind.

Im Jahr darauf würde Vesna vierzig werden. Manchmal dachte sie an diese hässliche Ziffer vier, mit der in Zukunft ihr Alter beginnen würde. Sie dachte daran, dass sie in den letzten Jahren zugenommen hatte, wie sie sich in ihrer Arbeit und in ihrer ruhigen, aber auch langweiligen Ehe eingerichtet hatte. Damals dachte Vesna, wenn auch nur selten, dass sie noch Vieles aus ihrem Leben machen könnte. Sie konnte den Job wechseln oder den Wohnort. Sie konnte abnehmen, Chinesisch lernen oder die Frisur ändern. Doch diese Gedanken beschäftigten sie nicht lange. Vesna wollte eigentlich keine Veränderungen, und das galt auch für Jakob. Sie führten ein gutes Leben. Von Montag bis Freitag arbeiteten sie in ihren langweiligen, aber sicheren Jobs. Nachmittags saßen sie auf dem Sofa, wenn es nicht zu kalt war, auf der Veranda, sie mit einem Buch, er mit der Zeitung, und im Sommer gingen sie an den Strand. Samstags kauften sie unten am Hafen frischen Fisch. Sonntags machten sie Feuer und grillten Fisch, Bratwürste oder Koteletts. Jakob hantierte gerne am Feuer. Wenn er es entzündete, wurde seine Stirn bald ganz rot und über den Augenbrauen sammelten sich dicke Schweißtropfen. Er grillte das Fleisch zu lange und verdarb den Fisch, aber Vesna ließ ihn machen, solange es ihm Freude machte.

Wenn der Tag zu Ende ging, setzten sie sich zusammen auf das Sofa und öffneten eine Flasche Wein. Gegen zehn fielen Vesna die Augen zu. Jakob machte den Fernseher aus und brachte sie ins Bett. Damals, im September 1989, schliefen sie noch miteinander. Nicht oft, aber bedächtig, routiniert, als wäre der Körper des anderen ein vertrautes, oft verwendetes Instrument.

In diesem Moment, an diesem Tag im September 1989, war Vesna noch immer eine glückliche Frau.

An all das erinnert sich Vesna. Sie erinnert sich an die vier Menschen am Küchentisch unter dem verträumten Jesus und dem Kalender mit kanadischen Landschaften. Die Dämmerung legt sich auf Misto und vom Hafen hört man den Soundcheck für das

Fischerfest. Sie erinnert sich an vier Schatten, die essen, schlürfen, Wein einschenken, sich unterhalten. Gleich wird Jakob aufstehen, die Teller in die Küche tragen und den Wein in den Schrank stellen. Silva wird aufstehen, sich wohlig strecken und in ihr Zimmer verdrücken.

Was dann folgt, spult sich immer und immer wieder wie ein Film in Vesnas Kopf ab. Sie erinnert sich, wie sie selbst in der Küche Teller spült. An Mate, der die Tischdecke ausschüttelt und Krümel vom Boden aufhebt. An Jakob, der sich über ein Kreuzworträtsel in der *Slobodna Dalmacija* beugt. Währenddessen kommt Silva in Ausgehgarderobe aus ihrem Zimmer zurück. Vesna sieht noch genau, was sie trägt: ein viel zu kurzes geblümtes Kleid, halbhohe Converse, eine sackartige Tasche und unter dem Arm einen roten Anorak. Es ist zwar Altweibersommer, doch abends kann es am Meer frisch werden.

Das ist der Moment. Silva steht an der Wohnzimmertür, in einem geblümten Kleid und Turnschuhen, als erwartete sie Beifall. Und dann sagt sie: Ich gehe jetzt.

„Mit wem triffst du dich?", fragt Jakob. „Mit Brane?"

„Heute nicht", antwortet Silva. „Er ist in Rijeka, um sich an der Uni einzuschreiben. Er kommt erst morgen zurück."

„Und wohin gehst du dann?", fragt ihr Vater.

„Ich gehe runter zum Fest", antwortet sie. „Wartet nicht auf mich. Es wird bestimmt spät."

„Pass auf dich auf", sagt Jakob.

Vesna fragt sich bis heute, warum er das gesagt hat.

Silva richtet ihren Träger, nimmt ihre Tasche und sagt: „Tschüss dann!" Schnell und lautlos wie ein Windhauch schlüpft sie zur Tür hinaus.

Jakob achtet nicht mehr auf seine Tochter. Als sie das Haus verlässt, sitzt er am Tisch und ist wieder mit seinem Kreuzworträtsel beschäftigt. Er hebt nicht einmal den Kopf. Als ihre Tochter das Haus verlässt, trocknet Vesna Teller ab. Bis heute weiß sie nicht, ob sie Silva überhaupt angeschaut hat. Sie ist sich aber sicher, dass sie nichts auf das Tschüss ihrer Tochter geantwortet hat.

Denn damals konnte sie es nicht wissen. Aber heute weiß sie es. Dieser Moment, als Silva sagte: Tschüss dann! und mit wehendem Kleid zur Haustür ging, das war das letzte Mal, dass sie Silva sahen.

2
Mate (1989)

Mate erwachte mit einem Kater. Die Zimmerdecke über ihm schwankte und von seinen Schläfen zog sich ein dumpfer Alkoholschmerz zur Stirn.

Er öffnete die Augen und schloss sie gleich wieder, weil seine Kopfschmerzen von dem grellen Morgenlicht noch schlimmer wurden. Mit geschlossenen Augen blieb er liegen und versuchte, noch einmal einzuschlafen, in der Hoffnung, dass seine Kopfschmerzen dann nachlassen würden. Aber dafür war es zu spät. Das Licht und die Geräusche vertrieben den Schlaf, und so lag er mit geschlossenen Augen im Bett und lauschte auf die Geräusche der Außenwelt.

Gegen sieben hörte er im Flur die Schritte seines Vaters. Dann lief das Wasser in der Dusche, dann wieder Schritte. Sein Vater unterhielt sich leise mit seiner Mutter. Aus der Küche wehte der verführerische Duft von Kaffee herüber.

Er hörte Schritte auf der Treppe, dann, wie sein Vater den Schuppen öffnete. Von dort kamen schon bald Arbeitsgeräusche. Wie jeden Sonntagmorgen klebte und lötete sein Vater.

Um Viertel nach acht rief die Glocke von St. Spyridon zur Morgenmesse. Wieder hörte Mate Schritte auf der Treppe. Vesna ging zur Messe. Vesna kam von der Messe zurück. Sie hustete im Flur und klapperte mit Geschirr. Dann öffnete sie die Tür zu Silvas Zimmer, wieder Schritte auf der Treppe und das Knarren der Tür des Schuppens.

Dann, es war kurz vor zehn, hörte Mate aus dem Garten den Satz, mit dem das Unglück seinen Lauf nahm. Klar und deutlich hörte Mate, wie Vesna sagte: Silva ist weg. Sie ist nicht in ihrem Zimmer.

Es war Sonntag, der 24. September, morgens um zehn vor zehn.

Sie waren nicht wirklich besorgt. Wenn Mate später daran zurückdenkt, findet er das schrecklich, aber so war es. Weder sein Vater noch seine Mutter, noch er selbst machten sich Sorgen.

Silva ist am Abend zuvor irgendwo hängengeblieben, hat bei jemandem übernachtet oder ist früh aus dem Haus. Sie wird schon wiederkommen. Es kann nichts Schlimmes passieren. Sie leben ja nicht in einer amerikanischen Großstadt, hier gibt es keine Entführungen, Überfälle oder Serienmörder. Das hier ist Misto – und in Misto ist noch nie jemandem etwas passiert.

Als Mate aufgestanden ist und geduscht hat, fragt seine Mutter ihn besorgt, ob er wisse, wo seine Schwester sei. Mate erzählt, was er weiß. Silva war auf dem Fischerfest, so wie er. Auf dem Fest hat eine Band gespielt, und nach dem Konzert hat DJ Robi Musik aufgelegt. Silva hat getanzt. Da hat er sie das letzte Mal gesehen: als sie gegen elf Uhr tanzte.

Aber Mate erzählt seiner Mutter nicht alles. Er sagt nicht, dass er und seine Clique das Fest gegen elf verlassen haben, weil sie ein paar Flaschen Brandy und gutes Gras hatten. Er sagt nicht, dass er den Rest der Nacht am Strand in der Travna-Bucht verbracht und versucht hat, ein Mädchen aus Novi Sad mit sexy vojvodinischem Akzent rumzukriegen. Er sagt seiner Mutter nicht, dass er zum Joint fast einen Liter italienischen Brandy getrunken hat und jetzt tierische Kopfschmerzen hat.

Er sagt seiner Mutter auch nicht, dass um elf, als er das Fest verlassen hat, Silva gerade mit Adrian tanzte, dem Sohn des Bäckers. Auch nicht, dass der DJ für Silva erst einmal und dann noch einmal *Red Red Wine* von UB40 auflegte und dass Silva sich in Adrians Armen im langsamen Reggae-Rhythmus wand. Auch Silva würde gegenüber den Eltern nichts von seinen Dummheiten verraten. Deshalb hält er dicht.

Seine Mutter nickt tadelnd und geht zurück in die Küche, um die Kartoffeln zu schälen. „Wahrscheinlich ist sie bei Brane. Sie wird schon auftauchen“, sagt Jakob und geht zurück in seine Werkstatt, gelassen und unbesorgt.

Eine Stunde und fünfzig Minuten verbringt Jakob im Schuppen, konzentriert auf seine Amateurfunkerei. Vesna schiebt Kartoffeln und Hähnchen in den Ofen, setzt sich dann an den Küchentisch und liest die Samstagsausgabe der Zeitung. Mate nimmt heimlich eine Kopfschmerztablette und zieht sich in sein abgedunkeltes Zimmer zurück, wo er einschläft. Beim Aufwachen sind seine Kopfschmerzen weg. Er schaut auf die Uhr: Viertel nach eins.

Um halb zwei betritt er die Küche. Teller, Salat und eine Flasche Weißwein stehen auf dem Tisch. Aus dem Ofen kommt der verlockende Duft von gebratenem Hähnchen. Aber Silva ist noch immer nicht zu Hause. Mate erinnert sich an den Moment. Denn jetzt ist er das erste Mal ein bisschen, nur ein kleines bisschen, beunruhigt.

Um Viertel nach zwei ist sie immer noch nicht da. Vesna lehnt am Kühlschrank und man sieht ihr an, wie wütend sie ist. Mates Vater steht am gedeckten Tisch und schaut auf die Wanduhr, deren großer Zeiger sich der Vier nähert. Schließlich, um zwanzig nach zwei, sagt er: „Mate, lauf mal hinunter ins Dorf und such nach ihr. Irgendwo muss sie ja stecken."

„Such nach ihr", sagt sein Vater um zwanzig nach zwei, am 24. September 1989.

Damals wusste Mate es noch nicht. Aber heute weiß er es. An diesem Tag, in dieser Minute, begann seine Suche.

* * *

Um zwanzig nach zwei schlüpft Mate in seine Turnschuhe und verlässt das Haus, um seine Schwester zu suchen. Er läuft zum Kirchplatz, dann die steile Gasse hinter der Bäckerei der Lekajs hinunter, wo der Genossenschaftslaster steht. Am Fischerhafen schlägt er den Uferweg zum Dorfausgang ein, wo die Kaimauer endet und nur noch wenige Häuser stehen. Aus dem asphaltierten Weg wird ein Schotter- und schließlich ein Trampelpfad.

Im Mai 1989 waren Brane Rokkov und Silva ein Paar geworden. Eines Abends nach einer Party mit Wein und Gras verschwanden Brane und Silva in der Dunkelheit. Eng umschlungen kamen sie wieder und Brane strahlte vor Glück. „Ich und deine Schwester sind jetzt zusammen“, sagte er am nächsten Tag und Mate brachte vor Überraschung keinen Ton heraus.

Er wusste schon lange, dass Silva Brane gefiel. Aber Silva gefiel allen Männern in Misto. In der neunten Klasse waren sie einmal alle zusammen zum Muscheltauchen in die Travna-Bucht gefahren. Fünfzehn Leute mit drei Booten, Einheimische und Touristen. Als sie genügend Muscheln geerntet hatten, machten sie die Boote fest und entzündeten in der Bucht ein Feuer. Ein paar Jungs aus Zagreb spielten Gitarre, und eine Flasche Wein kreiste ums Feuer. Irgendwann bemerkte Mate, wie Brane Silva anschaute, so als wollte er sie mit Blicken verschlingen. Doch an dem Abend hatte es Silva auf einen der Jungs aus Zagreb abgesehen. Sie ließ sich von ihm umarmen, und gegen zehn begannen sie, sich zu küssen, und die Hand des Jungen steckte irgendwo weit unter Silvas Taille. Mate schaute vor lauter Verlegenheit weg und sein Blick fiel auf Brane. Brane stand grimmig und verzweifelt am Feuer.

Im September ging Silva wieder nach Split zur Schule und Brane hatte sich wieder beruhigt, wie es schien. Doch seine Geduld zahlte sich aus. Im Mai des folgenden Jahres kamen Brane und Silva endlich zusammen, und diese Beziehung hielt trotz Silvas Abwesenheiten und Aufenthalten in der Stadt. Von Montag bis Freitag war Silva in Split und führte ihr eigenes Leben. An den Wochenenden kam sie nach Misto, und dann waren sie und Brane zusammen. Brane holte sie zu Hause ab und sie gingen in eins der zweieinhalb Cafés, aus denen das Nachtleben des Ortes bestand. Brane hatte zwar den Wunsch, möglichst die ganze Zeit alleine mit Silva zu verbringen. Doch Silva hatte andere Pläne. Sie schleppte ihn dorthin, wo es Gesellschaft, Alkohol und Spaß gab und wo Mate war. Mate schien es manchmal, dass das Brane nicht gefiel. Doch schnell begriff er, dass bei diesem Paar Silva die Anführerin war und Brane der ergebene Gefolgsmann.

Nach kurzer Zeit erreicht Mate eine kleine Kapelle und damit die Spitze der Halbinsel, die Stelle, an der das Land am weitesten ins Meer ragt. Nach Süden hin ist die Bucht offen und die grauen, nackten, von Salz angefressenen Felsen schieben sich hoch ins

Land. Früher hatte es geheißen, diese Landspitze sei gefährlich für Seeleute. Deshalb hatten sie hier wohl die Kapelle errichtet, die der Beschützerin der Seeleute geweiht ist. Die Kapelle ist klein, gerade mal so groß wie eine Hundehütte oder ein gemauerter Grill. Sie kauert an der Landspitze über den scharfen Felsen. Auf dem spitzen Dach thront ein rostiges Kreuz. Unter dem Giebel steht in schnörkeliger Schrift: STELLA MARIS. In der vergitterten Öffnung steht eine hölzerne Marienfigur, und für Mate sieht es so aus, als sitze die heilige Muttergottes in ihrem eigenen kleinen Gefängnis.

Hinter der Kapelle läuft Mate zwischen Felsen und einer hohen Trockenmauer weiter. Auf der einen Seite graue, von der Brandung geschliffene Felsen. Auf der anderen Seite, hinter der Mauer, ein riesiges brachliegendes Gelände voller Dornengestrüpp und wild wuchernder Olivenbäume. Dieses Gebiet ist nach Branes Familie benannt: Rokkovs Land. Mate läuft über Rokkovs Land, bis er Branes Elternhaus erreicht.

Das Haus der Rokkovs stand einsam auf einer Ebene am Meer. Vor dem Haus führte eine Bootsrampe ins Wasser, eine schräge Betonfläche mit Schienen in der Mitte. Branes Vater Tonko hatte Rampe und Handwerk von seinen Vorfahren geerbt. Er reparierte Boote, flickte Kunststoffboote wieder zusammen, verstärkte die Wände und sanierte die Oberfläche. Das war eine laute, schmutzige Arbeit, oft mit giftigen Stoffen, die er nur an einem Ort weitab von anderen Wohnhäusern und anderen Menschen verrichten konnte.

Als Mate sich dem Haus nähert, hört er die Schleifmaschine. Er geht näher und ruft einen Gruß. Die Schleifmaschine verstummt und hinter einem der Boote taucht Tonkos Kopf auf. Haare und Bart sind weiß von feinem Staub, als wäre er ein schlecht verkleideter Nikolaus. Er bedeutet Mate mit einem Nicken, ins Haus zu gehen.

Das Haus der Familie Rokkov war nicht einfach ein Haus. Als Kind hielt Mate es für ein Schloss. Es war groß, mit einem Hof, der von einer Mauer eingefasst wurde. Den Hof betrat man durch einen Torbogen. Oben am Bogen hatte ein Vorfahr eine Inschrift eingeritzt: ROCCO ROCCOV I GNEGOVA DJECA 1812 – Rokko Rokkov und seine Kinder 1812. Die Buchstaben waren ungelenk, als hätte jemand sie geschrieben, der des Schreibens kaum mächtig war.

Doch auch wenn das Haus von außen wie ein Schloss wirkte, verflüchtigte sich dieser Eindruck, sobald man drinnen war. Mate war an Vesnas Ordnung gewöhnt, die manchmal an Pingeligkeit grenzte. Deshalb war er jedes Mal von Neuem irritiert von der allumfassenden Unordnung in Branes Haus. Auf dem Hof lagen überall Bretter, Nägel, Metallteile und Schrauben herum, daneben Außenbordmotoren ohne Abdeckung. Hier fanden sich auch geöffnete Spachteltuben und Rollen eines weißen, filzigen Materials, das Tonko zum Ausbessern von Kunststoffbooten benutzte. Der Eindruck einer Hexenhöhle wurde durch volle Einmachgläser verstärkt. Ursula Rokkov legte Zwiebeln, Kapern, Silberzwiebeln, Oliven und Meerfenchel ein. Die vollen Einmachgläser standen überall – auf dem Boden, der Treppe und der Veranda, der Inhalt war grün, braun und dunkelrot.

Mate betritt den Hof, horcht, ob er Silvas und Branes Stimmen hört, und schaut sich nach ihnen um. Doch der Hof ist leer. Da er nicht weiß, was er sonst tun soll, ruft er nach Brane.

Eine schlanke Frau in den Vierzigern mit langen schwarzen Haaren erscheint auf der Veranda im ersten Stock, Ursula, Branes Mutter. Als sie Mate erkennt, lächelt sie freundlich.

„Brane schläft noch“, sagt sie. „Er ist heute Morgen aus Rijeka zurückgekommen. Er war an der Uni, um sich einzuschreiben. Ist es wichtig?“

„Vielleicht“, antwortet Mate. „Wir wissen nicht, wo Silva steckt.“

„Bei uns ist sie nicht“, erwidert Ursula. „Brane ist heute Morgen angekommen und hat sich gleich hingelegt. Warte, ich wecke ihn.“

Ursula geht ins Haus und Mate schämt sich auf einmal. Brane war gestern nicht in Misto. Er hat die ganze Nacht im Bus gesessen. Und seine Freundin, Mates Schwester, hat sich mit Whiskey-Cola volllaufen lassen und zu *Red Red Wine* mit Adrian rumgemacht. Mate will Brane fragen, wo Silva steckt, dabei ist er es, der vor Brane ein hässliches Geheimnis hütet.

„Er kommt gleich“, sagt Ursula, die jetzt wieder auf der Veranda steht. „Er ist noch schnell im Bad.“ Sie kommt nicht hinunter in den Hof und bittet ihn auch nicht herein. Sie sieht ihn nur mit ihren hellen, graublauen Augen an, die sie immer noch zu einer attraktiven Frau machen.

Vor dreißig Jahren war Ursula das hübscheste Mädchen in Misto, behauptete Mates Vater. Das sagte er vor Vesna, aber Mate hatte nie den Eindruck, dass Vesna deswegen eifersüchtig war. Man bewunderte Ursulas Schönheit so, wie man eine griechische Vase bewunderte oder ein archäologisches Artefakt: etwas Schönes, dessen Zeit längst und unwiederbringlich vergangen ist. Wer hätte gedacht, dass sie einmal dort landen würde, am Ende des Dorfes, antwortete Vesna dann immer. Wir dachten alle, die wird es weit bringen, und jetzt? Jetzt ist sie auf Rokkovs Land, mit Tonko, in einem schmuddeligen Haus, bedeckt von einer Schicht aus Plastikstaub.

So reden Mates Eltern über Ursula. Und während Mate auf Brane wartet, sieht er seine Umgebung durch die Augen seiner Eltern. Überall Unordnung, Rost und Schmutz. Ein Haus, das zerfällt und die Dachziegel verliert. Und mittendrin sie: eine Frau, die sich trotz ihres Alters stolz und aufrecht hält, deren blaugraue Augen ihre einstige Schönheit verraten.

So bleiben sie stehen, Ursula oben auf der Treppe und Mate unten, bis aus dem Haus Schritte ertönen, dann Wasserrauschen. Schließlich kommt Brane raus, frisch gekämmt und mit feuchtem Gesicht. Als er sieht, wer auf ihn wartet, wird er ganz rot im Gesicht. Bei Silvas Bruder will Brane immer einen guten Eindruck hinterlassen.

„Ich suche Silva", sagt Mate. „Weißt du, wo sie ist?"

„Nein", antwortet Brane. „Ich bin heute Morgen aus Rijeka gekommen. Ich wollte sie anrufen, wenn ich ausgeschlafen habe."

„Wann hast du das letzte Mal mit ihr gesprochen?"

„Vorgestern."

„Weißt du vielleicht, wo sie gestern war?"

„Sie wollte am Abend zu Hause bleiben."

Das hat sie aber nicht gemacht, denkt Mate, aber er sagt nichts.

„Hoffentlich ist nichts passiert", sagt Brane.

„Bestimmt nicht", antwortet Mate und verabschiedet sich.

An der Kapelle dreht er sich um. Ursula steht immer noch auf der Veranda und sieht ihm nach.

Vom Haus der Rokkovs läuft Mate bis zur Kirche, die jedoch verschlossen ist. Er klappert alle Cafés ab. Es ist ein warmer Sonntag und viele Dorfbewohner sitzen draußen. Seeleute auf Urlaub, Studenten, die Ferien haben, die örtlichen Looser mit Ray-Bans. Die Dorfbewohner aalen sich in der Sonne wie Geckos, palavern über Politik, schlürfen Kaffee. Nur Silva ist nicht unter ihnen.

Schließlich geht Mate an den einzigen Ort, an dem er noch nicht gewesen ist, zur Bäckerei von Adrians Vater. Es ist Nachmittag und die Bäckerei ist geschlossen. Er betritt den Garten von der Hinterseite und findet Adrians Vater, der nach der nächtlichen Arbeit in der Backstube unter dem Feigenbaum ein Nickerchen macht. Mate grüßt und der alte Lekaj antwortet mit einem verschlafenen Murmeln. Mate geht weiter ins Haus.

Sobald er Adrian sieht, weiß er, dass Silva nicht mehr bei ihm ist.

Adrian liegt in kurzer Adidas-Sporthose und mit nacktem Oberkörper auf dem Sofa und schaut Fußball. Er ist überrascht.

Es ist ihm unangenehm, dass Mate nach Silva fragt.

Adrian weiß nichts. Zugegeben, sie sind am Abend zuvor zusammen gewesen. Ja, sie haben bis elf getanzt. Gegen elf habe Silva vorgeschlagen, irgendwohin zu gehen, wo sie alleine wären. So drückt Adrian es aus, *wo sie alleine wären,* und es ist ihm deutlich anzusehen, wie peinlich ihm das Gespräch ist. Bis ungefähr zwei seien sie zusammen gewesen, auf Križev Rat. Beim großen Kreuz, oben auf dem Hügel.

Sie sind also am Aussichtspunkt beim Kreuz gewesen. Dem Ort, den Generationen von Dorfbewohnern für Sex und Intimitäten genutzt haben. Sobald Adrian das ausgesprochen hat, schämt Mate sich. Manchmal versteht er seine Schwester nicht. An dieses Gefühl kann er sich heute noch erinnern.

„Wann seid ihr auseinandergegangen?“, fragt er und bemüht sich, sachlich zu bleiben.

„Vielleicht halb zwei oder zwei. Silva hat gesagt, sie habe es eilig und müsse los.“

„Nach Hause?“

„Sie musste früh raus, weil sie irgendwohin fahren wollte.“

„Eine Reise?“, fragt Mate. „Wohin?“

„Keine Ahnung", sagt Adrian. „Du und deine Eltern, ihr müsstet das doch wissen."

In diesem Moment hat Mate zum ersten Mal das Gefühl, dass sich etwas zusammenbraut. Während im Fernseher der AC Florenz Inter Mailand angreift oder Inter Lazio Rom, fühlt er zum ersten Mal in seinem Magen dieses neue, bleischwere Gewicht. Das Gefühl eines bevorstehenden Unheils.

Eilends verlässt er das Haus der Lekajs, rennt an der Kirche vorbei und nach Hause. Seine Eltern sitzen erwartungsvoll am Tisch. Mate sagt kein Wort. Er geht sofort in Silvas Zimmer und zieht die Schreibtischschublade auf. Sie ist leer. Kein Geldbeutel, kein Adressbuch, kein Pass.

Silva hat ein geheimes Versteck. Dort hortet sie ihre Ersparnisse. Er beugt sich hinunter und greift unter den Schrank in einen doppelten Boden. Er holt eine Holzkiste heraus. Das ist die Kiste für Silvas Geheimnisse. Sie ist leer, kein Geld und auch sonst nichts.

Mate geht zurück in die Küche und setzt sich an den Tisch. Dann sagt er es. Er versucht dabei so ruhig wie möglich zu bleiben.

Wir müssen die Polizei rufen.

* * *

Die Polizei kommt am Nachmittag. Sie sind zu dritt. Zwei tragen Uniform, einer ist in Zivil und offensichtlich der Chef, ein Mann Ende zwanzig mit ein paar überschüssigen Pfunden. Er stellt sich als Inspektor Gorki Šain vor. Mate hat noch nie gehört, dass jemand Gorki heißt.

Die beiden Uniformierten besichtigen Garten und Hof und durchsuchen dann lustlos Silvas Zimmer, als würden sie eine unwichtige Aufgabe abarbeiten. Währenddessen setzt sich der Mann namens Šain an den Küchentisch und öffnet ein Notizbuch mit Kunstledereinband. Er stellt einige allgemeine Fragen, hört zu und macht sich Notizen. Am Ende bittet er Mate, ihm Silvas Geheimversteck zu zeigen.

Gorki mustert die Schublade und Silvas Zimmer mit unbekümmerter Lässigkeit, als wäre alles, was er sieht, nichts weiter als ein Teenager-Klischee.

Gorki setzt sich wieder an den Küchentisch und notiert etwas in sein Buch. Dann schlägt er es zu, steht auf und geht zur Tür. Er sagt, sie sollten sich keine Sorgen machen. „Wenn Teenager verschwinden", sagt er, „kommen sie in achtzig Prozent der Fälle von ganz alleine wieder nach Hause. Sie tauchen innerhalb von vierundzwanzig Stunden wieder auf, genauso überraschend, wie sie verschwunden sind."

Dann schreibt Šain seinen Namen und seine Nummer auf einen Zettel. Den Zettel gibt er Jakob und sagt, sie sollten am nächsten Tag anrufen, wenn Silva bis dahin nicht wieder aufgetaucht ist.

Als die Polizei weg ist, setzt Vesna sich an den Tisch und vergräbt das Gesicht in den Händen. Jakob geht auf den Balkon, als wäre der Balkon ein Aussichtsturm, von dem aus er seine Tochter früher sehen wird, wenn sie kommt. Er lässt keine Nervosität erkennen. Aber Mate kennt ihn. Er weiß, dass die Unruhe an ihm nagt.

Auf dem Küchentisch steht noch immer das unberührte Mittagessen. In der Backform liegt ein kaltes Brathähnchen umgeben von ebenso kalten Kartoffeln in erstarrtem Fett. Die Küche riecht noch nach knuspriger Hühnerhaut und nach Bratfett. Der Anblick des unberührten Essens ist unerträglich.

Mate steht auf, stellt die Weinflasche in den Kühlschrank. Salat und Kartoffeln kippt er in den Müll. Das Hähnchen zerteilt er und legt es auf einen Teller, den er in den Kühlschrank stellt. Zum Schluss scheuert er die Backform, bis sie sauber ist.

Als er fertig ist, stellt er sich vor seine Eltern an den Tisch. Vesna ist noch immer wie erstarrt, als würde nichts zu ihr durchdringen. Mate wartet auf irgendeine Reaktion, und als keine kommt, stapelt er die sauberen, ungenutzten Teller aufeinander und räumt sie in den Küchenschrank.

* * *

Punkt acht am nächsten Morgen rief Jakob bei der Polizei an und teilte mit, Silva sei immer noch nicht aufgetaucht.

Bis zum Mittag waren Haus und Dorf voller Polizei. Noch am gleichen Tag wurde Silva offiziell als vermisst erklärt.

Die Polizisten schwärmen aus, durchsuchen von Trockenmauern eingefasste Terrassen und Olivenhaine oberhalb des Dorfs. Sie suchen den Meeresgrund am Hafen ab und das Gebüsch am Ufer. Eine Gruppe ist für das Gelände jenseits von Križev Rat zuständig, sie suchen das Gelände um die Kaserne und die alten Marinetunnel ab. Eine andere Gruppe steigt auf den Hügel und durchkämmt das Gebiet an der Wasserzisterne und am Steinkreuz.

Die Familie sitzt derweil im Haus und wartet. Jakob läuft wie ein Getriebener im Hof herum. Vesna liegt mit Tabletten ruhiggestellt auf dem Sofa mit dem Arm über den blutunterlaufenen Augen.

Irgendwann am Nachmittag kommt Šain vorbei und lässt sie alle am Tisch Platz nehmen. Er erläutert ihnen, was sie herausgefunden haben. Silva sei auf dem Fischerfest gewesen. Zahlreiche Zeugen hätten sie dort gesehen. Sie habe den ganzen Abend getanzt und sich beim DJ drei Mal *Red Red Wine* von UB40 gewünscht. Sie habe eng umschlungen mit Adrian Lekaj getanzt. Mindestens vier Zeugen hätten gesehen, wie die beiden das Fest gegen elf verließen. Lekaj behauptete, sie seien bis zwei zusammen gewesen. Dann habe Silva gesagt, sie müsse heim, weil sie am nächsten Morgen verreise. Sie hätten sich an der alten Zisterne unterhalb des Steinkreuzes voneinander verabschiedet. Dann sei Silva den Pfad hinunter zu den ersten Häusern gelaufen. Da habe Lekaj sie das letzte Mal gesehen. Und er sei der Letzte, der sie gesehen hat.

„Wir haben ihn überprüft", sagt Gorki, als wollte er ihre Zweifel beseitigen. „Wir haben seine Fingerabdrücke überprüft, Spuren unter den Nägeln gesichert. Wir haben einen Lügendetektortest mit ihm gemacht. Wie es aussieht, sagt er die Wahrheit."

Nach einer kurzen Pause spricht er weiter: „Denken Sie nach. Wohin hätte Silva so dringend verreisen müssen?"

„Sie wollte nicht verreisen", sagt Jakob. „Heute hätte sie doch zurück nach Split und in die Schule gemusst."

„Sind Sie sicher?", fragt der Inspektor.

„Wir sind sicher", antwortet Vesna.

„Wirklich? Wir haben einen anderen Eindruck."

Ich auch, denkt Mate. Er schweigt, aber er weiß genau, welchen Eindruck der Inspektor hat. Er glaubt an eine geplante Flucht. Silva hat das Geld, ihre Dokumente und den Pass mitgenommen. Sie muss das alles geplant haben.

Während Mate noch darüber nachdenkt, kommt ein Polizist herein und bittet den Inspektor nach draußen.

Vor dem Haus flüstern Šain und der Polizist miteinander, dann steigen sie am Haus entlang in den oberen Garten, zur Regenrinne hinter den Kakteen. Sie bücken sich. Der Polizist stochert mit einem Stock im Regenabflussrohr herum, bis er gefunden hat, was er sucht. Er steckt seinen Arm tief in das Rohr und zieht eine Plastiktüte heraus. Gorki und der Polizist schauen in die Tüte. Dann wickelt Šain sie wieder zusammen, und mit dem Bündel unter dem Arm kommt er in die Küche, doch jetzt schaut er grimmig und angespannt. Er wirft die Tüte auf den Tisch.

„Können Sie mir dazu etwas sagen?", fragt er.

Er öffnet die Tüte und holt ein bräunliches, mit Tesafilm umwickeltes Päckchen heraus. Noch bevor Šain das Päckchen öffnet, weiß Mate, was es enthält. Er weiß es und gegen seine Schläfen branden Wogen des Entsetzens.

Gorki schneidet das Klebeband durch und braunes Pulver rieselt auf den Tisch. Jakob erkennt offensichtlich, um was es sich handelt. Und Vesna auch, was Mate an ihren entsetzten und beschämten Blicken merkt. Vesna starrt auf das Päckchen wie auf einen giftigen, hässlichen Käfer.

„Das ist Heroin", sagt Gorki. „Aber das wissen Sie ja schon. Gehört es Ihrer Tochter? Was wissen Sie darüber?"

Jakob schweigt. Und auch Vesna, doch sie schaut zu Mate. Ihr zorniger Blick ist ein einziger Vorwurf. Dieser Blick sagt: Du musst davon gewusst haben.

Mate senkt beschähmt den Blick. Er schaut starr auf den Tisch und auf das Päckchen, aus dem noch immer wie in Zeitlupe braunes Pulver rieselt.

Als es dunkel wird, sind die Polizisten weg. Eine Suche bei Dunkelheit sei zwecklos, hat Šain gesagt und gegen neun seinen Männern den Abzug befohlen. Zehn Minuten später liegt wieder Ruhe über dem Dorf. In der Bucht leuchten die Straßenlaternen, hinter den Fensterläden flimmern Fernseher. Die Straßen sind leer. Aber Mate weiß: Hinter all diesen Fensterläden, Fliegengittern und Jalousien ist seine Schwester das einzige Thema. Während im Hintergrund der Fernseher läuft, während sie Tee kochen oder Geschirr spülen, sprechen die Dorfbewohner einzig und allein über Silvas Verschwinden.

Mate und seine Eltern sind wieder allein im Haus. Vesna ist in einem schrecklichen Zustand. Sie hat sich wie ein Embryo auf dem Sofa zusammengerollt und schluchzt. Irgendwann nickt Jakob Mate zu, gemeinsam bringen sie Vesna ins Schlafzimmer und legen sie aufs Bett, wo sie sich wieder zusammenrollt.

Jakob geht danach auf den Balkon, wo er nun schon den zweiten Tag in Folge verbringt. Auf das Geländer gestützt starrt er in die Dunkelheit, als glaubte er, er müsste nur lange genug schauen, um seine Tochter zu finden. Mate stellt sich neben ihn und Jakob legt ihm die Hand auf die Schulter.

„Sei ihr nicht böse", sagt Jakob.

„Wem?"

„Du weißt schon", sagt Jakob. „Es ist für uns alle schwer."

Eine Weile schweigen sie. Dann fragt Jakob:

„Das in der Regenrinne. Hast du davon gewusst?"

„Nein."

„Du hast nicht gewusst, dass sie Drogen versteckt?"

„Ich wusste, dass sie Gras raucht. Ziemlich viel."

„Das war aber kein Gras, oder?"

„Nein, Papa. Das war etwas viel Schlimmeres."

„Warum hast du uns nichts gesagt?"

„Hättest du das an meiner Stelle gemacht?"

„Nein."

„Dann weißt du, wieso."

Schweigend stehen sie nebeneinander, als würde die Nachtluft sie beide beruhigen. Mate beginnt zu frieren. „Ich lege mich hin“, sagt er.

„Ich bleibe noch“, antwortet Jakob und starrt weiter ins Dunkel. Mate geht ins Haus, wo es noch immer nach Brathähnchen riecht. Bevor er sich ins Bett legt, öffnet er die Schlafzimmertür. Vesna liegt noch immer zusammengerollt auf dem Bett. Aber sie schluchzt nicht mehr. Die Beruhigungstabletten wirken.

In seinem Zimmer wirft sich Mate angezogen auf das Bett und starrt an die Decke. Sein Körper braucht Schlaf, aber genauso wenig wie seine Eltern wird er heute einschlafen.

* * *

In den folgenden Tagen wurde Silvas Verschwinden zu einer Nachricht. Damals waren die Medien noch anders als heute. Vor dem Haus der Velas standen keine Übertragungswagen und keine Reporterhorde mit Mikrofonen. Doch in allen Zeitungen erschien Silvas Bild, und in der Nachrichtensendung des staatlichen Fernsehens wurde ebenfalls Silvas Bild gezeigt und die Bevölkerung zur Mithilfe aufgerufen. Nach einer Woche wussten alle von Silvas Verschwinden.

In dieser Woche durchkämmte die Polizei den Ort und die Umgebung. Mit Spürhunden suchten sie den Hügel ab, wo Silva mit Adrian die letzte Nacht verbracht hatte. Sie durchkämmten Rokkovs Land, die Berghänge und die Prosika-Schlucht, wo früher einmal Freiheitskämpfer im Hinterhalt gelegen hatten, um türkische Karawanen zu überfallen. Inspektor Šain ging von Straße zu Straße. Er saß in jedem Haus in Misto und befragte die Bewohner, jeden einzelnen. Er fragte, wo sie in der Nacht gewesen seien, ob sie etwas gehört oder gesehen hätten. Alle Informationen schrieb er in das schwarze Buch mit Kunstledereinband, das Mate am ersten Abend bei ihm gesehen hatte.

Nach einer Woche zog sich die Polizei aus Misto zurück. Am siebten Abend teilte Šain ihnen mit, in Misto gebe es für die Polizei nichts mehr zu tun – sie hätten alles durchsucht und alle Zeugen befragt. Er, Šain, glaube, dass Silva wirklich abgereist sei, so wie sie es Lekaj gegenüber angekündigt habe. Entweder sei sie entführt worden oder ausgerissen, und er würde versuchen herauszufinden, wo sie sei.

Die folgenden Tage meldete Inspektor Šain sich nur noch telefonisch. Er teilte ihnen mit, dass sie auf Bus und Zugbahnhöfen ermitteln würden, in Motels und an Grenzübergängen. Sie befragten Busfahrer, Fahrkartenverkäuferinnen, Schaffner und Grenzbeamte. Sie kümmerten sich auch um die Videoüberwachung, aber es gebe so viele VHS-Kassetten, dass sie damit nur langsam vorankämen.

Nach zwölf Tagen hatte die Polizei noch nichts gefunden und Šains Berichte wurden von Mal zu Mal formeller und kürzer.

Bereits am fünften Tag hatte Jakob sich in Silvas Zimmer zurückgezogen und angefangen, ihre Sachen zu durchwühlen. Er verließ das Zimmer mit dem besten Foto von Silva, das er hatte finden können. Es war ein relativ neues Bild. Silva schaute direkt in die Kamera – eingebildet und frech – mit einer Haarsträhne über dem linken Auge. Keiner von ihnen wusste, wer das Bild gemacht hatte und wann. Auf einmal erschien ihnen Silvas Leben voller Geheimnisse, und das Foto war nur eins davon.

An diesem Morgen klebte Jakob das Foto auf ein Blatt DIN-A4-Papier und schrieb in ordentlicher Druckschrift darunter: VERMISSTE PERSON GESUCHT.

Im Copyshop neben der Post machte er achthundert Kopien. Am nächsten Morgen schlug Mate ihm vor, die Zettel gemeinsam in der Gegend aufzuhängen.

Jeden Morgen setzten sie sich ins Auto und fuhren stundenlang durch die Gegend. Die Zettel brachten sie an Bushaltestellen an, vor Postfilialen, an Schaufenstern, in Touristenbüros und öffentlichen Gebäuden. Zuerst hielten sie sich an Ortschaften entlang der Küstenstraße in der Umgebung von Misto. Dann weiteten sie den Radius aus. Am Ende der zweiten Woche hatten sie die Straßen nach Vrgorac, Imotski und in die Herzegowina ausgestattet. Die folgenden zehn Tage fuhren sie auf der Küstenstraße Richtung Norden, nach Zadar und Rijeka, dann das Tal der Neretva entlang in Richtung Sarajevo. Sie beklebten Imotski, Kardeljevo, Listica und Duvno. Eines Morgens setzte Jakob sich allein ins Auto und fuhr Richtung Bosnien. Er kam am späten Abend wieder nach Hause und verkündete, er habe die Zettel an der Straße quer durch Bosnien aufgehängt, von Kupres über Jajce bis nach Banja Luka.

Mate übernahm Split. An einem verlängerten Wochenende hängte er dreihundert Zettel in der Stadt auf. Er streifte durch die Plattenbausiedlungen aus sozialistischen Zeiten, durch Shoppingmalls und Gewerbegebiete, Hotelrezeptionen und Schulhöfe. Er entdeckte Ecken, die er noch nicht gekannt hatte: unendlich groß erscheinende Neubauviertel, Baustoffhandlungen, reihenweise Vulkaniseure und Ziegeleien am unorganisierten Stadtrand. Als er fertig war, hing Silvas Bild in allen Schuleingängen, an allen touristisch interessanten Orten, an den Pforten von Werft, Hafen und Zementfabrik.

Bis zum darauffolgenden Wochenende kopierte Jakob weitere dreihundert Suchmeldungen. Er fuhr alleine weg und kam erst am nächsten Tag wieder. Er habe Ljubljana und Zagreb ausgestattet.

Von der Polizei sahen und hörten sie eine Zeit lang nichts. Dann rief Šain eines Nachmittags an. Er hatte nichts Konkretes. Er deutete nur geheimnisvoll an, es hätten sich neue Umstände ergeben und er müsse sie, alle drei und einzeln, in Split erneut vernehmen. Das klang in Mates Ohren nicht gut.

Jakob fuhr als Erster. Still und noch bedrückter kehrte er am Abend zurück. Er verriet Mate nicht, was in Split geschehen war. Stattdessen zog er sich mit Vesna ins Schlafzimmer zurück, wo sie miteinander flüsterten. Als Vesna herauskam, hatte sie ganz rote Augen.

Mate spürte, dass etwas nicht in Ordnung war, doch hatte er nicht den Mut zu fragen, was. Am nächsten Tag fuhr Jakob erneut nach Split, und als Mate anbot mitzufahren, lehnte Jakob das entschieden ab. Er blieb den ganzen Tag weg und als er zurückkam, war seine Stimmung noch weiter gesunken.

Schweigend aßen sie zu Abend. Nach dem Essen warf Mate die Reste von gedünstetem Kraut in den Müll, er spülte und trocknete die Gläser ab. Dann bat Jakob ihn, sich noch einmal an den Tisch zu setzen.

„Hast du den Namen Cvitković schon einmal gehört?“, fragte er. Oder ob Silva je den Namen Cvitko erwähnt oder ob er den Mann je in Silvas Gesellschaft gesehen habe.

„Nein“, antwortete Mate und das war die Wahrheit. Aber Jakob sah ihn so eindringlich an, dass Mate sich nicht sicher war, ob er ihm glaubte.

„Wenn du irgendetwas darüber hörst“, sagte er, „gib Bescheid.“

Dann wiederholte er: „Sag es zuerst mir. Mir und niemandem sonst. Hast du gehört? Und ich sage es dann Mama und der Polizei.“

* * *

Zwei Tage später bestellt Šain Mate zum Gespräch ein. In dieser Woche hat Mate vormittags Schule und so geht er nach dem Unterricht zum Präsidium. Er ist schon um Viertel nach eins an der Pforte, obwohl Šain ihn erst um zwei einbestellt hat. Er drückt sich am Eingang herum, bis der uniformierte Polizist an der Pforte auf ihn aufmerksam wird. Er fordert Mate auf, ins Gebäude zu kommen oder sich zu entfernen und später wiederzukommen.

Mate gibt an der Pforte seinen Ausweis ab und geht in den ersten Stock. Das ganze Gebäude besteht aus gleich aussehenden Gängen mit hellem Holzfußboden und Türen aus hellem Sperrholz. Entlang der Gänge reiht sich ein Büro an das nächste und über jeder Tür befindet sich eine Glasscheibe. Mate ist enttäuscht. Das Polizeipräsidium ist nichts weiter als ein langweiliges Verwaltungsgebäude.

Er irrt durch die Gänge und liest die Namen an den Türen. Schließlich findet er die Tür, an der Gorki Šains Name steht. Er klopft und Šains Stimme fordert ihn auf einzutreten

Im Raum sitzen zwei Polizisten: Šain sowie ein unbekannter, korpulenter älterer Mann, der sich als Tenžer vorstellt. Die beiden sitzen zwischen Schränken aus Sperrholz und Papierstapeln. Vor jedem steht eine *Olympia*-Schreibmaschine. Hinter Šain hängt ein überdimensioniertes Porträt von Tito an der Wand. Mate kennt dieses oder ähnliche Bilder aus seiner Schule. Man sieht Tito im

Halbprofil, und egal wo man steht, hat man das Gefühl, Tito würde einen anschauen.

Šain und Tenžer befragen ihn lange und ausführlich. Mate hat erwartet, sie würden ihn zu der Nacht von Silvas Verschwinden und Leuten aus Misto befragen. Doch das interessiert die beiden gar nicht. In den zwei Stunden, die sie ihn vernehmen, erwähnen sie Misto kein einziges Mal. Sie interessieren sich ausschließlich für Silvas Leben in Split. Sie fragen, ob er sie im Schülerinnenwohnheim besucht habe. Ob er ihre Mitbewohnerinnen und Freundinnen kenne. Sie wollen wissen, ob er nach der Schule lange in der Stadt bleibe, oder ob er gleich nach Hause fahre. Er soll alle Leute nennen, mit denen Silva sich in Split trifft. Sie stellen eine Reihe sehr detaillierter Fragen zu Silvas Leben in Split. Ob Silvas Mitbewohnerinnen Drogen nehmen. Ob er wisse, wo Silva an einem bestimmten Dienstag oder Mittwoch gewesen sei. Mate ist selbst überrascht, wie wenig er ihnen sagen kann. Silvas Leben in Split ist auch für ihn ein Geheimnis gewesen.

Dann fragt Šain ihn nach dem gleichen Namen wie Jakob. Cvitko, Mario Cvitković. Als Šain seine Frage stellt, beobachtet er Mate ganz genau, als suchte er nach dem kleinsten Hinweis auf eine Lüge.

Mate schüttelt den Kopf. Nein, Silva habe nie einen Cvitko erwähnt und wer das überhaupt sei. Šain antwortet nicht. Der andere, Tenžer, nickt nur bedächtig und meint, das sei nicht wichtig.

Mate verlässt das Präsidium um fünf und ist verängstigt. Er hat keine Lust nach Hause zu fahren. Lange streift er durch die Stadt. Er sieht Straßen, Häuser, vertraute Plätze. Aber plötzlich scheinen sie eine neue Bedeutung zu haben. Der vertraute Raum hat nun etwas Bedrohliches.

Als er schließlich nach Hause kommt, schlagen ihm Jakobs Unruhe und Neugier entgegen. Jakob macht ihm ein Sandwich und schenkt ihm ein Glas Milch ein. Er fragt nach dem Besuch bei der Polizei und Mate berichtet ausführlich.

Er beißt in sein Sandwich und fragt: „Wer ist dieser Cvitković?"

Jakob steht schweigend auf und beginnt, das Geschirr vom Abendessen zu spülen. Er dreht Mate den Rücken zu und Mate kann sich des Eindrucks nicht erwehren, dass er das nur tut, um Mate nicht ins Gesicht lügen zu müssen.

„Weißt du es?", fragt er noch einmal. „Weißt du, wer dieser Cvitković ist?"

„Nein", antwortet sein Vater. „Ich weiß es nicht." Er dreht den Wasserhahn zu und verlässt die Küche.

3
Jakob (1989)

Es ist ein drückender Tag, an dem Jakob zur Befragung aufs Revier fährt. Den Himmel bedecken bleigraue Wolken und Wind aus Südosten bringt warme, schwüle Luft nach Split. In der Schalterhalle im Erdgeschoss des Polizeipräsidiums warten viele auf Reisepässe und Führerscheine. Der Wind macht sie nervös. An allen klebt der Schweiß, sie sind schnippisch, aufbrausend, sie hassen einander und sich selbst.

Bis zu jenem 23. September dachte Jakob, ihr Leben wäre normal, sie wären eine normale Familie mit zu vernachlässigenden Problemen. Die ganzen Jahre über hatte er geglaubt, eine dickköpfige, außergewöhnliche und rebellische Tochter zu haben. Manches Mal hatte er sich gewünscht, dass Silva gehorsamer, weniger rebellisch, zahmer wäre. Aber er hatte das als Symptom des Erwachsenwerdens gewertet. Jetzt wusste er, dass er falsch lag.

Denn Silva hatte größere Probleme. Wenn er das bis jetzt auch nicht begriffen hatte, an diesem Morgen wird es ihm klar.

Er verbringt drei Stunden bei der Polizei. Zwei Polizisten – Šain und Tenžer – befragen ihn über jedes Detail in Silvas Leben: ihre Freunde und Bekannten, Telefongespräche, nächtliche Unternehmungen. Sie fragen nicht nach Misto und auch nicht nach jenem Abend. Sie wollen mehr über Silvas Leben in Split erfahren und mit wem sie hier Kontakt hatte. Sie fragen nach dem Päckchen, das sie in der Regenrinne gefunden haben, nach dem Päckchen, das weiß Gott wie lange vor ihrer Nase gelegen hat und von dem er die ganze Zeit nichts gewusst hat.

„Hatte sie Besuch aus Split?", will Šain wissen. „Hatte sie Kontakt zu jemandem? Haben Sie bemerkt, dass sie mehr Geld als sonst hatte? Hat sich irgendeine andere Person an der Regenrinne zu schaffen gemacht?"

Die Fragen prasseln auf ihn nieder und Jakob hat auf keine eine Antwort.

Irgendwann verzieht Tenžer mürrisch das Gesicht. „Sie müssen verstehen, dass das hier kein Spaß ist", sagt er. „Wissen Sie eigentlich, wie viele Drogen in Ihrer Regenrinne lagen? Das Paket", sagt er, „hat den Wert Ihres Jahresgehalts. Das ist harter Stoff, nicht etwas, das einem Teenie zufällig in die Hände fällt."

Nein, so etwas kann einen den Kopf kosten, denkt Jakob. Aber er sagt keinen Ton.

Dann fällt irgendwann dieser Name. Cvitković. Cvitko. Sie fragen, ob Jakob ihn kenne oder von ihm gehört habe. Ob Silva das Café besuchte, in dem dieser Cvitko verkehrt. Das Café heißt *Butterfly* und liegt im Viertel Manuš. Jakob weiß gerade mal so ungefähr, wo Manuš liegt. Von einem Café *Butterfly* hat er noch nie gehört.

Schließlich zeigen sie ihm ein Foto. Cvitko hat kurz geschnittene Haare und trägt einen Ohrring im Ohr. Auf dem Bild sieht er aus wie ein sympathisches Schlitzohr. Jakob zuckt nur die Achseln und der Polizist nimmt frustriert das Bild wieder an sich. Jakob hat den Mann nie gesehen, weder in Misto noch in Split.

Zermürbt verlässt er das Präsidium. Auf dem Weg zum Parkplatz wird ihm klar, dass er jetzt einfach noch nicht nach Hause kann. Er schlägt den Weg ins Zentrum ein und taucht in das Gassengewirr mit Studentenkneipen hinter dem Theater ein. Er kommt am Franziskanerkloster vorbei und am Kaufhaus. Schließlich steht er vor dem Schülerinnenwohnheim. Er hat das nicht geplant, der Gedanke ist ihm spontan gekommen.

Jakob ist nur ein Mal hier gewesen: vor drei Jahren, als Silva eingezogen ist. Wenn sie Silva in Split besuchten, haben sie sich nie hier getroffen, sondern in der Schulaula oder in einer Kneipe, was Jakob im Nachhinein seltsam und verdächtig erscheint.

Er zögert und geht dann hinein. Auf einmal hat er den überwältigenden Wunsch, ihr Zimmer zu sehen und ihre Sachen zu berühren, sie unter seinen Fingern zu spüren.

Im zweiten Stock bleibt er vor einer weiß gestrichenen Tür stehen. Von innen hört man leise Popmusik. Da drinnen herrscht offensichtlich keine Trauer.

Er klopft und öffnet die Tür. In dem Zimmer stehen vier Betten. Eines ist leer und nicht bezogen. Auf zweien lümmeln zwei Teenagerinnen herum. Eine ist blond und hat Sommersprossen, die andere ist dunkelhaarig und trägt eine Zahnspange. Aus Silvas Erzählungen weiß er, dass sie Mirna und Nina heißen, aber er kommt nicht darauf, welche Mirna und welche Nina ist.

Das vierte ist Silvas Bett. Es steht in einer Ecke am Fenster. Es ist zerwühlt und überall liegen noch ihre Sachen herum.

„Sind Sie Reporter?“, fragt die Blonde mit unverhohlener Feindseligkeit.

Jakob zögert und sagt dann: „Ja, ich bin Reporter.“ Er erschrickt vor seiner eigenen Lüge, als wäre er in eiskaltes Wasser gesprungen.

„Ihre Kollegen waren schon hier“, sagt die Blonde.

„Sie werden hier nichts finden“, ergänzt die Dunkelhaarige. „Die Polizei hat alles mitgenommen. Alles, was verdächtig war.“

„Verdächtig?“

Die Mädchen kichern hysterisch und verstummen dann, weil sie wohl erkennen, wie unpassend das ist.

„Die haben ihre Sachen mitgenommen. Alles, was sie für die Ermittlungen brauchen. Das wollten wir damit sagen.“

Jakob tritt an das Bett seiner Tochter. Es sind wirklich nicht mehr viele von Silvas Sachen hier. Der Pyjama, etwas Unterwäsche, ein orangefarbener Wecker. Doch auch diese wenigen Dinge wecken in ihm einen unerwarteten, heftigen Schmerz. Er schaut auf Silvas Klamotten, Filzstifte, einen Kamm und wird sich erneut ihrer Abwesenheit bewusst. Er bemerkt, dass nirgendwo Familienbilder stehen. Wenn die Polizei sie nicht mitgenommen hat, dann hat Silva keine aufgestellt, das erklärt, warum die Mädchen ihn nicht erkannt haben.

Aber sie sind misstrauisch.

Das war keine gute Idee, denkt er. Ich hätte nicht herkommen sollen.

Er geht hinaus auf den Flur, wo er sich an die kalte Wand lehnt und tief durchatmet, um eine kurze Schwäche zu überbrücken. Das dunkelhaarige Mädchen kommt aus dem Zimmer und stellt sich neben ihn. Jetzt fällt es ihm ein – Mirna. Silva hat erzählt, dass Mirna eine Zahnspange trägt.

Leise und verschwörerisch sagt sie: „Ich wollte vorhin nichts sagen, aber das hat so kommen müssen."

„Was hat kommen müssen?"

„Das, was mit ihr passiert ist. Das hat so kommen müssen. Niemand hier will es zugeben. Aber die Wahrheit ist, dass sie es verdient hat."

„Verdient? Was denn?", fragt Jakob verwirrt.

„Das. Alles. Was auch immer passiert ist, sie hat es verdient. Das Miststück. Die Hälfte aller Mädchen im Wohnheim hat sie an die Nadel gebracht. Wahrscheinlich haben ihre Dealer sie gekillt."

„Ihre Dealer?"

„Dieser Cvitko. Der kam immer zu ihr, hierher. Was für ein Typ."

Jakob steht auf dem Gang und hört zu, wie das Mädchen mit der Zahnspange seine Tochter mit Schmutz bewirft. Am liebsten würde er sie zu Boden stoßen und auf sie einschlagen, mit Händen und Füßen, bis er ihre Knochen unter seinen Händen spürt. Aber dann wird das Mädchen mit der Zahnspange wieder ernst und ruhig.

„Aber bitte", sagt sie, „schreiben Sie das nicht. Oder dass Sie es von mir haben, haben Sie gehört?"

Er nickt und das Mädchen verabschiedet sich erleichtert. Er erwidert ihren Gruß und sieht ihr nach, als sie mit einem kurzen Winken in ihrem Zimmer verschwindet.

Er verlässt das Gebäude. Der Wind hat aufgefrischt. Eine Welle stickiger, feuchter Luft umfängt ihn und er wäre fast zusammengebrochen.

Am nächsten Tag beschließt Jakob, diesen Cvitko zu finden. Wieder fährt er nach Split, auf der Fahrt entlang der Küstenstraße zittern seine Hände. Er wird sich eines neuen, unbekannten Gefühls bewusst. Er hat Angst.

Er erreicht Split, als die meisten Angestellten Kaffeepause machen. Das Auto stellt er in einer Seitenstraße ab und schlendert durch das Viertel Manuš auf der Suche nach dem *Butterfly*. Er findet es schnell, an einem kleinen Platz unweit seines Parkplatzes. Es besteht aus einem kleinen schummrigen Innenraum und einer überdachten Terrasse. Das Lokal sieht so gewöhnlich aus wie zig andere.

Er setzt sich auf eine Bank gegenüber dem *Butterfly*, schlägt eine Zeitung auf, um zu tun, als würde er lesen. Er ist darauf eingestellt, zur Not auch stundenlang zu warten. Doch das ist gar nicht nötig. Der Mann, den er sucht, sitzt bereits vor dem Café.

Jakob erkennt ihn sofort. Cvitković sitzt an einem Tisch gleich neben der Tür, er trägt einen grünen Adidas-Trainingsanzug und sieht aus wie ein typischer Macker des Viertels, ein unrasierter Rüpel mit Bauchansatz. Er scheint entspannt und zufrieden mit sich, wie ein Mann, der keine ernsthaften Probleme im Leben hat. Er trinkt Bier aus der Flasche und liest aufmerksam eine Sportzeitung. Er trinkt einen Schluck Bier und spricht dann mit dem Kellner. Jakob kann sie nicht verstehen, aber es geht bestimmt um Fußball, wahrscheinlich um das Spiel vom Wochenende zwischen Hajduk Split und Spartak Moskau in Subotica, das Hajduk gewonnen hat.

Jakob sitzt noch keine halbe Stunde auf seinem Beobachtungsposten, als Cvitković sein Bier austrinkt, einen Geldschein auf den Tisch legt und aufsteht. Erst jetzt sieht Jakob, wie groß der Mann ist. Trotz seiner Tendenz zur Fülle hat Silvas Dealer einen sportlichen Körper.

Cvitko setzt eine Sonnenbrille auf, klemmt die zusammengerollte Zeitung unter den Arm und läuft Richtung Zentrum. Jakob folgt ihm.

Nach einiger Zeit biegt Cvitko in eine Seitenstraße und in ein Gassenlabyrinth ein und geht in Richtung Veli Varoš. Sie laufen an verlassenen Einfamilienhäuschen vorbei, bis Cvitko schließlich in einem Hof verschwindet. Jakob bleibt stehen und linst um die

Ecke. Der Hof besteht im Grunde aus den Außenwänden eines verfallenen Hauses. Auf dem Boden liegen Bauschutt und verkohlte Stützbalken. An einer der Wände kleben noch Kacheln. Jakob fragt sich, was Cvitko hier will. Dann begreift er. Der Mann im grünen Trainingsanzug hat Zeitung und Sonnenbrille auf den Boden gelegt. Er steht vor einer Wand, zieht seine Hose halb herunter und pisst. Er pisst lang und mit offensichtlichem Behagen. Als er fertig ist, verlässt er den Hof.

E schlängelt sich durch die Gassen und Gässchen von Varoš in Richtung Süden und dann in Richtung Westen. Jakob folgt ihm. Dann bleibt Cvitko vor dem Schaufenster eines Brillenladens stehen. Jakob will nicht von ihm bemerkt werden und biegt um eine Ecke, wo er wartet, bis Cvitko weitergeht.

Nach ein paar Metern biegt Cvitko in die Senjska ulica und läuft nun in Richtung Osten, dann nimmt er eine Gasse, die zur Heiligkreuzkirche führt.

Als er den Kirchhof überquert hat, geht es wieder in Richtung Westen, bis er an der alten Gasabfüllung erneut eine südliche Richtung einschlägt. Jakob fragt sich, was der Unsinn soll. Silvas Dealer läuft im Kreis, ohne Plan und ohne Ziel. Er kreist innerhalb eines Radius von wenigen hundert Metern wie auf einer Acht, und Jakob kreist mit ihm.

Schließlich erreichen sie wieder den Hof. Für einen Moment hat Jakob geglaubt, den Mann verloren zu haben. Doch er steht an derselben Stelle, an der er vorhin gepisst hat und schaut auf die Uhr.

Eine magere junge Frau mit langen Haaren betritt den Hof. Sie hat einen Rucksack dabei und trägt eine für die Jahreszeit viel zu warme Jacke. Sie und Cvitko nicken einander zu.

Wie eine Art Gegengewicht zu der warmen Jacke trägt das junge Mädchen Leinenturnschuhe ohne Socken. Sie wirkt vernachlässigt und ist ungefähr in Silvas Alter. Ihr Gesicht jedoch zeigt eine Reife, die nicht zu ihrem Alter passt.

Cvitko schaut sich um und verschwindet mit dem Mädchen in einem der nahe gelegenen Hauseingänge. Sie bleiben nur kurz weg. Dann entfernt sich das Mädchen mit schnellen Schritten.

Jakob wartet, bis auch Cvitko geht. Nach kurzem Zögern folgt Jakob dem Mädchen. Er muss sich beeilen und holt sie an der Heiligkreuzkirche ein. Sie läuft Richtung Zentrum, überquert den Platz der Republik, schaut am Kino kurz in den Vorschaukasten und läuft dann auf die Fischhalle zu, die zu dieser Tageszeit bereits leer ist. Sie taucht in den Diokletianpalast ein und geht Richtung Osten, so umgeht sie die belebtesten Gassen. An der Volkshochschule biegt sie ab und erreicht einen kleinen Platz. Jakob erinnert sich an diesen Platz. Hier finden im Sommer manchmal Theatervorstellungen statt.

Das Mädchen lehnt sich an eine Mauer und zündet sich eine Zigarette an. Jakob drückt sich in einen Hauseingang. Sie bleibt lange so stehen, ohne irgendetwas zu tun. Jakob glaubt schon, es wäre ein Fehler gewesen, ihr zu folgen.

Doch dann tritt ein junger Mann auf die Frau zu, nur etwas älter als sie. Er trägt eine Bomberjacke mit den Emblemen eines Fußballclubs und hat einen Ohrring im Ohr. Er sagt etwas und die Frau nickt. Er gibt ihr Geld und sie ihm ein Tütchen. Jakob weiß nicht viel über Drogen, aber genug, um zu wissen, was er gerade beobachtet.

Die junge Frau hat dem Mann gerade Heroin verkauft. Sie dealt ganz offensichtlich für Cvitko.

Jakob bleibt stehen, wo er ist, und beobachtet entsetzt, was weiter geschieht. Die junge Frau steht am helllichten Tag auf einem Platz mitten in der Stadt und versorgt in aller Seelenruhe ihre Kunden. In der folgenden Stunde wiederholt sich das drei, vier Mal. Die Kunden geben ihr Geld und sie gibt ihnen die Ware.

Gegen vier will Jakob seinen Beobachtungsposten aufgeben und nach Hause fahren. Doch dann kommt ein weiterer Kunde. Es ist ein Junge mit wuscheligen Haaren und hängenden Schultern. Er spricht das Mädchen schüchtern an, als würde er es nicht kennen oder ihm nicht trauen. Er sagt etwas und sie nickt.

Er reicht ihr Geld und sie ihm ein Heftchen. Und dann fragt er etwas. Er fragt so laut, dass Jakob ihn hören kann. „Wo ist denn Silva?“

Das Mädchen antwortet leise, sodass Jakob die Antwort nicht versteht. Aber natürlich begreift er. Der Kunde kennt Silva. Er wollte seinen Stoff eigentlich bei Silva kaufen.

Jakob wartet, bis der Junge gegangen ist, dann verlässt er den Hauseingang. Er läuft am Museum der Revolution und der Hauptpost vorbei, erreicht den Platz beim Theater, wo er plötzlich spürt, wie sein Herz Sprünge macht und er keine Luft mehr bekommt.

Er lehnt sich an eine Hauswand und schluckt, trocken ohne Wasser, eine Beruhigungstablette. Eine Zeit lang läuft er ziellos durch die Stadt, bis die Tablette zu wirken beginnt. Dann setzt er sich eine halbe Stunde ins Auto, bis sein Blutdruck sich beruhigt hat. Erst dann fährt er nach Misto.

* * *

Als er ankommt, geht er nicht gleich ins Haus. Er parkt das Auto und läuft hinunter ans Wasser. Er läuft bis zu den letzten Häusern am Ufer entlang und dann bergauf.

Nach zehn Minuten ist er auf Križev Rat, an der Stelle, wo seine Tochter das letzte Mal gesehen wurde.

Das Kreuz steht auf einem Hügel oberhalb des Dorfes. Mönche des Ordens des heiligen Spyridon hatten es aufgestellt, als die Reblaus wütete. Es war eine Gabe an den Gott, der ihnen die Plage geschickt und in seiner weisen Mildtätigkeit alle Weinberge vernichtet hatte. Das Kreuz war ein göttlicher Schwur der Ärmsten, und so sieht es auch aus: vier schmucklose Kalksteinbalken auf einem treppenartigen Podest. Auf diesen Stufen sitzen im Sommer die etwas unternehmungslustigeren Touristen und betrachten die Landschaft. Von hier sieht man Misto und die Bucht, die erste Inselkette und die scharfkantigen Felsen des Gebirges.

Jakob setzt sich auf eine Stufe und schaut hinunter auf Misto. Im Westen geht die Sonne unter. Die leuchtende Scheibe versteckt sich hinter einer Felsenkette und rötet den Himmel. Es ist absolut windstill, die Meeresoberfläche ist glatt wie ein Spiegel, die Häuser und den Hafen erkennt man kaum im nachmittäglichen Dunst. Zu

Jakobs Füßen erstreckt sich die alte Zisternenanlage. Früher hatte man die Hänge zementiert, um für den Sommer Regenwasser in Zisternen zu sammeln. In den Sechzigern wurde Misto dann an die Wasserversorgung angeschlossen und die Zisternen wurden nicht mehr gebraucht. Auf dem betonierten Abhang wachsen Moos und Flechten und aus den Rissen wuchern Grasbüschel und Sträucher.

Als junger Mann war Jakob mit der gleichen Absicht wie Silva in jener Nacht hier heraufgekommen. Paare kamen hierher, um fernab von neugierigen Blicken zu knutschen und zu fummeln. Das letzte Mal war Jakob mit Vesna am Kreuz gewesen, ein paar Monate vor ihrer Hochzeit. Sie hatten Jakobs Jacke auf den Boden gelegt, Sex gehabt und dann aneinandergeschmiegt auf den Sonnenaufgang gewartet. Es war kalt gewesen.

Zwanzig Jahre später steht er wieder an dieser Stelle. Doch er denkt nicht an jenen frühen Morgen und wie er, nur im T-Shirt, gezittert hatte, trotz Vesnas Arm um seine Schultern. Er denkt an Silva, die am 23. September genau hier gewesen ist. Die Adrian zum Rumfummeln hierhergeführt hat, oder er sie. Und dann war etwas passiert. Hier oder woanders.

Er steht auf und schaut sich um. Er untersucht das Gebüsch um das Kreuz herum und entdeckt eine leere Kondomverpackung. Ein Schauer überläuft ihn. Dann entdeckt er eine weitere weggeworfene Packung und noch eine. Außerdem findet er benutzte Kondome, erst eins, dann noch eins. Jakob kann nicht sagen, wie lange sie da schon liegen. Aber es sind unzählige. Das Gebüsch unter dem Kreuz archiviert seit Jahrzehnten geduldig die Spuren von Sex.

Er schaut sich um und versucht sich vorzustellen, wo genau Silva und Adrian gelegen haben. Er sucht einen Flecken festgetrampelter Erde ohne Steinchen und Gestrüpp. Er entdeckt eine Stelle, die ihm als die geeignetste erscheint. Er beugt sich hinunter und befühlt sie, als hätten Gras und Erde womöglich Silvas Körperwärme gespeichert. Mit einem Stock teilt er die Büsche ringsum. Dann erregt etwas seine Aufmerksamkeit.

Unter einem Busch liegt ein länglicher Gegenstand aus milchig weißem Kunststoff. Jakob hebt ihn auf. Es ist eine Einwegspritze.

Er untersucht sie genauer und versucht festzustellen, wie alt sie ist. Schmutzig und zerkratzt muss sie hier schon länger liegen. Er wünscht sich, dass es so wäre. Aber er kann nicht sicher sein.

In der Zwischenzeit geht am Horizont die Sonne unter. In der Dämmerung verlassen Boote den kleinen Hafen, die ortsansässigen Fischer fahren hinaus. Die Boote gleiten durch das stille, tiefschwarze Wasser, ein leises beständiges Knattern von Dieselmotoren liegt über der Bucht. Um halb acht läutet Sankt Spyridon zur Abendmesse. Und wie zum Trotz erklingt aus der Kaserne die Trompete zum Einholen der Fahne. Militär und Kirche führen einen Zweikampf um die Seelen der Ortsbewohner, wie jeden Abend. Misto beschließt einen weiteren Tag, einen gewöhnlichen Tag, so gewöhnlich, dass es Jakob einen Stich versetzt.

In der Hand hält er immer noch die hässliche, gebrauchte Spritze. Er weiß nicht, was er damit machen soll, und steckt sie in die Tasche.

Er läuft den steilen Eselspfad hinunter und dann den etwas breiteren Feldweg entlang des Wassergrabens. Schon bald erreicht er die ersten Häuser.

Wenn Adrian die Wahrheit sagt, wurde Silva genau hier zum letzten Mal gesehen. Sie ist den gleichen Weg gegangen, ist auf die gleichen Steine und Erdklumpen getreten. Dann ist sie um eine Ecke gebogen und verschwunden, wie eine Dunstwolke, wie Schaumnebel.

Er erreicht die erste Kreuzung. Hier steht ein Abfallcontainer.

Er sieht sich um. Niemand ist zu sehen.

Er wickelt die Spritze in ein Taschentuch und wirft sie in den Container.

Inzwischen ist es dunkel. Hinter den Fenstern flimmern Fernseher und man hört die Stimme des Nachrichtensprechers. Die Bergleute im Kosovo streiken noch immer. Der Nachrichtensprecher verkündet eine weitere düstere Nachricht.

Zu Hause zieht Jakob im Flur leise Jacke und Schuhe aus. Er öffnet die Tür einen Spalt und sieht Mate über seine Hausaufgaben gebeugt. Mate schaut fragend auf.

Jakob geht ins Schlafzimmer und Vesna folgt ihm. Es ist ihr anzusehen, dass sie ihn fieberhaft erwartet hat. „Hast du ihn gefunden?“, fragt sie. „Hast du mit ihm gesprochen?“

Jakob zögert, unsicher, was er sagen soll.

„Ich habe ihn gefunden.“

„Und? Was hast du erfahren?“

Wie soll er es am besten formulieren? Er entscheidet sich für die schmerzloseste Variante.

„Nichts habe ich erfahren“, sagt er. „Der Mann hat noch nie von Silva gehört. Er hat sie auch auf dem Foto nicht erkannt.“

„Ich habe es gewusst“, sagt Vesna. „Ich kenne doch meine Silva. Das hat ihr einer untergeschoben.“

Sie drückt die Schlafzimmertür ganz zu und wiederholt, aber leiser, damit niemand sie durch die Tür oder die Fenster hören kann: „Das hat ihr jemand untergeschoben. Und dieser Jemand ist hier, hier in Misto.“

4
Mate (1989)

Anfang November wurden die Tage deutlich kürzer und ein später dalmatinischer Herbst umfing Misto.

Schon Ende September hatten die Strandcafés geschlossen und nach ihnen auch die einzige Pizzeria und zwei der drei Kneipen im Ort. Anfang Oktober fuhren weniger Busse, und das Touristenbüro schloss seine Türen. In der zweiten Oktoberhälfte verdüsterte sich der Himmel und es setzte ergiebiger Regen ein, der tagelang andauerte und alles durchweichte.

Die zermürbende Sintflut ergoss sich über Križev Rat und die Kapelle Stella Maris, die Prosika-Schlucht und Rokkovs Land, die Macchia und die Kaserne, die Berge und den Kanal. Auch die letzten trockenen Flecken verwandelte der Regen in Schlammlöcher, und in dem porösen, spitzen Gestein entstanden Pfützen und unterirdische Tümpel, die erst im Sommer austrocknen würden. Es regnete und regnete, und Mates Vater sagte eines

Tages, als er auf dem Balkon stand und in den Regen schaute: „Selbst wenn es Spuren gab, wird dieser Regen sie jetzt wegspülen."

Silva blieb spurlos verschwunden. Die Wochen vergingen und die Polizei meldete sich immer seltener. Šain rief alle fünf bis sechs Tage an, doch was er zu sagen hatte, wurde von Mal zu Mal unbestimmter und nichtssagender. Der Polizei schienen die Ideen auszugehen.

Mate fuhr weiterhin jeden Morgen mit dem Bus zur Schule und kam jeden Nachmittag in ein Zuhause zurück, das er immer weniger ertrug. Sein Vater war meistens abwesend. Morgens setzte er sich mit einem Stapel Flugblätter ins Auto und kurvte weiß Gott wo herum und versuchte etwas herauszufinden, das Mate nicht verstand. Manchmal sah Mate ihn weit entfernt von zu Hause, in Split. Er sah, wie sein Vater grimmig die Straße entlanghastete, in Gedanken bei Dingen, die er mit seiner Familie nicht mehr teilte. Mate hatte den Eindruck, dass Jakob nur deshalb durch die Straßen streifte, damit er nicht zu Hause sein musste. Mate konnte das verstehen. Seit ein paar Wochen fühlte auch er sich überall wohler als zu Hause.

Dafür war seine Mutter zu Hause – ununterbrochen. In den ersten Tagen hatte Jakob gesagt, es wäre am besten, wenn immer jemand zu Hause wäre, am Telefon. Das hatte Vesna offensichtlich wörtlich genommen. Sie verließ das Haus überhaupt nicht mehr, außer wenn sie in die Kirche ging. Nach einem Versuch, wieder zur Arbeit zu gehen, hatte sie sich erneut krankschreiben lassen. Sie ging nicht mehr einkaufen und auch nicht ins Dorf. Den ganzen Tag über lag sie auf dem Sofa und starrte apathisch an die Decke, während das Radio lief. Die Nachrichten waren turbulent. Politische Parteien formierten sich, die ersten Wahlen wurden vorbereitet, in Ungarn verkündete die Opposition eine neue Verfassung und in Ostdeutschland reichte Parteisekretär Honecker seinen Rücktritt ein. Die Welt veränderte sich, doch Vesna, genau wie Mate, kümmerte das nicht.

In der Zwischenzeit veränderte sich auch ihr Haus, Vesna kochte nicht mehr, und auch die Wäsche blieb liegen, Staub wurde nicht gewischt. Mate erledigte jeden Tag das Nötigste. Er stellte die Waschmaschine an, holte sich aus der Keksdose Geld und kaufte Lebensmittel, aus denen er einfache Gerichte kochen konnte: Würstchen,

Dosentomaten, Bohnen. Er machte Essen und spülte hinterher. Er bemühte sich, zumindest die Küche sauber zu halten. Im restlichen Haus hatte er den Kampf schon verloren. Das Haus ächzte unter Schichten von Staub, im Garten wucherte das Unkraut, und der Berg Bügelwäsche wuchs ins Unermessliche. Das Haus selbst stand stoisch und verschlafen da. Als hätte sich seit jenem Sonntag im September nichts gerührt. Alles verharrte in Erwartung: Silvas ungemachtes Bett, der Fernseher, der nicht mehr angemacht wurde, der Kalender, von dem niemand mehr die Tage abriss. Im Schuppen Jakobs Funkanlage, Elektronikteile, auseinandergenommen und vergessen. Alles lag im Winterschlaf und wartete auf den Kuss, der den Zauber lösen und dem Haus wieder Leben einhauchen würde.

Manchmal, nicht oft, ging Mate heimlich in das Zimmer seiner Schwester, wenn Vesna es nicht mitbekam, und Vesna bekam ohnehin gar nichts mehr mit. Dann öffnete Mate die Tür mit dem Schild KEEP OUT und ging hinein, ohne Licht zu machen. Er setzte sich auf das Bett, lauschte und roch Silvas Parfüm, dessen Duft noch immer in der Luft schwebte. Patschuli. Der dunkle, erdige Duft hing in Kissen, Kleidern, Schlafanzügen und sogar in den Vorhängen.

Mate sitzt im dämmrigen Raum und betrachtet die Sachen seiner Schwester. Wie in jedem Jugendzimmer kann man auch hier in Schichten das Älterwerden der Bewohnerin beobachten. In den hintersten Ecken sieht man noch, womit sich Silva als Kind beschäftigt hat, Bilderbücher, verzierte Hefte, ein Poesiealbum, Sticker von Garfield am Kopfende des Bettes. Weiter an der Oberfläche sieht er Poster und Musikkassetten, die Silva beim Übergang ins Jugendalter interessiert haben. Aber irgendwann sind auch diese Dinge aus Silvas Fokus gerückt. Verblüfft stellt Mate fest, dass es den Moment gegeben hat, als Silva aufhörte Musik zu hören und ganz normale Teenager-Gespräche zu führen. Diesen Moment hat es gegeben, aber er hat ihn verpasst.

So sitzt er im Zimmer und schaut zum wiederholten Mal auf Silvas Märchenbücher, den Schulatlas, alte Wasserfarben, den Spitzer in Form eines Globus und die Kassetten mit ihrer Musik: Sade, UB 40, Knopfler, Grace Jones. Er schaut auf die ganze Musik, die

Silva zurückgelassen hat, auf ihre Kleider und all die überflüssigen Dinge, die sie nicht mitgenommen hat.

Er sieht das alles und erinnert sich. Er erinnert sich, wie sie im Sommer an der Kapelle gebadet haben, wie sie zwischen den scharfen Felsen herumgeklettert sind, mit einem Stein Muscheln von den Felsen gelöst und in ein mit Meerwasser gefülltes Gefäß gelegt haben. Er erinnert sich, wie sie vor Agatas Laden Kronkorken gesammelt und zur Belohnung für eine Handvoll Korken eine Cola bekommen haben. Er erinnert sich daran, wie Silva Fußball spielte. Die Jungs spielten immer auf dem Basketballplatz Fußball und als einziges Mädchen spielte Silva mit. Sie spielte nicht schlecht, war beweglich und schnell und der Ball klebte förmlich an ihrem rechten Fuß.

Silva war von Anfang an da. Von der Gebärmutter bis zum Kindergarten, von der Plazenta bis zum Schulbus. Es gibt keine Erinnerung, keinen Zipfel seines Lebens, in dem Silva nicht vorkommt. Er hat gedacht, dass es umgekehrt genauso wäre.

Aber so ist es nicht gewesen. Silva hat ihr eigenes, paralleles Leben geführt – ein Leben ohne ihn. Das empfindet er jetzt als Verrat.

Dann vertreibt er diese sinnlosen Gedanken. Er steht auf, streicht die Bettdecke glatt und verlässt Silvas Zimmer. Er schließt die Tür, auf der KEEP OUT steht, und schaut nach Vesna.

* * *

Adrian Lekaj wurde am 23. Oktober verhaftet, frühmorgens bei Sonnenaufgang.

Mate erinnert sich gut an den Morgen. Seit Silvas Verschwinden schläft er schlecht und wacht morgens früh auf. So ist es auch an diesem Morgen. Er stellt sich ans Fenster und schaut auf den grauen, feuchten Morgen. Ganz Misto schläft noch: die Häuser, der Kirchturm, der Anleger, die Boote im Hafen. Erst in einer halben Stunde würde man die vertrauten Geräusche hören: den Arbeiterbus, den Kombi, der die Zeitungen bringt, die Kirchenglocken, die Sirene aus der Kaserne.

Doch an diesem Morgen hört er andere Geräusche, Motorengeräusche, mehrere Autos, die von der Magistrale in den Ort fahren. Er hört Stimmen auf dem Platz vor der Kirche. Dann das kurze Aufheulen einer Sirene und Stimmen aus Funkgeräten.

Die Polizei, denkt er. Er weckt weder Mutter noch Vater, der gestern spät nach Hause gekommen ist. Mate verlässt das Haus und eilt zum Kirchplatz.

Vor der Bäckerei der Lekajs steht ein Polizeikombi und daneben eine Gruppe Polizisten mit Gewehren. Die Tür der Bäckerei ist geschlossen, doch aus dem Haus dringt Geschrei und etwas geht zu Bruch.

Langsam kommen immer mehr Dorfbewohner dazu. Mate erkennt den Pfarrer Don Dražen, der noch nicht sein Priestergewand trägt, sondern nur ein einfaches Hemd. Er sieht auch einige Arbeiter aus der Fabrik. Brane ist auch da, er steht ein Stück abseits und starrt gebannt auf das Geschehen.

Dann bringen sie ihn raus. Drei Polizisten schleppen Adrian Lekaj aus dem Haus. Dahinter kommt Adrians Vater, der alte Bäcker. Er steht mit einem Ausdruck an der Tür, als wollte er im Boden versinken. Als er in den Kombi geschoben wird, schreit Adrian, sie sollen ihn loslassen, weil er nichts gemacht habe.

Šain steht stumm neben dem Kombi, als wäre er der Regisseur des Ereignisses. Mate geht zu ihm und fragt, was passiert sei, doch Šain ignoriert ihn, so wie man ein Kind ignoriert.

Die Polizisten steigen in ihre Autos und fahren los, während Mate nach Hause geht, um seine Eltern zu wecken. Er berichtet, dass sie Adrian geholt haben.

Der Vater wählt Šains Nummer, doch es meldet sich niemand. Immer wieder ruft er vergeblich an. Schließlich beschließt er, nach Split zu fahren und vor Šains Büro zu warten, bis er erfährt, was los ist. Mate und seine Mutter bleiben in fiebriger Erwartung zu Hause am Küchentisch. Irgendwann fragt Mate, ob er einen Tee machen soll, verwirft die Idee aber, als er Vesnas entsetzten Blick sieht.

Sie warten stundenlang. Jakob kommt erst am frühen Nachmittag zurück. Sobald er ihn sieht, weiß Mate, dass er keine guten Nachrichten mitbringt.

„Sie haben einen anonymen Hinweis bekommen", sagt Jakob.

Am Abend hat eine unbekannte Person aus einer Telefonzelle die Polizei angerufen. Sie hatte sich wohl einen Lappen vor den Mund gehalten und die Stimme verstellt. Dem Akzent nach ist es jemand aus dem Dorf gewesen.

Die Person behauptete, Adrian Lekaj habe Silva mit einer Holzlatte erschlagen. Die Person hat weiter behauptet, die Polizei könne die Latte im Schuppen der Lekajs finden. Die Person hatte exakt die Stelle beschrieben, wo die Latte lag.

Als Vesna das hört, verzieht sie das Gesicht vor Entsetzen. Mate ist wie vom Donner gerührt. Die Vorstellung, Silva könnte tot sein, ist bis zu diesem Augenblick nur trockene Theorie gewesen, nicht einen Moment hat er das wirklich geglaubt.

„Und?", fragt Vesna. „Haben sie die Latte gefunden?"

„Das haben sie", antwortet Jakob. „Genau an der beschriebenen Stelle. Unter einem Fass, hinter alten Besen. Die Latte entspricht der Beschreibung, es ragen einige Nägel heraus, dadurch kann sie zur tödlichen Waffe werden. Es gibt Flecken von weißer Farbe und Tropfen von Bootslack, aber auch Blutspuren. Sie wissen noch nicht, um welche Blutgruppe es sich handelt."

Während er seinem Vater zuhört, formiert sich in Mates Magen ein bitterer, kalter Klumpen. Er versucht, sich Silvas Gesicht vorzustellen, blutig geschlagen mit der Latte. Er versucht, sich Adrians mörderische Wut vorzustellen. Doch vor sich sieht er einen anderen Adrian, einen Adrian, der im Unterhemd träge ein italienisches Fußballspiel schaut.

„Und was sagt er?", fragt Mate. „Was sagt Adrian?"

„Nichts Nützliches", antwortet Jakob. „Er leugnet alles. Er weiß nichts von nichts. Er behauptet, die Latte nie gesehen zu haben, und er wisse auch nicht, wie sie dahin gekommen sei. Er behauptet weiterhin, sich um zwei von Silva getrennt zu haben. Und da habe sie noch gelebt."

„Und was jetzt?", fragt Vesna.

„Nichts. Er ist dort, bei der Polizei. Sie verhören ihn."

„Was hat Šain gesagt?", will Vesna wissen.

„Ich habe nicht mit Šain gesprochen", antwortet Jakob. „Sondern mit Tenžer. Er sagt, sie werden ihn knacken. Wenn er etwas getan hat, werden sie ihn knacken. Sie werden ihn nicht gehen lassen, bis er gesteht. Das hat er gesagt."

Jakob setzt sich hilflos. Aber Mate kann nicht einfach rumsitzen und warten. Er zieht seine Turnschuhe an, verlässt das Haus und geht die Gasse hinunter zum Kirchplatz.

Er bekommt die Bilder nicht aus dem Kopf. Die Latte und auf der Latte Blut – Silvas Blut. Silva, die in irgendeinem Loch oder einer Felsspalte liegt, bedeckt von Zweigen – und während er und seine Eltern langsam verzweifeln, verfault Silva langsam, bis sie irgendwann nur noch ein unkenntlicher Klumpen ist.

Darüber denkt Mate nach, als er sein Ziel erreicht. Lekajs Bäckerei ist geschlossen. Davor steht der Kombi des Bäckers. Alle vier Reifen sind zerschnitten. An eine Seite hat jemand das Wort MÖRDER gesprayt. Über die ganze Seite des Wagens in dunkelblauen Großbuchstaben.

* * *

Adrian wurde drei Tage später entlassen. Er kam ohne Ankündigung nach Hause, genauso wie er verhaftet worden war. Diejenigen, die Zeugen seiner Rückkehr wurden, sagten, er sei einfach aus dem Bus gestiegen, ohne Begleitung und ohne dass jemand ihn empfangen hätte. Er sei humpelnd nach Hause gegangen, habe sich auf das Sofa gelegt und sein T-Shirt ausgezogen, und unter dem T-Shirt – hieß es – habe man die Spuren von Schlägen gesehen.

Unglücklicherweise erfuhr Vesna die Nachricht als eine der Ersten. Noch schlimmer, sie erfuhr es in der Schule von einem ihrer Schüler. An dem Montag hatte sie auf Drängen Jakobs wieder angefangen zu arbeiten. Vollgepumpt mit Tabletten war sie am Morgen fast nicht aus dem Bett gekommen. In der dritten Stunde, als sie den Kindern gerade die Topografie der Kordilleren erklärte, erzählte ihr einer der Siebtklässler, er habe am Morgen Adrian auf der Straße gesehen. Vesna beendete die Stunde und raste nach Hause. Die

Entrüstung stand ihr deutlich ins Gesicht geschrieben: Was werdet ihr unternehmen?

Seit dem Morgen hatte es geregnet. Die Bäckerei der Lekajs blieb den ganzen Tag zu, und am Haus waren die Fensterläden geschlossen. Adrian hatte sich ins Haus verzogen und kam nicht raus. Der einzige Mensch, der wusste, was mit Silva geschehen war, saß hier – gleich nebenan, eine Straße weiter, hinter geschlossenen Fensterläden. Er war in Reichweite und sie konnten nichts tun.

Mate erinnert sich an diesen unerträglichen Nachmittag. Jakob saß am Küchentisch und stierte hilflos und unentschlossen vor sich hin. Vesna durchbohrte ihn erbost mit Blicken. Sie erwartete etwas – schwer zu sagen, was: Blutrache, den Fehdehandschuh, eine Entführung, ein durch Folter erzwungenes Geständnis. Was auch immer sie erwartete, Jakob tat es nicht, weil er gar nichts tat. Er saß hilflos am Tisch, starrte an die Wand, auf den kolorierten Jesus mit den verträumten Augen. Er wartete darauf, dass Jesus eines seiner biblischen Wunder vollbrachte. Zum ersten Mal im Leben hatte Mate Mitleid mit seinem Vater. Das war nicht mehr der erwachsene, reife, immer beschützende Vater. Mate sah einen neuen Vater, der selbst ein hilfloses Kind war.

* * *

An diesem Abend kommt Gorki Šain. Er ruft nicht an, sondern kommt unangemeldet persönlich vorbei. Er setzt sich an den Tisch und lehnt den angebotenen Kaffee ab. Unumwunden sagte er: „Wir mussten Adrian gehen lassen."

Sie haben nichts gegen ihn gefunden. Er hat den Lügendetektortest einwandfrei bestanden. Seine Fingerabdrücke waren nicht auf der Holzlatte, nicht einmal im Schuppen.

„Wessen Blut ist auf der Latte?", fragt Vesna.

„Die Blutgruppe ist Null negativ", antwortet Šain. „Wie Silvas. Aber das ist die häufigste Blutgruppe, zwei Fünftel der Bevölkerung haben Null negativ."

„Und der anonyme Anruf? Woher kam der?“, fragt Vesna.
„Aus Misto, so viel wissen wir“, sagt Šain. „Mehr nicht.“
„Jemand weiß es“, sagt Vesna. „Jemand hat es gesehen. Jemand aus Misto. Und jetzt schweigt er.“
„Vielleicht hat der Anrufer es gesehen, vielleicht nicht. Die Menschen begehen am Telefon so manche Bösartigkeit.“
„Und die Latte?“, mischt Mate sich ein, auf einmal erwachsen, reif, abgebrüht. „Die Latte ist nicht übers Telefon da hingekommen.“
„Das stimmt. Die Latte können wir nicht erklären.“
„Und was jetzt?“
„Wir arbeiten weiter daran.“
„Und – er?“, fragt Vesna. „Der Mörder? Der spaziert draußen frei herum?“
„Wenn er der Mörder ist“, antwortet Šain. „Ja, er ist im Moment in Freiheit.“
Šain bricht auf. Im Flur dreht er sich noch einmal um. „Es ist noch nicht vorbei“, sagt er. „Wir machen weiter.“ Dann zieht er seine Jacke an und gibt jedem die Hand, auch Mate. Bevor er zur Tür hinausgeht, stellt Vesna die Frage, die ihnen allen auf der Zunge liegt: „Und was denken Sie?“
„Worüber?“
„Sie wissen schon. Glauben Sie, er war es? Lebt sie noch? Oder hat er sie umgebracht?“
„Ich weiß es nicht.“
„Das ist mir klar. Aber was denken Sie? Was sagt Ihnen, wie sagt man noch, Ihr Bauchgefühl?“
Mate erinnert sich an diesen Moment. Der Inspektor steht zögernd an der Tür, als würde er seine Worte abwägen.
„Ich weiß es wirklich nicht“, sagt er schließlich. „Meine Intuition sagt mir nichts.“
„Ich glaube, Sie wissen es“, erwidert Vesna. „Sie wissen es, aber Sie dürfen es mir nicht sagen.“
„Ich weiß es wirklich nicht.“
„Doch. Ich weiß, dass Sie es wissen“, beharrt Vesna und schließt ohne Abschied die Tür hinter Šain.

Bald darauf fasst Mate einen Entschluss. Wenn sein Vater nichts unternimmt, dann wird er etwas tun.

Er wartet, bis seine Eltern sich in ihr Schlafzimmer zurückziehen. Gegen ein Uhr schlüpft er in seine Turnschuhe und zieht eine dunkle Trainingsjacke mit Kapuze an. Er stiehlt sich aus dem Haus und läuft zum Haus der Lekajs hinunter.

Auf dem Grünstreifen neben der Straße parkt der alte Genossenschaftslaster. Den hatten die Olivenbauern vor langer Zeit angeschafft, als die Oliven noch zur Mühle in die Stadt transportiert wurden. Inzwischen gibt es die Mühle nicht mehr und auch nicht die Genossenschaft, und der Laster steht vergessen und herrenlos an der Straße. Kinder klettern darauf herum, und alles von Wert – Felgen, Scheibenwischer, Windschutzscheibe – ist geklaut worden.

Seit er aus der Untersuchungshaft entlassen wurde, traut Adrian sich nicht aus dem Haus. Aber Mate weiß, dass er spätabends, wenn alles sich beruhigt hat, vors Haus geht, um an die frische Luft zu kommen. Adrian geht hinten zum Liefereingang raus, den sein Vater nutzt, um Mehl in die Bäckerei zu schaffen. Das macht Adrian jeden Abend, und Mate weiß, dass er es auch heute tun wird.

Lange hockt er hinter dem Reifen des Lasters. Der Abend ist still und ruhig. Am frühen Abend ist Bora aufgezogen, doch gegen Mitternacht hat sich der Wind wieder gelegt und die Natur beruhigt. Aus der Ferne hört man leise einen Fernseher und von der Magistrale hin und wieder einen Laster. Das Haus der Lekajs ist dunkel.

Über der Hintertür geht das Licht an und Adrian kommt heraus. Er kommt durch die Hintertür der Bäckerei mit einer Jacke über den Schultern und steht an der menschenleeren nächtlichen Straße, genau unter dem elektrischen Licht, wie eine Motte. Lekaj hat abgenommen. Er raucht und scheint es zu genießen.

Mate zögert nur kurz, dann springt er aus seinem Versteck und greift an. Er packt Adrian und wirft ihn zu Boden. Adrian krümmt sich unter Mates Tritten, schützt den Kopf mit den Armen und den Bauch mit den Knien, als wollte er einfach abwarten, dass es aufhört. Er ruft nicht um Hilfe. Er gibt keinen Laut von sich.

Während er Adrian verprügelt, hat Mate das gleiche Bild vor Augen wie seit Tagen. Die Holzlatte, das Blut, Silvas Körper, bedeckt mit Zweigen, wie er in der Feuchtigkeit verwest. Er sieht dieses Bild und schlägt und tritt auf Adrian ein, noch mal und noch mal.

„Sag mir, wo sie ist!“, zischt er. „Sag mir, wo du sie versteckt hast! Sag mir, wo sie ist.“

Aber Adrian antwortet nicht. Er liegt stumm und zusammengekrümmt auf dem Boden und wartet, dass die Schläge aufhören. Er stöhnt nur leise auf bei jedem Schlag.

Um sie herum gehen langsam die Lichter an und Stimmen sind zu hören. Nach ein paar Minuten ruft jemand aus der Gasse. Mate rennt los, und als er weit genug entfernt ist, dreht er sich noch einmal um. Adrian liegt wie ein nasser Lappen mit blutender Stirn und aufgerissenen Lippen am Boden.

Mate irrt eine gute Stunde umher und wartet, dass sich sein Herzschlag beruhigt. Um drei Uhr morgens kommt er nach Hause, legt sich ins Bett und starrt den Rest der Nacht an die Decke. Er weiß nicht, was am nächsten Tag geschehen wird, ob vielleicht die Polizei kommen und ihn holen wird.

Aber nichts geschieht. Adrian hat den Angriff nicht angezeigt und auch niemandem erzählt, was passiert ist.

Doch er geht wieder aus dem Haus. Schon am nächsten Morgen steht er trotzig auf dem Kirchplatz, als wäre alles in Ordnung, als wäre das ein ganz normaler Sonntagmorgen. Seine Lippen sind verschorft, ein Auge ist blau, die Stirn wund. Er humpelt. Adrian zeigt seine Wunden, als wären es Trophäen, als wäre er das Opfer.

Mate läuft an diesem Morgen ins Dorf und sieht Adrian vor der Bäckerei seines Vaters stehen. Ihre Blicke treffen sich. Adrian schaut ihn mit unverhohlenem Hass an und Mate beschleunigt seine Schritte.

Am Hafen hängt der Geruch von etwas Verbranntem in der Luft und man sieht die Spuren eines Feuers. Wie es aussieht, hat eines der Plastikboote in der Nacht gebrannt. Es ist ein kleines überdachtes Boot mit Außenbordmotor. Der weiße Kunststoff ist jetzt angeschmolzen und schwarz.

Mate weiß, wem das Boot gehört. Aber etwas anderes weiß er nicht: Wer von den selbstgerechten Dorfbewohnern das Boot angezündet hat.

Wer immer das getan hat, eins ist sicher: Alle, wirklich jeder, wird denken, dass es Mate gewesen ist.

5
Jakob (1990)

Das Jahr 1989 klang in Misto auf die gleiche Art aus wie jedes Jahr. Schon vor Heiligabend hatten sich die Kinder im Ort mit pyrotechnischem Wunderwerk bewaffnet. Mit selbst gebauten Schussvorrichtungen setzten sie Abfalleimer in Brand, bewarfen Passanten und Katzen mit Böllern, sodass kurz vor Weihnachten die Explosionen im Ort widerhallten wie in einem Kriegsgebiet.

An Heiligabend versammelten sich so viele Dorfbewohner wie noch nie zur Mitternachtsmette. Don Dražen sprach über eine große Hoffnung, die sich am Horizont abzeichne, und über die Verantwortung, die man für die bedrohte Heimat übernehmen müsse. Wie jedes Jahr veranstaltete die Gemeinde zu Silvester ein Feuerwerk, das aber sehr bescheiden ausfiel, als hätten Staat und Regierung nicht einmal mehr dafür ausreichend Energie.

Seit Silvas Verschwinden waren vier Monate vergangen. Die Auskünfte der Polizei bestanden nur noch aus Floskeln. Jakob rief ab und zu Šain an, doch der hatte ihm eigentlich nichts mehr zu sagen. „Wir suchen", sagte er. „Wir haben schon alles abgesucht, aber wir suchen weiter." Wie diese Suche aussah, wusste Jakob nicht.

Auch Jakob suchte. Er klebte zwar keine Plakate mehr in Dalmatien und der Herzegowina, weil das wenig Sinn machte. Stattdessen streifte er um den Ort herum und suchte nach Plätzen, wo vielleicht Silvas Leiche lag. Er stapfte durch die Wildnis, durchs Gestrüpp, trieb sich an Berghängen bis hinunter zur Prosika-Schlucht herum. Tagelang suchte er die Schlucht ab, durch die früher die alte Karawanenstraße nach Bosnien verlaufen war. Er irrte von einer

Klamm zur nächsten, dort, wo sich in alten Zeiten die Rebellen verschanzt hatten. Wie eine gequälte Seele taumelte er durch die Gegend und suchte, was er nicht finden wollte. Er suchte einen flachen Hügel, unter dem die Leiche vergraben lag, suchte sie unter aufgehäuften Ästen und Zweigen, in Felsspalten und vertrockneten Bachbetten. Er suchte die tote Silva und war glücklich, dass er sie nicht fand.

Vier Tage, nachdem sie Adrian freigelassen hatten, kam der alte Lekaj zu den Velas und bat um ein Gespräch. Er klopfte und es war Vesna, die ihm öffnete. Der alte Lekaj wollte sie davon überzeugen, dass Adrian nichts getan hatte, aber das konnte er gar nicht mit Bestimmtheit wissen. Vesna warf ihn aus dem Haus. Die ganze Zeit saß Jakob in der Küche und hörte durch die Tür die Stimmen, die Schwüre, aber er ging nicht hinaus und mischte sich nicht ein. Während er lauschte, wie Vesna schimpfte, bemerkte er Mate. Sein Sohn sah ihn an wie einen elenden Feigling.

Einen Tag nach seinem Besuch öffnete der alte Lekaj seine Bäckerei. Die ersten Tage blieb es leer, weil niemand bei ihm sein Brot kaufen wollte. Aber die Leute brauchten Brot, und die nächste Bäckerei war kilometerweit entfernt. Schon bald kauften die Leute wieder bei Lekaj. Während sie ihr Brot bezahlten, schauten alle zu Boden, der Bäcker und seine Kunden. Die Kunden zählten das Geld ab, packten schnell den noch warmen Brotlaib ein und eilten ohne Gruß hinaus.

Die ganze Zeit über blieb Adrian im Haus. Der alte Lekaj behauptete, er sei nicht da, sie hätten ihn zu Verwandten ins Kosovo geschickt. Aber alle wussten, dass das nicht stimmte. Adrian war da, im Haus des Bäckers. Er hatte sich verkrochen und schwieg, verborgen zwischen vier Wänden, als wäre er im Gefängnis. Was auch immer er gesehen hatte und wusste, er schwieg und ließ alle in unerträglicher Ungewissheit.

Seit Anfang Dezember ging Jakob wieder zur Arbeit. Er saß zwar im Büro, aber er arbeitete nicht, weil er sich beim besten Willen nicht auf die sinnlose Arbeit konzentrieren konnte. Von sieben bis drei starrte er auf Zahlenkolonnen und stellte entsetzt fest, dass er sie nicht verstand. Bei aller mentalen Anstrengung verstand er nicht, was vor ihm auf dem Papier stand.

Zu Beginn des neuen Jahres explodierte die politische Krise. An jeder Ecke sprach man über einen bevorstehenden Militärschlag. Am ersten Tag des neuen Jahres wertete die Regierung wegen der Inflation die Währung ab und strich vier Nullen vom Dinar. Ende des Monats verließen die kroatischen und slowenischen Kommunisten den Parteikongress in Belgrad. Der Staat Jugoslawien existierte nicht mehr.

In der Zwischenzeit hatte das politische Chaos auch in der Fabrik, wo Jakob arbeitete, Einzug gehalten. Zum ersten Mal wurden die Löhne mit Verspätung ausgezahlt. Anfang Januar drohten die Arbeiter mit Streik, und um sie zu beruhigen, versprach der Direktor Einschnitte in der Verwaltung. Es gab nur einen Grund, warum Jakob nicht entlassen wurde. Das war seine verschwundene Tochter. Er wurde nicht gefeuert, weil ihn ein Panzer aus Mitleid schützte.

Im Februar wurden die ersten freien Wahlen angekündigt. Innerhalb weniger Wochen tauchte in Misto eine ganz neue Sorte Mensch auf. Es waren immer Männer, immer groß und immer mit tiefen Stimmen. Sie gingen in weißen Hemden umher und setzten sich bei der Messe in die erste Reihe. Nach der Messe gingen sie ins *Lanterna* und krempelten die Ärmel ihrer weißen Hemden hoch. Selbstbewusst und befehlsgewohnt sprachen sie bis tief in die Nacht über Politik, und bevor der Wirt sein Café schloss, spendierte er ihnen noch einen großen Teller mit Schinken und Käse.

In der Fabrik kam auch der nächste Monatslohn zu spät. Der Direktor war verzweifelt. Er konnte nicht – wie früher – einfach ein Komitee einberufen, um das Problem zu lösen. Das Land versank im Chaos.

Dann kam jener Mittwoch. Jakob erinnert sich gut daran. Es war der 13. Februar, Aschermittwoch. Am Tag zuvor, dem Faschingsdienstag, sollte es im Ort einen Umzug geben, doch heftiger Regen durchkreuzte die Pläne. Am Aschermittwoch sitzt Jakob in seinem Büro, bei einer Arbeit, für die der Lohn nicht mehr gezahlt wird, bei einer Arbeit, die er eigentlich nicht mehr erledigt. Durchs Fenster schaut er aufs Meer, wo der Levante wütet. Über der ersten Inselkette ballen sich schwere, dunkle Wolken; der Ostwind nimmt zu und beschert den Wellen weiße Kronen. Erste Regentropfen schlagen gegen die Scheibe, groß und schwer. Irgendwo auf dem Fabrikgelände rumpelt es; eine Metalltür schlägt im Wind.

Gegen zehn klingelt das Telefon.

„Ich glaube, wir haben Neuigkeiten“, sagt Šain. „Und zwar gute. Wie es aussieht, ist Silva am Leben.“

„Wo ist sie?“, fragt Jakob.

„Das wissen wir nicht. Aber sie wurde am Morgen danach gesehen. Sie hat eine Fahrkarte für den Bus gekauft. Silva ist abgereist.“

„Und das bedeutet … ?“

„… dass sie lebt“, wiederholt Šain. „Es bedeutet, dass sie lebt.“

* * *

Am nächsten Morgen lernt Jakob in Split Elda Zuvan kennen.

Als er angerufen hat, war sie freundlich und gleich bereit, sich mit ihm zu treffen. Elda arbeitet in einer Niederlassung der Belgrader Jugobank. Sie schlug vor, sich in ihrer Pause zu treffen und sie verabredeten sich im Park an der Promenade, gleich vor dem Eingang der Bank. Jakob hat Mate mitgenommen. Sie sind zehn Minuten zu früh an der verabredeten Stelle, aber Elda wartet schon. Sie schlägt vor, sich in eins der Cafés im Viertel zu setzen und in Ruhe zu reden.

Elda ist jünger, als er erwartet hat. Sie trägt eine moderne Kurzhaarfrisur. Ihre kastanienfarbenen Augen verraten, dass ihre gebleichten Haare in Natur wahrscheinlich dunkel sind. Sie wirkt jugendlich, doch da sie in einer Bank arbeitet, ist sie konservativ gekleidet: dunkelblaues Kostüm, weiße Bluse.

Zu dritt sitzen sie im Café und Jakob bemerkt, wie Mate Elda Zuvan mit Interesse mustert, so wie ein Mann eine zurechtgemachte Frau anschaut.

Elda bestellt Kaffee und holt aus der Tasche einen gefalteten und verknitterten Zettel. Es ist das Flugblatt mit Silvas Gesicht, das Jakob überall plakatiert hat. Von dem verknitterten Zettel schaut ihnen durch die vorwitzige Strähne über dem linken Auge Silva entgegen. Silva, von einem Unbekannten fotografiert. Silva, die irgendwohin gefahren ist und nichts von sich hören lässt.

„Es tut mir leid", sagt Elda, „dass Sie das jetzt erst erfahren. Aber früher war es nicht möglich."

Dann erzählt Elda ihnen, was sie schon von Šain wissen. Nach sechsmonatiger Abwesenheit ist sie letzte Woche nach Kroatien zurückgekehrt. Sie ist aus dem Haus gegangen und hat das Flugblatt gesehen. Es klebt an jedem Laternenmast in ihrem Viertel. Sie hat sich erinnert, dass sie ein Mädchen, das genauso aussah, am Busbahnhof in der Schlange am Fahrkartenschalter gesehen hatte. Elda hatte damals in der Schlange vor dem Schalter gewartet, an dem die Tickets ins Ausland verkauft wurden. Das Mädchen hatte hinter ihr gestanden.

„Es tut mir leid", wiederholt Elda, „dass ich mich nicht früher melden konnte."

Sie hatte ein Stipendium für sechs Monate erhalten, um in Salamanca ihr Spanisch zu verbessern. Sie wollte so viel wie möglich aus der Reise herausholen. Mit einem Interrailticket war sie durch Spanien und Portugal gereist. Gerade hat sie den Film entwickeln lassen, sie holt Umschläge mit Fotos aus der Tasche und zeigt sie Jakob und Mate. Auf fast allen Bildern ist Elda allein. Elda in Barcelona, in Avila, Lissabon. Vor dem Aquädukt in Segovia, auf der Plaza Mayor in Salamanca, vor dem heiligen Jakob in Compostela. Auf allen Bildern lächelt Elda glücklich. Ihre Haare sind etwas länger und sie sieht ein bisschen jünger aus.

„Ich war abgeschnitten von Kroatien", sagt sie. „Ich habe keine kroatischen Zeitungen gelesen. Als ich zurückgekommen bin, habe ich überall ihr Bild gesehen. Da habe ich mich erinnert. Ich wünschte, es wäre früher gewesen, dann hätte ich Ihnen viel Schmerz erspart."

Während Elda die Bilder von ihrer Interrailreise wegpackt, übernimmt Mate das Wort. Er stellt Fragen, als wäre er der Ältere, Gefasstere, und Jakob stellt überrascht fest, dass ihn das nicht stört, dass er sich inzwischen daran gewöhnt hat.

„Wo genau haben Sie sie gesehen?", fragt Mate.
„Am Schalter."
„Dem für Tickets ins Ausland?"
„Ja. An diesem Schalter gab es nur Auslandsfahrkarten."
„Wann genau war das?"
„Am Samstagmorgen."
„Sonntag", verbessert Mate.
„Ja, Sonntag. Es war kein Werktag."
„Wie spät war es?"
„Gegen neun, vielleicht etwas früher. Ich habe eine Fahrkarte nach Zagreb gekauft, in Zagreb habe ich dann den Zug nach Mailand genommen. Sie hat auch eine Fahrkarte gekauft."
„Wissen Sie, wohin?"
„Nein, ich stand vor ihr in der Schlange."
„Sind Sie sicher, dass sie es war?", fragt Jakob.
„Ja", antwortet Elda. „Wir haben uns unterhalten. Sie war attraktiv, irgendwie besonders, deshalb habe ich es nicht vergessen. Vor uns war eine Gruppe Dänen, die eine ausufernde Diskussion mit der Angestellten hatten. Sie waren richtig nervig. Wir haben über sie gelästert."
„Und was war dann?", fragt Mate.
„Nichts. Ich habe meine Fahrkarte gekauft. Dann war sie an der Reihe. Wir haben uns verabschiedet und uns gegenseitig schöne Ferien gewünscht. Das war das einzige Mal, dass ich sie getroffen habe."
„Hat sie nicht gesagt, wohin sie fährt?"
„Nein."
„Sie haben nicht gehört, welches Ziel sie genannt hat?"
„Nein. Ich bin gleich gegangen. Ich war in Eile."
„Wirkte sie besorgt?", fragt Jakob.
„Nein, gar nicht."
„War jemand bei ihr?"
„Ich bin mir sicher, dass sie allein war."

Jakob mustert die junge Frau mit den kurzen Haaren und denkt, dass noch nie jemand in so kurzer Zeit sein Leben so sehr verändert hat. Er hofft, noch mehr zu erfahren. Jetzt weiß er zwar, dass Silva am Leben ist, aber mehr auch nicht.

Die Bankangestellte scheint einen Schatten von Enttäuschung auf seinem Gesicht wahrzunehmen. „Ich wünschte, ich könnte mehr beitragen", sagt sie zum Abschied. Sie schütteln sich die Hand und Jakob denkt: Du hast keine Ahnung, wie sehr du uns geholfen hast. Du hast uns mehr geholfen als sonst jemand.

Mate und Jakob verlassen das Café und fahren zum Busbahnhof. Jakobs Brust platzt fast vor neuer Hoffnung. Wochenlang hat er sich Silva tot vorgestellt, hat an den Tag gedacht, der irgendwann kommen würde, wenn man ihre halb verweste Leiche in einer Felsspalte, Grube oder in einem Wäldchen fände. Jetzt weiß er, dass dieser Tag nicht kommen wird. Jetzt weiß er, dass Silva aus irgendeinem Grund irgendwo ist, er weiß nicht, warum sie sich nicht meldet. Aber er weiß, dass sie lebt.

Am Busbahnhof gehen sie zum internationalen Schalter. Jakob fragt nach der Angestellten, die an jenem Sonntag am Schalter saß. Sie sprechen mit ihr, aber es ist vergeblich. Sie sagt ihnen, was sie auch der Polizei gesagt hat: dass sie sich weder an das Mädchen noch dessen Reiseziel erinnere. Sie könne sich auch an keine Dänen mit Rucksäcken erinnern. „Sie wissen doch selbst", sagt sie, „wie voll es hier in der Hochsaison ist."

Sie studieren den Fahrplan und suchen nach einem Bus, der gegen neun Uhr ins Ausland fährt, aber sie finden keinen. Da fällt Jakob ein, dass sie auf den Winterfahrplan schauen. Sie bitten die Angestellte um den Sommerfahrplan. Die Frau kramt in einer Schublade herum und überreicht ihnen schließlich den Plan.

Jakobs Blick gleitet über die monotonen Spalten mit Städtenamen und Ziffern. Er kommt zur Neun und liest der Reihe nach. Stuttgart 9:05, Triest 9:20, Graz 9:50. Er senkt den Plan wortlos.

Sie verlassen den Busbahnhof und laufen entlang der Kaimauer durch den Fährhafen. Der Hafen ist halb leer. Ein paar Fähren schaukeln auf den Wellen und nehmen nur wenige Lkws auf, die Zement, Ziegel, Milch oder Mehl auf die Inseln transportieren. Sie beobachten, wie ein Hafenarbeiter die Kette vorhängt. Die Fähre stampft aus dem Hafen, mit Kurs auf eine der Inseln. Jetzt im Winter ist die Fähre fast leer, weil kaum jemand übersetzt. Sie schauen ihr nach und schließlich bricht Mate das Schweigen. „Sie könnte überallhin gefahren sein – Triest, Frankfurt, Wien."

Jakob sagt nichts, er schaut nur der Fähre nach, die inzwischen gedreht hat und den Hafen hinter sich lässt.

* * *

In der Woche darauf bat Vesna Jakob, mit ihr in die Kirche zu gehen. Zum ersten Mal nach über zehn Jahren besuchte er die Messe.

Jakob erinnert sich an diesen Morgen. Seit Silvas Verschwinden hat Vesna kaum geschlafen, aber sie bleibt vormittags im Bett. An diesem Morgen ist sie jedoch früh aufgestanden und erwartet ihn mit fertigem Frühstück, oder zumindest mit etwas, das ein Frühstück darstellen soll. Sie hat altbackenes Brot mit ranzig riechender Margarine bestrichen. Sie schenkt ihm Milch ein und trägt ihre Bitte vor. Sie müssten beten, sie müssten sich dankbar erweisen, weil Silva noch lebe.

Um neun gehen sie zusammen zur Kirche hinunter. Seit Silvas Verschwinden geht Jakob nicht mehr gern ins Dorf. Er meidet die Dorfbewohner und ihre neugierigen Blicke. Vor der Kirche erwartet ihn genau das, was er vermeiden wollte: eine Traube Nachbarn, Verwandter und Bekannter, die zur Seite schauen, als würden er und Vesna alle mit ihrem Unglück verstrahlen wie Plutonium. Sie betreten die Kirche und er ist erleichtert, als Vesna sich in die letzte Reihe setzt.

Don Dražen widmet die Predigt der Vertreibung der Händler aus dem Tempel. Er steht auf der Kanzel und spricht über den Messias, der fähig war, Stimme und Hand zu erheben, als es nötig war, gegen die Gottlosigkeit vorzugehen. Normalerweise spricht Don Dražen Dialekt, doch auf der Kanzel ist seine Aussprache so korrekt, dass es gekünstelt wirkt, als würde der weiße Habit aus ihm einen Sprechautomaten machen. Während Don Dražen über die Tage der Hoffnung für das kroatische Vaterland predigt, versucht Jakob, für Silvas Heimkehr zu beten. Es funktioniert nicht. Beten ist nicht sein Ding. Es ist, als versuchte er, Wasser aus einem trockenen Tuch zu wringen.

Sein Blick schweift durch die Kirche. Den Kreuzweg aus Bakelit hat der Pfarrer im Jahr zuvor in Italien gekauft. Jakob betrachtet den Altar des heiligen Spyridon und die silbernen Opferplaketten unterhalb des Altars. Die silbernen Plättchen in Form von Händen, Füßen und Augen haben die Dorfbewohner als Fürbitten für die Genesung von Kranken gespendet. Wenn Silva fünfzig Jahre zuvor verschwunden wäre, hätten Jakob und Vesna das Gleiche gemacht. Sie hätten beim Silberschmied Silvas Porträt in Auftrag gegeben, der Schmied hätte die Form gegossen und mit Prägungen verziert. Das Silberporträt hätten sie dem heiligen Spyridon als Opfergabe dargebracht, oder der heiligen Jungfrau Maria vom Rosenkranz, oder dem heiligen Anton von Padua. Damals war die Welt einfacher. Für jedes Unglück gab es dieselbe bittere Medizin.

Schließlich fällt sein Blick auf den Altar der heiligen Kümmernis. Wie erwartet, hängt über dem Seitenaltar ein Bild, das eine Kreuzigung darstellt. Doch am Kreuz hängt eine Frau und – noch seltsamer – diese Frau trägt einen Bart.

Jakob erinnert sich, wie ihm der alte, inzwischen verstorbene Pfarrer das Bild einmal erklärt hatte. Das war kurz nach dem zweiten Weltkrieg gewesen und Jakob vielleicht zehn Jahre alt, er war noch kein Kommunist, sondern Ministrant. Der alte Pfarrer war ein verknöcherter, steifer Greis gewesen, dessen Hände so knorrig waren wie alte Olivenbaumäste. Don Fulgencio, so hatte er geheißen, und diesen Namen hatte Jakob weder damals noch heute irgendwo ein zweites Mal gehört.

„Auf dem Bild“, sagte Don Fulgencio, „ist die heilige Kümmernis. Sie war sehr schön, und ein heidnischer Prinz hielt um ihre Hand an. Damit sie nicht dem sündigen Heiden übergeben wurde, betete Kümmernis zu Gott und bat ihn, ihr einen Bart wachsen zu lassen.“ Als Gott sie erhörte und ihr ein Bart gewachsen war, ließ der Vater, oder vielleicht auch der Bräutigam, Jakob erinnert sich nicht mehr so genau, sie kreuzigen und sie wurde zur Märtyrerin. Jakob hat die Details der Legende vergessen. Doch jetzt, viele Jahre später, versteht er ihren Sinn. Manchmal gibt es kein schlimmeres Übel als ein schönes Gesicht.

Don Dražen spricht das Glaubensbekenntnis. Dann kommt die Eucharistie, dann das Hochgebet, bei dem die Gemeinde im Chor antwortet. Jakob aber öffnet nur den Mund. Schließlich erteilt Don Dražen ihnen den Friedenssegen und beendet die Messe.

Vesna will noch für einen Moment in der Kirche bleiben. Sie will in Ruhe beten und eine Kerze anzünden. Jakob verdrückt sich und geht hinunter zum Hafen.

Am Abend vorher hat eine kalte Bora die Luft gereinigt, und sie ist trocken und kristallklar. Die erste Inselkette, die Marinetunnel und Križev Rat sind so klar zu sehen, dass man glaubt, sie mit der Hand berühren zu können. Der Wind hat an den Abfalleimern gezerrt und jetzt liegen überall Plastiktüten und Zeitungsseiten herum. Sie hängen in den Oleanderbüschen und den Tamarisken, auf dem Dach des Wartehäuschens und auf dem Basketballplatz. An einem klaren, windigen Tag ist Misto fast schön. An solchen Tagen setzt Jakob sich für gewöhnlich auf eine Bank und schaut über das dunkelblaue Meer, auf die Schaumkronen und auf die Berge. Auch an diesem Morgen, so erinnert er sich, setzt er sich auf eine Bank. Zum ersten Mal seit Monaten spürt er etwas, das Frieden nahekommt. Er beobachtet die kleinen Plastikboote, die auf den Wellen schaukeln, und versucht, eine schwere, dunkle Last aus seinem Kopf zu vertreiben, die einfach nicht verschwinden will.

Dann sieht er auf einmal Brane Rokkov. Er steht nur einen Schritt entfernt und beobachtet Jakob. Dann grüßt er, überaus höflich, so wie immer. Jakob fordert ihn auf, sich zu ihm zu setzen, und Brane folgt der Aufforderung.

In den ersten Tagen nach Silvas Verschwinden ist Brane ständig zu ihnen gekommen oder hat angerufen. In ihrer Familientragödie hat er die Rolle des trauernden Liebhabers übernommen, hat mit ihnen Trauer und Informationen geteilt, gerade so, als hätte Silva ihn in jener Nacht nicht betrogen, als hätte sie kein Doppelleben geführt. Er scheint von archaischer Loyalität. Als würde Brane danach lechzen, ein vorbildlicher Schwiegersohn zu werden, und hätte jetzt die Gelegenheit seine Eignung zu beweisen. Doch seit die Informationen spärlicher fließen, sehen sie Brane immer seltener. Jetzt sitzt er hier, verletzlicher und stiller denn je. Er scheint in den wenigen Monaten noch dünner geworden zu sein. Aus dem schüchternen jungen Mann ist ein langer, furchtsamer Schatten geworden. Er hat dunkle Ringe unter den Augen und Jakob hat Angst, dass er gleich zusammenbrechen wird.

Eine Zeit lang sitzen sie schweigend nebeneinander auf der Bank. Dann macht Brane den Mund auf.

„Ist es wahr?", fragt er. „Jemand hat sie am Tag danach gesehen?"

„In Split", sagt Jakob. „Am Busbahnhof."

„Sie glauben also, sie ist irgendwohin gefahren?"

„Wir wissen, dass sie weggefahren ist, aber nicht, wohin."

Brane nickt nur, als müsste er über das Gehörte erst nachdenken. Er hebt ein trockenes Blatt vom Boden auf und dreht und wendet es in den Händen, bis es zerbröselt.

„Und?", fragt er. „Was jetzt?"

„Wir suchen sie."

„Wo denn?"

„Überall. Italien, Deutschland, Bosnien."

„Und wie lange?"

„Bis wir sie finden", sagt Jakob. „Oder bis sie sich meldet."

„Und wenn sie sich nicht meldet? Wenn Sie sie nicht finden?"

„Dann werden wir weitersuchen", sagt Jakob, „und weiter und immer weiter. Mate und ich werden sie suchen, solang es dauert."

Brane sitzt schweigend und mit gesenktem Kopf auf der Bank, unbeweglich, still und in Gedanken versunken. Dann beginnen seine Schultern, sein Rücken und sein Oberkörper zu zittern. Zuerst ist es ein leichtes Vibrieren, das immer stärker wird, bis der Junge am ganzen Körper bebt.

Brane schluchzt und versucht, jeden Laut zu unterdrücken, sein Gesicht hat sich zu einer Grimasse des Unglücks verzogen. Jakob legt ihm die Hand auf die Schulter, um ihn zu trösten. Doch Brane hört nicht auf. Er weint ohne Tränen und lautlos, in nahezu epileptischen Zuckungen, bis er sich irgendwann beruhigt. Er reibt sich die Augen und steht auf.

„Ich gehe dann“, sagt er. „Ich muss nach Hause.“

Jakob sieht ihm nach, wie er sich entlang des Ufers in Richtung Rokkovs Land entfernt und an der kleinen Kapelle aus Jakobs Sichtfeld verschwindet.

* * *

Im April 1990 wurde das Konto von Jakobs Firma eingefroren. Am Montag, dem 8. April, sollten die Löhne ausgezahlt werden. Am Morgen kam der Leiter der Lohnbuchhaltung in die Halle und verkündete, es gebe kein Geld und man wisse auch nicht, wann das wieder der Fall sein würde. Für die Arbeiter und die Dorfbewohner war das, als wäre die Sonne nicht aufgegangen.

Am nächsten Morgen kam der Insolvenzverwalter auf das Gelände. Er ging durch alle Büros, kam in die Halle, ging ins Lager, überprüfte den Bestand der Rohstoffe und tauschte dann an der Pforte das Schloss aus. Er rief die Arbeiter zusammen und kündigte an, sie müssten nicht mehr zur Arbeit kommen. Sie würden zu Hause sitzen und das gesetzliche Minimum bekommen, bis die Fabrik verkauft war. Jakob lernte an diesem Morgen ein neues Wort. Ihr Status war jetzt Warten. Sein Leben hatte sich bereits vorher in einen Zustand des Wartens verwandelt. Jetzt war er auch beruflich in diesen Zustand versetzt.

Im April begann der Wahlkampf. Das ganze Land befand sich im Wahlfieber. Vor der Kirche fand eine Parteikundgebung nach der anderen statt, ein Defilee der Bewerber, zu Kerzenschein und Nationalflagge, und der Wirt des *Lanterna* kandidierte als Bürgermeister.

In der Zwischenzeit stockte die Suche nach Silva. Allmählich verschwand ihr Bild aus den Schlagzeilen, im Fernsehen gab es keine Beiträge mehr über sie. Ihr Gesicht flatterte noch vereinzelt an Laternenmasten und Baumstämmen, feucht vom Regen, ausgefranst und vergessen. Sobald man erfahren hatte, dass sie freiwillig verschwunden war, interessierte sich nicht einmal mehr die Polizei für sie. Sieben Monate waren seit ihrem Verschwinden vergangen und aus Silva war ein *Cold Case* geworden, wie man so sagt.

Vesna und Jakob konnten sich damit nicht abfinden. Im März engagierten sie einen Privatdetektiv. Sie hatten nicht gut gewählt. Der Detektiv war ein ehemaliger Polizist, ein blutiger Anfänger in seinem Metier. Seine Klientel bestand hauptsächlich aus kleinen Unternehmern und Ärzten, die ihn dafür bezahlten, ihren Ehefrauen nachzuspionieren. Er arbeitete auf Honorarbasis plus Spesen. Er reiste viel und brauchte viel Zeit. Nach einem Monat hatten sie kein Geld mehr und verzichteten auf seine Dienste.

Stattdessen machten Jakob und Mate sich selbst auf die Suche. Im Februar hatten sie Mate den Führerschein bezahlt. Sie hatten von Vesnas Schwester fünftausend deutsche Mark geliehen, die sie für die Reisen und Sandwichs des Detektivs ausgegeben hatten. Unter der Woche, während Jakob arbeitete, fuhr Mate durch die Gegend und am Wochenende Jakob. Sie setzten sich ins Auto und fuhren mögliche Ziele an. Sie fuhren ein weiteres Mal nach Bosnien, durch Knin, Kupres, Imotski und Foča. Unterwegs klebten sie die Zettel mit Silvas Gesicht an, wo es ging. Sie fuhren nach Belgrad, Sarajevo und Zagreb.

Als er nicht mehr zur Arbeit musste, atmete Jakob auf. Er lieh sich weitere dreitausend Mark und war jeden Tag unterwegs. Er fuhr nach Klagenfurt und Graz. In Triest war er zwei Mal. Von Bassovizze fuhr er die Via Fabio Severo hinunter ins Zentrum. Er fuhr langsam und schaute auf jede weibliche Gestalt auf den Bürgersteigen, suchte nach Silvas Haar, Profil oder Rücken. Er klapperte Hotelrezeptionen und Polizeidienststellen ab. Er umkreiste den Bahnhof und Industriegebäude, fuhr dann die Riva Tre Novembre und die Riva Nazario Sauro entlang. Er bog in die Via Schiaparelli und die Via Belpoggio, hier arbeiteten die afrikanischen Prostituierten. Bei der zweiten Fahrt nach Triest traf er auf Spuren seiner ersten: Zettel an Bäumen und Wartehäuschen. Zerknittert und feucht verblassten die Suchmeldungen mit der Vorwahl von Jugoslawien. Der Hilfeschrei irgendwelcher Leute, die irgendeine verschwundene Silva suchten.

Bei seinem zweiten Besuch in Triest hatte er für einen kurzen Moment das Gefühl, sie gefunden zu haben.

Es ist ein angenehmer Frühlingstag Anfang April, sonnig, und von den Julischen Alpen weht eine verspätete Märzbora. An diesem Morgen hat er um die Ponte Rossa herum schon einige Hotels und Geschäfte, in denen Jugoslawen einkaufen, abgesucht. Dann fährt er zum Zentralhospital und befragt das Personal in der Notaufnahme. Hinterher fährt er durch das Viertel um das Krankenhaus herum. Er nimmt die Via Ginnastica und die Via Slataper. Und dann entdeckt er vor einem Fischladen eine Silhouette, die ihm bekannt vorkommt. Vor dem Laden parkt ein Laster mit der Aufschrift *Prodotti ittici* und eine Telefonnummer. Einige junge Männer in Overalls entladen Kisten mit tiefgefrorenen Seezungen, Meeräschen und Rochen. Dann entdeckt er hinter dem Lkw die junge Frau. Sie trägt einen gelben Parka. Irgendetwas an ihr – die Schultern, der Rücken, eine Haarsträhne – erinnert ihn an Silva. Er kann ihr Gesicht nicht sehen. Dennoch glaubt er, dass sie es sein könnte.

Er will gleich anhalten, aber er kann inmitten des Verkehrs nicht einfach aus dem Auto steigen. Er entdeckt keine Parkmöglichkeit und biegt in die nächste Seitenstraße, doch ein hinter ihm hupender Autofahrer verhindert, dass er kurz mit dem Auto die Straße blockiert. Endlich wird ein Parkplatz frei, am Hintereingang eines chinesischen Restaurants. Irgendwie gelingt es ihm, den *Ascona* in die Lücke zu manövrieren. Er rennt zurück zur Via Ginnastica und biegt um die Ecke. Erleichtert sieht er, wie das Mädchen im gelben Parka gerade um die nächste Ecke verschwindet. Es hat offensichtlich keine Eile und trägt in einer Hand eine Tüte mit Fisch.

Er rennt der jungen Frau hinterher. Fünf Meter trennen ihn noch von ihr, dann zwei, dann einer. Er greift nach ihrer Schulter, die Frau dreht sich um – und alles ist weg.

Die Frau sieht Silva kein bisschen ähnlich. Sie trägt die Haare fast wie Silva und auch Größe und Figur stimmen, aber sie hat ein ganz anderes Gesicht, länglich und unattraktiv. Das Mädchen ist erschrocken. „*Scusa? Che cosa vuole?*“, fragt sie und Jakob zieht die Hand zurück und entschuldigt sich in seinem mittelmäßigen Englisch. Er sieht ihr nach und jetzt ähnelt sie Silva nicht einmal mehr von hinten. Je länger er ihr nachschaut, desto größer werden die Unterschiede.

Er setzt sich ins Auto und fährt zur Stadt hinaus, die Via Severo hinauf, an der Universität vorbei. Vor Bassovizze bleibt er an einem Aussichtspunkt stehen. Er lehnt sich ans Geländer und betrachtet von oben die Stadt – die Hafenkräne, die Silos. Eine Stadt voller fremder Menschen, über die er nichts weiß.

Er steht am Aussichtspunkt und beobachtet von oben den Ameisenhaufen, dann setzt er sich wieder ins Auto und fährt nach Hause.

* * *

Der 30. April ist Silvas und Mates Geburtstag.

Am 30. April 1990 wurde Silva achtzehn Jahre alt. Wo auch immer sie war, was auch immer sie tat – an diesem Tag wurde Silva volljährig.

Jakob wacht an diesem Tag mit dem Gedanken auf, dass es ein schwieriger Tag werden wird, und so ist es auch.

Mit lebenden Kindern feiern Eltern Geburtstag. Sie backen Kuchen für sie oder Torte, es gibt ein Fest mit Kerzen und Tombola. An Geburtstagen toter Kinder besuchen die Eltern das Grab und bringen Chrysanthemen mit.

Silva ist nicht lebendig und nicht tot. Silva ist verschwunden. Für verschwundene Kinder kann man keine Geburtstagstorte backen und man kann auch nicht ihr Grab besuchen. Mit Verschwundenen kann man nicht feiern, man kann sie nicht beweinen, man kann mit ihnen nicht reden und keine Pläne machen. Wenn Silva nicht verschwunden wäre, würden sie an diesem Tag mit ihr über ihr anstehendes Studium sprechen, über die Führerscheinprüfung, einen Platz im Studentenwohnheim. Statt der lebenden Silva haben sie nur noch Silvas Bild. Vesna hat es über dem Esstisch aufgehängt. An dieser prominenten Stelle soll es immer daran erinnern, dass ihre Familie nicht vollständig ist, dass noch Arbeit vor ihnen liegt und dass es da eine leere Stelle gibt. Aber sie hat das Bild weder auf ein Beistelltischchen noch auf die Kredenz gestellt. Wenn das Bild auf einem Tischchen stehen würde, könnte man eine Kerze davor anzünden. Aber vor Silva an der Wand geht das nicht. Denn Silva lebt, und vor dem Bild eines noch lebenden Menschen zündet man keine Kerze an.

Jakob verzieht sich an diesem Morgen ins Bad. Er rasiert sich sorgfältig, um es möglichst lange hinauszuzögern. Schließlich geht er hinunter in die Küche und trifft auf Vesna, die den Anzeigenteil der Zeitung liest. In ihrem neuen Leben ist der Anzeigenteil zur wichtigsten Rubrik geworden. Gesucht, gefunden, Wohnungsvermietungen, Stellenangebote, sogar Angebote von Wahrsagern: Irgendetwas davon kann enthüllen, wo Silva sich aufhält.

Vesna hat sich in den sieben Monaten physisch verändert. Sie ist buchstäblich vertrocknet, die Kilos sind weggeschmolzen. Ihre Haare sind grau und ihr Teint fahl und rau.

Sie hat sich in sich zurückgezogen, man dringt nicht zu ihr durch, sie ist schwierig. Sie sieht ihn missmutig und vorwurfsvoll an, und je mehr Jakob sich anstrengt, desto unzufriedener ist sie mit ihm.

Ihren ersten wirklichen Streit hatten sie Anfang April, am Tag nach Jakobs letzter Fahrt nach Triest. An dem Morgen hatte Mate sich ins Auto gesetzt und war losgefahren, um Plakate entlang der Magistrale Richtung Zadar aufzuhängen. Jakob machte Vesna gegenüber eine Bemerkung, dass es doch besser wäre, wenn Mate die Sucherei ihm überlasse und sich lieber mehr um die Schule kümmere, weil das Abitur anstehe und die Aufnahmeprüfung an der Fakultät für Schiffsbau. Vesna reagierte nicht sofort. Sie schwieg zunächst, dann meinte sie, das mit dem Studium sei im Moment vielleicht keine so gute Idee. „Jetzt gerade brauchen wir Mate“, sagte sie. „Er kann nicht nach Zagreb gehen und uns hiermit alleine lassen. Noch sechs Monate oder ein Jahr, bis wir sie finden. So lange soll er hierbleiben, danach kann er studieren.“ Jakob wandte ein, sie dürften Mates Zukunft nicht der Suche nach Silva opfern. Vesna entgegnete, man müsse alles opfern, wenn einer aus der Familie in Schwierigkeiten stecke. Jakob erkannte, dass sie nicht umzustimmen war.

An diesem Abend setzte er sich auf den Balkon und schaute auf das nächtliche Misto hinunter. Er saß hier vor allem, um sich nicht neben Vesna legen zu müssen, die er in diesem Moment hasste. Nach Mitternacht kam Mate aus Zadar zurück. Er setzte sich zu Jakob auf den Balkon. „Mama und ich haben uns unterhalten", sagte Mate. „Du weißt schon. Und es ist in Ordnung. Ich werde schon noch studieren. Jetzt bin ich hier nützlicher." Nach dem Abitur würde er als Fahrer anfangen und gefrorenen Fisch ausliefern. Das war ein guter Job, viele Fahrten. „Unterwegs kann ich weitersuchen", sagte er. Jakob erwiderte nichts. Er dachte nur, dass das Gift in ihnen immer stärker wirkte.

So ist es auch am Morgen von Silvas Geburtstag. Er geht in die Küche und findet alles wie erwartet vor. Jesus mit den feuchten Augen über der Tür. Silvas Bild an der Wand, eine fremde, hässliche Frau mit grauen Strähnen, die Anzeigen von Zuhältern, Kredithaien und Scharlatanen liest. Eine Frau, die ihn, sobald er den Raum betritt, vorwurfsvoll anschaut, mit einem Blick, der sagt: Was wirst du heute unternehmen? Oder willst du etwa einen weiteren Tag vergeuden?

„Ich fahre heute nach Split", kommt er ihr zuvor. „Zur Polizei. Ich werde darauf bestehen, dass Šain mich empfängt. Er hat sich lange nicht gemeldet."

Er trinkt einen Schluck kalten Kaffee, nimmt seine Blutdrucktablette und fährt los. Unterwegs hört er im Radio Nachrichten über den Wahlkampf. Die Kommunisten befinden sich unhaltbar im freien Fall.

Kurz vor zehn ist Jakob am Präsidium. Dort herrscht eine ungewohnte Hektik. Auf den Gängen drängen sich wie sonst Beamte und Angestellte, doch heute teilen sie sich in zwei Gruppen. Die einen wirken bedrückt und beunruhigt, die anderen nahezu euphorisch. Er klopft an Šains Tür. Šain ist da und bittet ihn herein. Jakob entdeckt sofort, dass etwas neu ist. Hinter Šains Tisch hängt nicht länger das große Tito-Porträt.

„Die Kollegen, wissen Sie", sagt Šain. „Manche stören sich daran. Sie finden es nicht gut, weil sie denken, diese Zeiten wären vorbei." Šain klingt, als wollte er sich verteidigen. „Ich bin in familiärer Hinsicht mit dieser Zeit verbunden. Mein Großvater war Partisan, unter den ersten Freiheitskämpfern. Albino Šain, bestimmt haben Sie von ihm gehört. In Omiš war eine Schule nach ihm benannt und für die Bronze-Skulptur in Bisko, die den unbekannten Soldaten darstellt, hat er Modell gestanden. Sie werden sich erinnern, falls Sie schon einmal dort waren. Der knochige Typ mit den ausgeprägten Wangenknochen, das ist er."

Jakob setzt sich auf den Stuhl, auf dem er immer sitzt, und mustert den Mann, auf den er vertraut und in den er alle Hoffnung gesetzt hat. Doch jetzt sieht Gorki Šain nicht wie jemand aus, auf den man setzen sollte. Er sieht aus wie jemand, dessen Welt dabei ist, sich aufzulösen.

„Gibt es etwas Neues?", fragt Jakob. „Jetzt oder bald?"

Šain antwortet nicht gleich. Er rutscht kurz auf seinem Stuhl herum und schaut auf die Papierstapel auf dem Tisch.

„Sehen Sie", sagt er schließlich, „unsere Möglichkeiten sind erschöpft. Wir können da nichts mehr machen."

Er seufzt, es ist ihm offensichtlich unangenehm.

„Wir wissen inzwischen, dass sie freiwillig weggegangen ist. Nach der Zeugenaussage von Elda Zuvan ist das gesichert. Alle Ermittlungsansätze haben sich in Luft aufgelöst. Gegen Lekaj haben wir nichts in der Hand. Die Latte in der Bäckerei konnten wir nicht mit dem Verschwinden Ihrer Tochter in Verbindung bringen, der anonyme Zeuge hat sich nicht mehr gemeldet. Wir haben alles umgedreht und umgegraben, wir haben keine Leiche, kein Motiv, keinen Modus Operandi. Was uns die Zuvan erzählt hat, passt zu dem, was wir bereits vermutet hatten. Ihre Tochter ist abgehauen, wahrscheinlich, weil sie in irgendeine Drogengeschichte geraten ist."

„Vielleicht ist das so", sagt Jakob, „aber man muss sie finden. Wir können sie nicht alleine suchen. Wir sind am Ende unserer Kräfte, glauben Sie mir."

„Ich glaube, Sie verstehen mich noch immer nicht richtig", sagt Šain. „Bis jetzt konnten wir ihren Fall als den eines Mädchens behandeln, das ausgerissen ist. Sie war siebzehn und ist von ihren Erziehungsberechtigten weggelaufen. Ab heute ist das anders. Sie ist jetzt volljährig. Sie hat das Recht wegzubleiben. Sie hat das Recht zu leben, wo sie will. Sie hat das Recht, sich nicht bei Ihnen zu melden, wenn sie das nicht will."

„Und was, wenn jemand sie gegen ihren Willen festhält?"

„Sehen Sie – ganz ehrlich – irgendein Anzeichen für diese Annahme?"

Jakob schweigt. Denn genauso wie Šain weiß er, dass die Antwort nein lautet.

„Und jetzt?", fragt er. „Das war's?"

„Im Moment schon. Aber wenn sie sich je bei Ihnen melden sollte, wenn Sie eine neue Spur finden, dann sind wir da, um Sie logistisch zu unterstützen."

Jakob steht auf und geht zur Tür, ohne Šain die Hand zu geben. Er hat keine Lust, jemandem die Hand zu schütteln, der ihn im Stich lässt. Šain begleitet ihn zur Tür. Er legt Jakob die Hand auf die Schulter.

„Sie wird sich melden", sagt er. „Ganz bestimmt. Glauben Sie mir. Irgendwann wird sie keinen Grund mehr haben zu schweigen."

Jakob antwortet nicht. Er braucht den Polizisten nicht, damit er seine Wunden mit abstrakten Glaubensbekenntnissen zu heilen versucht. Das erledigen schon Familie, Nachbarn und Geistliche. Er braucht jemanden, eine Person wenigstens, die Silva sucht. Jetzt ist nur noch er übrig.

Bevor er nach Hause fährt, biegt er noch einmal zum Busbahnhof ab. Er stellt den Wagen am Fährhafen ab und nähert sich der Stelle, wo Silva vor zweihundertzwanzig Tagen zum letzten Mal gesehen worden ist.

Der April ist warm gewesen. Morgen ist der erste Mai, und Deutsche und Österreicher genießen ein verlängertes Wochenende. Der Hafen ist voller Touristen, Ausflugsschiffe aus Holz schaukeln am Kai und Handtücher hängen an Leinen. Junge Rucksacktouristen belagern den Schalter für internationale Verbindungen. Scharenweise reisen junge Menschen durch Europa, von einem Ende zum anderen, von Schottland nach Griechenland, von Dänemark nach Italien, von Italien nach Schottland. Irgendwo unter ihnen muss auch seine Tochter sein. Irgendwo auf einem winzigen Punkt in diesem Schmelztiegel, in diesem Wespennest.

Eine Zeit lang sitzt er auf einer Bank, beobachtet die Schiffe und Busse. Sein Blick folgt den vollgestopften Blechkisten, die Fremde nach Deutschland, Serbien, Italien und Bosnien transportieren. Grüne, weiße und violette Busse nehmen Passagiere auf und bringen sie in den Westen, oder sie fahren auf Fähren, die sie zu den Inseln bringen. Die ganze Welt ist in Bewegung.

So sitzt er da und schaut, und ein einziger Gedanke ist in seinem Kopf und will nicht verschwinden, ein Gedanke, den er durch seinen Kopf kreisen lässt, als wollte er ihn telepathisch in die ganze Welt verschicken.

Silva, wo bist du? Silva, melde dich! Wo bist du, Silva? Sag uns, wo du bist.

Aber er bekommt keine Antwort.

Zweiter Teil

Scheidewege

6
Vesna (1991)

An diesem Tag hat Vesna in der sechsten Stunde die Achtklässler. Auf dem Lehrplan steht die Topographie Kroatiens. Doch die Dinge entwickeln sich anders als geplant.

Zu Anfang der Stunde gibt Vesna die Klassenarbeit zurück. Dreizehn Schüler haben eine Fünf bekommen. Das kommt unerwartet. Die kleine Bakić aus der zweiten Bankreihe starrt auf ihre Arbeit und ihre Augen füllen sich mit Tränen. Nikša aus der letzten Reihe zerreißt demonstrativ die Seiten. Von der ersten Minute an spürt sie den Hass, der wie eine elektrisch aufgeladene Wolke über der Klasse hängt.

Dennoch versucht sie, den Stoff durchzubringen. Mit dem Holzstock deutet sie an der Reliefkarte auf Erhebungen und Senkungen und spult Sätze ab, die sie schon zigmal wiederholt hat. Doch an diesem Tag geht es nicht. Sie hat eine wütende Horde vor sich, zu der sie nicht durchdringt. Auf der einen Seite sie, auf der anderen dreißig trotzige Gesichter.

Fünf Minuten nach eins läutet die Glocke, und Vesna ist sich nicht sicher, wer sich mehr darüber freut, sie oder die Achtklässler.

Die Schüler stürmen wie eine Naturgewalt die Treppe hinunter. Vesna klemmt das Klassenbuch unter den Arm und geht ins Lehrerzimmer.

Dort starren alle gebannt auf die Nachrichten.

Denn dieser Tage gibt es kein Entkommen vor den Nachrichten. Die Nachrichten tönen aus jeder Ritze.

Die Sozialpädagogin und zwei Lehrerinnen stehen vor dem Fernseher, wo die Mittagsnachrichten verkündet werden. Bilder von Panzern wechseln sich ab mit Berichten aus Schutzräumen und

Bildern von Soldaten in Tarnuniform, und der Sprecher verkündet mit bedeutungsschwangerer Stimme den Lagebericht.

Die Neuigkeiten sind furchtbar und werden mit jedem Tag schlimmer. In Osijek und Đakovo hat es drei Mal Luftalarm gegeben. In Šibenik gibt es Gefechte auf der Brücke, die in die Stadt führt. Wie schon am Morgen gehen die Mittagsnachrichten mit keiner Silbe auf Drniš ein. Inzwischen weiß man, was das bedeutet. Drniš ist gefallen, aber im Fernsehen will man das nicht verkünden.

Es gibt mehr Bilder von den Gefechten in Šibenik. Die Panzer stehen vor einem ehemaligen Motel an der Auffahrt zur Brücke und feuern auf die Stadt. Die Aufnahmen zeigen chaotische Zustände in den Straßen, halb verbrannte Häuser, Dächer, die auf der Straße liegen. Die Fernsehkamera drängt sich voyeuristisch hinter eine Mauer, man sieht die Ruinen eines Konzertsaals: durcheinanderliegende Stühle, einen herabgestürzten Kronleuchter, der Flügel ist begraben unter den Resten der herabgestürzten Decke. Überall zerbrochenes Glas, viel Glas.

„Oh Gott", stöhnt eine der Lehrerinnen, „das ist einfach schrecklich."

Angesichts dieser Verzweiflung spürt Vesna einen kurzen, aber heftigen Anfall von Zorn.

Es ist das gleiche Gefühl, das sie mal kürzer, mal länger seit Wochen beherrscht. Fremdes Jammern macht sie wütend. Die kollektive Erschütterung und das Selbstmitleid wecken ihren Zorn, dieses Jammern im Chor von Menschen, deren Familien vollzählig und allesamt gesund und munter sind.

Vesna mag dieses neue Gefühl nicht. Sie will es nicht fühlen, aber es ist da und sie kann nichts dagegen tun.

Sie will nicht, dass die Kolleginnen sie bemerken und in ein Gespräch über die neuesten Kriegsberichte verwickeln. Deshalb legt sie leise das Klassenbuch ins Fach, zieht ihren Kittel aus und die Jacke an. Ohne ein Wort des Grußes verlässt sie das Lehrerzimmer, geht die Treppe hinunter und tritt hinaus auf den Schulhof, wo sich tobende Siebtklässler gegenseitig die Schultaschen um die Ohren hauen. Sie will nach Hause. Unterwegs hört sie durch die geöffneten Fenster vielfach multipliziert das Gleiche: die Fernsehnachrichten. Alle schauen oder hören Nachrichten, die Stimme des Sprechers kommt aus allen Häusern, Cafés und Geschäften.

Der Ort hat sich in den vergangenen Monaten sehr verändert.

In der Schule und im Rathaus sind alle Fenster abgeklebt, damit die Scheiben bei einem Granateneinschlag nicht durch die Druckwelle bersten. Vor öffentlichen Gebäuden und Kellerfenstern liegen Sandsäcke. In den wenigen geöffneten Cafés und Geschäften brummen Stromgeneratoren, laute Metallkisten, von denen inzwischen das Leben abhängt, weil es in Dalmatien seit Wochen keinen Strom mehr gibt. Vesna kommt am Partisanendenkmal vorbei, das ein Vandale mit einem Hammer verunstaltet hat, um anschließend ein großes U für Ustascha draufzusprayen. Nur selten fährt ein Auto an Vesna vorbei. Die Scheinwerfer sind schwarz abgeklebt, um dem Verdunkelungsgebot zu entsprechen. Ein Auto ohne Kennzeichen fährt vorbei.

Vesna läuft am Zaun des Marinestützpunkts vorbei. Bis gestern ist der Stützpunkt eine kleine, geheimnisvolle und verbotene Stadt gewesen, jetzt ist er verlassen. Die Jugoslawische Volksarmee hat den Stützpunkt vor zehn Tagen evakuiert. Eines Tages fuhren Laster vor und Matrosen beluden sie mit allem, was ging – Waffen, Gerätschaften, Kücheneinrichtung, Betten –, dann fuhr der Konvoi ab, in Richtung Bosnien, hieß es. Vierzig Jahre lang hat Misto Schulter an Schulter mit dem Stützpunkt gelebt, mit seinem zweiten, geheimen Lungenflügel. Jetzt gibt es diesen geheimnisvollen Ort nicht mehr. Die Kaserne ist nackt, leer und verlassen. Sie wartet, dass jemand sich erbarmt und sie betritt. Aber niemand traut sich hinein, in Misto geht das Gerücht, der Stützpunkt sei vermint.

Vesna geht weiter und erreicht den Basketballplatz.

Mitten auf dem Spielfeld steht ein olivgrüner Laster, um ihn herum Soldaten in Uniform. Sie laden irgendwelche Bündel aus. Das Kommando hat Rado, der Wirt vom *Lanterna*. Eine Gruppe Zivilisten verfolgt das Geschehen. Es sind ungefähr zehn, vor allem Ältere, darunter der alte Lekaj.

Vesna geht näher heran und erst jetzt sieht sie das ganze Bild. Hinter dem Laster stehen in Zweierreihen ungefähr dreißig

Rekruten, alle ehemalige Schüler von Vesna, alle ungefähr gleich alt, Jahrgang Ende Sechziger, Anfang Siebziger. Alle tragen Uniform und den gleichen Ausdruck im Gesicht. Sie sind alle verängstigt.

Vesna schaut in jedes Gesicht, und dann entdeckt sie ihn. Irgendwo in der Mitte der hinteren Reihe steht Adrian Lekaj. Der einzige Mensch, der weiß, was in jener Nacht geschehen ist, es aber nicht sagen will. Er steht in der Reihe, als wäre nichts geschehen. Er steht da wie alle anderen, in der Erwartung, dass auch sein Name irgendwann auf einer Gedenktafel stehen wird.

Vesna mustert ihn, und dann bemerkt Adrian sie und starrt zurück – frech, Auge in Auge.

In der Zwischenzeit haben die Soldaten den Laster entladen. Der Wirt vom *Lanterna* schüttelt einem groß gewachsenen Mann in Uniform die Hand. Vesna hat ihn noch nie gesehen, aber wie es aussieht, hat er das Sagen. Er fordert die Rekruten auf, ihre Ausrüstung in Empfang zu nehmen. Die Jungs treten einer nach dem anderen vor und bekommen jeder ein graues Bündel mit einem Schlafsack und einem Seesack, Vesna sieht keine Waffen. Die bekommen sie wohl an einer anderen Stelle.

Als die Ausrüstung verteilt ist, müssen sie sich in Reih und Glied aufstellen und strammstehen. Dann dürfen sie sich rühren und der Mann befiehlt ihnen einzusteigen. Als die Rekruten in den Laster steigen, schluchzt jemand in der Menge. Einen der Väter oder Mütter hat wohl endlich die Angst gepackt.

Als sie das Schluchzen hört, spürt Vesna wieder den Anfall von Wut, den sie nicht mag. Sie spürt Abneigung gegen fremde Verzweiflung. Und aus der Abneigung wird Zorn.

Zornig sieht sie jetzt zu, wie die Rekruten in den Laster steigen. Sie sieht die erstarrten Gesichter zukünftiger Helden, sieht die aufgeregten Eltern, darunter auch den alten Lekaj, der das Ganze mit unerwarteter Gelassenheit beobachtet. Sie sieht das alles und hat keinen Funken Mitgefühl.

Dann sind alle eingestiegen, der Fahrer schließt die Heckklappe, lässt die Plane herunter und startet den Wagen. Sie fahren an die Front, vielleicht nach Zadar, vielleicht nach Dubrovnik. Vielleicht auch nach Bosnien. Vesna hat keine Ahnung, wohin, und es ist ihr egal.

Der Laster erreicht schon die Magistrale, er biegt ab in Richtung Split und verschwindet hinter der ersten Kurve. Vesna wendet sich ab und geht weiter.

Die können mir den Buckel runterrutschen, denkt sie. Alle zusammen können die mir den Buckel runterrutschen.

* * *

Zu Hause zieht Vesna sich um und macht sich an die Arbeit. Sie räumt die Spülmaschine aus und putzt die Küche. Dann wärmt sie eine Rinderbrühe auf und prüft mit der Gabel, ob die Karotten durch sind. Sie saugt in allen Zimmern Staub, zuerst im Schlafzimmer, dann in Mates und zum Schluss in Silvas Zimmer. Nach wie vor macht sie in Silvas Zimmer einmal in der Woche sauber und wechselt die Bettwäsche.

In den vergangenen zwei Jahren hat Vesna erkannt, dass Arbeit ihr hilft und dass Rituale sie beruhigen. Ihr Tag besteht aus einer Abfolge von Ritualen. Morgens macht sie Kaffee, holt Butter und Honig aus dem Kühlschrank. Sie öffnet die Waschmaschine und hängt die Wäsche auf. Sie kocht. Sie spült das Geschirr. Dann kocht sie das Abendessen, dann spült sie wieder.

Das sind die gewöhnlichen Tage. An gewöhnlichen Tagen findet sie genügend Arbeit, um sich abzulenken und die Zeit rumzukriegen, und es ist fast erträglich. Doch heute ist kein gewöhnlicher Tag. Heute ist DER Tag.

In anderen Familien gibt es Geburtstage, es gibt Namenstage und Hochzeitstage. Auch in ihrer Familie gibt es diese Tage, und dazu noch einen Tag. Sie und Jakob nennen ihn DER Tag oder DIESER Tag. Der 23. September, der Tag, an dem Silva verschwand.

Wenn dieser Tag bevorsteht, ballt sich in Vesnas Innerem ein unsichtbarer, giftiger Klumpen. Auf jedes Geräusch, jede Stimme und jeden Anruf reagiert sie nervös und panisch. Die Ärztin meint, das sei ein Symptom von Stress. Vesna meint, es ist Trauer.

Das dauert so ein, zwei Wochen. Und dann kommt der Tag. dieser Tag, Silvas Tag, der Tag, um den sich ihr ganzes Familienleben dreht wie um einen Feiertag, die Inversion eines Geburtstags.

Als Rindfleisch und Karotten gar sind, macht Vesna den Herd aus. Sie reinigt die Spüle, holt tiefe Teller aus der Spülmaschine, bringt den Müll raus. Im Garten bemerkt sie Jakob. Er sitzt auf der Bank und beschäftigt sich mit etwas, das Vesna nicht erkennen kann. Vor ihm liegt ein kleines Gerät, das er mit einem Schraubenzieher bearbeitet, fest entschlossen, sie nicht zu beachten.

Sie soll ihn in Ruhe lassen. Das will er. Dass sie nicht mehr darüber sprechen. Dass sie so tun, als wäre es irgendein anderer Tag, dass sie so tun, als wäre alles in bester Ordnung, auch wenn es das nicht ist. Doch Vesna wird ihm diesen Luxus nicht gönnen.

„Bist du fertig?“, fragt Vesna. Jakob antwortet nicht.

„Bist du fertig?“, wiederholt sie und Jakob steht unwillig auf, als wären Arme und Beine lästige Fremdkörper. Er geht ins Haus, zieht Schuhe an und nimmt den Autoschlüssel.

Dann kommt er wieder raus und bleibt vor ihr stehen, als begebe er sich widerwillig in ihre Hände.

„Fahr das Auto raus“, sagt Vesna. „Wir müssen dort sein, bevor sie schließen.“

Jakob macht schweigend, was sie sagt. Er geht in die Garage, startet den Wagen und fährt auf den Hof. Vesna schaut auf die Uhr. Wenn alles glatt läuft, sind sie um halb drei in Split im Polizeipräsidium.

* * *

Seit Silva weg ist, sind zwei Jahre vergangen. In diesen zwei Jahren haben alle sie aufgegeben: die Polizei, der Staat, die Presse, sogar Jakob. Nur Mate nicht. Er ist der Einzige, der noch nach ihr sucht.

Seit vierzehn Monaten fährt Mate einen Kühllaster und liefert Fisch aus. Er ist immer unterwegs. Er fährt tiefgefrorenen Fisch nach Slowenien und Italien. Er fährt über Nebenstraßen, wo der Krieg nicht hinkommt, nördlich von Zadar fährt er auf die Insel Pag und von Pag dann mit der Fähre wieder auf das nicht umkämpfte Festland. So umgeht er Brennpunkte, Luftalarm, Sperrstunde, Checkpoints und Blockaden. Er transportiert gefrorene Doraden, Brassen und Seeteufel. Er liefert sie an Restaurants in Koruška, Furlanija und Kranj. Im Kriegsgebiet gefangenen Fisch liefert er in friedliche Gegenden.

Vesna weiß, dass er auf seinen Fahrten beharrlich nach Silva sucht, so beharrlich, wie es nur geht. Er geht in Motels und Bahnhöfe, hält an Tankstellen und obskuren Jagdgasthöfen. In den vergangenen zwei Jahren hat Vesna eines begriffen: Mate wird nicht zur Ruhe kommen, solange er seine Schwester nicht gefunden hat. Dieser Gedanke schenkt Vesna eine tiefe, tröstliche Ruhe.

Vesna hätte gern, dass auch Jakob etwas unternimmt. Dass er wie Mate mit dem Auto losfährt, dass er sich ans Telefon setzt, die Polizei anruft, umherfährt, dass er irgendwen wenigstens irgendetwas fragt. Aber Jakob unternimmt nichts. Er benimmt sich, als wäre Silva in Urlaub gefahren, als wäre sie zum Laden an der Ecke gegangen, mit dem Hinweis: Ich bin gleich wieder da.

Jakob ist immer zu Hause. Seit die Fabrik pleitegegangen ist, geht er nicht mehr arbeiten. Er geht nicht ins Dorf, spricht nicht mit den Leuten, auch mit ihr spricht er nicht mehr. Früher hat Jakob immer Nachrichten geschaut, die ersten um halb acht. Er hat die Krise im Nahen Osten verstanden, kannte die Namen der Präsidenten von Syrien, Rumänien oder dem Irak. Jetzt, wo alle Nachrichten schauen und sich für Politik interessieren, gibt er keinen Pfifferling mehr drauf. Wenn im Radio die Erkennungsmelodie der Nachrichten ertönt, macht er das Gerät aus oder verlässt den Raum.

Seit die Fabrik geschlossen ist, hat er die Wege im Garten erneuert, den Schuppen frisch gestrichen, eine ganze Reihe Zitronenbäume gepflanzt. Den ganzen Tag über repariert Jakob das Auto, die Wasserpumpe, den Boiler, den elektrischen Grill, den Gartenzaun, die Bohrmaschine. Den ganzen Tag sieht Vesna ihn schweigend und konzentriert über Werkzeuge, Zahnrädchen und Drähte gebeugt, während ihm der Schweiß von der Stirn tropft.

Jakob beschäftigt sich mit allen möglichen Dingen. Und wenn Vesna ihm vorwirft, dass er nichts unternimmt, findet er Ausreden. Die Ausreden klingen überzeugend: Es ist Krieg. Es gibt Straßenblockaden, ein Teil des Landes ist besetzt, die Telefonleitungen überlastet. Ins Ausland darf man nur mit Genehmigung des Krisenstabs.

Schweigend fahren sie weiter Richtung Stadt, und weil die Straßen leer sind, kommen sie schnell an. Auch Split hat sich in den letzten Monaten verändert. Auch hier schützen Sandsäcke die Hauseingänge, die Autos haben keine Kennzeichen, überall laufen bewaffnete Männer herum. Und auch hier intonieren Hunderte Stromgeneratoren einen kakofonischen Lärm.

Sie parken vor dem Präsidium. Hier sind sie schon so oft gewesen, um Šain nach Neuigkeiten zu fragen. Der Krieg hat auch dieses Gebäude verändert: eine Mauer aus aufeinandergestapelten Sandsäcken vor dem Eingang, dazu Wachen mit Maschinengewehren. Uniformierte beladen einen Lkw mit Metallröhren.

Vesna und Jakob gehen an den Wachen vorbei, die sie nicht einmal eines Blickes würdigen. An der Pforte klopft Jakob an die Glasscheibe und der Pförtner macht die Sprechklappe auf.

„Wir wollen zu Herrn Šain", sagt Vesna. „Wenn er Zeit hat."

Der Blick des Pförtners wird streng. „Ob er Zeit hat, weiß ich nicht. Aber ich weiß, dass Šain hier nicht mehr arbeitet."

* * *

Sie gehen hinein und Vesna sieht auch hier die Veränderungen. Wo früher Porträts von Tito hingen, sieht sie jetzt Kruzifixe und Kalender mit dem Papst darauf. Durch die Gänge laufen Männer in Tarnuniformen mit umgeschnallten Gewehren. Einige der Gesichter kommen Vesna bekannt vor. Doch niemand beachtet sie. Hektik liegt in der Luft.

Im zweiten Stock bleiben sie stehen. Das war einmal die Tür zu Šains Büro. Doch jetzt steht ein anderer Name an dieser Tür: Tomislav Čović.

Das ist der Mann, der Šains Büro und die Akten geerbt hat. Auch Silvas Akte.

„Klopf mal", sagt Vesna, und Jakob klopft zögerlich an die Tür. Von innen fordert eine Stimme sie zum Eintreten auf.

Vesna hat erwartet, dass der Inspektor ein reifer, älterer Mann ist. Doch der Mann im Büro ist ein Jungspund. Er hat dunkle Haare, ist sorgfältig rasiert und in eine Wolke Rasierwasserduft gehüllt. Er sieht aus, als wäre er noch nicht einmal dreißig.

Sie stellen sich vor und nennen den Grund ihres Besuchs. Ein Ausdruck der Panik huscht über das Gesicht des jungen Inspektors. Er hat keine Ahnung, wer sie sind. Er hat keinen blassen Schimmer, um was es geht.

Vesna spricht als Erste. Sie erklärt, dass sie ihre Tochter suchen. Die Ermittlungen seien noch im Gange und Šain habe sich immer bei ihnen gemeldet, doch seit sechs Monaten hätten sie keine Informationen mehr bekommen. „Wir wollten hören", sagt sie, „was weiter unternommen wird."

Der Inspektor hat ihr schweigend zugehört, jetzt steht er auf und kramt in einem Aktenschrank. Schließlich zieht er einen Hefter heraus und schlägt ihn auf. Vesna erkennt ganz oben Silvas Bild.

Der Inspektor überfliegt die Akte, tut so, als erinnerte er sich, doch Vesna weiß, dass er blufft. Während Čović durch die Seiten blättert, mustert sie ihn, riecht sein aufdringliches Aftershave und verliert schließlich die Geduld.

„Wo ist Gorki Šain?", fragt sie. „Warum ist das nicht mehr sein Fall?"

„Er arbeitet nicht mehr bei uns", antwortet Čović und fügt ironisch lächelnd hinzu: „Die Umgebung hat ihm nicht mehr gefallen."

„Es sind zwei Jahre vergangen", sagt Vesna ärgerlich. „Es gibt keine Fortschritte. Niemand kümmert sich um den Fall. Sie auch nicht. Das ist eine Schande."

Daraufhin klappt Čović die Akte zu und schaut sie entgeistert an.

„Wissen Sie eigentlich", fragt er, „was um sie herum los ist?"

„Das weiß ich", antwortet Vesna.

„Den Eindruck habe ich nicht“, sagt Čović. Dann erklärt er ihnen, es sei Krieg. „Wir sind keine Polizei mehr. Wir sind eine Armee“, sagt er. „Unten vor dem Gebäude laden meine Leute Minenwerfer auf Laster. Sie sterben an der Front. Gestern hat es bei Otišić zwei aus der Verwaltung erwischt. Einer hat eine Kugel in den Kopf bekommen, der andere hat einen Arm verloren. Glauben Sie wirklich“, fragt er, „dass wir die Zeit haben, uns mit einer Ausreißerin zu beschäftigen?“

Nach seinem hitzigen Monolog schiebt Čović die Akte beiseite. In diesem Moment begreift Vesna, dass eine Ära zu Ende ist. Die Akte wird auf einem Haufen mit anderen Akten landen, und niemand wird sie mehr öffnen, weder Čović noch sonst jemand. Es gibt keinen Grund mehr, noch einmal hierherzukommen.

Sie verlassen das Büro und gehen hinaus. Wieder sieht sie die Laster und jetzt achtet sie auf die Ladung. Es sind wirklich Granatwerfer, Röhren, die bedrohlich in die Luft ragen. Aus einem Café dringt Musik herüber, ein patriotisches Erweckungslied.

Sie fahren zurück nach Misto. Vor ihnen ist eine Militärkolonne und es geht nur langsam voran. Alle paar Kilometer werden sie von der Militärpolizei angehalten und müssen sich ausweisen. Sie schweigen, und erst kurz bevor sie zu Hause sind, nimmt Jakob die Hand vom Lenkrad und legt sie auf ihre. Nach vielen Monaten ist es das erste Mal, dass er sie berührt.

„Ärgere dich nicht“, sagt er. „Du siehst doch, was hier los ist.“

„Ich sehe es. Aber was habe ich davon? Wer wird uns helfen?“

„Wir müssen Geduld haben“, sagt Jakob. „Sie wird sich melden. Es ist nur eine Frage der Zeit. Sie meldet sich, wenn sie es will.“

„Und was, wenn sie nicht kann?“, fragt Vesna.

„Warum sollte sie nicht können?“, antwortet Jakob.

„Wieso meldet sie sich dann nicht?“

Jakob schweigt, nicht lange, aber Vesna kommt es wie eine Ewigkeit vor. Er zögert, doch schließlich sagt er: „Weil sie eben so ist. So ist Silva. Es ist ihr egal.“

Vesna entreißt ihm wütend ihre Hand.

„Schäm dich“, sagt sie. „Was bist du nur für ein Vater.“

Schweigend fahren sie die Magistrale entlang. Kurz vor Misto macht Jakob das Radio an, um die Stille zu übertönen. Gerade wird ein Luftalarm verkündet.

7
Adrian (1995)

Die ganze Nacht hörte man Artilleriefeuer aus Richtung Malovan und Rilić. Auch Adrian hörte es und wusste, was es bedeutete. Nach der langen Warterei würden sie am nächsten Morgen den Angriff starten.

Der Kommandant weckte sie um vier Uhr früh und erteilte ihnen den Marschbefehl. Als sie in Richtung Kupreške Košare aufbrachen, wurde es langsam hell. Nach vier Jahren Stellungskrieg drangen sie nun tief in Feindesland vor.

Vier Jahre lang hatten die beide Seiten einen statischen Krieg ohne größere Frontverschiebungen gegeneinander geführt. Und dann zerfiel die serbische Armee vor ihren Augen. Der Feind von gestern existierte nicht mehr. Die Soldaten in den anderen Uniformen flohen in kleinen verstreuten Einheiten, ohne Widerstand zu leisten, während die sechste Brigade der kroatischen Armee vorwärtsstürmte, immer weiter über die endlos scheinende bosnische Hochebene. Mit ihr drang Adrian ins Herz Bosniens vor.

Den ganzen Tag über marschierten sie, immer vorwärts. In der Ferne hörte man sporadisch Gefechtsfeuer, doch Adrian und seine Mannschaft schossen nicht eine einzige Kugel ab. Sie marschierten nur, durch ein riesiges Nichts. Um sie herum erstreckte sich die endlose Gebirgsebene, bedeckt von gelbem Gras. Auf dem trockenen Gelb sah man schwarze Flecken wie von Typhus. Dort, wo Granaten eingeschlagen waren, war das Gras verbrannt.

Die sechste Brigade marschierte. Und auch Adrian marschierte stundenlang unter einem weiten Himmel durch die einsame Landschaft. Adrian nahm die Trinkflasche, trank zwei, drei Schlucke Wasser, vertrieb die Hitze, obwohl es in dieser Höhe nicht einmal jetzt im August heiß war, eher angenehm warm. Er packte die

Flasche wieder ein und schaute sich um. Oben auf den Bergen hingen die rostigen Reste von Skiliften und einer Seilbahn, dort standen auch verwüstete Skihotels. Am Weg lag ein kleines Schäferdorf – niedergebrannt. Unweit der Straße sah er einen winzigen, von einem Metallzaun eingefassten orthodoxen Friedhof, etwas weiter muslimische Mausoleen und Grabsteine, die im Boden steckten wie Ausrufezeichen. Überall waren Gräber. Auch Leichen lagen überall. Nur lebendige Menschen sah man nicht. Die lebenden Menschen flohen vor ihnen oder folgten ihnen nach, um auf diesen Brandstätten von vorne zu beginnen, diesmal als Sieger.

Gegen Mittag erreichten sie eine Kreuzung, an der eine zerschossene katholische Kapelle und ein ausgebrannter Bus standen. Im Graben lag ein umgeknicktes Straßenschild. Überall Leichen, die meisten in Uniform. Sie lagen überall, anonym und unwürdig, wie weggeworfene Mehlsäcke. Jemand hatte Kalk über sie geschüttet, damit sie nicht stanken. Dafür stank der Kalk und biss Adrian in den Augen.

Während sie marschierten, hörten sie irgendwann Motorengeräusche hinter sich. Adrian drehte sich um. Ein Jeep erschien als kleiner Punkt am Ende der Ebene, er kam näher und wurde immer größer. Das musste er sein, der Kommandant.

Der Feldwebel befahl eine Pause. Sie setzten sich an den Straßenrand, auf Hügel aus trockenem, bröselndem Humus. Der Jeep kam immer näher und blieb schließlich stehen. Leutnant Mario Cvitković stieg aus. So hieß er, aber niemand nannte ihn so, weder Untergebene noch Vorgesetzte. Cvitko – so nannten ihn alle. So wie dies kein gewöhnlicher Krieg war, gab es hier auch keine gewöhnliche militärische Hierarchie. Keiner verwendete Cvitkos richtigen Namen oder seinen Rang. Sie nannten ihn bei seinem Straßennamen, als wären sie eine Gang und er ihr Boss. Cvitko, immer nur Cvitko.

Adrian hatte Cvitko vor drei Jahren zum ersten Mal getroffen. Im Juni 1992 war er aus der Kompanie von Misto zu ihm in die sechste Brigade von Split versetzt worden. Nach sieben Monaten Krieg befand er sich unter fremden Menschen, denen sein Name nichts bedeutete, die seine Vergangenheit nicht kannten. Er genoss es, zum ersten Mal nach vielen Jahren wieder unter Menschen zu sein, die ihn keines Verbrechens verdächtigten.

In diesem Jahr 1992 hatte er in Umljanovići bei Drniš Cvitko kennengelernt. Cvitko war damals fünf Kilo schwerer gewesen und trug die gelockten Haare halblang. Damals hatte Cvitko nur den Oberbefehl über die Wasserversorgung. Inzwischen sah er aus wie ein richtiger Soldat. Den Ohrring hatte er abgenommen, die Haare kurz geschnitten, er war braun gebrannt, schlank und groß. Er hatte es bis zum Leutnant gebracht. Die Soldaten mochten ihn. Bei Cvitko fühlten sich die Männer sicher. Er war schnell im Kopf, zögerte Entscheidungen nicht lange hinaus, und wenn er sie einmal getroffen hatte, änderte er sie nicht mehr. Wenn es eng wurde, stand er in der ersten Reihe. Wenn er glaubte, seine Leute würden zu großen Risiken ausgesetzt, widersetzte er sich seinen Vorgesetzten. Die Männer aus seiner Mannschaft hätten die Hand für ihn ins Feuer gelegt.

Und jetzt war Cvitko hier. Wie ein Champion war er mit dem Jeep von Malovan hierhergefahren, um seinen Triumph zu genießen. Er stieg aus, hob das Fernglas an die Augen und schaute sich um. Sie waren sechs Kilometer vor Kupres. Vor ihnen das endlose flache Nichts – nur Gras und noch mehr Gras. Doch weit am Horizont sah man das Ziel, einen kleinen Gebirgsort. Man erkannte nicht viel, den Kirchturm und ein paar Skilifte. Die Lifte verfielen in der Gebirgsluft, seit Jahren nicht genutzt, als Erinnerung, dass man früher mal in dieser Einöde ganz normal gelebt hatte.

Cvitko legte das Fernglas weg und musterte nun die Soldaten. Er verteilte Aufgaben. Einer Mannschaft gab er den Befehl, das verwüstete Hotel zu besetzen und vor Plünderungen zu schützen. Eine andere sollte das Dorf auskundschaften und die Minen in den Häusern entschärfen. Die dritte Gruppe sollte auf den Hügel steigen und eine Gefechtsstellung einrichten. Dann sagte jemand: „Wir haben fast kein Wasser mehr." Cvitko rüttelte am Kanister. Er war fast leer.

Da schaute Cvitko zu Adrian und sprach ihn mit Namen an. Adrian stand auf. Cvitko legte ihm die Hand auf die Schulter. Adrian wusste, dass Cvitko ihn mochte. Für Cvitko war er ein junger Kerl vom Dorf, unverdorben, gesund, nicht wie die Jungs aus der Stadt, das waren Faulpelze, Drückeberger und Großmäuler. Cvitko wusste nichts von Adrians Vergangenheit, wie auch keiner von den anderen. Adrian hätte alles getan, damit es so blieb.

„Adrian, Luka und Krešo", sagte Cvitko, „ihr geht Wasser holen. Nehmt drei Kanister mit und geht zu den Häusern da vorn. Irgendwo muss es einen funktionierenden Wasserhahn geben."

Genau wie die anderen beiden packte sich Adrian den Kanister auf den Rücken. Sie liefen in die Richtung, aus der sie gekommen waren. In der Ferne hörte man noch vereinzelt Granatfeuer und Maschinengewehrsalven. Der Krieg war noch nicht ganz zu Ende, aber fast schien es so. Auf dieser und auf der anderen Seite wussten sie, dass das letzte Kapitel geschrieben wurde. Sie mussten nur noch die Ziellinie überschreiten, ein paar Restmeter hinter sich bringen. Marschieren, Wache schieben, die Minen und Hinterhalte umgehen, weitermarschieren. Wasser holen. Der leere Kanister war nicht schwer. Auf dem Rückweg würde es anders sein.

Sie näherten sich den Häusern, die offenbar schon vor längerer Zeit ausgebrannt waren. Das konnte bedeuten, dass es sich um ein katholisches Dorf handelte. Sie gingen vorsichtig darauf zu, da sie nicht wussten, ob der Zugang vermint war. Von den Häusern waren nur noch die nackten Wände übrig, außer bei einem, dem größten, direkt an der Straße. Das war offensichtlich mal eine Wirtschaft gewesen. Eine Wirtschaft ist keine Kirche, keine Moschee, kein Friedhof und keine Schule. Eine Wirtschaft brauchten sie alle, kein Soldat zerstört eine Wirtschaft, und so wartete auch diese intakt auf die neue Armee.

Es war der einzige Ort, wo sie Wasser finden konnten. Deshalb gingen sie hinein und trafen auf eine blonde Frau Anfang dreißig, die Glasscherben und zerbrochene Ziegelsteine von der Theke fegte. Sie schaute erschrocken auf, als die Männer hereinkamen. Doch sie beruhigte sich gleich wieder. Sie war also Kroatin.

Adrian nahm den Kanister vom Rücken und fragte nach Wasser. Die Frau deutete auf den Wasserhahn. „Bedient euch. Es ist nicht vergiftet", sagte sie. „Nur ein bisschen trüb von der Erde in den Leitungen. Aber man kann es trinken."

Es sei ihr Lokal, erzählte sie. Schon vor dem Krieg sei es ihrs gewesen. Fünf Jahre habe sie als Flüchtling in Trogir verbracht. Jetzt sei sie zurückgekommen, um das Lokal wieder instand zu setzen, so schnell wie möglich. Damit sie bereit sei, wenn die Straße wieder befahren würde. Von ihrer Einrichtung habe sie einiges noch vorgefunden, anderes sei gestohlen worden. Sie habe auch einiges vorgefunden, was vorher nicht hier gewesen sei. Die Kaffeemaschine zum Beispiel, eine Gaggia, neu und teuer. Die habe derjenige, der die Wirtschaft zwischenzeitlich betrieben habe, bestimmt irgendwo geklaut, genau wie ihre Wirtschaft. Sie werde nicht versuchen herauszufinden, wann und wem. Eine kleine Entschädigung für die Jahre, die sie in einer Ferienwohnung habe leben müssen.

Sie stellte sich als Sanja vor und streckte Adrian die Hand hin. Er schüttelte sie und stellte sich ebenfalls vor. Man sah Sanja an, dass sie Arbeit gewöhnt war, dass das Leben es ihr nicht eben leicht gemacht hatte, doch unter dieser Oberfläche sah sie fast attraktiv aus.

Adrian ließ Wasser in den Kanister laufen und schaute sich im Lokal um. Es schien mit der Zeitmaschine aus den Achtzigern hierhergebeamt worden zu sein. Bänke und Nischen aus dickem Holz, eine holzverkleidete Theke, rote Stofftapeten. An den Wänden rangelten verschiedene Epochen um Aufmerksamkeit. Eine Jukebox und Poster des berühmten Schlagerstars Zdravko Čolić aus den Siebzigern. Das Dekolleté von Samantha Fox aus den Achtzigern. Schals von Roter Stern Belgrad, kyrillisch beschriftete Pokale und Poster mit halbnackten Schlagersternchen verrieten die Vorlieben des inzwischen geflohenen Wirts. Diese Schicht würde jetzt wieder verschwinden, spurlos.

Und dann bemerkte Adrian plötzlich ein Detail, das er kannte. Es hing vor der Tür zur Toilette, mit Tesafilm an die Wand geklebt. Ein altes Flugblatt, vergilbt, an den Rändern eingerissen. Aber Adrian kannte das abgebildete Gesicht. Und mit dem Erkennen meldete sich ein altes, unterdrücktes, aber wohlbekanntes Gefühl. Blankes Entsetzen.

Er erinnerte sich gut an dieses Gesicht, den trotzigen Blick, die gekräuselte Nase. Er erkannte die Haarsträhne, die über die Stirn hing und das linke Auge fast verdeckte. Hier, in den bosnischen Bergen, auf einem Blatt Papier, sah Silva Vela genauso aus, wie er sie in Erinnerung hatte.

Und während der Kanister sich mit Wasser füllte, starrte Adrian auf den Zettel an der Wand zur Toilette. Er starrte auf das Gesicht, das sich all die Jahre, wie tiefgefroren, nicht verändert hatte. Er starrte das Gesicht an, das sein Leben auf den Kopf gestellt hatte.

* * *

Jener Abend würde Adrian verfolgen, solange er lebte. Er hätte ihn gern vergessen, aber das konnte er nicht und würde es nie können. Jener Abend war in seiner Erinnerung lebendig und kehrte beharrlich wieder wie ein Ohrwurm.

Er erinnerte sich an jedes Detail. Das Fischerfest am Ende der Saison. Als Fischer verkleidete Männer in gestreiften T-Shirts, die für die Touristen Makrelen zweifelhafter Frische grillten. Tschechen und Ungarn, die zur Musik der Live-Band Polka tanzten. Er erinnerte sich an sich selbst, wie er sich mit Whiskey-Cola zuschüttete, eine, zwei, fünf, sechs. Er erinnerte sich an DJ Robi, wie er die Bühne eroberte und aktuelle Hits auflegte: Bon Jovi, Madonna, Simply Red. Und dann erinnerte er sich an sie, an Silva. Wie sie auf dem Fest erschien, allein, ohne Brane. Er erinnerte sich genau an ihre Kleidung: ein zu kurzes geblümtes Kleid, ein Beutel und rote Converse.

Silva hatte ihm immer schon gefallen. Außer ihrem guten Aussehen war da noch mehr gewesen. Silva roch nach Abenteuer. In dem toten Kaff wirkte nur Silva, als fließe Blut in ihren Adern, sie war bunt, lebendig.

Natürlich kannte er sie. Sie grüßten sich, wenn sie sich trafen, er trank Kaffee mit ihrer Clique und achtete immer darauf, sie nicht anzustarren, ihre Beine, ihr Dekolleté, ihre Fesseln. Er wollte ihr näherkommen. Aber dann waren Silva und Brane ein Paar geworden und Adrian beschloss, sie zu vergessen.

Bis zu diesem Abend. Dem Abend, als Silva im geblümten Minikleid und roten Converse auf das Fest kam und sich von ihm zu einem Getränk einladen ließ. Er bot ihr an, sich bei Robi ein Lied für sie zu wünschen, und sie entschied sich für *Red Red Wine* von UB 40. Adrian gab dem DJ einen Wodka aus und der ließ *Red Red Wine* laufen, einmal, zweimal, dreimal, viermal. Während der träge Reggaerhythmus aus den Boxen perlte, tanzte Adrian eng umschlungen mit Silva. Er roch ihr Haar, spürte unter dem Kinn die weiche Haut ihrer Halsbeuge und unter seinen Fingern ihre Rippen und die Träger ihres BHs. Ihre Hand lag um seinen Nacken und Adrian dachte: Das ist es, was ich wollte.

Wäre es doch nur nicht so gewesen.

Denn nach diesem Abend hatte sich sein Leben in einen langen, hässlichen Witz verwandelt. Verhöre, Verhaftung, Lügendetektortest. Die zitternden Drähte des Geräts, wenn er *ja* oder *nein* sagte. Er antwortete und das Gerät zeichnete zitternd eine Linie auf das Papier.

Während er im Herzen Bosniens Wasser in einen Kanister laufen ließ und der Behälter sich füllte, erinnerte Adrian sich der Reihe nach an alles. Wie sie ihn frühmorgens aus dem Bett zerrten und in den Streifenwagen zwängten. Der Lärm und der Aufruhr hatten die Dorfbewohner angelockt. Er erinnerte sich an ihre vorwurfsvollen Blicke, an zwei Nächte in der Zelle. An Šain, der immer die gleichen Fragen stellte. Und an den anderen im weißen Hemd mit aufgekrempelten Ärmeln. Tenžer, so hieß er. Dieser andere hatte ihn geschlagen, während er mit Handschellen an den Stuhl gefesselt war. Er schlug ihn auf die Rippen und den Rücken, dorthin, wo die Schläge keine sichtbaren Spuren hinterließen. Er schlug ihn, dann übergoss er ihn mit Wasser, um ihn anschließend zu würgen. Dann wieder die Fragen, die immer gleichen: Was hast du mit Silva Vela gemacht? Wo hast du sie umgebracht? Wo hast du ihre Leiche versteckt? Sag uns, wo die Leiche ist. Sag uns, woher das Blut an der Holzlatte kommt. Sag uns, wo du sie vergraben hast. Sag uns, wo sie ist. Wo ist Silva Vela?

Die Polizisten fragten und fragten und fragten. Und er gab ihnen wirre, unzusammenhängende Antworten, noch immer vernebelt von unzähligen Whisky-Cola. Adrian antwortete, aber die Polizisten fragten weiter, denn seine Antworten waren nur lose, von Alkohol durchtränkte Fäden. Adrian kannte die Antworten nicht, also fragten und schlugen sie ihn weiter.

Der Kanister war voll, das Wasser lief über. Adrian drehte den Wasserhahn ab und suchte die Wirtin. Er bedankte sich bei ihr und dann – nach einem Moment des Zögerns – stellte er die Frage. Er musste sie stellen, weil ihn die Neugier sonst aufgefressen hätte.

„Sagen Sie", fragte er, „das Flugblatt an der Toilettentür. Das Mädchen darauf ist aus meinem Dorf und das ist weit weg. Wie kommt dieses Flugblatt hierher?"

„Das war vor dem Krieg", antwortete Sanja. „Ein Mann hat es da hingehängt. Kurz vor dem Krieg kam er her. Er sagte, er suche seine Tochter. Er hoffte, jemand habe sie gesehen, einer der Fernfahrer. Mein Gott, wie lange das her ist. Aber ich erinnere mich noch gut an ihn. Mager und fast kahl. Ja, er hat genauso gesprochen wie du, der gleiche Dialekt. Genauso."

Adrian hörte ihr zu und vor seinen Augen entstand ein klares Bild. Jakob Vela, seine magere, gebeugte Gestalt, die hohe Stirn und der sehnsüchtige Blick. Jakob, der weit entfernt von zu Hause einer Kellnerin sein Leid klagt. Und dann bittet er sie, das Flugblatt aufhängen zu dürfen. Wie verzweifelt er gewesen sein muss, dachte Adrian, wenn er es sogar bis hierher geschafft hat.

Noch einmal schaute er auf das Flugblatt. Damals, als alles noch frisch war, hingen diese Flugblätter überall in Misto und der ganzen Umgebung an Laternenpfosten, Wartehäuschen, Schaufenstern. Eins davon hatte jemand auch ans Schaufenster der Bäckerei geklebt. Adrians Vater hatte nicht gewagt, es abzuhängen, auch wenn er sehr wohl verstanden hatte, dass das Flugblatt an seinem Schaufenster keine Bitte um Hilfe, sondern eine Drohung war.

Die Flugblätter sahen alle aus wie das neben der Toilettentür: Silvas Name, eine Beschreibung der Kleider, eine Telefonnummer mit der alten jugoslawischen Vorwahl. Und Silvas Gesicht. Woanders hingen die Flugblätter schon lange nicht mehr, sie waren abgenommen worden, abgerissen, vom Regen fortgespült. Nur dieses war geblieben, weit weg von zu Hause, in einem anderen Land, in einem Dorf auf der anderen Seite der Front, neben einer Toilettentür, seit sechs Jahren und zwei Kriegen. Zwei Mal hatte sich die Frontlinie durch dieses Tal geschoben, zwei unterschiedliche Armeen waren hier durchgezogen, hatten erobert, getötet, zerstört. Und während die gelben Ameisen die Häuser der schwarzen Ameisen niederbrannten und dann die schwarzen die der gelben, hing das Blatt Papier mit Silvas Gesicht darauf unangetastet an der Wand neben der Toilettentür. Während andere gestorben und älter geworden waren, war Silva jung geblieben, erstarrt in einem weißen, rechteckigen Rahmen.

„Und? Wie ist es ausgegangen?“, fragte Sanja. „Hat man sie gefunden, deine Nachbarin?“

Adrian packte sich den inzwischen schweren Kanister auf den Rücken.

„Man hat sie nie gefunden“, sagte er. „Man weiß nicht, was mit ihr geschehen ist.“

„Die armen Eltern“, sagte Sanja. „Ein Albtraum. Etwas Schlimmeres kann man sich kaum vorstellen.“

Sanja stellte den Besen ab und schüttelte ihm die Hand zum Abschied. Sie wünschte ihm Glück im Krieg. Adrian wünschte ihr Erfolg, dass die Geschäfte liefen, dass die Wirtschaft schnell auf die Beine kam.

„Wenn das alles vorbei ist“, sagte Adrian, „komme ich mal bei Ihnen vorbei und esse etwas Leckeres. Dann reden wir.“ Adrian ließ es wie eine höfliche Floskel klingen, aber er sagte es nicht aus Höflichkeit. Sanja gefiel ihm. Er hätte gern mit ihr einen Kaffee getrunken, wenn endlich alles vorbei war.

Er schob seinen Rucksack zurecht und machte sich auf den Rückweg zu seiner Mannschaft, die auf ihn wartete. Aber er dachte nicht mehr an den Krieg, dessen Ende noch vor ihm lag. Er dachte an sie.

An das Bild, das vergessen neben einer Toilettentür hing.

Irgendwo vor Kupres wurden sie von einem Lkw abgeholt.

Das Geschützfeuer erlahmte und die Frontlinie, sofern es überhaupt noch Kämpfe gab, hatte sich nach Norden verschoben. Gegen Mittag hatte Cvitko über Funk mit dem Befehlsstab gesprochen. Danach hatte er die Männer antreten lassen. „Wir schützen die Flanke", hatte er gesagt. „Wir werden abgeholt." Zehn Minuten später waren die Laster da. Sie stiegen in vier olivgrüne Mannschaftswagen, der Fahrer ließ die Plane herunter und fuhr los.

Sie fuhren fast eine Stunde. Eine Zeit lang ging es über Asphalt in nordwestliche Richtung. Dann bogen die Wagen auf eine Schotterstraße ab und schließlich auf einen ausgefahrenen Feldweg voller Pfützen. Einmal blieben sie stehen. Adrian hörte, wie Cvitko übers Mobiltelefon mit jemandem sprach und die Richtung bestätigte. Dann ging es weiter auf immer schlechteren Wegen. Adrian wusste nicht, wo sie waren, hatte aber den Eindruck, dass es immer höher in die Berge ging.

Er schaute in die angespannten Gesichter seiner Kameraden. In dieser Phase des Krieges hätte wohl keine feindliche Kugel sie getötet. Aber sie konnten durch eine Mine umkommen, die vor langer Zeit gelegt worden war, die im Schlamm verborgen lauerte, bis der Lkw-Reifen sie auslöste. Oder eine ferngesteuerte Maljutka konnte sie treffen. In diesem Moment waren sie überall sicherer als in diesem Laster. Der Laster war eine mobile Falle.

Sie waren zwanzig Mann, vorwiegend aus Split, einige aus Omiš und von der Insel Brač, Junge und Ältere. Vor dem Krieg hatte jeder sein Leben geführt, sie waren Maurer, Verkäufer, Fabrikarbeiter gewesen. Einige hatten zu Hause Frauen und fast erwachsene Kinder, einige waren direkt aus der Mittelschule hier gelandet, als unschuldige Babys. Was auch immer sie gewesen waren, jetzt warteten sie gemeinsam darauf, dass dieser Krieg endete und dass sie nach Hause und zu ihrer gewohnten Arbeit zurückkehren konnten. Denn der Krieg war wie das Komma in einem Satz. Alle warteten darauf, dass diese Qual ein Ende hatte, damit sie nach dem Komma weitermachen konnten. Alle, außer Adrian.

Denn während der Magirus Deutz um bosnische Kurven rumpelte und seine Kameraden ihre Nervosität bekämpften, wurde es Adrian klar: Er wollte nicht, dass der Krieg zu Ende ging. Ihn hatte der Krieg gerettet. Im Krieg wurde er respektiert.

Er war gut im Krieg. Entschlossen, schnell, verlässlich. Er kam klar mit wenig Schlaf und körperlicher Anstrengung. Er war geduldig und konnte warten. Und warten machte den Großteil des Krieges aus. Er konnte schweigen, wenn man schweigen musste. Er trank nur mäßig, nahm keine Drogen, rauchte nicht und konnte nachts Wache schieben, ohne durch die Glut einer Zigarette die Stellung zu verraten. Verantwortungsvoll erledigte er, was ihm Cvitko oder ein anderer Offizier befahl. Wenn geschossen wurde, schoss er, aber er genoss die Gewalt nicht. Wenn einer Gefallen an Gewalt fand, brachte er sich und seine Kameraden in Gefahr.

Adrian war gut im Krieg, aber der Krieg war auch gut zu Adrian. Er bot ihm Anonymität und selbstverständlichen Respekt. Adrian mochte sein neues Selbst, das sich in drei Jahren Krieg entwickelt hatte. Er mochte das neue Ich lieber als das alte.

Der Laster kroch jetzt durch eine Schneise im Wald. Es ging weiter bergauf und der Feldweg war aufgeweicht. In der Fahrerkabine klingelte das Mobiltelefon. Cvitko nahm Befehle entgegen, von denen die Männer hinten im Laderaum nichts wussten.

Genau in diesem Moment, während der olivgrüne *Deutz* durch die bosnischen Berge ächzte, wurde Adrian so bewusst wie noch nie, dass er nicht dorthin zurückwollte, wo er aufgehört hatte. Er wollte nicht dort weitermachen, wo sein Komma auf ihn wartete.

Hinten im Laster dachte Adrian daran, wohin er zurückkehren würde. Er dachte an Misto. An die Dorfbewohner, die ihn nicht grüßten, die mit verächtlichem Schnauben an seinem Haus vorbeiliefen, so verächtlich, wie man am Haus eines Mörders vorbeiläuft. Er dachte an seinen Vater, der den ganzen Tag schweigend zu Boden starrte. An die Kunden, die ihre Münzen auf den Tresen warfen und wortlos ihr noch warmes Brot aus der Bäckerei trugen.

Er dachte an den Tag, als er einberufen und der Kompanie Misto zugeteilt wurde. Als sie auf dem Basketballplatz strammstehen mussten, als der Zivillaster einer Baufirma kam und mit ihm Rade, der Wirt des *Lanterna*. Als der Krieg begann, servierte Rade keinen Macchiato mehr. Rade war jetzt der Chef des örtlichen Krisenstabs.

Auf dem Basketballplatz übergab Rade ihnen Uniformen, Stiefel, Wasserflaschen und Decken, aber keine Gewehre oder Granaten. Waffen waren nicht Rades Domäne. Waffen lagen nicht im Wirkungsbereich örtlicher Loser.

Die Loser befahlen ihnen, sich in Reih und Glied aufzustellen, sie waren dreißig Mann, die Blüte des Jahrgangs 72/73, alles Abiturienten, Studenten im ersten Semester, Deserteure aus der Jugoslawischen Volksarmee, Seeleute, die zwischen zwei Heuern von der Mobilisierung überrascht worden waren. Der Wirt des *Lanterna* schwafelte in dem steifen Neukroatisch, das er sich für offizielle Gelegenheiten angeeignet hatte. Er bedankte sich bei ihnen im Namen des Vaterlands. Er salutierte und befahl ihnen strammzustehen, dann sich zu rühren. Die Dorfbewohner hatten sich versammelt, verängstigt, aber auch neugierig.

Daran erinnerte sich Adrian. An die Dorfbewohner, die sich versammelt hatten, um Zeugen einer historischen Rekrutierung zu werden, eines Ereignisses, das eines Tages voller Stolz auf einer Gedenktafel Erwähnung finden würde.

Unter den Leuten erkannte Adrian seinen Vater. Er sah ihm die Sorge und die Angst an. Doch die Sorge vermischte sich mit einem anderen Ausdruck. Adrian wusste genau, was der Alte dachte. Der Alte sah dreißig junge Männer in gleichen Uniformen, dreißig Helden, die auszogen, die heimatliche Scholle zu verteidigen. Und sein Sohn war dabei, trug die gleiche Uniform, genau wie die anderen, ein Teil der Mannschaft. Das sah der Alte und glaubte, damit beginne eine neue Zeit.

Aber nicht nur Adrians Vater war an diesem Tag am Basketballplatz. Andere Dorfbewohner waren auch gekommen. Adrian hatte Silvas Mutter erkannt, die Erdkundelehrerin. Sie blieb im Hintergrund und beobachtete die Reihen fremder Söhne ohne eine Spur Mitgefühl. Sie schaute nicht auf die anderen Rekruten, sie starrte Adrian an, als wollte sie sagen: Aha, hier hast du dich also versteckt.

Daran erinnerte sich Adrian. Aber dieses Leben würde er nicht fortsetzen. Er würde nicht nach Misto zurückkehren. Sein altes Ich existierte nicht mehr.

Der Lkw hielt und riss Adrian aus seinen Gedanken. Dann ruckelte er ein Stück weiter, neigte sich leicht zur Seite und blieb mit einem metallischen Schlag stehen. Die Plane flatterte und der Innenraum wackelte, Adrian hörte kurze, panische Schreie, dann wurde es wieder ruhig. Für einen langen Moment war alles in Stille gehüllt, dann erklang Cvitkos Stimme.

„Alle raus", befahl er. „Unser Vorderrad steckt fest."

Sie stiegen vorsichtig aus, einer nach dem anderen. Adrian schaute sich um. Sie waren umgeben von dichtem Wald. Die Baumstämme hatten eine glatte, silbrig schimmernde Rinde, wahrscheinlich Buchen. Die Bäume waren hoch, sobald man sich ein paar Schritte von der Straße entfernte, war der Wald dunkel wie die Nacht. Die Straße verdiente den Namen nicht. Es war eine mit Baggern gehauene Schneise für Panzer, nur zum Zwecke des Krieges eilig gespurt. Am Rand moderten die gefällten, weggeschobenen Stämme. Die Straße war weich und die Erde sogar jetzt im Sommer matschig.

Sie versammelten sich um den Lkw, um den Schaden abzuschätzen. Der Vorderreifen steckte nicht einfach fest, er hing über einem Abhang, einem steilen Gefälle zwischen den Buchen. Sie beobachteten, wie der Fahrer versuchte, den leeren Laster aus dieser Lage zu befreien. Im Rückwärtsgang gab er Gas, doch der andere Vorderreifen grub sich dadurch noch tiefer ins Erdreich. Nach einigen vergeblichen Versuchen stieg der Fahrer aus der Kabine und schüttelte resigniert den Kopf.

„Wir müssen Zweige sammeln", sagte er. „Die legen wir unter das andere Vorderrad."

Cvitko befahl den Männern, eine Reihe zu bilden und in den Wald vorzurücken, um möglichst viele Zweige und Äste zu sammeln. Adrian machte den ersten Schritt ins weiche Dunkel, dann noch einen und noch einen, und bald umfing ihn die Dämmerung des Waldes, um ihn herum Moos, Pilze, Flechten, bemooste

Stämme. In dieser feuchten Umgebung suchte er geeignete Äste, die nicht morsch und nicht zu glitschig waren.

Adrian setzte Schritt vor Schritt und sammelte Äste, immer tiefer im Wald. Die anderen Soldaten sah er nicht mehr, aber er hörte sie ganz in der Nähe. Durch die Baumkronen drang Licht, das ihm den Weg zurück zur Straße zeigte. Nach einiger Zeit hatte Adrian den Arm voller Äste.

Er bahnte sich den Weg zurück, wich Pfützen und dornigem Gestrüpp aus. Kurz glaubte er, sich verlaufen zu haben, dann sah er wieder einen Lichtstreifen und erkannte einen Baumstumpf. Einige Schritte weiter blieb er mit dem Stiefel an etwas hängen. Er zog und spürte, wie der Stiefelschaft etwas Elastisches dehnte. Nach drei Jahren hatte er einiges an Erfahrung gesammelt. Genug, um zu wissen, dass er in diesem Moment bereits tot war.

Mit der Hand streifte er das Gras beiseite und sah seine Befürchtung bestätigt: ein Metalldraht, elastisch, aber fest, kam aus dem Gestrüpp und verlief weiter zu dem Baumstumpf. Von dort kam der Widerstand, den sein Stiefelschaft vergrößerte.

Adrian kannte diesen Draht. Er wusste, dass er zu einer Streumine aus jugoslawischer Produktion führte. Eine PROM-1-Mine, gelegt von den einen oder den anderen, um eine Stellung zu schützen. Die Mine wurde aktiviert, sobald er sein Standbein bewegte, den Draht weiter spannte oder die Spannung nachließ. Der Draht würde zitternd den sternförmigen Zünder aktivieren. Und der Zünder würde die Mine hochgehen lassen, die im Gestrüpp in der Erde vergraben war. Die Mine würde aus der Erde springen, ungefähr auf Brusthöhe, dann explodieren und im Umkreis von fünfzig Metern tödliche Metallsplitter streuen. Drei Jahre lang hatte die Mine in der feuchten, dicken Erde geschlummert, unter Moos und Pilzen. Nun würde sie ihre Bestimmung erfüllen.

Adrian ließ das Holz fallen. Es gab keine Rettung. Er konnte nur dafür sorgen, dass es ihn allein erwischte und er andere nicht in Gefahr brachte. Deshalb rief er nicht um Hilfe. Es gab niemanden, der ihm jetzt noch helfen konnte.

Er hörte, wie die anderen weiter Äste sammelten, die anderen, die mehr Glück hatten als er. Sie lachten, machten Witze, angeheizt durch die Euphorie des Sieges. Doch gleich würden sie den Knall hören. Dann würden sie nicht mehr lachen.

Das war es dann also, dachte er und spürte dabei eine Welle der Enttäuschung und Verbitterung, als wäre ihm ein gemeines Unrecht widerfahren, als hätte jemand ihm ungerechterweise etwas vorenthalten. Dann schaute er sich noch einmal um. Sah das Moos, die feuchten Stämme, die grünen Baumkronen, sogar einen kleinen Streifen Himmel. Alles war so unendlich grün. Er sah sich den Ort, an dem er sterben würde, genau an und versuchte zu begreifen, warum es von allen Orten auf der Welt ausgerechnet dieser Ort sein würde.

Er atmete durch, noch einmal. Schließlich bewegte er den Fuß. Er musste nicht lange warten, ein Knall und gleißende, weiße Hitze. Ein Weiß, das alles verschluckte.

8
Mate (2001)

Mate erreicht Barcelona vor Einbruch der Nacht. Er kommt aus Richtung Perpignan und Girona, fährt durch ein Netz aus Kreuzungen und Brücken, vorbei an Lagerhäusern und Hangars. Als er das Gefühl hat, sich dem Zentrum zu nähern, verlässt er die vierspurige Straße und fährt durch ein ruhigeres Viertel und in Richtung Osten auf das Meer zu. Er kennt die Straßen nicht und lässt sich von seiner Intuition leiten. Dann sieht er an einer Straßenecke den Gemüseladen *Verduras San Martin*. Wunderbar, denkt er, denn jetzt weiß er, dass er im richtigen Viertel ist.

Er fährt weiter über unzählige Straßen, die sich in regelmäßigen Abständen kreuzen. Er fährt langsam, um die Straßennamen lesen zu können. Die Fahrer hinter ihm hupen und ein schnauzbärtiger Mann in einem Peugeot überholt ihn und flucht dabei laut auf Katalanisch. Mate fährt einfach weiter und weiter und liest Namen, die ihm nichts sagen: Carrer de Pujades, Carrer de Llull, Carrer d'Àlaba, Carrer de Ramon Turró. Er ist nicht beeindruckt von dem, was er sieht. Das hier ist nicht das touristische Barcelona, das Barcelona, an das er sich von seiner Gruppenreise mit Doris vor ein paar Jahren erinnert. Es gibt hier weder Gotik noch Spitztürmchen, keine südländischen Plätze mit Pergolen und Bougainvillea. Er fährt an Einfamilienhäuschen vorbei, die dringend einen Eimer Farbe brauchen. Dazwischen wechseln sich Billigboutiquen, Cafés, Tankstellen und Elektrikerwerkstätten ab.

Carrer de Roc Boronat, Carrer Icària. Da ist ein Friedhof, den er schon einmal gesehen hat. Er fährt ganz offensichtlich im Kreis.

Unvermittelt biegt er nach links ab, in eine lange, schnurgerade Straße, die nach Süden führt. Und dann hat er sie gefunden: *Carrer del Dr. Trueta* steht auf dem Schild. Er holt den Zettel mit der Adresse hervor. Sein Hotel ist in dieser Straße, in der Nummer 136. Er hat keine Ahnung, wer dieser Dr. Trueta war, aber müde und erschöpft, wie er ist, freut er sich. Wer auch immer Dr. Trueta war, er ist Mate sympathisch.

Er fährt noch ein Stück Richtung Süden, muss aber schnell erkennen, dass die Hausnummern immer kleiner werden. An einer ausreichend breiten Stelle wendet er den Transporter und fährt stadtauswärts, bis er die Hausnummer 136 erreicht und vor dem Hotel steht.

Das Hotel ist besser in Schuss als erwartet. Ein schmales, dreistöckiges Gebäude, das alle anderen Häuser in der Straße um ein Stockwerk überragt. Inzwischen ist es dunkel geworden und Mate sieht durchs große Fenster die erleuchtete Lobby. Dort sitzt ein alter Mann, der aussieht, als habe er sein ganzes Leben an genau dieser Stelle verbracht. Mate parkt und betritt das Hotel.

Der Alte ist reserviert und seine Skepsis wird noch größer, als er Mates Pass sieht. Das Misstrauen ist verständlich. Ein Mann allein, im Februar, weit außerhalb der touristischen Saison. Er hat den Pass eines neuen Staates, den es auf der Landkarte noch nicht gab, als der alte Mann im Erdkundeunterricht Europa durchgenommen hat. Außerdem hat der Fremde kaum Gepäck, nur eine leichte Sporttasche.

Der Alte mustert den Pass eines exotischen Staates mit dem Wappen, das wie ein Schachbrett aussieht. Dennoch trägt er stoisch Mates Daten ein und gibt ihm den Pass zurück. „*Toma las llaves!*“, murmelt er und reicht Mate den Schlüssel. Es ist ein richtiger Schlüssel, alt, mit einem großen Metallanhänger, nicht so ein neumodisches Magnetkärtchen. So langsam gefällt Mate dieses Hotel.

Einen Aufzug gibt es nicht, also nimmt er mit seiner Sporttasche die Treppe in den ersten Stock und öffnet die Tür von Zimmer 102. Er wirft sich auf das Bett. Nach 900 Kilometern von Mailand nach Barcelona ist er erledigt. Er will nur auf dem Bett liegen, mit ausgestreckten Armen und Beinen, bis durch seine müden Glieder wieder Blut fließt.

Als er aufwacht, ist es Nacht. Er schaut auf die Uhr, kurz vor zehn, stellt er erschrocken fest. Er muss Doris anrufen. Wenn er nicht anruft, wird sie vor lauter Sorge alle in Alarmbereitschaft versetzen.

Er steht auf, wäscht sich das Gesicht und geht ans schwarze Bakelit-Telefon. Doris nimmt beim zweiten Klingeln ab und zwitschert gleich los. „Du bist es, bist du gut angekommen?“ Dann folgt der schwierige Teil, der, in dem er sie belügen muss.

Sie sprechen über den vergangenen Tag. Er fragt nach seiner Tochter, erkundigt sich nach ihren Halsschmerzen und nach dem Handwerker, der heute die Klimaanlage reparieren sollte. Er erzählt von der Fahrt: alles Routine, ein kurzer Regenschauer bei Montpellier, Stau vor Nizza. Dann schweigen sie beide. Wenn er ihr schon Lügen auftischt, dann nur, wenn sie fragt.

Denn Doris weiß nicht, warum er nach Barcelona gekommen ist. Es würde ihr nicht gefallen, wenn sie es wüsste.

Zum Glück fragt Doris nicht nach der Arbeit. Die Details seiner Besprechung, die nicht stattfinden wird, über eine Ware, die es nicht gibt, interessieren sie nicht. Doris erzählt von ihrem eigenen Tag, der zu Ende geht. Der Handwerker hat sie sitzen lassen, Tina hat immer noch Ohrenschmerzen. In Split ist schlechtes Wetter, Südwind, Regen und es ist zu warm. „Deine Mutter hat angerufen“, sagt Doris. „Sie hat nichts gesagt, nichts Wichtiges. Nur, dass du sie morgen anrufen sollst.“

Während Doris von Vesnas Anruf und Tinas Erkältung berichtet, steht Mate auf. Er kramt in seiner Tasche und holt ein gefaltetes DIN-A4-Blatt heraus. Er faltet es auseinander und legt es auf den Nachttisch. Er liest die Adresse, die er schon so oft gelesen hat, dass er sie auswendig kennt: *Carrer del Comte Borell 38.*

„Gib Tina einen Kuss", sagt er noch, sie verabschieden sich, schicken sich gegenseitig einen Kuss durch den Äther, versichern sich ihre Liebe. Dann legt Mate auf und ist erleichtert, was ihm sogleich ein schlechtes Gewissen beschert. Er schaut wieder auf den Zettel mit der Adresse eines unbekannten Ortes. Eines Ortes, den er morgen aufsuchen wird. Eines Ortes, an dem vielleicht, aber wirklich nur vielleicht, seine Schwester lebt.

* * *

Mate lernte Doris 1996, kurz nach Kriegsende kennen. Nach fünf Jahren Krieg fanden alle ins normale Leben zurück: die Städte, die Menschen, die Geschäfte. Zu der Zeit lieferte er noch mit dem Kühllaster Fisch aus. Eines Morgens hatte er eine Lieferung für ein Restaurant in Tribunj. Der Ort war noch ziemlich leer, der Tourismus lief erst schleppend wieder an. Im Restaurant saß nur eine Gruppe Österreicher. Er lud am Hintereingang Doraden und Wolfsbarsche ab. Sie stand an der Theke. Doris. Sie kellnerte im Sommer im Restaurant ihrer Tante, um sich das Geld für ein gebrauchtes Auto zu verdienen. Sie war dreiundzwanzig, genau wie er. Aus Split. Sie studierte Betriebswirtschaft im achten Semester.

Sie gefiel Mate auf den ersten Blick. Er lud sie auf ein Getränk ein, was natürlich Unsinn war, da sie hinter der Theke stand. Anfang September, als an der Uni die Prüfungen anstanden, traf er sie in Split wieder. Am nächsten Tag gingen sie zum ersten Mal miteinander aus. Ende der Woche waren sie ein Paar, im darauffolgenden Frühjahr waren sie verheiratet und sie trug Tina in ihrem Bauch.

Er liebt Doris. Doris ist ein guter Mensch. Aber es gibt Dinge, die sie nicht versteht. Deshalb ist es besser, wenn Doris von diesen Dingen nichts weiß.

Das Gespräch mit ihr hat ihn wach gemacht. Er steht auf und schaut sich im Zimmer um: die Einrichtung aus hellem Holz, ein leerer Schrank, doch er macht sich nicht die Mühe, seine Sachen einzuräumen. Die Wände sind rot tapeziert und dunkel, wie von Spinnweben überzogen. Im Sommer, wenn es heiß ist, würde er hier nicht gern schlafen.

Er geht wieder ans Telefon, wählt wieder die Vorwahl für Kroatien und dann die Nummer. Nach einigen Klingeltönen hört er die Stimme seiner Mutter. Sie ist in ihrem Haus in Misto. Mate kann sich vorstellen, wie sie im Flur den Hörer abnimmt und sich dann auf das Sofa unter Silvas Bild setzt. Er hört ihre Stimme und die vorhersehbare Frage: „Hast du etwas herausgefunden?"

„Ich bin gerade angekommen", sagt er. „Ja, alles in Ordnung, morgen gehe ich zu der Adresse. Ja, ich habe einen Stadtplan gekauft und geschaut, wo es ist. Morgen, nicht jetzt. Jetzt ist es zu spät, um bei jemandem an der Tür zu klingeln." Er beruhigt Vesna, die weit weg in Misto die Ungeduld kaum aushält. Aber Mate weiß, dass er ihre Hoffnung nicht nähren darf. Denn es ist nicht das erste Mal. Schon früher haben Leute sich gemeldet, die glaubten, Silva gesehen zu haben. Jedes Mal hat sich die Spur als falsch erwiesen, sodass Mate den Enthusiasmus seiner Mutter lieber bremst.

Im Herbst werden es zwölf Jahre, dass Silva verschwunden ist. In dieser Zeit hat Mate die Schule abgeschlossen, hat angefangen zu arbeiten, hat als Marinereservist im Krieg seinen Dienst geleistet. Sechs Jahre lang hat er Fisch ausgeliefert und dann angefangen mit Schiffsmotoren zu handeln. Er hat geheiratet und ein Kind bekommen, das inzwischen vier Jahre alt ist. Doch die ganze Zeit hat Mate weitergesucht.

Die Suche nach Silva war mal mehr, mal weniger intensiv, ist mal erlahmt, hat sich dann wieder belebt, aber nie hat er ganz aufgehört. Selbst in ruhigen Phasen hat Mate im Hinterkopf ein unangenehmes Summen, das ihn daran erinnert, dass in seinem Leben nicht alles in Ordnung ist. Silva ist verschwunden, summt es in seinem Hinterkopf, sie ist weg und du unternimmst nichts dagegen.

Aber er unternimmt etwas. Die ganze Zeit. Sobald er Geld hatte, engagierte er einen Privatdetektiv, doch gab dieser schnell auf. Mate nutzte seine Fahrten, um Plakate aufzuhängen. Er gab Anzeigen in kroatischen, deutschen und italienischen Zeitungen auf. Im März 1997 begann er als Vertreter für Schiffsmotoren der Marken Faryman und Perkins zu arbeiten. Er fuhr mit einem Kombi nach Triest, Mailand, Graz, Düsseldorf und Genua. Er durchstreifte die Rotlichtbezirke, suchte Drogenhöhlen und Migrantenviertel auf. Er hinterließ Silvas Bild an Hotelrezeptionen und Anzeigetafeln auf Messen. Er wartete auf Nachrichten. Und er bekam Nachrichten, nicht eine, sondern viele, aber sie erwiesen sich alle als falsche Fährten.

Einige Male hatte es den Anschein, als wäre endlich der entscheidende Hinweis eingegangen. Ein Busfahrer hatte Silva im Dorf Veliko Trojstvo bei Bjelovar gesehen. Er behauptete, sie vor einem Bauernhaus gesehen zu haben, wie sie Wasser in den Kanal schüttete. Zweimal wollte man sie in Zagreb gesehen haben: Einmal hieß es, sie betreibe einen Kiosk in Trvno. Es zeigte sich, dass die junge Frau Silva nicht im Entferntesten ähnlich sah. Ein andermal hieß es, Silva Vela wohne in Ludwigsburg bei Stuttgart. Das stimmte auch. In Ludwigsburg lebte seit 25 Jahren eine Frau namens Silva Vela und betrieb ein gut gehendes zahntechnisches Labor. Ihr Name stand in den Gelben Seiten. Mate hatte sie kennengelernt, eine Portugiesin, deren Exmann Kroate gewesen war und aus Misto stammte. Sie hatte den Namen behalten. An Misto erinnerte sie sich nur dunkel, dort hatte sie vor langer Zeit einige Sommer verbracht, damals hatte es noch in Jugoslawien gelegen.

Dieses Mal ist der Hinweis vielversprechender. Ein Seemann aus Misto hat auf der Fahrt von Panama mit einem Frachtschiff in Barcelona angelegt. Der Mann kennt Silva aus der Kindheit, erinnert sich an ihr Verschwinden und kennt die ganze Geschichte. Er behauptet, Silva beim Verlassen eines Geschäfts auf den Ramblas gesehen zu haben. Er war sich so sicher, dass er ihr den ganzen Nachmittag folgte, er nahm den gleichen Bus wie sie und ging ihr nach bis zu einem Hauseingang, in dem sie verschwand. Er hat sich die Adresse notiert und sie Mate gegeben. Der Zettel mit der Adresse liegt jetzt hier auf dem Nachttisch neben dem schwarzen Telefon, in einem Hotelzimmer mit verstaubten Tapeten.

Als Mate Doris kennenlernte, erzählte er ihr die Geschichte seiner Familie und was mit Silva geschehen war. Er hatte Angst gehabt, wie sie reagieren würde. Er hatte schon ein paar junge Frauen kennengelernt, die vor dieser Last Reißaus genommen hatten, so als wäre diese Familiengeschichte ein entstellendes Mal, ein Buckel, den man mit sich schleppt und der einen fürs Leben zeichnet. Doris war anders. Seine Familiengeschichte hatte sie nüchtern aufgenommen, etwas zu nüchtern, wie er inzwischen weiß. Für Doris war Geschichte einfach Geschichte, die ihr gemeinsames Leben nicht stören durfte.

Sie duldete es, dass er einen großen Teil seines Lebens mit der Suche nach Silva verbrachte. Sie duldete es bis zu einem gewissen Moment. Als Tina auf die Welt kam, änderten sich die Dinge. Er begriff, dass Doris von ihm erwartete, dass er die Suche aufgab.

Sie sagte das natürlich nicht direkt. Doch die Signale waren deutlich. Wenn er mit seinen Eltern über die Suche sprach, erstarrte Doris' Gesicht zu einer Maske unterdrückten Missmuts. Wenn Mate auf Silvas Spuren reiste, verfiel Doris zwei oder drei Tage vor seinem Aufbruch in mürrisches Schweigen. Manchmal, nicht immer, äußerte sie ihre Unzufriedenheit mit vieldeutigen Teilsätzen. Man müsse auch an die Lebenden denken, sagte sie. Deine Tochter wird größer. Dein Leben verfliegt.

Anfangs machte das Mate wütend. Aber dann kam Tina und Tina war kein einfaches Kind. Sie litt an Koliken, Ausschlägen, Entzündungen, Angina. Fieber flammte in ihrem kleinen Körper auf wie ein Waldbrand. Nächtelang weinte Tina vor Schmerzen, weil sie Albträume oder Angst hatte. Sie fing erst spät an zu laufen. In der Krippe hieß es, sie sei ein schwieriges Kind.

Er musste geschäftlich immer öfter verreisen und Doris hatte es während seiner Abwesenheit immer schwerer. Sie rieb sich zwischen Kind und Arbeit auf. Ihr Leben war kompliziert, auch ohne die Suche nach Silva. In ihrem Leben war auf einmal kein Platz mehr für Silva.

Nicht nur einmal sagte Doris: „Du hast eine Mutter und einen Vater. Jetzt sollen sie die Suche übernehmen. In dieser Phase des Lebens musst du Prioritäten setzen."

Doch niemand außer Mate konnte sie suchen. Seine Mutter konnte und wollte nicht Auto fahren, sie konnte keine einzige Fremdsprache, sie hatte Jugoslawien nur zwei oder drei Mal verlassen. Seine Mutter war dafür ungeeignet. Und sein Vater wollte nicht mehr. Jakob hätte das nie offen gesagt. Aber Mate hatte erkannt, dass sein Vater genug hatte. Er hatte nach und nach aufgegeben. Dieses Aufgeben war für Mate und seine Mutter schmerzlich gewesen. Seine Mutter empfand es als Verrat, für Mate war es Egoismus. Von seinem Vater hätte er Unterstützung erwartet, dass er ihm in schwierigen Momenten die Hand reichte und ihn wieder aufrichtete, und nicht, dass er sich in seinen Panzer zurückzog, in seine Höhle, wie ein schweigsamer Sonderling.

Mate liegt auf dem Rücken auf dem Hotelbett und schaut auf die gammelige Tapete und eine Deckenlampe voller Fliegendreck. Er weiß schon jetzt, dass er die ganze Nacht nicht schlafen wird. Noch zehn Stunden, denkt er. Noch zehn Stunden und er wird wissen, ob seine Schwester wirklich hier lebt, oder ob die ganze Sache nur eine weitere Sackgasse ist. Er macht das Licht aus und starrt weiter an die Decke, während von der Carrer Dr. Trueta Scheinwerferlicht durchs Zimmer streift. Er versucht, sich die Begegnung am nächsten Tag vorzustellen. Er weiß noch nicht, wie die Tür aussieht, an der er klopfen oder klingeln wird. Dann wird etwas passieren. Vielleicht nichts. Vielleicht alles.

„Wenn sie gefunden werden will, würde sie sich von alleine melden", sagte Doris einmal. „Sie ist freiwillig weggegangen, sie würde sich freiwillig melden, wenn sie das wollte. Sie würde anrufen oder irgendein Zeichen schicken. Ihr solltet wütend auf sie sein", sagte sie aufgebracht. „Wütend, weil sie euer aller Leben kaputt gemacht hat."

Ihre Worte hatten Mate aufgewühlt. Er warf ihr vor, nicht zu wissen, wovon sie spreche, weil sie Silva nicht gekannt habe. Niemals wäre sie einfach so verschwunden, ohne sich je wieder zu melden.

Es musste einen wichtigen Grund dafür geben, Angst, eine Entführung, eine Drohung.

Es war das letzte Gespräch gewesen, das er mit Doris über Silva geführt hatte. Sie sprachen nie mehr darüber. Ihr Leben war im Grunde harmonisch. Sie verstanden sich als Menschen, als Eltern, und sie stimmten auch in ihren politischen Ansichten überein. Er fand sie noch immer attraktiv. Er konnte mit ihr über alles reden, nur nicht darüber. Alles, was mit Silva zu tun hatte, war in seiner Ehe zu verbotenem Terrain geworden.

Er suchte weiter, verheimlichte das aber vor Doris. Er stimmte die Suche mit seinen Geschäftsreisen ab. Wenn er geschäftlich unterwegs war, verlängerte er seine Reise um einen oder zwei Tage. Nach der Messe in Düsseldorf suchte er Silva in Essen und in Wuppertal. Vor der Nautikmesse in Genua streifte er durch Turin. Er erfand Lieferungen, nahm heimlich Urlaub. Weder Doris noch seinen Vater informierte er über neue Hinweise, nur seine Mutter. Das hielt Vesna am Leben. Das Wissen, dass jemand etwas unternahm, dass die Zeit nicht einfach verging, während Silva verschwunden blieb.

So ist es auch dieses Mal gewesen. Als der Seemann ihm erzählt hat, er habe Silva in der Carrer del Comte Borell gesehen, hat er Doris nichts gesagt. Er hat eine Woche Urlaub genommen und einen geschäftlichen Grund erfunden: eine Montage, eine Lieferung, eine Vertragsunterzeichnung.

Doch statt einer Vertragsunterzeichnung und einer Auslieferung hat er für morgen einen anderen Plan. Er wird in die Straße des unbekannten Grafen gehen, zur Nummer 38, und klingeln oder klopfen. Vielleicht wird es schwierig oder furchtbar. Aber was, wenn es ganz leicht ist? Was, wenn Silva – eine neue, veränderte Silva – einfach die Tür öffnet, so wie Menschen die Tür eben öffnen, wenn der Gerichtsvollzieher, ein Nachbar oder ein Vertreter klingelt? Was, wenn es ganz einfach wird?

Wenn sie wollte, dass ihr sie findet, würde sie sich von alleine melden. Das hat Doris gesagt. Aber Silva meldet sich nicht. Nicht aus der Carrer del Comte Borell und auch von sonst nirgendwo. Was wird er ihr – wenn er sie morgen findet – sagen? Und was wird sie ihm sagen?

Er schaut auf die Uhr. Es ist schon drei. Er muss schlafen, sein Körper schreit nach Schlaf, aber sein Kopf ist wach und aufgewühlt. Er schließt die Augen und versucht, alle Gedanken auszublenden. Aber es gelingt ihm nicht. Gegen vier gibt er es auf. Er wird seine Schwester morgen, ohne eine Minute geschlafen zu haben, aufsuchen.

* * *

Am nächsten Morgen nimmt er eine Beruhigungstablette und isst nur Joghurt zum Frühstück. Er ruft ein Taxi, weil er sich nicht in der Lage fühlt, selbst zu fahren, nicht hier, in einer fremden Großstadt.

Das Taxi hält um halb neun vor der Comte Borell 38. Diese Zeit hat er bewusst gewählt. Früh genug, dass berufstätige Menschen noch zu Hause sind. Spät genug, dass er sie abpassen kann, bevor sie das Haus verlässt.

Er steht vor einem vierstöckigen Haus aus Ziegelsteinen aus dem beginnenden 20. Jahrhundert. Es ist rot und mit Stuckelementen verziert, die schon bessere Tage gesehen haben. Die Haustür ist verschlossen. Er schaut sich die Klingelschilder an. Zum Teil sind es spanische Namen, aber manche klingen auch afrikanisch oder slawisch: Diouf, Djebbour, Stoianov, Popovski. Keiner klingt kroatisch, aber er hat auch nicht erwartet, dass Silva ihren eigenen Namen verwendet.

Erst jetzt merkt er, dass er eigentlich keinen Plan hat. Er denkt kurz nach und klingelt dann bei der Erdgeschosswohnung. Nach einer halben Minute geht die Haustür einen Spalt breit auf und eine alte Frau schaut heraus. Er zeigt ihr Silvas Bild und sagt: „*My sister.*“ Die Frau mustert ihn verwundert, dann zieht sie die Tür auf. Nach einem weiteren prüfenden Blick sagt sie: „*Tercer piso*“, und winkt ihn herein.

Mate kann kein Spanisch, aber das hat er verstanden. Dritter Stock, hat die alte Frau gesagt. Sie hat sie erkannt, denkt er. Sie hat Silva auf dem Foto erkannt. Silva lebt wirklich hier. Er spürt, wie die Aufregung ihn zu überwältigen droht.

Er wartet nicht auf den Aufzug, sondern läuft schnell die Treppe nach oben, nimmt immer zwei Stufen auf einmal. Im dritten Stock gibt es zwei identische Türen mit schmiedeeisernen Verzierungen. *Vaquero* und *Djebbour*. Er klingelt bei Vaquero, aber es passiert nichts. Er klingelt noch einmal mit dem gleichen Ergebnis: In der Wohnung ist es totenstill.

Dann klingelt er an der anderen Tür. Er hört Schritte, das Licht hinter der Tür geht an und ein Mann öffnet. Er ist Ende sechzig und sieht arabisch oder indisch aus. Mate grüßt ihn auf Englisch und hält ihm Silvas Foto unter die Nase, auf dem sie immer noch ein Teenager ist.

„*This woman, does she live here?*", fragt er. Der Alte starrt auf das Bild. Zuerst gleichgültig, dann sieht Mate hinter der stumpfen Gleichgültigkeit einen Funken des Erkennens.

„*She lived*", sagt der Alte. „*This apartment. Before. Before me. Understand?*"

Ist sie weggezogen? Wo ist sie jetzt? Hat sie eine Kontaktadresse hinterlassen? Mate bombardiert den Alten mit Fragen, doch an dessen unergründlichem Gesicht kann er nicht erkennen, ob der ihn versteht. Schließlich sagt der Mann etwas, das wie „suecia" klingt. „*Suecia*", wiederholt er, „*Suecia, entiendes?*". Er wiederholt immer wieder „*Suecia, Suecia*" und will wissen, ob Mate ihn versteht, aber Mate versteht nichts.

Schließlich hebt der Alte die Hände und sagt: „*Wait!*" Er verschwindet im Inneren der Wohnung. Mate steht in der Tür und wartet, dass der Alte zurückkommt. Aus der Wohnung hört er ein leises Gespräch, wahrscheinlich auf Arabisch. Er sieht einen Teil der Wohnung: eine Ablage für Handschuhe und darunter Schuhe auf einem orientalischen Läufer. An der Wand hängt ein gestickter und gerahmter Vers auf Arabisch, wahrscheinlich eine Sure aus dem Koran. An einer anderen Wand hängen Familienfotos, Kinder und Enkelkinder. Vermutlich holt der Alte ein jüngeres Familienmitglied, das besser Englisch spricht.

Mate wartet weiter und es kommt ihm wie eine Ewigkeit vor, dabei ist der alte Mann wahrscheinlich nur ein paar Minuten weg.

Das leise Gespräch in der Wohnung ist inzwischen lauter geworden und scheint in einen unterdrückten Streit ausgeartet zu sein. Vielleicht verstecken sie Silva, denkt Mate plötzlich und der Gedanke trifft ihn wie ein glühender Speer. Vielleicht erlauben sie ihr nicht, sich bei uns zu melden. Oder sie erlaubt es ihnen nicht. Vielleicht müsste er die Initiative ergreifen, einfach in die Wohnung gehen und die Ungewissheit beseitigen. Doch in diesem Moment erscheint wieder der Schatten des Alten im Flur. Er wird begleitet von einer jungen Frau Anfang dreißig. Sie ist nicht verschleiert und trägt auch keine muslimische Kleidung. Schwarz gelockt sieht sie aus wie eine Spanierin. In der Hand hat sie ein weißes Stück Papier.

„*Suecia*", wiederholt der Alte. „*This. They left. She and husband. For post, understand?*"

Die Frau gibt ihm den Zettel. Sie spricht viel besser Englisch als der Alte.

„Sie haben hier vor uns gewohnt", sagt sie. „Und sie haben ihre neue Adresse hiergelassen, falls noch Post kommt. Aber es steht leider nur der Name des Mannes oder Freundes drauf. Das ist alles, was wir haben."

Mate nimmt den Zettel. Mit großen Buchstaben steht da nur ein männlicher Name – Javier Baumann. Unter dem Namen die Adresse. Erst jetzt versteht Mate, was der Alte ihm die ganze Zeit erklären wollte – „*Suecia*". Es ist eine Adresse in Schweden.

Die Adresse ist so kompliziert, dass er sie abschreiben muss. Er kramt nach Stift und Zettel und schreibt sie Buchstabe für Buchstabe ab. Er ist konzentriert. Ein falscher Buchstabe kann dazu führen, dass er Hunderte von Kilometern umsonst überbrückt hat. Die Adresse ist ein Zungenbrecher: Skogsängsvägen 10, Hisings Backa 422 47, Göteborg, Sverige. Er gibt dem alten Mann seinen Zettel zurück. Und dann fragt er, was ihn mehr als alles andere interessiert. „*How is she? How does she look?*" Doch der Alte versteht ihn nicht. „*Suecia*", wiederholt er unablässig und fuchtelt mit den Armen, um ein Flugzeug zu imitieren.

„*Is she okay?*", versucht es Mate noch einmal. Doch bei dem Alten ist nichts mehr zu holen. „*Suecia, Suecia*", wiederholt er wie ein

Automat. Mate wirft der jungen Frau einen bittenden Blick zu und wiederholt seine Fragen. Doch sie winkt ab.

„Wir haben sie nie kennengelernt", sagt sie. „Wir sind nur die Nachmieter. Wir haben uns kurz bei der Wohnungsübergabe getroffen. Sie haben uns diese Adresse aufgeschrieben. Wir haben nur gehört, dass die Hausmeisterin ihn *Chileno* genannt hat. *El chileno* – der Chilene, sie hat ihn nie beim Namen genannt."

Er zögert, es gibt nichts mehr zu fragen, auch wenn er einen Haufen Fragen hat. Die arabische Frau nutzt sein Schweigen, murmelt etwas zum Abschied und schließt die Tür. Mate bereut sofort, dass er nicht darum gebeten hat, wenigstens kurz in die Wohnung zu dürfen. Er will die Wohnung sehen, riechen, spüren, in der seine Schwester offensichtlich gelebt hat. Er will die Wände ertasten, zwischen denen sich ihr Körper bewegt hat, auf die ihr Schatten gefallen ist. Aber jetzt ist es dafür zu spät. Jetzt steht er vor der geschlossenen Tür der Wohnung, die er niemals betreten wird.

Sorgfältig faltet er den Zettel und geht die Treppe hinunter. Schweden also, denkt er. Eine weitere Reise liegt vor ihm. Doch dieses Mal gibt es etwas, das ihm Halt gibt. Zum ersten Mal seit zehn Jahren hat er das Gefühl, sich nicht mehr im Kreis zu drehen.

* * *

In Split trifft er eine gut gelaunte Doris an. Als er die Tür öffnet, gibt sie ihm einen Kuss und verkündet, sie habe einen Plan. Wenn er sich ein wenig erholt habe, würden sie am Abend mit Tina Pizza essen gehen.

Er duscht lange und genießt den warmen Wasserstrahl nach der stundenlangen Fahrt. Während das Wasser an seinem Körper hinunterrinnt, schließt er die Augen und lässt die Reise Revue passieren: die Serpentinen hinter Nizza, der Anstieg von Ligurien ins Piemont, die Brücke über den Piave, die Serpentinen vom Velebit-Gebirge hinunter. Sein Körper fährt nicht mehr, doch sein Geist sitzt noch immer hinter dem Steuer.

Als er aus dem Bad kommt, sind Doris und Tina fertig. Doris setzt sich ans Steuer und fährt zu einer Pizzeria in einem kleinen Hafen. Hier hat er schon Motoren montiert. Er schaut auf die Barken, Motorboote, Segeljachten, wie sie an diesem trüben Februartag mit für den Winter verpackten Segeln im Wasser liegen. Die Nähe zu den Booten macht ihn unruhig. Sie erinnert ihn an die Arbeit, und die Arbeit erinnert ihn an seine Lügen.

Sie setzen sich und bestellen drei Capricciosa. Doris ist immer noch gesprächig und gut gelaunt. Sie regt das Gespräch an, neckt Tina, kommentiert die Speisekarte, die anderen Gäste und die Kellner. Doris ist froh, dass Mate zurück ist. Was auch immer, wo auch immer er war, sie freut sich, dass er wieder zu Hause ist.

Mit Tina ist es nicht ganz leicht. Sie will Apfelsaft, dann überlegt sie es sich und will Erdbeersaft. Als die Pizzen kommen, fängt sie an zu mäkeln, knabbert am Rand und will dann nicht weiteressen. Dennoch erbettelt sie von ihrer Mutter noch ein Eis. Als es kommt, ist sie wieder nicht zufrieden. Mate beobachtet sie die ganze Zeit. Er sieht das kokette Schleifchen, das sie ins Haar gebunden hat, eine Haarsträhne hinter dem Ohr. Er sieht ihren unzufriedenen Gesichtsausdruck, an den sie bei Tina schon gewöhnt sind. Er sieht seine Tochter an und versucht das Gefühl zu unterdrücken, das die ganze Zeit an ihm nagt und das ihm Angst macht. Darf man sein eigenes Kind unsympathisch finden?

Als sie wieder zu Hause sind, schenkt Doris ihnen ein Glas Weißwein ein und bringt Tina ins Bett. Sie kommt bald zurück, nimmt ihn an die Hand und zieht ihn ins Schlafzimmer. Sie zieht ihn aus und nimmt seinen Schwanz in die Hand. Sie streichelt ihn, bis Mate eine Erektion bekommt. Sie setzt sich auf ihn, schon ganz feucht, und atmet tief. Das angenehme Gefühl besiegt seine unaussprechliche Müdigkeit. Mit der Hand streicht er über ihre Oberschenkel, die Hüfte, ihre Rippen und schaut sie an. Noch immer ist Doris sehr attraktiv, noch immer rank und schlank, mit schmaler Taille und weiblichen Hüften. Die Jahre haben ihr nur mehr Selbstbewusstsein und Reife gegeben. Sie sieht besser aus als damals vor langer Zeit, als er sie in Tribunj zum ersten Mal gesehen hat.

Er streichelt sie, bis ihr Griff fester wird. Doris atmet lauter und tiefer und seufzt schließlich tief. Dann kommt auch er.

Sie liegen ineinander verknäult in den zerknitterten Laken, mit verschiedenen Körperflüssigkeiten zwischen sich. Mate atmet ruhig und beobachtet den Schein der Straßenlaternen an der Decke. Er hört Doris' Herzschlag und ihr leises Atmen. Sie ist ganz ruhig, aber Mate weiß, dass sie wach ist. Er spürt eine ungewohnte Ruhe, wie er sie schon lange nicht mehr gespürt hat. Eine Ruhe, die er nicht mit unerwünschten Neuigkeiten stören will.

Skogsängsvägen 10, Hisings Backa. Während Doris in seinen Armen ruhig atmet, wiederholt er im Kopf diesen Zungenbrecher, immer und immer wieder, als wollte er ein Gedicht auswendig lernen. Irgendwann bald wird er ihr sagen müssen, dass er wieder verreisen muss. Aber nicht jetzt. Jetzt nicht. Jetzt will er die vollkommene Ruhe nicht zerstören, die ihn umspült wie ein warmer, reinigender Wasserstrahl. Er streichelt Doris, hört sie schnurren, und allmählich verschwindet alles: das Zimmer, Doris und Hisings Backa, alles wird vom grauen Schlaf verschluckt.

* * *

Am nächsten Tag fährt Mate nach der Arbeit zu seiner Mutter nach Misto. Auf der Magistrale gerät er in den Feierabendstau. Es geht nur langsam voran, eine Straßenkehre nach der anderen, an der Küstenlandschaft entlang, die ihm so vertraut ist.

Ferienhaussiedlungen neben Hotels aus der sozialistischen Ära, geschlossene Campingplätze, geschlossene Pizzerien, geschlossene Geschäfte. Im Februar liegt die ganze Küste noch im Winterschlaf und wartet auf den Juni.

Nach Misto fährt er von Norden hinein, an der ehemaligen Marinebasis vorbei. Entlang am rostigen Stacheldrahtzaun, mit vielen Löchern, an manchen Stellen umgeknickt, der schon lange niemanden mehr vor nichts schützt. Dann an der Pforte vorbei, Baracken mit zerbrochenen Scheiben und leeren Hangars, die im Regen still vor sich hin verfallen.

Früher ist der Stützpunkt ein wichtiger, geschlossener und geheimer Ort gewesen. Als Kind hatte Mate Angst, sich dem Zaun zu nähern, weil im Dorf Legenden kursierten, über Ortsansässige, die von allzu eifrigen albanischen Wachen erschossen worden waren. Kaum einer der Dorfbewohner hatte je den Stützpunkt betreten. Die Kinder erzählten sich Schauergeschichten über das Tunnelnetz, das die Marine unter den Felsen angelegt habe. Es hieß, unter dem Felsen bei Križev Rat würden kilometerlange Wasserkanäle verlaufen. Die Marine habe sie in den Fünfzigern angelegt, damit sich die Patrouillenboote hier im Fall eines Angriffs der Italiener verstecken konnten. Sein Vater hatte ihm erzählt, in den Fünfzigern habe Misto monatelang gebebt wegen der unterirdischen Sprengungen. Doch Italien hatte Jugoslawien nie angegriffen, und von diesem ganzen ambitionierten Vorhaben ist jetzt nur eine nutzlose Ruine geblieben.

Nachdem die Jugoslawische Volksarmee abgezogen war, wurde der Stützpunkt geplündert und sich selbst überlassen. Die Lagerhallen, Mannschaftsunterkünfte und auch die unterirdischen Tunnel verrotten, mit eingeschlagenen Scheiben und herausgerissenen Türstöcken. Die Ortsansässigen haben alles weggeschleppt, was man tragen kann: Toilettenschüsseln, Waschbecken, elektrische Leitungen und Steintreppen. Niemand betritt die Tunnel. Und als im Jahr 1997 ein Erdbeben die Küste traf, wurde der Tunneleingang verschüttet. Das ganze Elend ist jetzt von rostigem Stacheldraht eingefasst, und den Untergrund hat ein verrückter Oberst verminen lassen, wie es heißt. Schon lange geht das Gerücht, Engländer oder Russen, oder sind es doch Ungarn, wollten das Gelände kaufen und auf Križev Rat ein Hotel errichten. Aber Mate kann sich nicht vorstellen, dass sich irgendjemand für diesen von Rost und Zerstörung dominierten Ort interessieren könnte. Er kann sich nicht vorstellen, dass hier eines Tages jemand mit einem Strohhalm seinen Cocktail schlürfen wird.

An der Pforte zum Stützpunkt biegt er scharf ab und fährt in den Ort. Er kommt am Basketballfeld vorbei, wo im Jahr 1991 die Rekruten versammelt wurden, an der Schule, wo seine Mutter arbeitet. Auf dem Marktplatz sieht er Lekajs Bäckerei, unverändert, heruntergekommen. Seit Adrian im Krieg gefallen ist, lässt sein Vater alle Zügel schleifen. Er backt noch Brot, verbringt jeden Morgen hinter dem Verkaufstresen, aber das ist alles, was er tut. Er geht nicht raus, kümmert sich weder um Haus noch um Garten, kümmert sich nicht um sich. Wenn Mate in Misto ist, geht er für seine Mutter Brot kaufen. Dann sieht er den alten Lekaj, ausgemergelt wie ein Greis, im Laden stehen, von sechs Uhr früh bis mittags, und er schaut auf die Welt, als könnte er da den Schuldigen finden.

Mate erreicht die Kirche und stellt den Wagen ab. Die Kirche ist geöffnet. Vielleicht sollte er hineingehen, am Altar des heiligen Simon oder der heiligen Kümmernis, die mit dem Bart, niederknien und sich bedanken, weil sie endlich wissen, wo Silva steckt. Aber er macht es nicht. Seine Mutter hat in dieser Kirche schon genug für sich und ihn gebetet.

Er klopft an der Haustür seiner Eltern, und als er nichts hört, geht er hinein. Seine Mutter umarmt ihn erleichtert.

„Ich wusste es", sagt sie. „Ich wusste, dass du sie finden wirst."

Er berichtet, was er in Barcelona herausgefunden hat, und gibt das Gespräch mit dem alten Araber und dessen Tochter wieder. Dann das Gespräch mit der Hausmeisterin. Die Hausmeisterin und der alte Araber hätten Silva auf dem Foto erkannt. Die Hausmeisterin habe erzählt, Silva und der Mann hätten vier Jahre in der Wohnung gelebt. Der Chilene sei ihr Freund oder ihr Mann. Er arbeite in einem Labor als Arzt oder Wissenschaftler. Die Hausmeisterin habe Silvas Namen nicht gewusst, aber sie habe sie auf dem Foto erkannt und sei sich sicher gewesen, sie habe mit einem slawischen Akzent gesprochen. „Es kann kein Zufall sein", sagt Mate. „Viel zu viele Dinge passen."

Schließlich reicht er Vesna den Zettel mit dem Namen Javier Baumann und der schwedischen Adresse. Vesna entreißt ihm den Zettel und hält ihn dann ehrfurchtsvoll wie eine Monstranz in der Hand. Sie schaut auf die Buchstaben in Mates eckiger Handschrift wie auf einen greifbaren, unwiderlegbaren Beweis dafür, dass Silva lebt. Überwältigt von der Aufregung muss sie sich hinsetzen.

Sie essen zusammen. Es gibt Mangold und hartgekochte Eier, dazu Pancetta, die leicht ranzig riecht. Nach dem Essen trinkt Mate ein Glas Wein und verabschiedet sich. Bevor er fährt, will er noch ein bisschen frische Luft schnappen. Die Dämmerung bricht herein, als er auf den Hof hinausgeht. Er schaut sich um, schaut das Haus und den Garten an und sucht nach Veränderungen. Aber es gibt keine, nicht einmal solche, die es eigentlich geben müsste.

Silva ist vor zwölf Jahren verschwunden. Mate hat sein Zuhause verlassen, als er kurz vor dem Krieg in Split Arbeit gefunden hatte. Einige Jahre später haben Jakob und Vesna sich scheiden lassen. Mate lebte bereits in Split, als sein Vater ihn eines Tages anrief und verkündete, er habe endlich Arbeit gefunden. Nachdem die Fabrik bankrott gegangen war, hatte Jakob lange nach einer neuen Stelle als Buchhalter gesucht und schließlich eine gefunden, in Split, in einem Warenlager.

Einige Tage später war Jakob nach Split gezogen und hatte Mate seine neue Adresse mitgeteilt und ihn eingeladen. Jakob führte ihn in eine fast leere Wohnung im obersten Stock eines Hochhauses und sprach darüber, wie er die Wohnung einrichten wolle, wo er einkaufe und wo er parke. Die ganze Zeit erwähnte er Vesna mit keiner Silbe und auch nicht die Scheidung. Doch nach einigen Monaten war die Trennung offensichtlich. Mate traf seine Mutter nie in Jakobs Wohnung an, und Jakob fuhr nicht mehr nach Misto. Nach ein oder zwei Monaten erkannte Mate, dass seine Eltern sich getrennt hatten und dass keiner von beiden es für nötig befunden hatte, ihn darüber in Kenntnis zu setzen.

Diese dauerhaft vorübergehende Trennung hält bis heute an. Mate weiß nicht, ob seine Eltern miteinander reden, aber er glaubt es nicht. Wenn sie ihn treffen, fragen sie Mate nach dem jeweils anderen, aber verklausuliert. Was gibt es dort Neues? Siehst du deinen Vater? Siehst du deine Mutter?

Nach Jakobs Umzug ist Vesna alleine in Misto geblieben. Sie ist die letzte Hüterin eines von allen verlassenen Schlosses. Doch die Geister sind noch hier. Das Haus ist ein Mausoleum mumifizierter Schatten. Silvas Zimmer ist auch nach zwölf Jahren noch unverändert, als befände sich Silva auf einem Wochenendausflug. Das Bett ist immer frisch bezogen, an den Wänden hängen Poster aus den Achtzigern. Und in der Küche hängen als ewige Konstanten Jesus und kanadische Wälder an der Wand. Im Garten wahrt Vesna den Schein. Sie zupft Unkraut, baut ein paar Reihen Mangold, Zwiebeln, Grünkohl und Wirsing an, als gäbe es jemanden, der das Gemüse essen würde.

Mate öffnet die Tür zum Schuppen. Er macht in der ehemaligen Höhle seines Vaters Licht. Wie erwartet, ist auch der Schuppen in der Zeit erstarrt. In den Regalen liegen Funkgeräte, die Reste von Jakobs früherem Hobby. Auf einem Tisch in der Mitte des Raums türmen sich Lämpchen, Transistoren und Widerstände, so wie Jakob sie am 23. September 1989 zurückgelassen hat. Nach diesem Tag hat er sich nie wieder an ein Funkgerät gesetzt. In dem Moment, als er zum ersten Mal die Hilfe anderer brauchte, verlor er die Lust, sich nächtelang mit Fremden zu unterhalten. Er hatte die Geräte abgestellt, hatte alle transatlantischen Freundschaften abgebrochen, hatte alle Leitungen, die ihn mit Brüdern im Geiste auf der ganzen Welt verbanden, gekappt. Als er nach Split zog, ließ er alles hier, und Mate weiß nicht, ob das so ist, weil Jakob in der kleinen Wohnung nicht genug Platz hat oder weil er so noch immer ein Bein in seinem alten Haus und seiner Ehe hat, einen kleinen Spalt für eine eventuelle Rückkehr. Wie auch immer, der Schuppen gehört noch immer Jakob und erweckt den Anschein, wie so vieles in diesem Haus, als wäre alles in Ordnung. Der Anschein sagt, dass noch immer der 22. September ist, noch ist der 23. nicht angebrochen. Sie leben alle zusammen, alle sind da, nur eben mal weg, jeder in seiner eigenen Angelegenheit.

Mate schaut noch eine Weile durch den vergessenen Raum, der nach Klebstoff und Löten riecht. Er schaut auf die Widerstände und Transistoren, auf denen sich Staub angesammelt hat, den niemand wegwischt. Dann macht er das Licht aus und schließt die Tür.

Als er in Split ankommt, ist es dunkel. Doris und er verbringen den Abend vor dem Fernseher und schauen sich einen koreanischen Krimi an, in dem ein Psychopath junge Frauen in roten Kleidern umbringt. Um elf verkündet Doris, sie sei todmüde, und geht ins Bett. Während sie sich fertig machen, beschließt Mate, dass jetzt der Moment gekommen ist. Er wird es ihr jetzt sagen.

„Ich muss noch einmal verreisen", sagt er. „Am Montag. Nach Schweden, in die Zentrale von Volvo, etwas mit einer Lieferung ist schiefgegangen."

Doris schweigt. Nur in ihren Augen flackert ein trauriges Flämmchen auf, ein Schatten, den außer Mate niemand bemerken würde.

* * *

Am 1. März landet er in Göteborg. Im Süden, in Split, bricht schon der Frühling an, an den Kirschbäumen sind die ersten weißen Blüten zu sehen und nach der ersten Bora leuchtet die Natur. In Schweden erwartet ihn Winter. Vom Himmel fallen dicke, nasse Flocken, und ein Schneepflug räumt die Straße vom Flughafen in die Stadt.

Er ist früh gelandet, deshalb will er keine Zeit mit dem Einchecken in ein Hotel vergeuden. Er nimmt ein Taxi und gibt als Ziel Skogsängsvägen 10 an. Er kann die Ungewissheit nicht länger ertragen. Er hat keine Kraft, es hinauszuzögern.

Sie fahren durch Schneeregen, über einen breiten Fluss, dann über einen Kanal. Durch das Fenster sieht er Wohnviertel, Schulen, Kindergärten und Büchereien. Alles sieht aus, als sei es in den Sechzigern oder Siebzigern in einem Schwung gebaut worden, alles aus einer Hand. Durch die Autoscheibe sieht er ein fremdes Land. Es ist ein schöner Ort, aber ein Ort, der schon bessere Zeiten erlebt hat. Das Taxi fährt auf einen Parkplatz inmitten einer Wohnsiedlung. Um ihn herum stehen lauter gleiche zweistöckige, mit Blech verkleidete Wohnhäuser. In der Mitte jeder Häusertraube befinden sich ein Kinderspielplatz und eine Gemeinschaftsfläche. Das Wetter ist schlecht und niemand ist draußen. Aber in allen Häusern brennt Licht und die Vorhänge sind nicht zugezogen, falls es überhaupt welche gibt. Er läuft durch die Siedlung und sieht Fragmente verschiedener Filme, bekommt intime Einblicke in das Leben von

Menschen, die er nie kennenlernen wird. An einem späten Nachmittag, am Wochenende, lesen sie Bücher, trinken Tee, blättern in Zeitschriften, ohne sich bewusst zu sein, dass ein Fremder in ihre erleuchteten Aquarien schaut. In dieser Welt haben die Menschen keine Geheimnisse. Nur eine. Eine Person in diesem Viertel hat ein Geheimnis, und diese Person sucht Mate.

Er folgt den Hausnummern, bis er die 10 erreicht. Er steigt die Treppe zur Veranda hoch. An der Tür hängt ein improvisiertes Namensschild und darauf der Name, den er sucht: Baumann. *Chileno*, so hat ihn die Spanierin genannt. Hier, hinter dieser Tür, wohnt der Chilene. Mate klingelt und wartet.

Er klingelt noch einmal und ein drittes Mal. Dann geht die Tür auf, und vor Mate steht ein Mann mit dunklen Haaren und einer runden Brille. Der Mann ist überrascht, grüßt aber in einer Sprache, die wohl Schwedisch ist.

„Javier Baumann?", fragt Mate.

„Das bin ich", sagt der Mann auf Englisch.

„Ich suche diese Frau", sagt Mate und gibt Javier Baumann Silvas Foto. Der schaut auf das Bild und bittet Mate dann ins Haus.

Es gibt keinen Flur, man tritt direkt ins Wohnzimmer. Auf einem Tischchen stehen leere Gläser, ein Glas Oliven und eine geöffnete DVD-Hülle und überall liegen Bücher und Manuskripte. Mate hört leise Musik und ist sich nicht sicher, ob es J. J. Calea oder Lou Reed ist. Der Chilene dreht die Musik leiser und räumt die leeren Gläser vom Tisch. Dann ruft er jemanden auf Englisch.

Eine Frau kommt ins Zimmer.

Sobald sie eintritt, weiß Mate, dass seine Reise vergeblich war.

Sie sehen sich ähnlich. Sie hat die gleiche Kopfform wie Silva, die gleichen Wangenknochen, die Stirn und die Augenbrauen. Die Frau vor ihm ist in den Dreißigern, sie trägt die Haare jugendlich offen und die Frisur ist verblüffend ähnlich wie Silvas Frisur damals vor langer Zeit. Aber das hier ist nicht Silva. Der Seemann in Barcelona konnte das irrtümlich denken, aber Mate würde nicht einmal im Fieberwahn glauben, das hier wäre seine Schwester. Die Frau vor ihm ist kleiner, breiter im Oberkörper, das Kinn ist anders und ihre Augen sind viel heller. Der Blick stimmt nicht, sie hat ein anderes Funkeln in den Augen. Sie hat, wie die dalmatinischen Greisinnen zu sagen pflegen, eine andere *aria del vizo*. Diese Frau ist nicht seine Schwester.

Er ist nicht enttäuscht. Er spürt etwas ganz anderes, etwas Überraschendes: Er schämt sich, weil er so optimistisch war.

„Sie wollten zu mir?", fragt die Fremde auf Englisch, aber mit einem Akzent, der tatsächlich slawisch ist. Ihr Blick fällt auf das Schwarzweißfoto in Mates Hand. Sie sieht ihn verwundert an. Aus ihrer Perspektive gibt es zwischen ihr und dem Teenager auf dem Bild keinerlei Ähnlichkeit, keine Verbindung, nichts.

Er erklärt ihnen, wer er ist und warum er hier ist. Er erzählt, dass er seit zwölf Jahren seine Schwester sucht, wie er durch Europa gereist ist. Sie hören ihm zu und in ihren Blicken liest er, dass sie ihn für einen Verrückten halten.

Dann erzählt er, was in Barcelona geschehen ist. Er erklärt, was ihn hierher geführt hat. Er beschreibt das Gespräch mit den Djebbours und der spanischen Hausmeisterin. Erst da begreifen sie die ganze Dimension seiner Geschichte. Das Gesicht der Frau verzieht sich vor Mitleid. *„Oh my god, that's so sad*", sagt sie und schlägt die Hand vor den Mund.

Sie stellen sich vor. Er ist Chilene, Postdoktorand in Molekularbiologie. Sie heißt Rumena und ist Bulgarin. Sie war Ärztin an einer Klinik in Wien, als Javier dort an seiner Magisterarbeit arbeitete. In Spanien waren sie, während Javier seine Doktorarbeit schrieb. Seit Januar sind sie in Schweden. Sie hat eine Arbeit als Dermatologin gefunden und er arbeitet an der Universität. Die Djebbours haben sie nur kurz kennengelernt, aber die Hausmeisterin – sie verstehen nicht, wie sie sich so irren konnte. *„Oh my god*", wiederholt Rumena, *„what a story, what a terrible story.*"

Sie bieten ihm ein Glas Wein an. Mate zögert, aber er ist ohnehin schon müde. Er setzt sich und bekommt ein Glas Wein. Er trinkt einen Schluck von dem chilenischen Cabernet und der Wein tut ihm gut. Er rinnt seine Kehle hinunter und bringt wieder Leben in seine Glieder. Als Rumena im Zimmer erschienen ist, hat ihn alle

Kraft verlassen und sein Körper kommt ihm nun vor wie eine leere Blase. Jetzt gibt ihm der Wein die Energie zurück. Er ist todmüde. Seit gestern hat er nichts mehr gegessen.

Während Javier Wein nachschenkt, bringt Rumena einen Teller mit bulgarischen und spanischen Vorspeisen: Tapenade, Ajvar, Käse, Chorizo, Tomatensalat, Gurken in Joghurtsoße und Minze. Mate hat einen Bärenhunger. Er bedient sich mit beiden Händen, zerkrümelt den Käse und tunkt das Brot in die Joghurtsoße. Dann bringt Rumena eine Karaffe mit Schnaps. Der Schnaps riecht intensiv nach Fenchel. Sie schenkt jedem ein Gläschen ein. „*For your sister*", sagt sie und hebt das Glas. „*For your search. For you. You are a brave man, very brave.*"

An diesem Abend betrinken sie sich. Er sitzt in dieser Wohnung im fernen Schweden, in der Wohnung von Menschen, die er nie wieder im Leben sehen wird. Javier, Rumena und er öffnen eine Flasche nach der anderen, erst Wein, dann Schnaps, Schnaps, dann Wein. Javier erzählt Mate seine Familiengeschichte, ein verworrener Thriller mit Politik, Militärputsch und verschwundenen Dissidenten. Je betrunkener sie werden, desto fester umarmt Javier ihn, und Rumena wiederholt, was für ein guter, tapferer Bruder er sei. Es sind gute Menschen, denkt Mate in seinem vernebelten alkoholisierten Zustand, solche hätte er gerne zu Hause. Sich mit ihnen treffen, befreundet sein.

Er verlässt Skogsängvägen nach drei Uhr in der Nacht. Mit dem Taxi fährt er ins Hotel, wo er nur eine halbe Stunde schläft, ohne sich auszuziehen oder etwas auszupacken. Um Viertel nach sechs fliegt er über Frankfurt und Zagreb zurück nach Split. Er hat furchtbare Kopfschmerzen. Erst über Österreich lässt sein Kater etwas nach, als sie über die Alpen fliegen. Er bestellt bei der Stewardess einen Tomatensaft, um etwas im Magen zu haben, damit die Übelkeit verschwindet. Unter sich sieht er unendlich viele spitze Gipfel und betet, dass seine Kopfschmerzen aufhören. Noch nie wollte er so dringend zu Hause ankommen.

Es ist Abend, als er nach Hause kommt. Tina schläft schon lange. Er setzt ein Plüschmonster, das er am Flughafen gekauft hat, neben ihr Kopfkissen. Dann legt er sich aufs Sofa und schaut zu Doris. Ich sehe wahrscheinlich aus wie ein Wrack, denkt er.

Er duscht und geht ins Bett, in seinen Schläfen spürt er noch immer ein unangenehmes Pochen. Doris kommt und legt ihm die Hand auf die Stirn.

„Du siehst furchtbar aus", sagt sie.

„Ich bin müde", antwortet er.

„Das sieht man."

„Es wird alles gut. Ich muss nur ein bisschen schlafen."

Sie sagt nichts, schaut ihn nur durchdringend und ruhig an mit ihren intelligenten Augen, die es ihm an jenem Tag in Tribunj sofort angetan hatten. Sie zieht ihre Hand zurück, schaut ihn aber weiter an. Dann durchbricht sie das Schweigen.

„Es tut mir leid", sagt sie. „Es tut mir wirklich leid, dass es so ausgegangen ist."

„Was ist wie ausgegangen?", fragt Mate.

„Du weißt genau, was ich meine", antwortet Doris. „Dass du sie nicht gefunden hast. Dass deine Reise umsonst war."

Dann rückt sie auf ihre Seite des Bettes, rollt sich zusammen und macht das Licht aus.

9
Gorki (2004)

Bevor er in den Ort hineinfährt, hält Gorki am Aussichtspunkt. Er lässt den Wagen an der Magistrale stehen und steigt die Anhöhe hinauf, von der aus man – wie er sich erinnert – den schönsten Blick hat. Oben angekommen, schaut er hinunter auf die Landschaft, die er vor langer Zeit einmal gekannt hat wie seine Westentasche.

In den fünfzehn Jahren hat Misto sich verändert. Das Skelett ist gleich geblieben. Über dem Dorf erhebt sich Križev Rat mit dem Steinkreuz, das inzwischen großzügig beleuchtet wird. Man erkennt den Altort, die Kirche und die Traube der ältesten Häuser drumherum. Er sieht den alten Hafen mit den Anlegestellen und Fischerbooten. Die Reihe mit den ältesten Ferienhäuschen, noch aus sozialistischen Zeiten, hat sich auch nicht verändert.

Aber es gibt auch deutliche Veränderungen. Viele der alten Häuser haben ein neues Dach und Fensterrahmen aus Kunststoff. Aus der Häusertraube um die Kirche leuchten neu gestrichene Fassaden in frischen Farben. Die Ferienhäuser entlang des Ufers stehen nicht mehr bis zur Hafenmauer, sondern fast bis zur Kapelle Stella Maris. Je weiter die Häuser vom Dorf entfernt sind, desto neuer, größer und hässlicher sind sie. In Richtung Norden hat sich Misto fast verdoppelt. Der südliche Ortsrand hingegen ist nahezu unverändert. Hinter den Serpentinen und dem Basketballplatz steht noch immer der verrostete Stacheldrahtzaun des Marinestützpunkts, und dahinter ist nichts, Niemandsland, Unkraut, leere Hangars und verfallene Baracken.

Gorki steht am Aussichtspunkt und ist überrascht, dass er sich unwohl fühlt. Der Anblick von Misto verursacht ihm schlechte Laune, als wären nicht so viele Jahre vergangen, als wäre all das erst gestern gewesen.

Er spuckt aus und schaut lange dem Schleimklumpen nach, der an den Felsen entlang in die Tiefe fällt. Dann geht er zum Wagen und fährt los. Herbsttage sind kurz und er hat noch einiges zu erledigen.

* * *

Bis zu jenem Tag war Misto für ihn nur ein Punkt auf der Landkarte gewesen, ein gelbes Schild an der Straße, an dem er hunderte Male vorbeigefahren war. Doch dann gehörte diese gelbe Tafel über Nacht zu seinem Leben. Er erinnert sich genau an den Tag, als dies geschah. September 1989, der vierundzwanzigste, ein Sonntag.

Er fährt am ehemaligen Marinestützpunkt vorbei, am Basketballfeld und ins Zentrum. Die Kirche kennt er, er kennt die Cafés, er kennt die Häuser. Wenn er sich ein wenig anstrengt, könnte er jeden Bewohner rekonstruieren, jeden Namen, jede Familie. Er hat ein Elefantengedächtnis, was ihm bei seiner jetzigen Arbeit hilft, genau wie bei seiner alten. Er erinnert sich an alles, ob er will oder nicht. Er erinnert sich an die Namen, die Gesichter, Orte, Entfernungen. Er weiß alles über diesen Ort, auch das, was er gar nicht wissen will.

An jenem Tag, dem 24. September 1989, war er auf genau dieser Straße zum ersten Mal in den Ort gefahren. Auf dem Stützpunkt waren damals noch Soldaten gewesen. Auch damals war er am frühen Vormittag angekommen. Er hatte einen Anruf bekommen, der nach einer Bagatelle geklungen hatte: Ein Teenager, siebzehn Jahre alt, war nach einem Fest mit reichlich Alkohol nicht nach Hause gekommen. Er erinnert sich an die Familie des Mädchens. Ein drahtiger, schweigsamer Vater, die aufgeregte Mutter, eine Frau, die die ersten Anzeichen von Hüftspeck zeigte. Sie sagten, ihre Tochter sei verschwunden, und zeigten ihm ein Foto. Da hatte er Silva Vela zum ersten Mal gesehen, ihre dunklen Augen und den trotzigen Blick.

An jenem Sonntag glaubte er, das Verschwinden des Mädchens wäre ein Routinefall, der sich bis zum nächsten Tag von alleine lösen würde. Später dann glaubte er, sie würden das Mädchen innerhalb weniger Tage finden, tot oder lebendig. Doch die Zeit verging, erst Wochen, dann Monate, und er hatte Silva Vela noch immer nicht gefunden. Weder er noch sonst jemand.

Er parkt vor der Kirche, die sich nicht verändert hat. Der Kirchplatz ist neu und elegant gepflastert. Das Partisanendenkmal steht noch, aber alle Buchstaben sind vom Steinsockel abgerissen, und die dunklen Stellen sehen aus wie kleine Wunden im Kalkstein. Gorki schaut zu den Häusern. Da ist die Bäckerei der Lekajs, dann das Haus der Šustićs, das der Bakićs, dann das Haus der Končurats und das der Skaramučs. Ob dort immer noch dieselben Menschen leben wie damals?

Er biegt in eine Gasse ein, geht am Friseurgeschäft vorbei, das zugemacht hat. Zehn Meter weiter hat er sein Ziel erreicht.

Er klingelt. Eine Frau Ende sechzig öffnet. Margita, die Witwe des Kapitäns Padovan. Gorki erinnert sich an sie aus jener Zeit und hofft, dass ihr Gedächtnis nicht so gut ist.

„Guten Tag“, sagt er. „Mein Name ist Šain. Wir haben telefoniert.“
„Sie kommen von der Agentur?“, fragt sie.
„Das stimmt.“

Margita Padovan bittet ihn ins Haus und lässt ihn am Küchentisch Platz nehmen. Sie fragt, ob er Kaffee möchte, doch er lehnt ab. Sie habe auch Holundersaft, meint sie, und Gorki nimmt an. Während die alte Dame mit dem Saft hantiert, schaut Gorki sich um: schwere Holzregale, Spitzendeckchen auf Tischchen, Souvenirs von den Reisen des Kapitäns. Über der Küchentür ein Kruzifix, am Fenster ein Farbdruck des heiligen Antonius mit Lilien in der Hand, der mit dem Zeigefinger zum Himmel weist. Er erinnert sich, dass Frau Padovan religiös war. Und das hat sich nicht geändert.

Wenig hat sich im Haus der Padovans in den letzten fünfzehn Jahren geändert. Dennoch entdeckt er etwas, das früher nicht hier gewesen ist. Auf dem Tisch liegt ein Hefter voller DIN-A4-Papiere: Verträge, Vollmachten, Aufrisse. Ein neuer, gerade erst beurkundeter Auszug aus dem Grundbuchregister schaut heraus. Die Dame ist vorbereitet, denkt er, bereit, ein Geschäft zu machen.

Die Witwe bringt Gorki den Saft, unter das Glas legt sie einen Untersetzer. Sie ist freundlich, aber reserviert und vorsichtig. Sie behandelt ihn wie jemanden, den sie nicht mag, von dem sie aber glaubt, dass er ihr Geld bringen wird.

Sie setzt sich ihm gegenüber an den Tisch und nimmt den Hefter zur Hand, als Zeichen, dass sie bereit ist für die Verhandlungen. Sie schaut Gorki an und unvermittelt, wie ein schwarzer Blitz, verändert sich ihr Gesichtsausdruck.

Sie hat mich erkannt, denkt Gorki. Sie erinnert sich an mich.

Es wäre ihm lieber, sie würde sich nicht erinnern.

* * *

Ohne Misto wäre alles anders gekommen. Misto und Silva Vela haben sein Leben auf den Kopf gestellt. Das ahnte er damals schon, heute weiß er es.

In diesem September 1989 stand ihm die ganze Welt offen. Er war sechsundzwanzig Jahre alt, hatte ein Parteibuch und er hatte ein Jurastudium mit ausgezeichneten Noten und Belobigung abgeschlossen. Im Januar des gleichen Jahres hatte er im Innenministerium der Sozialistischen Republik Kroatien in Split eine Stelle als Inspektor für Tötungsdelikte und eine Dienstmarke bekommen. Im März hatte er geheiratet und im April bei der Baugenossenschaft eine Wohnung in einem neuen Hochhaus angezahlt. 1989 war Gorki ein Mann ohne Sorgen. Vor ihm lag ein langes, erfolgreiches Leben, eine Karriere, die in eine Stelle bei der Staatsanwaltschaft oder in die Politik münden würde.

Gorki war ein guter Polizist gewesen, er beherrschte sein Handwerk, er hatte ein gutes Gedächtnis und eine rasche Auffassungsgabe. Aber er war nicht naiv. Genauso wie er wusste, dass er gut in seinem Job war, wusste er auch, dass sein Nachname ihm bei der Arbeit und im Leben die Türen öffnete. Denn er war ein Šain. Er war der Enkel von Albino Šain, Träger des Partisanenordens, ein Volksheld der Republik Jugoslawien, ein Mann, der an Titos Seite die Schlacht an der Neretva und die Schlacht an der Sutjeska geschlagen hatte. Šains Großvater war DER Albino Šain, der 1943 nach der Kapitulation Italiens an der Spitze einer Partisanenkolonne von Solin aus ins befreite Split marschiert war. Über den Heldenmut seines Großvaters wurden Bücher geschrieben, es gab sogar einen pathetischen Film, den Gorki nicht mochte. An der Promenade in Bisko hatte ein Bildhauer eine Skulptur erschaffen, die den unbekannten Soldaten darstellte, als Vorlage hatte der Künstler Šains Großvater verwendet. Als Kind hatte Gorki seinen Großvater manchmal zu Treffen alter Revolutionäre begleitet. Er hatte voller Verwunderung von seinem realen, lebendigen Großvater auf die tote, in Bronze gegossene Kopie geschaut. Wenn die zwei Šains nebeneinanderstanden, mit der gleichen hohen Stirn, den gleichen hervorstehenden Wangenknochen, hielt sein Großvater, der damals schon ziemlich alt war, meist eine lange, unzusammenhängende Rede. Und während der Großvater sprach, musterte Gorki dessen Bronzezwilling. Er ist schon lange nicht mehr in Bisko gewesen, aber man hat ihm gesagt, die Skulptur sei 1990 in die Luft geflogen. In den ersten Wochen des Krieges hatte jemand einen Sprengsatz gezündet und die Stadtreinigung hatte die Reste zusammengekehrt und auf den Müll geworfen.

Genau wie die Skulptur seines Großvaters hatten sie Šain 1990 in die Luft gejagt. Sie hatten sein Leben in Stücke gerissen.

Gorkis bis dahin verlässliche und unverwüstliche Welt war 1990 in nur wenigen Monaten ausgelöscht worden. Neue Leute waren gekommen, die eine andere Sprache sprachen und andere Geschichten erzählten, wahre oder erfundene. Der Name Šain öffnete auf einmal keine einzige Tür mehr, und der Vorname Gorki machte es nur noch aussichtsloser. Nicht nur, dass er den Nachnamen seines heldenhaften Großvaters trug, nein, der Großvater hatte damals auch noch seinen Sohn überredet, das Kind nach Maxim Gorki zu benennen. Diesen Namen schleppte er nun wie einen Fluch durchs Leben. Gorki war von heute auf morgen in einer neuen Welt erwacht, in der sein Name wie ein Brandzeichen war.

Er hatte sich bemüht. Hatte versucht, seine Professionalität zu beweisen, sein Können. Diebe waren schließlich immer Diebe, und ein Land brauchte immer Polizisten, um sie dingfest zu machen. So, wie eine Gesellschaft immer auch Chirurgen braucht oder Piloten oder Spione, so würde sie auch ihn brauchen. Das hatte er geglaubt.

Und dann kam Misto. Dann kam Silva Velas Verschwinden.

Hätte er das verschwundene Mädchen gefunden, hätte sich vielleicht alles anders entwickelt. Er hätte etwas vorzuweisen gehabt, eine Trophäe. Er hätte auf sein Geschick verweisen oder sich zumindest in einer Zeitung ausheulen und den Märtyrer spielen können. Doch Silva Vela hatte ihn erledigt. Sie war ein weißer Fleck in seiner Akte, ein ungelöster Fall, der so banal wirkte, der Routine hätte sein sollen. Alle, die seinen Großvater nicht mochten, dessen Partisanendenkmal und den Namen Gorki, hatten nun ein unwiderlegbares Argument. Sie konnten mit dem Finger auf seinen offensichtlichen Misserfolg zeigen.

Deshalb strengte er sich an. Er strengte sich an wie nie zuvor. Er klapperte alle Dealer und Polizeispitzel in Split ab, schaute sich stundenlang Aufnahmen von Überwachungskameras an Bahnhöfen und Grenzübergängen an. Misto durchsuchte er kreuz und quer. Er ließ die Polizei Felsen, Höhlen und Spalten durchkämmen, Taucher suchten den Grund der Bucht ab. Und er hätte weitergemacht, wäre er nicht eines Tages auf eine Bankangestellte gestoßen, die bezeugen konnte, dass Silva Vela ins Ausland gefahren war. Ab diesem Moment wurde der Fall zu einem unlösbaren Chaos. Die Ermittlung bestand fortan aus bürokratischem Schriftverkehr mit den Italienern und Österreichern, mit Belgrad und Interpol. Ein Schreiben folgte dem nächsten, und irgendwann begriff Gorki, dass eigentlich keiner mehr das Mädchen suchte, nicht einmal er, sondern dass die Maschinerie der Bürokratie ergebnislos im Leerlauf lief. Mitte 1990 gab er auf. Einige Monate später folgte dann die Demütigung: Er wurde an einen Schreibtischjob in die Passbehörde versetzt. Man wartete darauf, dass er die Geduld verlor und von alleine kündigte. Das tat er dann auch einige Monate später.

Danach war er nie wieder in Misto gewesen. Bis heute.

Als er noch gehofft hatte, Silva Vela zu finden, hatte er jeden in Misto befragt. Er erinnert sich an jeden Einzelnen: die Bakićs, die Rokkovs, Šustićs, Končurats. Er erinnert sich auch an Frau Padovan, die jetzt vor ihm sitzt. Die Frau des Kapitäns hatte er hier in diesem Zimmer befragt. Sie hatten genau da gesessen, wo sie jetzt sitzen. Der heilige Antonius mit der Lilie hängt immer noch an derselben Stelle, wie auch das Kruzifix über der Tür, nur dass damals der alte Kapitän noch gelebt hatte. Er hatte in der Ecke gesessen und hustete vom Tabak, der ihn dreizehn Jahre später ins Grab bringen würde. Gorki erinnert sich gut an die beiden. Und die Witwe erinnert sich an ihn. Sie erinnert sich, aber sie sagt kein Wort darüber, denn sie will das Geschäft, über das sie gerade verhandeln, nicht kaputt machen.

„Gut", sagt Gorki und trinkt einen Schluck Holundersaft, „jetzt wissen Sie alles. Sie kennen die Bedingungen, kennen die Summe. Haben wir alles bedacht oder fehlt etwas?"

„Vielleicht können wir noch einmal alles durchgehen", sagt Frau Padovan und schiebt den geöffneten Hefter zu ihm rüber. Gorki war lange Polizist und versteht es, menschliche Reaktionen zu deuten. Die Alte ziert sich. Spielt auf Zeit. Zieht es in die Länge, als habe sie nicht längst entschieden.

Gorki entnimmt dem Hefter einen Stapel Papiere, darunter der Vertrag. Ganz oben prangt das Logo des irischen Immobilienfonds, den Gorki vertritt. Er liest ihr ein weiteres Mal die Bedingungen vor, die recht umfangreich sind. Neuntausend Quadratmeter auf Rokkovs Land hinter der Kapelle Stella Maris werden an *Smart Solutions Estate* verkauft. Gleich nach Vertragsabschluss bekommt Frau Padovan drei Euro pro Quadratmeter als garantierte Vorauszahlung. Fünfzehn Euro pro Quadratmeter zahlen die Iren gleich und weitere fünfzehn, wenn die Gemeindeverwaltung das Gebiet zu Bauland erklärt. Der Vertrag ist erst erfüllt, wenn alle Miteigentümer ihren Anteil an die Iren verkaufen: die Padovans, die Bakićs und die Rokkovs. Wenn daraus nichts wird, bleibt Frau Padovan die Vorauszahlung. Die 27.000 Euro bekommt sie gleich nach Vertragsunterzeichnung, ohne Wenn und Aber.

Die Witwe hört zu und nickt. Bis vor ein paar Wochen war sie die Besitzerin eines öden, nackten Stücks Land, das nichts wert war. Sie besaß einen steinigen, steilen Abhang, an dem schon seit Jahren nur noch Gestrüpp wächst und auch nie etwas anderes wachsen wird. Und auf einmal hat sich dieser Teppich aus Geröll, Ginster und dornigem Gebüsch wie durch ein Wunder in Gold verwandelt: Für das, was bis gestern trockenes, jämmerliches Ödland war, wird sie eine Viertelmillion Euro bekommen. Sie braucht das Geld, weil ihr Mann vor Kurzem gestorben ist, ihre Rente beträgt nur 280 Euro. Ihr Sohn steckt in geschäftlichen Schwierigkeiten und hat auf das Haus seiner Mutter eine Hypothek aufgenommen. Im Moment ist Gorki Frau Padovans einzige Rettung.

„Sie müssen verstehen …“, murmelt die alte Dame. „Ich hätte nie gedacht …“

„Das denkt man meistens nicht“, antwortet Gorki, „und dann passiert es doch.“

„Wenn mein Sohn es nicht so schwer hätte …“

„Ich weiß. Dann würden Sie niemals verkaufen. Aber so ist das Leben.“

„Mein verstorbener Mann wird sich im Grabe umdrehen. Er wollte das alles mal seinen Enkeln vererben."

„Die Zeiten ändern sich", sagt Gorki und legt noch ein paar Phrasen nach.

„Er würde genau das Gleiche tun, wenn er noch unter uns weilen würde. Man muss an die Lebenden denken. An die Kinder."

Gorki ist nicht zum ersten Mal in dieser Situation. Er weiß, welche Knöpfe er drücken muss. Vor ihm ist eine Tür und die muss er öffnen. Er muss Margita Padovan sagen, was sie hören will. Dass es das Beste für alle ist – für sie, ihren Sohn. Dass es keinen Grund zum Zweifeln gibt, weil sie keine Wahl hat. Dass Land einfach nur Land ist und kein Königreich, kein Adelstitel und keine Frage der Ehre. Nur Erde. Es ist nur Geröll, das sie verkauft, damit es allen besser geht.

Dann nimmt Gorki einen Kugelschreiber und legt ihn zusammen mit dem Vertrag vor die Witwe Padovan. Er wartet. Ohne Eile. Solche Dinge brauchen Zeit. Man darf nicht drängeln, das hat er gelernt.

Die alte Dame scheint in Gedanken versunken, aber dann, als habe sie alle Zweifel überwunden, setzt sie ihre Brille auf und nimmt den Kugelschreiber in die Hand. Ihre Unterschrift wirkt naiv, schnörkelig wie die eines Kindes.

Sie legt den Stift beiseite und seufzt. Auf einmal krümmt sie die Schultern und ihr Kinn beginnt zu zittern. Sie weint.

Zuerst leise, dann lauter, sie schluchzt. Schließlich wischt sie sich über die Augen und entschuldigt sich.

„Verzeihen Sie", wiederholt sie, während immer neue Schluchzer ihren Körper erschüttern. „Sie können nichts dafür", sagt sie. „Es ist schwer ohne meinen Mann. Es ist schwer, nach so vielen Jahren alleine zu sein."

Während die Witwe des Kapitäns weint, muss Gorki alle Kraft aufwenden, um das Gefühl zu unterdrücken, das ihn wie eine riesige Welle unter sich zu begraben droht: Scham. Er packt den Vertrag ein, schließt die Aktentasche. Schaut auf den Holundersaft, schaut auf den heiligen Antonius mit der Lilie, dann auf den Boden. Er hat nur einen einzigen Wunsch: so schnell wie möglich aus diesem Haus zu verschwinden.

„Das Geld", sagt er, „ist morgen auf Ihrem Konto."

Er steht auf und gibt der alten Dame die Hand. Sie bringt ihn zur Tür. Als Gorki gerade die Treppe hinuntergehen will, sagt Frau Padovan noch etwas. „Ich erinnere mich an Sie", sagt sie, „als Sie noch was anderes waren."

Gorki dreht sich um. „Ich erinnere mich auch an Sie. Von damals. Als ich was anderes war."

„Wer hätte das gedacht", sagt sie.

„Was gedacht?", fragt er.

„Das alles", antwortet sie. „Dass Sie das werden, was Sie jetzt sind, und ich, was ich jetzt bin."

Sie erwartet keine Antwort von Gorki, nickt nur freundlich und schließt die Tür. Gorki starrt noch kurz auf die geschlossene Tür, dann geht er die Treppe hinunter.

* * *

Gorki hat kurz nach dem Krieg angefangen, für Immobilienagenturen zu arbeiten. Er hatte sich auf eine Anzeige beworben, in der jemand mit abgeschlossenem Jura-Studium gesucht wurde. Anfangs verheimlichte er, dass er Polizist gewesen war, doch schon bald stellte sich heraus, dass sein alter Beruf ein unschätzbarer Vorteil war.

Denn Gorki ermittelte. Er ermittelte keine Verbrechen, sondern das Unglück.

Smart Solutions Estate kauft und verkauft Land. Die Firma kauft es billig und verkauft es teuer. Sie kauft einsame Buchten, zugewucherte Weinberge, von Rosmarin und Gestrüpp überwucherte Hänge. Am Ende verkauft sie ihren Kunden Bauland: veredelt, ordentlich in alle Register eingetragen, in einem Bebauungsplan als touristische Zone oder Wohngebiet ausgewiesen.

Gorki weiß, dass sein Arbeitgeber Politiker besticht. Juristen der Firma klappern die Inselbürgermeister und Ratsmitglieder ab, zeigen ihnen PowerPoint-Präsentationen, mit fortschrittlichen Computerprogrammen erstellte Fantasiewelten. Sie laden sie zum

Essen ein, zu Segeltörns, und wenn das Vorspiel vorbei ist, gibt es Taschengeld, und dieses Taschengeld hat häufig viele Nullen. Gorki hat damit kein moralisches Problem, inzwischen nicht mehr. Aber er hat den Iren gesagt, dass er das nicht machen wird. Er hatte vor Augen, wie er in das Büro eines Bürgermeisters kommt, eines dunkelhaarigen Jünglings, der in seinem weißen Hemd aussieht wie der perfekte Schwiegersohn, wie er sich vorstellt und sich in das Büro eines Mannes setzt, auf dessen Tisch ein Kruzifix steht und an dessen Bürowänden eine Abschrift der Nationalhymne hängt, und wie er diesem Typen dann beiläufig ein Kuvert mit tausend Euro in die Hand drückt. Gorki musste sich in seinem Leben schon auf allerhand einlassen, aber so etwas – nein. Für so etwas fehlt ihm die Kaltschnäuzigkeit.

Sein Job ist anders. Die Iren nennen es die Vorbereitung. Sie finden einen vielversprechenden Ort, meistens eine Bucht in der Nähe eines Dorfs. Sie nehmen Kontakt mit den örtlichen Behörden auf und fühlen vor, ob man bereit ist, ihnen entgegenzukommen. Dann folgt Gorkis Part. Er setzt sich ins Grundbuchamt und versucht, in dem Gewirr aus veralteten Informationen die aktuellen Eigentümer zu ermitteln. Er stöbert Neffen in Australien und Argentinien auf, entwirrt Familienstammbäume, sucht entfernte Nachfahren. Die Eigentümer von Johannisbrotbaumhainen und Feigenbaumdickichten, die von ihm zum ersten Mal hören, dass sie die Eigentümer sind. Schon bald liegt ein Leopardenfellmuster vor ihm: ein Parzellenplan mit der Eigentümerstruktur, Hunderte von Namen aus Split, Zagreb, Auckland und Perth. Ein Flickenteppich von Neffen, Enkeln und Urenkeln entfernter Cousins, Familienoberhäuptern, Nutznießern und Pächtern liegt vor ihm auf dem Millimeterpapier.

Wenn dieser Teil erledigt ist, kommt die wichtigste Aufgabe. Er sucht das Unglück.

Seine Aufgabe ist es, die Schwachstelle zu finden. Es gibt viele Gründe, warum Menschen das Land ihrer Urväter am Meer verkaufen: eine anstehende Operation, ein Bankkredit, ein Arbeitsunfall, eine offene Rechnung mit Verwandten in Serbien. Dann die eigenen Nachkommen: ein Sohn, der trinkt, sich scheiden lässt oder

Spielschulden hat. Gorki hat viele Gründe kennengelernt, und keiner davon ist schön.

Er verlässt den Hof der Padovans und geht durch das Gewirr an Gassen hinter der Kirche den Berg hinauf. Er kommt an Lekajs Bäckerei vorbei, an die er sich gut erinnert und die, wie er überrascht feststellt, noch immer unverändert existiert und geöffnet hat. Er kommt an einem alten, verrosteten Lkw ohne Reifen vorbei, der vor fünfzehn Jahren schon an der gleichen Stelle stand. Am obersten Rand des Dorfes, wo die Häuser nicht so dicht beieinanderstehen und größere Gärten haben, bleibt er vor einem Gartentor stehen und klingelt.

Der Garten ist nichts Besonderes, von Betonmäuerchen eingefasste Beete mit Artischocken, Tomaten und Zucchini. Er steigt die Stufen zur Veranda hoch. Über der Tür hängt ein Windspiel und klappert leise im Wind. Die Padovans hat er erledigt, jetzt sind die Bakićs dran.

Eine Frau Anfang vierzig öffnet die Tür, dunkle Augen und recht attraktiv. In den Eigentumsurkunden ist er nicht auf sie gestoßen, also muss sie die Schwiegertochter sein. Sie bittet ihn herein und im Flur wartet der Mann, mit dem Gorki bisher verhandelt hat. Tomo Bakić ist der Sohn der Eigentümerin, ein fülliger Mann mit Halbglatze, Anfang fünfzig. Er spricht mit Zagreber Akzent. Sie geben sich die Hand und gehen ins Wohnzimmer. Dort stellt Bakić seine Schwester und seine Frau vor und bittet Gorki, Platz zu nehmen.

„Wissen Sie", sagt er, „es war nicht ganz leicht, meine Mutter zu überzeugen."

Nichts Neues, denkt Gorki. Wahrscheinlich wird er gleich dem Zerwürfnis einer Familie beiwohnen.

„Tante Jole", ruft die Schwiegertochter in Richtung eines angrenzenden Raums, „der Mann wegen dem Land ist da." Eine Weile bleibt es still, dann hört Gorki ein metallisches Schleifen und eine alte Frau im Rollstuhl erscheint. Gorki weiß, wer sie ist, er weiß alles über sie. Bis jetzt hat er eine Kopie ihres Personalausweises, die Besitzurkunde und ihren Taufschein in der Hand gehalten. Aber jetzt sitzt Jolanda Bakić vor ihm.

Die alte Frau fährt mit dem Rollstuhl in die Mitte des Zimmers und bleibt genau vor Gorki stehen. Sie ist über achtzig, weißhaarig und abgemagert, aber noch immer stolz, aufrecht und herrisch. Sie hat Darmkrebs im fortgeschrittenen Stadium, die Krankheit hat schon kräftig an ihr gezehrt. Alles an ihr ist bleich, runzlig, wächsern, wie tot. Alles, außer dem Blick. Ihr Blick ist quicklebendig, trotzig und verbirgt nur mühsam den Hass.

„Mama", sagt der Sohn, „das ist der Mann, von dem ich dir erzählt habe. Wir haben alles schon besprochen. Hör ihn bitte an, ja? Nur zuhören."

Gorki erklärt ihnen das Angebot. Es ist mehr oder weniger das gleiche wie für die Witwe Padovan. Eine großzügige, sofort fällige Anzahlung von 35.000 Euro, eine Teilsumme für landwirtschaftliche Fläche, den Rest, wenn diese zu Bauland deklariert wird.

Während er die einzelnen Punkte erläutert, mustert Gorki die Familie. Die Tochter blättert durch die Papiere und schaut ihn lauernd an, als wollte sie herausfinden, wo der Haken ist. Der Sohn lächelt einschmeichelnd. Gorki weiß, dass der Sohn auch mit einer konkurrierenden Agentur gesprochen hat. Er weiß auch, dass die ihm mehr geboten haben. Doch die Iren bieten sofort Geld an – und Bakić und seine Schwester brauchen das Geld dringend, das weiß Gorki auch. Denn das Fliesengeschäft von Jolandas Sohn geht den Bach runter und die Bank will seine Lagerbestände pfänden. Die Tochter von Jolandas Tochter will zur Spezialisierung ans Royal Victoria Hospital nach Ontario. Alle brauchen Geld, aber diese Leute hier brauchen es gleich. Sie wissen genau wie er, dass die alte Frau noch drei Monate zu leben hat, oder sechs oder neun. Wenn sie stirbt, bevor das Geschäft erledigt ist, müssen sie warten. Erst muss das Testament eröffnet werden, und das kann sich über Monate hinziehen. Die drei Menschen auf dem Sofa wollen die Sache unter Dach und Fach bringen, bevor die Alte abkratzt.

Gorki erläutert die Bedingungen und reicht ihnen die Verträge zum Durchlesen. Während die Tochter und die Schwiegertochter die Paragrafen studieren, schweift Gorkis Blick durch das Zimmer.

An den Wänden hängt eine ganze Reihe Belobigungen von sozialistischen Turnvereinen und nicht mehr existierenden Unternehmen. Über der Tür hängt eine Sten Gun, offensichtlich eine Trophäe aus dem Zweiten Weltkrieg. Im Regal stehen Titos gesammelte Werke, daneben ein Schwarzweiß-Foto. Der Mann darauf ist blond, gut aussehend, er lächelt in die Kamera. Das Bild wurde irgendwo im Gebirge aufgenommen und der Mann trägt eine Kappe mit dem roten Partisanenstern.

„Wir würden uns gern kurz allein besprechen“, sagt schließlich die Tochter und Gorki geht auf die Veranda.

Er schaut auf Misto und lauscht gleichzeitig auf die Stimmen im Haus. Die Auseinandersetzung wird zwischendurch laut, Gorki kann nicht verstehen, was sie sagen, aber er kann es sich lebhaft vorstellen. Die alte Frau widersetzt sich dem Verkauf. Sie redet den Kindern ins Gewissen, das Land habe schon ihren Urvätern gehört und müsse für kommende Generationen bewahrt werden. Verkaufen könne man nur einmal, das sei dann für immer. Der Sohn und die Tochter werfen ihr Egoismus vor, sie müsse an die Jungen denken. Die Schwiegertochter mischt sich nicht ein, durchbohrt aber die Alte mit hasserfüllten Blicken. Sohn und Tochter fordern ihre Mutter auf, an die Enkel zu denken, an die Zukunft. Sie sagen nicht: Du wirst bald sterben. Sie sprechen es nicht aus, aber alle wissen, dass es so ist.

Die Auseinandersetzung beruhigt sich allmählich, dann kommt der Sohn und bittet ihn wieder herein. Er findet alle so vor, wie er sie verlassen hat, nebeneinander auf dem Sofa. Aber sie sehen nicht mehr aus wie vorher. Die Schwiegertochter schaut mürrisch zur Seite, in den Augen der Tochter schwimmen Tränen. Der Riss ist da und er wird sich nicht mehr schließen. Von jetzt an werden die Dinge in dieser Familie nie mehr sein, wie sie mal waren.

„Wir haben uns entschieden“, sagt der Sohn. „Wir akzeptieren das Angebot und möchten gleich unterschreiben.“

Gorki reicht den Kindern den Vertrag, doch der Sohn reicht ihn weiter an seine Mutter. Die Alte starrt auf die Papiere wie auf eine tote Kakerlake. Dann setzt sie die Brille auf und blättert zur letzten Seite.

„Gorki Šain?“

„So ist es“, antwortet Gorki.

„Sind Sie verwandt mit Albino Šain?“

„Mein Großvater.“

„Mein Mann war zusammen mit Ihrem Großvater im Krieg. Zweite Dalmatinische Brigade. Livno, die Brücke an der Neretva. Sie sind 1943 gemeinsam in Split einmarschiert.“

„Wie hieß Ihr Mann?“

„Mirko Bakić. Sprengmeister in der Zweiten Dalmatinischen. Er wurde Bjondo genannt, der Blonde.“

„Ich habe von ihm gehört“, sagt Gorki. „Mein Großvater hat von ihm gesprochen.“

„Und mein Mann hat von deinem Großvater gesprochen. Ständig.“

„Das freut mich.“

Gorki glaubt, dass das Gesicht der alten Frau für einen Moment, aber nur kurz, ganz weich geworden ist. Doch dann erstarrt es wieder in unversöhnlichem Hass.

„Gorki Šain?“, wiederholt die Alte.

„Ja.“

„Weißt du was?“

„Was denn?“

„Dein Großvater“, sagt die Alte, „hätte einen wie dich sofort erschossen.“

* * *

Er läuft den Berg hinunter und dann am Meer entlang, an einer Reihe lebloser Apartmenthäuser vorbei, die auf die ersten Touristen im Juni warten, eine hässliche Landschaft aus schmiedeeisernen Toren und geschlossenen Kunststofffensterläden. Nach einigen Minuten endet der asphaltierte Weg, kurz darauf erreicht Gorki die letzten Häuser. Danach beginnt Rokkovs Land.

Gorki läuft weiter über einen ausgetretenen Kiesweg, der das Karstgestein am Ufer von verlassenen Olivenhainen trennt. Bald erreicht er die Kapelle an der Landspitze, dahinter öffnet sich der Blick auf die nächste Bucht.

Das Haus der Rokkovs steht einsam da, scheinbar unverändert seit damals, als er es das letzte Mal gesehen hat. Das Haus, davor der Hof, die Mauer, in der Mauer das Tor mit dem Bogen. Vor dem Haus ist immer noch die Bootsrampe, eine betonierte Auffahrt, die vom Ufer ins seichte Wasser führt.

Als er vor fünfzehn Jahren Silva Velas Verschwinden untersuchte, war er in jedem Haus, schaute in jeden Schuppen, jede Kammer und hinter jeden Busch. Er ist auch bei den Rokkovs gewesen. Er erinnert sich an das seltsame Haus, von außen ein Palast, innen ein Stall. Er erinnert sich an den ganzen alten Plunder auf der Bootsrampe, der Hof war ein einziges Durcheinander gewesen, aber daneben das stolze Steinportal und ein verzierter Brunnen. Er erinnert sich auch an die Bewohner, an den Familienvater – einen bärtigen Sonderling, der den ganzen Tag Planken schliff und Bootswände lackierte. Er erinnert sich an Brane, einen ruhigen, schlaksigen Teenager, der sich den Schlamassel eingebrockt hatte, weil er Silvas Freund gewesen war oder sich dafür gehalten hatte. Am besten erinnert Gorki sich jedoch an die Mutter. Damals war Ursula Rokkov Anfang vierzig. Eine stattliche Frau mit hellen Augen und dem Aussehen einer Diva, eine Frau, die man nicht so schnell vergaß. Sie sah aus, als gehörte sie nicht hierher, nicht in dieses Haus, nicht an diesen Ort, in diesen Kosmos.

In wenigen Minuten wird er sie wiedersehen. Er wird erfahren, wie die Rokkovs jetzt aussehen und leben.

Gorki hat natürlich über sie recherchiert, genau wie über alle anderen Eigentümer von Rokkovs Land. Soweit er herausgefunden hat, betreibt Tonko Rokkov noch immer eine kleine Werkstatt und repariert Boote, doch angeblich gehen die Aufträge zurück. Ursula ist jetzt, wie auch damals, Hausfrau. Brane, an den er sich als zarten Jungen erinnert, hat Nautik studiert und war auf der Kadettenanstalt. Er ist Seemann, und soweit Gorki weiß, fährt er für eine norwegische Reederei unter der Flagge von Panama. Brane ist als Eigentümer einer Immobilie gemeldet, eine Wohnung im dritten Stock eines Hochhauses in Split.

Schon auf dem Weg nach Misto war Gorki bewusst, dass mit der Witwe Padovan alles glattlaufen und das Treffen mit den Bakićs anstrengender sein würde. Er hat aber keine Ahnung, wie es mit den Rokkovs laufen wird. In dieser Familie gibt es keinen krebskranken Greis, keine Söhne mit Spielschulden oder zu ehrgeizigen Krediten. Den Rokkovs kann er keine Rettung anbieten, nur sehr viel Geld. Aber er weiß nicht, welche Bedeutung Geld im Leben der Rokkovs hat.

Als er näherkommt, wundert er sich über die Stille. An der Bootsrampe herrscht nicht der frühere Lärm, aus dem Haus dringt kein Laut. Er liest die Aufschrift am Portal: ROCCO ROCCOV I GNEGOVA DJECA, Rokko Rokkov und seine Kinder, und dazu das Jahr – 1812. Dieses Haus hatte jemand gebaut, der hoch hinauswollte.

Gorki schaut sich um. Als er sieht, dass niemand ihn beobachtet, steigt er auf die von einer Trockenmauer gestützte erste Terrasse des Gartens und läuft die Anhöhe neben dem Haus hinauf. Er streift hundert Meter weit durch terrassenförmig angelegte unbewirtschaftete Olivenhaine, in denen auch Johannisbrot, wilder Fenchel und Eselsdisteln wachsen. Er bemerkt einen Schuppen, der ihm damals nicht aufgefallen ist. Er öffnet die wacklige Tür, die weder Schloss noch Riegel hat.

Früher hatte der Schuppen vielleicht eine Funktion bei der Bewirtschaftung des Landes, doch jetzt liegt dort nur ein angebrochener Zementsack, der Inhalt hart von der Feuchtigkeit. An der Wand lehnt ein altes Paddel, daneben eine Rolle netzartiges Material. Gorki streckt die Hand aus und befühlt die Rolle. Scharfe Glaspartikel stechen in seine Fingerkuppen und er zieht die Hand schnell wieder zurück. Er hat jetzt eine Vorstellung, wozu das Material dient. Es ist Glaswolle, mit der Boote beschichtet oder ausgebessert werden. Die Glaswolle scheint schon lange in dem feuchten Schuppen zu stehen. Der alte Tonko Rokkov hat sie vergessen oder er beschäftigt sich nicht mehr mit Booten.

Gorki verlässt den Schuppen und geht weiter den Hang hinauf. Die Olivenbäume lichten sich und er erreicht die Hügelkuppe, wo sich ihm ein wunderbarer Ausblick bietet.

Unter ihm liegt Rokkovs Land, ein Hang mit einer Fläche von vierzigtausend Quadratmetern, der sanft zum Meer hin abfällt. Auf der einen Seite steht das Haus der Rokkovs, auf der anderen die Kapelle Stella Maris. Und dazwischen brachliegende, längst vergessene Olivenhaine, ein jungfräuliches Nichts, das es jetzt zu kaufen und zu vergolden gilt. Vor Gorki erstrecken sich hellgrün bewachsene Terrassen voller wild wuchernder Kräuter. Aber in seinem Kopf sieht Gorki etwas anderes. In seinem Kopf ist ein Parzellenraster in Rot und Gelb. In seinem Kopf sind die Besitzer – Bakić, Padovan und Končurat. Er hat für Smart Solutions Estate alle Parzellen gekauft. Alle, außer einer, der größten, die in Besitz der Rokkovs ist. Ohne deren achtzehntausend Quadratmeter wird es nichts mit der Sunset Residence.

Er bleibt auf dem Hügel stehen, bis sich im rötlich schimmernden Westen die Dämmerung ankündigt. Im Haus der Rokkovs geht ein Licht an. Zeit anzuklopfen.

* * *

Als Gorki 1989 die Häuser der Bewohner von Misto aufsuchte, tat er dies auf der Suche nach Zeugen, um wertvolle Details zu erfahren und um sein Bild des Geschehens zu vervollständigen. Aber im Haus der Rokkovs suchte er einen Verdächtigen auf.

Denn damals, in den ersten Tagen der Ermittlung, war er sicher, dass Brane Rokkov dem Mädchen etwas angetan hatte. Seine Überzeugung gründete auf etwas, das er damals in seiner Überheblichkeit als Bauchgefühl bezeichnete.

Silva war bei Weitem attraktiver gewesen als ihr Freund. Und Brane war in dieser Beziehung offenbar nicht glücklich gewesen. Das Mädchen hatte ihn an der Nase herumgeführt, ihm das Herz gebrochen. An dem Abend ihres Verschwindens hatte sie ihn mit einem anderen Jungen aus dem Dorf betrogen. Brane war ein sensibler Teenager gewesen, mit Hang zu Stimmungsschwankungen. Gorki hielt ihn für fähig, im Zorn die Beherrschung zu verlieren. Mit diesem Bauchgefühl war er in das Haus der Rokkovs gegangen.

Heute weiß er, dass Bauchgefühl ein Klischee aus billigen Kriminalromanen ist.

Die Intuition hatte ihn nicht weit gebracht. Brane hatte ein unumstößliches Alibi: Er hatte die ganze Nacht im Bus gesessen und war erst frühmorgens in Misto ausgestiegen, das bezeugten der Busfahrer und andere Passagiere. Als die Ermittlungen fortschritten, kam heraus, dass das Mädchen tief in den Drogenhandel verstrickt war. Und schließlich tauchte die Bankangestellte auf, die mit ihrer Beobachtung die Ermittlungen an den Anfang zurückwarf. Es stellte sich heraus, dass Silva nicht ermordet worden, sondern ausgerissen war. Gorkis Bauchgefühl war nichts als Mist gewesen.

Er geht hinunter zur Bootsrampe. Früher lagen manchmal bis zu zehn Boote in Tonkos kleiner Werft, jetzt sind es gerade mal zwei, und die liegen hier offenbar schon eine ganze Weile. Aus der Werkstatt ist kein Laut zu vernehmen.

Er geht durch die Steinpforte, die vor langer Zeit Rokko Rokkov mit seinen Kindern errichtet hat. Der Hof sieht verlassen aus, aber gepflegter, als er ihn in Erinnerung hat. Auf der Terrasse und der Treppe stehen keine Einmachgläser mehr. Gorki klopft an die Tür. „Jemand zu Hause?“, ruft er. Ursula Rokkov öffnet die Tür.

Gorki erstarrt, denn Ursula scheint sich seit damals kein bisschen verändert zu haben.

Die Frau muss fast sechzig sein. Sie ist schlank, das offene Haar fällt ihr wie damals bis zur Hüfte, und ihre Augen sind noch immer durchdringend, grün und kalt. Sie schaut auf den Eindringling, der in ihr Haus will, und ihr Gesichtsausdruck verändert sich. Dieses Mal gibt es keinen Zweifel: Ursula Rokkov hat ihn sofort erkannt.

Sie grüßt freundlich, aber argwöhnisch, und fragt: „Was wollen Sie?“

„Ich bin wegen dem Land hier“, antwortet Gorki. „Wir haben letzte Woche telefoniert.“

„Sie waren das? Wie klein die Welt doch ist.“ Sie lacht. „Dann haben Sie wohl den Beruf gewechselt.“

Sie führt ihn ins Wohnzimmer. „Warten Sie hier. Ich hole meinen Mann“, sagt sie und verschwindet im Labyrinth des Hauses.

Das Zimmer, in dem Gorki wartet, ist eine seltsame Mischung aus Grandezza und Verfall. An einer Wand steht ein barocker Schrank, für den jedes Antiquitätengeschäft in Split ein schönes Sümmchen hinblättern würde. Der große Tisch ist aus massiver Eiche. Vor den Fenstern hängen schwere, dunkle Vorhänge an Messingstangen, an den Vorhängen schwere Kordeln mit Troddeln. An den Wänden reihen sich die Porträts von Vorfahren in Volkstracht und dazugehörenden roten Kappen. Doch hinter dieser steifen Vornehmheit erkennt man die Anzeichen schierer Armut. Dem ganzen Haus fehlt eine frische Schicht Farbe, in der Küche tropft der Wasserhahn. An einem der Vorhänge fehlt die Kordel, so dass man ihn nicht bewegen kann. Ein Tischbein wackelt und ein Archipel dunkler Flecken an den Wänden zeugt von einem undichten Dach. Das Haus der Rokkovs wirkt wie aus einem Familienroman aus dem 19. Jahrhundert. Diese Romane beginnen mit Halsabschneidern und windigen, aber erfolgreichen Unternehmern. Danach sind die vornehmen und mächtigen Herrschaften an der Reihe. Und alles endet in Armut und Moder, mit verrückten und dekadenten Nachfahren. Gorki hat das Gefühl, im letzten Kapitel dieses Romans gelandet zu sein.

Nach wenigen Minuten kommt Ursula Rokkov zurück. Hinter ihr, schwer und tapsig wie ein Bär, schleppt sich Tonko Rokkov ins Zimmer. Während sie noch immer aussieht wie damals, kann man das von dem alten Handwerksmeister nicht behaupten. Seine Haare sind ergraut, der Rücken hat sich gekrümmt, er sieht vernachlässigt und ungepflegt aus. Er sagt kein Wort, weder zu seiner Frau noch zu Gorki. Er schaut ins Leere, als würde ihn das alles unendlich langweilen.

Jetzt muss Gorki routiniert sein Programm abspulen. Er zeigt ihnen die Pläne für die Sunset Residence, erläutert die finanziellen Aspekte. Er berechnet den Vorschuss und den gesamten Kaufbetrag nach der Umwidmung des Landes zu Bauland. Die Rokkovs sind die Letzten, und sie wissen, dass sie die Letzten sind, deshalb bietet er ihnen von sich aus zehn Prozent mehr als den anderen. Er macht ihnen das Angebot, spricht all die nötigen Sätze, um eine angelehnte

Tür zu öffnen. Das Land wird nicht bewirtschaftet, es dient niemandem. Sie könnten sich ein schönes Leben machen, fürs Alter vorsorgen. Tonko wisse ja nicht, wie lange er noch arbeiten werde. Sie könnten das Geld ins eigene Haus investieren, es herrichten, Geld im Tourismus verdienen. Gorki spricht und benennt nicht ein einziges Mal das Land, um das es geht. Kein einziges Mal sagt er *Rokkovs Land*. Es ist nicht nötig, sie daran zu erinnern, dass sie das Land ihrer Vorfahren verkaufen, das Land, das ihren Namen trägt.

Sie wären verrückt, das Angebot auszuschlagen, denkt Gorki. Für die verwilderte, unfruchtbare Brache bekommen sie so viel Geld, dass ihr Sohn dafür jahrzehntelang durch die Ozeane pflügen müsste. Aber das sagt Gorki nicht. Er hat Erfahrung. Es verringert seine Chancen, wenn er das wertgeschätzte Familienland der Käufer beleidigt.

Als er mit seinen Ausführungen zu Ende ist, schaut er zu den Eheleuten, um eine Reaktion zu erkennen. Ursula hat aufmerksam und interessiert zugehört. Tonko Rokkov reagiert überhaupt nicht. Dunkel, schweigend und wie erloschen sitzt er da, wie eine undurchdringliche Mauer. Gorki ist sich nicht einmal sicher, ob er überhaupt zugehört hat. Aber das hat er. Denn jetzt steht Tonko auf und sagt kurz und knapp: „Rokkovs Land wird nicht verkauft." Dann verlässt er den Raum.

Gorki erwartet, dass Ursula ihrem Mann folgt. Aber sie bleibt überrascht und erschrocken sitzen. Dann schaut sie zu Gorki und ihr Blick fordert ihn auf, Tonko nachzugehen.

Gorki findet den Alten an der Bootsrampe, wo er zwischen alten Latten und Metallteilen herumkramt. Als Gorki näherkommt, wendet sich ihm der Alte ganz ruhig zu.

„Sie haben sie also nie gefunden", sagt er.

„Wen?"

„Das wissen Sie doch."

„Silva Vela?"

„Genau die."

„Weder ich noch ein anderer."

Der Alte nickt, als höre er etwas, das es erst nachzuprüfen gilt.

Dann kommt die nächste Frage.

„Sie arbeiten nicht mehr für die Polizei?"
„Schon lange nicht mehr. Seit fünfzehn Jahren."
„Sucht irgendjemand von der Polizei sie überhaupt noch?"
„Ich weiß es nicht. Wahrscheinlich nicht."
„Und die Familie? Suchen die sie?"
„Auch das weiß ich nicht. Seit damals habe ich sie nicht mehr gesehen."
„Es interessiert Sie also nicht? Sie wollen nicht wissen, was passiert ist?"
„Bitte verstehen Sie mich", sagt Gorki. „Das ist Vergangenheit, eine schmerzvolle und weit zurückliegende Zeit. Eine andere Zeit, ein anderes Land. Wir sind Andere."
„Wir sind die Gleichen", sagt der Alte. „Wir tun nur so, als wären wir Andere, weil es uns so besser gefällt."
„Herr Tonko", sagt Gorki ungeduldig, „ich bin nicht hier, um ..."
„Das weiß ich", unterbricht ihn der Alte. „Sie sind hier, um mit dem Land meiner Vorfahren Geld zu verdienen."
Sofort erkennt Gorki, dass er einen Fehler gemacht hat. Er ist ungeduldig geworden, und Ungeduld bedeutet, dass einem etwas an der Sache liegt, was wiederum bedeutet, dass man mit der Sache viel Geld verdienen wird. Das erste Zeichen von Ungeduld führt in der Regel dazu, dass der Verkäufer sich argwöhnisch in seinen Panzer zurückzieht. Aber Tonko sieht nicht argwöhnisch aus, sondern wütend. Sein Blick hat sich verfinstert wie der Himmel vor einem Unwetter. Und Gorki weiß, dass aus der Sunset Residence auf Rokkovs Land nichts wird.
„Sie vergeuden Ihre Zeit", sagt der Alte. „Von uns werden Sie Rokkovs Land nicht kaufen."
Gorki mustert den Mann, der vor ihm steht wie blind vor Schmerz. Er verschwendet seine Zeit. Er wird Tonko nicht umstimmen, dennoch spürt er das Bedürfnis, es ein letztes Mal mit der Kraft der Verzweiflung zu versuchen.
„Aber warum nicht?", fragt er. „Warum denn nur? Sie schaden damit allen. Sich selbst, Ihrer Frau, Ihrem Sohn. Den Nachbarn, den anderen Besitzern. Sie schaden mir und den Leuten, für die

ich arbeite. Dem Dorf, das sich dadurch nicht entwickeln wird. Sie schaden den Končurats, den Bakićs, den Padovans. Warum? Weil das Land Ihren Urgroßvätern gehört hat? Geht es um Stolz?"

„Deshalb", antwortet der Alte, und sein Gesicht verzieht sich zu einer Grimasse des Abscheus. „Genau deshalb", sagt er. „Damit keiner was bekommt. Damit wir nicht profitieren von etwas, das wir nicht verdient haben. Weil wir die stinkendste Generation sind. Weil wir leben wollen, ohne zu arbeiten, weil wir verprassen wollen, was wir uns nicht erarbeitet haben, weil wir glauben, Anspruch auf ein gutes Leben zu haben. Aber den haben wir nicht. Kein bisschen. Deshalb werde ich nicht verkaufen, gerade damit es allen schlechter geht, denn genau das haben alle verdient. Dass es ihnen schlechter geht."

Der Alte wird rot, während er spricht, er ereifert sich und fängt an zu schnaufen, sodass Gorki befürchtet, dass er gleich umkippt. Aber dann beruhigt sich der Atem des Alten, und er spricht weiter.

„Verschwinden Sie!", sagt er. „Hauen Sie ab, sonst rufe ich die Polizei, aber vielleicht sind Sie ja auch noch bei der Polizei. Nicht einmal das würde mich in diesem Land noch wundern, dass Polizisten Land verhökern. Wir haben es so weit gebracht, dass mich das auch nicht wundern würde."

Dann dreht er Gorki den Rücken zu, aber er geht nicht ins Haus, sondern in die Werkstatt und schließt die Tür hinter sich. Gorki schaut zum Haus. Ursula Rokkov steht am Portal und starrt zu ihm herüber. Sie sieht enttäuscht aus, aber nicht überrascht.

Sie geht auf ihn zu und reicht ihm ein Blatt Papier, die Zeichnung von der Sunset Residence.

„Das haben Sie vergessen", sagt Ursula Rokkov. Und als wäre jedes weitere Wort überflüssig, dreht sie sich um und geht ins Haus zurück.

Am Ufer entlang läuft Gorki zurück in den Ort. Langsam wird es dunkel. Die Sonne geht hinter der Landspitze unter und wirft ein warmes Licht auf Rokkovs Land. Die Macchia auf dem Gelände der Sunset Residence, die nicht sein soll, sieht eigentlich schön aus. In dem rötlichen Licht wirkt dieser Acker fast wie etwas, das die Aufregung lohnt.

Jetzt weiß Gorki, dass Rokkovs Land so bleiben wird, wie er es jetzt sieht. Auf Rokkovs Land wird nicht gebaut werden, zumindest nicht, bis die jetzige Generation gestorben ist.

Er weiß auch, was jetzt geschehen wird. Der Sohn der Witwe Padovan wird seine Wohnung verkaufen, damit die Bank nicht das Haus seiner Mutter pfändet. Wegen seiner Mutter wird der Sohn mit seiner Familie irgendwo zur Untermiete leben müssen. Deswegen wird seine Frau ihn wahrscheinlich verlassen. Seine Kinder wird er dann donnerstags und jedes zweite Wochenende sehen. Solange seine Mutter lebt, wird er nach Misto kommen, immer mit dem bitteren Gedanken im Kopf: Das ist alles wegen euch und eurem Land.

Die alte Jolanda wird in drei Monaten sterben, oder in sechs oder neun. Sie wird inmitten des Familienzwists sterben, umgeben von Tochter und Schwiegertochter, die sich gegenseitig nicht ausstehen können. Bakić wird warten, bis sie tot ist, und dann das Haus verkaufen, um aus den Schulden rauszukommen. Doch für einige seiner Schulden wird das zu spät sein. Seine Lagerbestände werden weg sein. Die Enkelin wird nicht nach Ontario fahren.

Aber das ist noch nicht alles. Denn morgen schon wird Gorki die Padovans und Bakićs anrufen, um sie zu informieren, dass aus dem Deal nichts wird, weil nicht alle Besitzer bereit sind zu verkaufen. Bis morgen Nachmittag wissen alle Familien, dass der alte Rokkov ihnen den Deal versaut hat. Dann wird die Überzeugungsarbeit beginnen, aber der alte Tonko wird nicht nachgeben. Es werden Drohungen und Verwünschungen folgen. Aber der alte Tonko wird stur bleiben. Es werden heftige Worte fallen, Streit, vielleicht sogar ein paar Handgreiflichkeiten, dann werden sie alle zusammen in einer Dorffehde versinken. Jahrzehntelang werden sie auf der Straße aneinander vorbeigehen, im Laden aufeinandertreffen, in die Kirche gehen, aber sie werden nicht grüßen, werden die Köpfe wegdrehen. Die einen werden die anderen wegen irgendwelcher Nichtigkeiten verklagen, die Nachbarn, nahe und entfernte Verwandte aufhetzen, bis aus dem Streit eine chronische Krankheit wird, deren Ursprung niemand mehr kennt und für die es kein Heilmittel gibt. Jahrzehntelang werden sie in dumpfer Feindseligkeit leben, die Feindschaft an Kinder und Kindeskinder weitergeben, bis irgendwann in naher Zukunft keiner mehr weiß, wie dieser Streit eigentlich entstanden ist. Man wird den Grund vergessen, doch das wird den Hass nicht mindern. Er wird nur inhaltslos zum Dauerzustand werden, wie Bronchitis oder Rheuma. Der Hass wird sich legen und leise vor sich hin vegetieren wie eine Sumpfkrankheit, ein stiller Fluch, der durch leere Räume hallt.

Gorki weiß es. Ab morgen wird alles anders. Alles außer Rokkovs Land. Das Land wird bleiben, wie es ist – nutzlose Macchia, die im Herbst vom Regen gespült wird und im Sommer staubtrocken von einem Feuer hinweggefegt wird. Und dann, in fünf oder fünfzehn Jahren, wird ein anderer kommen, einer wie Gorki, und wird Rokkovs Land pflücken wie eine reife Birne, vielleicht sogar zu einem niedrigeren Preis, denn die Armut wird vielleicht größer sein. Auf dem Land von Tonkos Ahnen werden Ferienwohnungen wachsen oder Stadtvillen oder Timeshare-Apartments, nur dass der Käufer nicht Smart Solutions Estate heißen wird, aber so ähnlich, ähnlich bescheuert.

Ja, Gorki weiß es. In diesem Krieg gibt es keinen Sieg, nur aufgeschobene Niederlagen.

Er erreicht die Kirche und setzt sich ins Auto. Bevor er den Ort verlässt, will er noch etwas überprüfen.

Er fährt am Zaun der ehemaligen Militärbasis entlang, bis er eine Lücke entdeckt. Er stellt den Wagen am Straßenrand ab und zwängt sich durch die Lücke.

Überrascht stellt er fest, dass das Gelände wesentlich größer ist, als er dachte. Hinter der ersten Reihe mit Mannschaftsquartieren steht eine zweite, dahinter die Waffenkammern, Lagerbaracken mit Wellblechdächern. In der Mitte des Stützpunkts der Befehlsstab, das größte und ehrgeizigste Gebäude. Davor ein betonierter Platz, wahrscheinlich der Appellplatz, wo früher die Matrosen unter der Flagge antreten mussten.

Unter seinen Füßen knirschen Glasscherben. Der ganze Boden ist übersät mit rostigen Metallteilen, Glasscherben und Drogenbesteck. Alle Fensterscheiben sind kaputt, Fensterrahmen und

Türen herausgerissen. Gorki betritt eines der Gebäude. Drinnen sieht es noch schlimmer aus. Die Fliesen sind herausgebrochen, ebenso der Holzboden. In den ehemaligen Waschräumen ragen nur noch Rohre aus den Wänden. Alles, was er sieht, ist allumfassende Zerstörung. Aber dennoch. Wer ein Auge dafür hat, kann unter dem ganzen Elend den verborgenen Kern entdecken. Derjenige sieht dreißigtausend Quadratmeter Land direkt am Wasser. Land, zu dem eine asphaltierte Straße führt, sogar innerhalb des Geländes gibt es ein Netz befestigter Wege. Dieser Ort hier ist ans Stromnetz angeschlossen, an die Wasserversorgung und an die Kanalisation. Es gibt eine Hafenmauer und eine Kaianlage. Es gibt auch Tunnel, die zwar verschüttet sind, die sich aber für Wassersport verwenden lassen. Gorki steht an einem Ort, wo sich hinter der öden Oberfläche ein Sechser im Lotto verbirgt. Hier muss man keine Naturflächen zu Bauland umdeklarieren, hier gibt es kein Gezerre mit Naturschützern, und man muss nicht mit spleenigen Omas verhandeln. Statt mit zehn Besitzern hat man es beim Militärstützpunkt bei Križev Rat nur mit einem zu tun: mit dem Staat.

Er geht zurück. In der Dunkelheit findet er die Lücke im Zaun nicht gleich und stolpert zunächst in die falsche Richtung. Aber dann erkennt er die Umrisse seines *Touaregs*. Er drückt auf den Knopf für die Zentralverriegelung und sein Wagen begrüßt ihn mit rot flackerndem Licht.

Die Iren haben Kontakte ins Verteidigungsministerium. Einer der Staatssekretäre steht auf ihrer Gehaltsliste und hat schon einige militärische Anlagen in Istrien für sie klargemacht. Gorki wird den Iren raten, diesen Kontaktmann einzusetzen. Denn hier ist alles, was sie brauchen, an einem Ort, ohne den verrückten Tonko, ohne lange Verhandlungen mit den Erben, ohne Gerichtsprozesse mit irgendwelchen Verwandten.

Er setzt sich ins Auto und fährt Richtung Ortsausgang. Er sieht das verschlafene Nest, das blasse Licht an der Promenade, das Flackern des Leuchtturms an der Mole. Über dem Ort gibt es nur ein Licht in der winterlichen Dunkelheit. Über Križev Rat erstrahlt das neuerdings beleuchtete Steinkreuz. Das gleiche Kreuz, an dem Silva Vela die letzte Nacht in ihrem Dorf verbracht hat.

Er hält an und bleibt lange mit dem Fuß auf der Bremse stehen, auf der Straße, die hinauf zum Aussichtspunkt führt. Aber er kann nicht. Es ist stärker als er.

Er wendet das Auto auf der schmalen Straße und fährt wieder am Basketballplatz vorbei, an der Kirche, der Post und der Bäckerei. Dann ist er im oberen Bereich des Dorfs und bleibt vor einem dunklen Haus stehen. Es ist das Haus von Jakob und Vesna Vela.

Er macht das Licht aus. Das Haus liegt im Dunkeln, nichts ist zu sehen und nichts ist zu hören. Gorki sitzt im kalten Wagen und erinnert sich an die Räume, in denen er sich so oft aufgehalten hat. Er erinnert sich an den schmalen Flur mit der Metallgarderobe. Links von der Tür das Zimmer des Sohns. Rechts das Schlafzimmer. Er erinnert sich auch an das Wohnzimmer, an die Terrakotta-Fliesen, den Holztisch an der langen Wand, den Haufen ungebügelter Wäsche, das Fernsehtischchen und an das Jesusbild über der Küchentür. Er erinnert sich an die Tür zu Silvas Zimmer. Eine weiße Tür mit einem Papierherz und der Aufschrift KEEP OUT. Er erinnert sich an das weiße Jugendbett, die Poster an der Wand, den Schreibtisch mit Kugelschreibern in einer Bierdose. Er erinnert sich an den Kleiderschrank und das Geheimfach darin, für die Mädchengeheimnisse.

Er sitzt wie erstarrt im dunklen Auto und reist in Gedanken durch die Räume, die in seiner Erinnerung eingefroren sind. Dann zuckt er zusammen. Im Haus ist ein Licht angegangen und durch die Vorhänge sieht er die undeutlichen Umrisse einer Person.

Ihm ist kalt. Er startet den Motor und verlässt Misto.

10
Brane (2005)

Wie jede Nacht hat Brane den Wecker für die dritte Schicht auf zwanzig vor vier gestellt. Wie jede Nacht wacht er früher auf, in der dunklen Kabine, mitten in der Nacht, öffnet die Augen und weiß, dass er nicht mehr einschlafen wird. Er schaut auf die Uhr: zwei Uhr fünfzig. Er wird den Tag wieder ohne ausreichenden Schlaf hinter sich bringen müssen.

Er macht das Licht in der Kabine an und steht auf. Im Bad wäscht er sich das Gesicht und schaut in den Spiegel.

Er mag nicht, was er sieht.

Seit langer Zeit achtet er nicht mehr auf seinen Körper. Die Spuren dieser Nachlässigkeit sind inzwischen deutlich zu erkennen. Sein Gesicht ist dick geworden und hat eine ungesunde Farbe. Um die Ohren sprießen Büschel grauer Haare. An Oberarmen und Oberschenkeln hängen Fleischlappen, Bauch und Hüften sind aufgegangen wie ein Hefeteig und sehen aus wie Klumpen weißen, ekelhaften Fetts. Brane hat sich seit Jahren nicht mehr gewogen. Aber von Tag zu Tag fühlt er sich unbeweglicher und schlechter. Sein Körper lässt ihn im Stich. Er schnauft, wenn er sich anstrengt, und wenn er Treppen steigt, sticht es im Knie. Er dürfte kein Brot mehr essen, keine Kartoffeln und keinen Reis. Es ist eigentlich ganz einfach, aber er schafft es nicht, sich daran zu halten.

Er wäscht sich Hals und Achseln und trocknet sich mit dem Handtuch ab. Soll er die Uniform anziehen? Aber bis zu seiner Wache dauert es noch zu lange. In Unterwäsche legt er sich auf das Bett, auch wenn er weiß, dass er nicht mehr einschlafen wird. Schließlich steht er auf und setzt sich an den Tisch, um am Rechner in seine Mails zu schauen.

Wie üblich hat ihm niemand geschrieben. Im Posteingang liegt nur Spam, Angebote für Immobilien, Promotionsurkunden und Penisverlängerungen. Mit dem Cursor geht er von Nachricht zu Nachricht und löscht sie. Ganz am Ende stößt er dann auf eine Mail vom Vortag, am frühen Vormittag nach Ortszeit im Südchinesischen Meer. Die Mail ist von Ursula. Seine Mutter muss ihm gleich nach dem Aufstehen geschrieben haben.

Die Betreffzeile beginnt bedrohlich mit einem Fragezeichen und besteht aus nur zwei Wörtern: *?Melde dich!*

Er klickt auf die Überschrift und zieht die Nachricht in den Papierkorb.

Plötzlich ist er wach und klar im Kopf. Wach und schlecht gelaunt.

Er steht auf, zieht die Uniform an, knöpft das weiße Hemd des Ersten Offiziers zu und richtet die Epauletten mit den drei Streifen. Er schaut auf die Uhr. Bis zum Beginn seiner Schicht hat er noch eine halbe Stunde Zeit. Er wird auf die Brücke gehen, wer auch immer Dienst hat, wird sich über die Gesellschaft freuen.

Er läuft an der Kajüte des Kapitäns vorbei und steigt die Metalltreppe nach oben. Vor dem Salon biegt er ab und nimmt die Treppe einen Stock höher. Das Schiff schwankt und die Metallstreben der Treppe quietschen. Als er die Tür zur Brücke öffnet, sieht er, warum. Um sie herum tobt das Meer.

Noch vorgestern, als sie gerade die Meerenge von Málaga passiert hatten, war von Süden ein warmer Wind aufgezogen, der Regen mit sich brachte. Laut Wetterbericht sollte der Wind erst am Nachmittag zunehmen, doch offensichtlich ist das schon geschehen. In der Nacht sind die Wellen gewachsen und schlagen gegen die Flanken und den Rumpf des Schiffs, genau so, wie es am schlimmsten ist. Die Mary Laetitia ist ein robustes, riesiges Schiff. Doch bei so einem Wetter hat auch sie Mühe, die Metallwände ächzen unter dem Ansturm der Wassermassen. Sie brauchen noch drei Tage und zwei Nächte bis zum Hafen von Shenzen. Diese drei Tage, denkt Brane, werden unangenehm.

Er betritt die Brücke mit einem Gruß. Am Ruder steht Sergej, ein alter Ukrainer, *an able seaman*, Steuermann. Der Finne Juoni – der Zweite Offizier – steht an der Kommandozentrale. Er starrt durch die Scheibe auf das tosende Meer. „*Rough night*“, sagt der Finne. „*I'll bring you a coffee before I go.*“

Punkt vier bringt Juoni Kaffee in Plastikbechern und sie machen die Übergabe. Brane schaut aufs Radar und aufs GPS und überprüft ihre Position. Aus dem NAVTEX-Drucker reißt er das Blatt mit dem aktuellen, Unheil verkündenden Wetterbericht. Auf der ECDIS-Karte schaut er nach anderen Schiffen in der Nähe. Es sind wenige, die meisten kriechen über die gleiche Route wie die Mary Laetitia. Auf dem Display des AIS erkennt er winzige rote Punkte mit den Chiffren der Schiffe. Alle Pünktchen bewegen sich entlang einer imaginären Linie – von der Meerenge von Málaga nach Singapur und zu den Häfen an der Mündung des Jangtsekiang. Entlang dieser imaginären Linie verläuft die Hauptschlagader der Weltwirtschaft. In Richtung Westen reisen Schuhe, Taschen, Spielzeug, Mobiltelefone und Laptops. Zu den chinesischen Häfen sind deutsche Autos, Druckmaschinen, Maschinenpumpen und 3-D-Ultraschallgeräte unterwegs. Das ist auch die Richtung der Mary Laetitia.

Juoni hat den heißen Kaffee auf das Steuerpult gestellt. Sergej nippt an seinem und starrt ins tosende Wasser. Juoni verabschiedet sich und geht schlafen. Brane und der Ukrainer sind allein. Vor ihnen liegt eine weitere Nacht, die dritte Schicht von vier bis acht Uhr morgens. Nur sie beide auf der Brücke, der Erste Offizier und der Steuermann. Allein mit der Mary Laetitia, dem großen, klobigen Schiff. Um sie nur Wasser, unendlich viel Wasser.

Der Wind ändert die Richtung und kommt jetzt eher aus Osten. Brane befiehlt dem Steuermann sechs Grad nach Ost zu drehen, damit die Wellen gegen den Bug schlagen und nicht mehr gegen die Flanken. Er zieht am Potentiometer und ändert den Drehwinkel der Schiffsschraube. Das Schiff wird langsamer. Der Zeiger zeigt eine Geschwindigkeit von sechs Knoten. *„I'll check the engine and lower deck*“, sagt Brane und der Ukrainer nickt.

Über die Metalltreppe steigt er ein Stockwerk tiefer und dann noch eins. Er umgeht die Feuerwehrstation, geht durch einen Flur und noch ein Stockwerk tiefer und öffnet ein Absperrgitter. Er betritt den Laderaum und drückt auf den Lichtschalter. Das Licht flackert und erleuchtet dann das vierte Unterdeck.

Brane steht in der Kontrollkabine des Frachtraums, vor ihm die Ladung: Autos – so weit das Auge reicht. Tausende Audis, Seats, Volkswagen, Coupés, Limousinen und SUVs, blau und grau. Sie alle schlummern im Inneren des Schiffs, während das spärliche Licht auf lackiertem Blech funkelt.

Das vierte Unterdeck ist nur ein Frachtdeck. Die Mary Laetitia hat sechs davon und darauf genau 6137 Automobile. Sechstausendeinhundertsiebenunddreißig Autos, deren Verladung Brane als Erster Offizier in Rotterdam persönlich überwacht hat, jeden einzelnen Wagen hat er in den Frachtraum geleitet und die Frachtpapiere unterschrieben. Über sechstausend Autos reisen jetzt nach Shenzhen ihren neuen Besitzern entgegen – chinesische Architekten, Buchhalter, Anwälte und Beamte, Ingenieure und Parteisekretäre. Sechstausend Menschen werden sich bald in diese Autos setzen, in den wohlriechenden Innenraum, auf die neuen Polster, stolz darauf, dass sie in jeder Hinsicht und jeden Tag mehr Erfolg haben. Brane beneidet sie. Es muss schön sein, Wünsche zu haben, die sich mit Geld erfüllen lassen.

Die Fracht ist trocken und sicher. Zufrieden macht Brane das Licht aus und schließt die Absperrung. Dann geht es weitere Treppen hinunter, zwei Stockwerke tiefer, bis zu einer großen Metalltür. Als er sie öffnet, schlägt ihm eine Geräuschwelle entgegen. Im Maschinenraum ist der Lärmpegel äußerst hoch.

Brane setzt sich Ohrenschützer auf und geht hinein. An der Tür drückt er auf einen Schalter. Das ist der Death-Man-Alarm: Wenn er in Schwierigkeiten kommt und den Alarm nicht nach fünfzehn Minuten deaktiviert, wird auf der Kommandobrücke und im Zimmer des diensthabenden Offiziers ein Signal ertönen. Brane geht ganz nach unten und bleibt zu Füßen der Schiffsmaschine stehen. Es ist ein Anblick, den er schon oft gesehen hat, aber dennoch ist er immer wieder aufs Neue überwältigt.

Beständig und laut brummt der Dieselmotor Wärtsilä-Sulzer RTA96-C. Er ist so hoch wie ein dreistöckiges Haus und erhebt sich bis zur Metalldecke. Er dröhnt im Inneren des Schiffs mit seinen sechzehn Zylindern und 107.000 PS. Die Maschine schluckt zehn Liter Diesel pro Minute. Während die Wachhabenden auf der Brücke aufmerksam das aufgewühlte Meer beobachten und der Großteil der Mannschaft schläft, arbeitet dieses finnische Monster unermüdlich, unzerstörbar, unbeobachtet, im Unmanned Machinery Space und treibt das träge Walross Mary Laetitia weiter und weiter durch das Unwetter. Brane betrachtet das Stahlmonstrum mit stummer Bewunderung, als betrachte er eine imposante Kathedrale.

Er geht zum Kontrollpult, und als er sich vergewissert hat, dass alles in Ordnung ist, deaktiviert er den Death-Man-Alarm und schließt den Maschinenraum. Auf halbem Weg zur Brücke muss er eine Pause einlegen. Schnaufend bleibt er auf der Treppe stehen und schnappt nach Luft. In der Brust spürt er ein Stechen, das ihm gar nicht gefällt.

Auf der Brücke steht Sergej mit besorgtem Blick am Steuer. Der Steuermann ist müde und braucht eine Pause.

„*It's all fine down there*", sagt Brane. „*Go take a break. I'll watch from now on.*"

Sergej nickt dankbar und verlässt die Brücke. Brane steht allein hundertfünfzig Fuß über dem tosenden Meer. Auf dem Pult steht sein unberührter, inzwischen kalter Kaffee. Angewidert wirft er den Becher samt Kaffee in den Abfalleimer.

Vorsichtig berührt er den Potentiometer und stellt die Schraube gerade. Die Mary Laetitia beschleunigt auf achtzehn Knoten und pflügt durch die immer höher werdenden Wellen.

* * *

Er muss eingeschlafen sein. Er hat keine Ahnung, wann oder wie, aber ganz offensichtlich ist er eingeschlafen, und ein Geräusch hat ihn geweckt.

Es ist nicht laut gewesen. Ein leiser Knall, als würde Metall an Metall stoßen. Das Geräusch ist durch den Lärm des Unwetters und des Schiffsmotors bis auf die Brücke gedrungen. Brane hat es gehört und ist aus dem Schlaf geschreckt.

Er schaut sich um. Auf der Brücke scheint alles in Ordnung zu sein. Das Brummen der Maschinen ist gleichmäßig. Die Mary Laetitia schiebt sich beharrlich durch die Wellen, mit der gleichen Geschwindigkeit und dem gleichen Kurs, den er eingestellt hat. Sergej ist nicht auf der Brücke, wahrscheinlich sitzt er unten in der Messe und trinkt einen Kaffee. Brane schaut auf die Uhr. Vier Uhr fünfzig. Wenn er wirklich eingeschlafen ist, dann kann er nicht länger als ein oder zwei Minuten geschlafen haben. Alles klingt und sieht völlig normal aus, als wäre nichts gewesen. Alles, außer diesem Geräusch, das er gehört hat, falls er es gehört hat. Das Geräusch, das jetzt nicht mehr zu hören ist, das verschwunden ist, als hätte er es nur geträumt.

Er wirft sich einen Mantel über und geht raus. Der Wind ist heftig und überzieht seine Wimpern und Wangen mit dicken Wassertropfen. Brane sieht sich um. Nichts, nur das dunkle Meer und das Aufblitzen weißer Schaumkronen.

Er geht wieder auf die Brücke und auch Sergej kommt hastig und aufgeregt zurück. „*What happened?*“, fragt der Ukrainer.

Nichts sei passiert, antwortet Brane. „*Are you sure?*“, insistiert der Ukrainer.

Nichts, gar nichts sei passiert, wiederholt Brane, und der alte Steuermann fragt, ob er nicht das Geräusch gehört habe.

Brane antwortet nicht, doch sein Schweigen stellt den Ukrainer nicht zufrieden. Der *able seaman* geht hinaus und schaltet die Reflektoren ein. Die starken Strahlen leuchten auf das Wasser am Heck der Mary Laetitia, die weiterhin ächzend und quietschend Wellenberg um Wellenberg überwindet. Hinter dem Heck sieht man nichts als Wasser.

Der Steuermann kommt zurück auf die Brücke.

„*Should we slow down and see?*“, fragt er.

Brane zögert. „*No need*“, sagt er schließlich.

„*Sure?*“

„*Sure. No need.*“

Der Ukrainer ist nicht überzeugt. Er sitzt vor dem Monitor des ECDIS und schaut Brane misstrauisch und prüfend an. „*You must have heard it*“, sagt er. Brane leugnet, etwas gehört zu haben.

„*Sure?*“

„*Sure. I've heard nothing. Just a normal noise. Just a hum. Just the sea.*“

Der Steuermann starrt ihn weiter an und Brane weiß, dass er diese Diskussion beenden muss. Er geht ans Pult und gibt Gas. Das Brummen des Motors nimmt zu, die Mary Laetitia wird schneller und der Bug trifft auf die nächste Welle. Das Wasser steigt und eine Welle schlägt über dem Bug zusammen. Ein Schwall Wasser trifft die Scheibe der Brücke. Sergej starrt ihn weiter an, aber Brane reagiert nicht. Er macht die Schutzvorrichtung aus und geht auf volle Kraft. Es wird noch lauter, ein Knirschen und ein Zittern gehen durch die Mary Laetitia, dann wird sie schneller und ihr Bug zerschneidet in spitzem Winkel die Wellen. Sie fahren jetzt mit zweiundzwanzig Knoten.

„*It was just a noise*", murmelt Brane. „*Just a hum of the sea. Nothing more.*"

Er schaut dem Steuermann nicht in den Augen, als er das sagt. Er schaut nach vorn aufs Meer, wo sich um Viertel nach fünf mit rötlichem Schimmer ein neuer Sommertag ankündigt.

* * *

Am nächsten Morgen sehen sie an der Backbordseite des Schiffs Schrammen. Sie sind knapp über der Wasserlinie und ziehen sich vom Bug bis weit ins erste Drittel des Frachtraums. Die Schrammen sehen aus, als hätte ein Riese mit seinen Nägeln das Schiff gekratzt. Am Bug sind die Schrammen tiefer und eher weiß, wie mit Kreide gezeichnet. Zur Mitte hin bilden sie kaum sichtbare parallele Linien.

Als Branes Wache zu Ende ist, sieht er, wie der Kapitän, der Zweite Offizier und ein paar Matrosen die Schrammen begutachten. Der Kapitän mustert Brane, als er von der Brücke aufs Deck kommt. Dann nimmt er ihn beiseite und führt ihn in die Kapitänskajüte. Er schließt hinter ihnen die Tür. Es ist Branes dritte Fahrt mit Broos, insgesamt waren sie elf Monate gemeinsam auf See. Nie zuvor hat er die Kajüte des Kapitäns betreten.

Broos ist Niederländer, ein wortkarger Sechzigjähriger mit spitzem Kinn. Er spricht nur wenig und bleibt auf Distanz zu seinen Leuten. Abends verschließt er sich in seinen vier Wänden und flößt sich Tropfen für Tropfen alten Gin ein. Er trinkt ständig, ist aber nie betrunken, und wenn er Wache hat, erscheint er frisch rasiert und mit glasklarem Verstand. Auch jetzt ist Broos nüchtern und klar im Kopf, auch wenn eine halb volle Flasche Gin auf dem Regal über dem Bett steht, eine Erinnerung an das nächtliche Hobby des Seemanns.

Broos fragt, was passiert sei.

„Nichts“, sagt Brane wütend, aber seine Wut verrät ihn.

„Etwas war“, sagt der Kapitän. „Die Schrammen sind nicht von allein entstanden.“

Was soll ersagen?. Vielleicht, dass ein im Wasser treibender Container die Schrammen verursacht hat, oder ein losgerissener Haken. Aber das würde nur die Intelligenz des Kapitäns beleidigen.

„Wenn etwas war, dann habe ich es nicht mitbekommen. Ich habe nichts gehört. Nichts.“

„Sicher?“

„Sicher. Es war eine harte Nacht, Regen und das Meer bei Stärke sieben. Das kennen Sie selbst.“

Für einen Moment scheint es, als hätte er den Niederländer überzeugt. Es war eine schwere Nacht. Durch den Regen und das Meer bei Windstärke sieben muss er es nicht gehört haben. Er kann es nicht gehört haben. Aber er hat es gehört. Das weiß allerdings nur er und sonst niemand.

„Also gut“, sagt Broos schließlich. „Hoffen wir mal, dass wirklich nichts war und dass niemand ein treibendes oder ein vermisstes Schiff meldet.“

Aber es meldet sich jemand. Zwei Tage später erhalten sie über NAVTEX eine Warnung. Ein chinesisches Fischerboot ist 390 Meilen südlich von Macao verschwunden. Das ist ihre Route. Das Fischerboot ist neunzehn Meter lang, hat neun Männer Besatzung und ist rot. Das Meer hat die tiefe Schramme am Bug inzwischen ausgespült. Die zunächst weißen Schrammen sind jetzt rot.

Am gleichen Nachmittag ruft Broos Brane zu sich und informiert ihn, dass er in diesem Fall nicht allein entscheiden könne. Er müsse den DPA anrufen, die *designated person ashore*. Der DPA ist ihre Verbindung zur Welt, ihr Außenminister, die rettende Person in solchen Situationen. Der DPA ist Norweger, Vertreter der Reederei. Sein Name und seine Kontaktdaten sind auf dem ganzen Schiff hinterlegt: auf der Brücke, in der Messe, im Maschinenraum und in der Kontrollkabine des Frachtraums. „*The DPA has to decide*“, sagt Broos. „*Sorry, it's not my call anymore.*“

Mürrisch verlässt Brane die Kajüte des Kapitäns. Er hat nur sehr vage Vorstellungen davon, was jetzt geschehen wird. Er betritt das Deck und sieht eine Gruppe philippinischer Matrosen in den orange-farbenen Overalls der Reederei. Sie unterhalten sich erregt in ihrer Sprache, einer Sprache, die Brane zwar nicht versteht, die er aber unter allen Sprachen der Welt sofort erkennen würde. Schnalz- und Knacklaute lassen sie klingen wie eine Handvoll Murmeln, die eine Metalltreppe hinunterkullern.

Als er näherkommt, verstummen die Philippiner. Sie grüßen und rücken auseinander, damit er vorbeigehen kann. Er ist der Erste Offizier und sie sind nur einfache Matrosen, die manchmal fünfzehn Monate lang ihr Zuhause nicht sehen. Zwischen ihnen steht selbst jetzt ein unsichtbarer elektrischer Zaun. Brane geht zwischen ihnen hindurch, hebt den Blick und schaut einem der Philippiner direkt in die Augen.

Sie fahren noch nicht lange zusammen, aber Brane kennt ihn. Nazario fährt schon seit Jahrzehnten zur See, bei verschiedenen Reedereien, auf allen möglichen Schiffen – Tankern, Kreuzfahrt- und RoRo-Schiffen. Es heißt, er habe sieben Kinder. Unter dem Overall hängt um seinen Hals ein großes versilbertes Kreuz.

In Nazarios Blick ist keine Angst mehr, keine Unterwürfigkeit, kein Respekt vor einem Weißen, vor den drei Streifen auf Branes Schulter. Nazarios Blick ist trotzig. In seinem Blick steht es deutlich geschrieben: Mörder.

Brane geht wortlos zwischen ihnen hindurch und verkriecht sich in seiner Kajüte. Er will schlafen, zumindest ein oder zwei Stunden, vor der nächsten Wache. Aber er weiß jetzt schon, dass sich sein Wunsch nicht erfüllen wird.

Einen Tag später laufen sie am frühen Morgen in Shenzhen ein. In der Nacht hat Brane seine Wache als Erster Offizier gehalten.

Vor Sonnenaufgang sehen sie am Horizont einen Streifen Licht. Als sie sich dem Hafen nähern, wird aus dem verschwommenen Schein eine helle, deutliche Linie am Horizont. Beim Einlaufen ist aus der hellen Linie ein bunter Teppich funkelnder Lichter geworden. Links Macao, rechts Hongkong und Kowloon. Halb rechts liegt Shenzhen, und im Hintergrund, in der Mündung des Flusses, funkeln die Lichter von Guangzhou. In einem Radius von hundert Kilometern leben um diese Stadt herum ungefähr siebzig Millionen Menschen. Brane weiß das, aber er kann es sich kaum vorstellen.

Dann kommt das Einlaufmanöver. Um halb sechs weckt er den Kapitän, den Maschinisten und den Ersten Maschinenoffizier. Gegen sechs kommt ein chinesischer Lotse an Bord, ein kleiner stiller Mann mit soldatischer Haltung. Sein Blick ist mürrisch, und für einen Moment glaubt Brane, dass der chinesische Lotse von ihrem Zusammenstoß mit dem Fischerboot weiß. Unsinn, er schiebt den Gedanken beiseite.

Sie erreichen den Hafen Shenzhen kurz nach Sonnenaufgang. Ein unwirkliches Mordor badet in rötlichem Licht. Wie Gottesanbeterinnen aus Metall ragen hunderte Baukräne aus dem rötlichen Morgendunst. Die endlosen Reihen von Baukränen erheben sich, so weit das Auge reicht, und sie spiegeln sich auf der ruhigen Wasseroberfläche. Das Wasser ist verseucht von Öl und Schmierfett. In der morgendlichen Brise bricht sich das Licht in allen Regenbogenfarben auf der Oberfläche, eigentlich schön.

Das Manöver dauert vier Stunden. Gegen Mittag liegen sie dann vertäut am Ferrydock und die Autos werden ausgeladen. Kurz darauf ruft Broos nach ihm. „Der DPA ist da“, sagt er. „Du musst mit ihm reden.“

Sie setzen sich in die Kajüte des Kapitäns. Der DPA ist ein junger Bürokrat mit Nickelbrille. Er ist bestimmt noch nie zur See gefahren und weiß nicht, was das bedeutet. Aber gleichzeitig wirkt er wie jemand, der Probleme effizient in null Komma nichts löst.

„Es sieht nicht gut aus“, sagt er. „Weder für die Firma noch für Sie.“

Von den Fischern gebe es keine Spur. „Alle Indizien deuten darauf hin, dass die Fischer von Ihnen gerammt wurden. Es ist nur eine Frage der Zeit, bis die Port Authority die Schrammen bemerkt. Im Moment ist es das Beste, wir stellen uns tot.“ Denn wenn irgendeine Art von Untersuchung stattfinden sollte, werde das für die Firma und für Brane nicht gut ausgehen.

Brane weiß, wie die Lösung aussieht und ist nicht überrascht, als der DPA sagt: „Der neue Erste Offizier ist schon unterwegs. Er müsste um sechs Uhr heute Abend mit einem Flug aus Sydney pünktlich ankommen. Er wird das Verladen abschließen und mit der Mary Laetitia weiterfahren." Brane betreffend sei es für alle Beteiligten das Beste, wenn er möglichst schnell und möglichst leise die Heimreise antrete.

Der DPA holt ein Bündel Papiere aus der Aktentasche: die Auflösung des Vertrags, ein chinesisches Transitvisum, ein Flugticket, nur Hinflug von Guangzhou Baiyun über Frankfurt und Zagreb nach Split. Der Flug geht um 20:50 Uhr. „Sie müssen sich beeilen, fürchte ich", sagt der DPA. „Bis zum Flughafen ist es weit."

Brane geht in seine Kabine und packt. Er stopft seine Klamotten, Kulturbeutel und den Laptop in eine Tasche. Dann verabschiedet er sich von der Mannschaft. Sergej schüttelt ihm nur widerwillig die Hand. Der Kapitän ringt sich ein Lächeln ab, doch es ist nur Fassade. „So ist es besser für uns alle", sagt er, und Brane würde ihm am liebsten die Faust ins Gesicht schlagen.

Um halb neun sitzt er in einer Lufthansa-Maschine, die über dem Jadefluss in die Höhe steigt. Die Häusertrauben der Megapolis versinken nach einem weiteren Arbeitstag in der Dämmerung. Am Horizont liegt der Hafen von Shenzhen. Brane sieht die Baukräne, die aus der Höhe wie kleine Giraffen wirken. Inzwischen ist die Fracht der Mary Laetitia gelöscht und das Schiff ist leer. In spätestens einer Stunde wird sie das Dock verlassen, um einem anderen Schiff Platz zu machen. In spätestens zwei Stunden wird sie wieder auf dem Weg nach Süden sein, und in Branes Kajüte wird der neue Erste Offizier liegen. Um vier Uhr morgens wird der neue Erste in Branes Kajüte aufwachen, er wird die Metallstufen nach oben gehen und sich auf der Brücke neben das Radar und ans Steuer stellen, an Branes Platz. Brane weiß, dass er auch zu Hause jeden Morgen um drei aufwachen wird, wenn es Zeit für seine Wache wäre.

Das Flugzeug neigt sich und fliegt einen Bogen. Der Hafen von Shenzhen verschwindet aus seinem Blickfeld. Während die Maschine auf Flughöhe steigt, sieht Brane nur noch das Meer – Wasser und noch mehr Wasser, endlos. Und irgendwo in dieser blauen Unendlichkeit sind sie. Irgendwo auf dem Meer oder unter dem Meer liegt das Wrack eines roten, neunzehn Meter langen Bootes. Und darauf oder darin neun Menschen. Menschen, die – jetzt ist es offensichtlich – tot sind.

Brane findet es seltsam, dass er ihre Namen nicht kennt. Er hat sie nicht erfahren, und hätte er sie erfahren, würde er sich nicht bemühen, sie zu behalten.

Während er noch darüber nachdenkt, fliegt die Maschine in eine Wolke und seine Augen sehen nur noch Weiß.

* * *

Nach sechsundzwanzig Stunden bis Frankfurt und drei bis Zagreb wird Brane in einer Stunde in Split landen.

Es ist der letzte Flug an diesem Abend und er ist gerappelt voll. Die Passagiere sind aus der ganzen Welt und wollen, bevor es Nacht wird, in Dalmatien ankommen. Seeleute auf der Heimreise, Geschäftsleute, Studenten aus Zagreb und Touristen. Ganz hinten sitzt eine komplette Mannschaft in blau-weißen Trainingsanzügen. Sie sind muskulös und eher klein wie Fußballer und – so kommt es Brane zumindest vor – unglaublich jung. Er erkennt keines der Gesichter, aber selbst wenn es Stars wären, würde Brane sie nicht erkennen. Die jungen Fußballer sind die einzigen Passagiere, die nicht müde sind. Sie machen Blödsinn und grölen rum, während der Rest des Flugzeugs erschöpft vor sich hin döst und später einschläft.

Aber nicht Brane. Nach dreißig Stunden Reise ist er unaussprechlich müde, aber der Jetlag quält ihn und die gewohnte Schlaflosigkeit. Im Südchinesischen Meer ist es jetzt fünf Uhr morgens. Er denkt an die Mary Laetitia, die in diesem Moment in südwestlicher Richtung auf die Straße von Singapur zufährt. Wäre er auf dem Schiff, hätte er jetzt Wache von vier bis acht. Auf dem Schiff wäre er jetzt wach und lebendig und würde auf das Meer schauen. Jetzt schaut er auf die Hinterköpfe von Menschen, die vor ihm sitzen.

Vor sich sieht er reihenweise Männernacken und Damenfrisuren. Er sieht vertraute und fremde Gesichtszüge und ihm wird klar, wie sehr er sich in den vielen Jahren auf See von diesem Land und diesen Menschen entfernt hat. Doch dann dreht sich einer der Männer vor ihm halb um und sucht die Stewardess. Brane erinnert sich an dieses Gesicht, er weiß nicht, woher oder von wann, aber er erinnert sich.

Der Mann sitzt drei Reihen vor ihm auf der anderen Seite der Maschine. Er sitzt jetzt mit geschlossenen Augen zurückgelehnt in seinem Sitz, als würde er meditieren. Dann holt er aus seiner Aktentasche einen Stapel Papiere und blättert sie durch. Brane hat immer noch sehr gute Augen. Er strengt sich an, das erste Wort kann er nicht entziffern, aber die anderen beiden heißen *Real Estate*. Er beobachtet den Mann mit dem kräftigen Hals, den fleischigen Wangen und der hohen Stirn. Er hat ihn schon mal gesehen.

Die Maschine landet um zehn in Split, gerade als der Regen aufgehört hat. Das Flugfeld ist noch nass vom warmen Frühlingsschauer. Brane legt sich die Jacke um die Schultern und verlässt die Maschine. Der wilde, berauschende Duft des Südens erobert seine Nase. Der Regen hat die Natur und die Pflanzen angefacht und die Luft ist voller Ozon. Der laue Wind trägt den Duft von Zypressen, Mimosen und Fenchel heran. Brane atmet die Frühlingsluft und begreift, dass er von allen Dingen nur das hier vermisst hat. Nichts anderes als diesen Duft.

Am Gepäckband stellt sich der Mann von der Immobilienagentur neben ihn. Brane versucht, im Gesicht des Mannes Details zu erkennen, die sein Gedächtnis angestoßen haben, Details, die sich mit der Zeit nicht ändern: Nasenform, Bogen der Brauen, die Augen.

Das Gepäck rollt heran. Der Mann neben ihm bekommt seine Tasche als einer der Ersten. Es ist eine kleine Tasche, so wie man sie für einen oder zwei Tage auf Geschäftsreisen mitnimmt. Brane erkennt einen Anhänger, auf dem etwas steht. Eine Adresse in Split und ein Name, in großen Druckbuchstaben: GORKI ŠAIN.

Der Name befördert ein Gesicht in sein Gedächtnis. Das gleiche Gesicht, die gleiche Nase, die gleichen Augenbrauen, aber siebzehn Jahre jünger, mit mehr Haaren auf dem Kopf, etwas schlanker, ohne Geheimratsecken. Das Gesicht ist nur Teil eines Bildes, den Rahmen bildet ein Zimmer. Das Polizeipräsidium der Sozialistischen Republik Kroatien in Split. Ein ganz gewöhnlicher Raum mit niedriger Decke, Klimaanlage und an einer Wand Aktenschränke bis oben hin. An einer Wand hing in einem Glasrahmen ein Porträt von Tito und darunter saß er – Gorki Šain. Siebzehn Jahre jünger und fünfzehn Kilo leichter verhörte er Brane, wollte wissen, wo er am Samstag, dem 23. September gewesen sei und was er gemacht habe. Šain verhörte ihn und Brane wusste, dass Šain ihn für einen Mörder hielt. Und Šain wusste, dass Brane es wusste. Auch wenn er keine Ahnung hatte, wie oder wo, glaubte Šain, dass Brane Silva getötet hatte.

Branes Gepäck kommt. Er nimmt seinen Seesack vom Band, den er immer auf Reisen benutzt, weil ein klobiger Koffer zu viel Platz in der Schiffskabine einnehmen würde. Er läuft einen langen Gang entlang, vor ihm der Mann, der ihm einmal vor langer Zeit an den Kragen wollte.

Nur sein unwiderlegbares Alibi hatte ihn gerettet. Das weiß er heute, das wusste er damals. Es war seine Rettung, dass er am Freitag, den 22. September, nach Rijeka fuhr und das Sekretariat der Fakultät für Nautik aufsuchte. Doch das Referat hatte Mittagspause. Es war seine Rettung, dass er den Großteil des Nachmittags damit verbrachte, Formulare auszufüllen, dass er bis fünf warten musste, bis der Notar öffnete, der die Kopien seiner Dokumente beglaubigte, dass er erst um sechs Uhr abends die Gebührenmarken kaufte und seinen Immatrikulationsantrag abgeben konnte. Anders als geplant, erwischte er erst um neun einen Bus in Richtung Misto. Anders als geplant, erreichte er Misto morgens um sechs, vor Sonnenaufgang, der Busfahrer ließ ihn oben an der Magistrale aussteigen. Anders als geplant, hatte er die Nacht nicht in seinem Elternhaus auf Rokkovs Land verbracht, sondern im Bus, er hatte sich auf zwei Sitzplätzen ausgestreckt, während der Bus im Schneckentempo die ganze Nacht über die kurvenreiche Straße tuckerte, von Rijeka in Richtung Zadar, durch Karlobag und Jurjevo. Er erinnert sich gut an diese Nacht, die er auf den unbequemen Sitzen verknotet verbrachte, gerade mal dösend, während sich der Bus von Straßenkehre zu Straßenkehre quälte. Damals fand er es schrecklich. Heute ist er dem Himmel dankbar für diese Nacht.

Denn sein Alibi war unumstößlich wie Beton. Im Bus saßen der Fahrer und nur vier oder fünf Passagiere. Alle konnten sich an ihn erinnern und ihn beschreiben. Es gab keinen Zweifel, wo er die Nacht verbracht hatte, in der Silva verschwunden war.

Wäre er nicht im Bus gewesen, hätte es für ihn schlecht ausgesehen.

Šain ist noch immer vor ihm. Er sieht elegant aus, wie ein Geschäftsmann und nicht wie ein Polizist. Fast gleichzeitig erreichen sie die Drehtür am Ausgang. Šain bleibt hängen, tritt einen Schritt zurück und rempelt Brane dabei an. Er dreht sich um und entschuldigt sich höflich. Er erkennt Brane nicht oder lässt es sich zumindest nicht anmerken.

Auf dem Parkplatz bleibt Brane stehen, um zu sehen, wohin der Inspektor geht und was für einen Wagen er fährt. Šain hebt den Autoschlüssel und drückt. Vier Blinker leuchten auf. Der ehemalige Polizist scheint in einen Geldtopf gefallen zu sein: Er fährt einen großen, dunklen VW Touareg mit Allradantrieb. Šain öffnet die Hintertür, wirft seine Tasche auf den Rücksitz. Er öffnet die Fahrertür und schaut zum Flughafengebäude. Sein Blick wandert suchend über das Gelände, und kurz fragt Brane sich, ob er ihn sucht. Dann steigt Šain in seinen Wagen und Brane ist sich sicher, dass Šain ihn nicht erkannt hat.

Brane winkt ein Taxi herbei und setzt sich auf den Rücksitz. „Nach Split, bitte." Der Fahrer macht das Radio an, Nachrichten. Premierminister Sanader hat Slawonien besucht, Hajduk Split hat im Heimspiel gegen Rijeka verloren, die Europäische Union hat Paragraf 25 der Beitrittsverhandlungen mit Kroatien eröffnet und geschlossen. Brane hat keine Ahnung, was Paragraf 25 bedeutet.

Dann folgen Wahlwerbespots. Der Sprecher stellt einen Kandidaten für das Bürgermeisteramt bei den Lokalwahlen vor. Der Kandidat spricht mit tiefer, maskuliner Stimme in einer Variante des Kroatischen, wie sie in der Regel Priester und Soldaten benutzen.

Der Sprecher stellt ihn als ehemaligen Soldaten der Kroatischen Volksarmee und als Kriegshelden vor. Brane kennt seinen Namen nicht: Mario Cvitković.

Cvitković spricht kurz über die gesellschaftliche Erneuerung und nationale Werte. Doch das scheint den Taxifahrer nicht sonderlich zu interessieren, denn schnell ändert er den Sender und entscheidet sich für kroatische Popmusik.

Auf dem Weg nach Split fängt es wieder an zu regnen. Der Wagen ist angenehm überheizt. Brane hört auf das Geräusch des Regens und irgendwo bei Kaštel Lukšić kämpft er gegen den Schlaf. Bei Kaštel Gomilice schließlich schläft er ein.

* * *

Als er nach Hause kommt, riecht die Wohnung, wie Wohnungen riechen, wenn sie lange nicht bewohnt werden, abgestanden, staubig und modrig.

Brane macht Licht im Flur und dann in den anderen Räumen. Er öffnet die Fenster, macht Boiler und Kühlschrank an und packt seinen Seesack aus. Es dauert nicht einmal zwanzig Minuten, um die Wohnung, die fünf Monate leer stand, wieder zu beziehen.

Als er fertig ist, klingelt er bei seiner Nachbarin. Frau Majda Luketin ist Witwe und Anfang siebzig, sie ist die einzige seiner Nachbarn, mit der er kommuniziert. Während seiner Abwesenheit hat sie den Wohnungsschlüssel. Sie sammelt seine Post, bezahlt die Rechnungen und öffnet die Wohnung, wenn Gas und Strom abgelesen werden. Es ist schon nach elf, aber in der Wohnung hört man den Fernseher laufen. Majda geht spät schlafen und steht morgens spät auf.

Majda ist verständlicherweise überrascht. Sie hat ihn erst im Juli erwartet. „Sie sind früher zurückgekommen“, sagt sie, und Brane hört die Freude in ihrer Stimme. Für einen Moment glaubt er, sie wolle ihn umarmen. Aber im letzten Moment gibt sie die Idee auf, was Brane erleichtert zur Kenntnis nimmt.

Sie bittet ihn herein, er lehnt ab. Sie holt ein Bündel Post. „Bezahlte Rechnungen“, sagt sie. Hausgeld, Kabelfernehen. Müllabfuhr. „Die Kosten für die Reparatur des Aufzugs wurden auf alle Bewohner umgelegt“, sagt sie. Internet, Strom. „Hier habe ich alles zusammengezählt“, sagt sie und reicht ihm ein Blatt Papier. Vor seiner Reise hat er ihr Geld dagelassen, 122 Euro zu viel, wie ihre Berechnung ergibt. Sie will ihm das Geld zurückgeben, er lehnt ab. „Ich bin bald wieder auf See. Behalten Sie es.“

„Ich freue mich“, sagt Frau Luketin, „dass Sie wieder zu Hause sind.“ Und sie scheint es ehrlich zu meinen. Brane zwingt sich zu einem Lächeln, doch ihm gelingt nur eine Grimasse.

Er geht in seine Wohnung zurück. Es ist kalt. Er schließt die Fenster und geht unter die Dusche, wo er lange bleibt, immer darauf bedacht, nicht in den Spiegel zu schauen. Er will sein weißes, wabbeliges Fleisch nicht sehen.

Er zieht einen weißen Frotteebademantel an und zum ersten Mal seit Langem fühlt er sich wieder gut, er ist zu Hause und jetzt ist er bereit. Erst jetzt ist der Moment gekommen, das zu tun, was er vor sich hergeschoben hat.

Er geht in das kleine Zimmer, das er bis jetzt weder geöffnet noch gelüftet hat. Er macht das Licht an, zieht einen Stuhl heran und setzt sich. Dann schaut er an die Wand, und dort ist ihr Bild.

Silva Vela sieht aus, wie sie in seinem Kopf seit siebzehn Jahren aussieht. Wo auch immer sie jetzt sein mag, wie auch immer sie sich in der Zwischenzeit verändert hat, in welcher Dimension sie auch existiert, für Brane ist sie seit siebzehn Jahren unverändert geblieben. Von der Wand schaut sie ihm trotzig entgegen, über dem linken Auge liegt eine dunkle Haarsträhne. Brane weiß noch genau, wann er dieses Bild aufgenommen hat: auf Križev Rat, auf der kleinen Ebene vor dem Kreuz, an dem Nachmittag, als sie sich zum ersten Mal geliebt hatten.

Es war ein warmer Sommerabend gewesen. Er hatte sie mit der alten Olympus seines Vaters vor dem Sonnenuntergang fotografiert. Danach küssten sie sich. Sie schob ihre Hände unter sein T-Shirt. Als die Sonne untergegangen war, zog er ihr die Jeanshose aus und drang in sie ein, langsam und sanft. Er hörte sie atmen, tief und immer tiefer, bis sie seufzte vor Vergnügen. Nie war er glücklicher gewesen als an jenem Abend. Nie wird er glücklicher sein.

Während er sich daran erinnert, spürt Brane die Erektion. Er nimmt sein Glied in die Hand und beginnt es zu reiben, erst langsam, dann stärker, bis er den Höhepunkt erreicht. Sein tiefer lauter Seufzer hallt unangenehm in dem leeren Raum. Schnell wischt er sich ab. Dann macht er das Licht aus und schließt die Zimmertür.

Er kann noch immer nicht schlafen, ist hellwach, als wäre es Morgen, was es im Südchinesischen Meer ja auch ist. Er setzt sich an den Laptop, löscht alle Spam-Nachrichten, Werbemails und Petitionen, bis er auf eine neue Mail von seiner Mutter stößt. Sie ist am vorigen Morgen eingetroffen, als er in der Maschine irgendwo über Asien saß. Die Nachricht klingt verzweifelt: *Bitte melde dich, damit ich weiß, dass es dir gut geht.*

Lange starrt er auf die Nachricht und überlegt, ob er sie löschen soll. Aber dann wird Ursula wieder und wieder schreiben. Schließlich schreibt er eine Antwort:

Haben heute das Südchinesische Meer durchquert. Sind noch 21 Tage im Indischen Ozean. Alles in Ordnung. Mir geht es gut. Ich bin gesund. Das Satelliten-Signal ist schwach. Ich melde mich, wenn ich kann und wenn es etwas Neues gibt.

Er liest den Text noch einmal durch, zögert und klickt dann auf Senden.

11
Jakob (2007)

Es ist ein Tag Ende Dezember und es wird früh dunkel. Jakob geht nach der Arbeit nicht nach Hause. Er will ein Geburtstagsgeschenk für Tina kaufen.

Um sieben sind im Baustofflager keine Kunden mehr. Die Verkäufer verabschieden sich einer nach dem anderen, als sie zur Tür hinausgehen. Um Viertel nach sieben schließt Jakob die Kasse zu und meldet sich im Computersystem ab. Er stellt die Musik aus und löscht in der Verkaufshalle nacheinander die Lichter, bis alles in Dunkelheit versinkt.

Jakob zieht seinen Verkäuferkittel aus und den Wintermantel an. Auch Handschuhe zieht er an und verlässt das Gebäude. Am Ausgang schaut er sich noch einmal um. Viertausend Quadratmeter Lagerraum – ordentlich gestapelte Holzbretter, Paneele, Metallkonstruktionen und Styroporplatten. Er sieht Regale voller Parkettholz, Keramikfliesen, Wasserrohre, Teakholz und Bodendielen, Badausstattungen, Glasscheiben und elektrischer Leitungen. Die bis eben noch im Licht glänzenden und funkelnden Mischbatterien aus Edelstahl schimmern nur noch fahl im Halbdunkel. Jakob gibt die Geheimzahl für den Alarm ein, schaut sich ein letztes Mal um und dreht den Schlüssel viermal im Schloss.

Es ist ein regnerischer Abend, und dann auch noch Freitag und das in der Adventszeit. Der Verkehr ist die Hölle. Jakob fährt in seinem *Ascona* zur neuen Shoppingmall im Osten der Stadt. Gegen halb acht gerät er am Straßenkreuz im Osten der Stadt in ein Nadelöhr. Wegen Bauarbeiten ist die Solinska Avenija verengt und der ganze Verkehr staut sich in einer Spur, die Folge sind nervöse Drängeleien und Gehupe. Der Regen wird stärker. Große, schwere Tropfen klatschen auf die Windschutzscheibe. Jakob macht die Scheibenwischer an und schaut durch die beschlagene Scheibe auf den stehenden Verkehr. Das dunkle Grau um ihn herum wird rot gesprenkelt von der schier endlosen Schlange der Bremslichter.

Schließlich geht es vorwärts, Jakob biegt in die nächste Seitenstraße und fährt zur Umgehungsstraße in Richtung nördlicher Hafen. Das war eine gute Idee. Zehn Minuten später ist er an der Shoppingmall.

Jakob geht nicht oft einkaufen, schon gar nicht zu dieser Zeit des Jahres. Und wenn er einkauft, dann im Zentrum. Deshalb bleibt er erst einmal überwältigt stehen, als er die Mall betritt. Die aggressive Geräuschkulisse und der Anblick rauben ihm den Atem. Ein monotones Summen menschlicher Geräusche liegt über allem. Von allen Seiten scheppern *Jingle Bells, We wish you a merry Christmas* und andere Weihnachtslieder, die von zig Geräten erzeugt werden: batteriebetriebenen Puppen, Schlitten, Robotern, Feuerwehrautos. Der ganze riesige Raum ist vollgestopft mit blinkenden Lichtern und funkelnden Materialien, die wie Wasserfälle von den Galerien, vor den Schaufenstern und an allen Pfeilern hängen. Vor Jakobs Augen funkelt es, in seinen Schläfen pocht der Schmerz.

Die Shoppingmall ist voller Menschen. Sie hetzen umher wie freigelassene Tiere, als wäre dies der letzte Tag, an dem die Geschäft geöffnet sind, danach schließen sie für immer. Familien drängen sich wie Herden durch die Hallen und schleppen Tüten und Taschen. Die Menschen wirken gestresst, gnadenlos und missmutig auf diese letzte, alles entscheidende Schnäppchenjagd fokussiert. Jakob sieht sich um und stellt fest, dass die menschliche Rasse niemals tiefer gesunken ist, nicht einmal im Krieg.

Er wird es hier nicht lange aushalten. Nur schnell den Spielzeugladen finden, das Geschenk kaufen und wieder verschwinden. Am Ende des Komplexes erkennt er ein großes Lego-Geschäft. Er geht hinein und hastet an den Regalen vorbei. Er stößt auf ein Regal mit Harry-Potter-Bausätzen. Tina mag Harry Potter. Er wird nicht weitersuchen.

Für einen Moment bleibt er vor dem Regal voller großer, bunter Schachteln stehen. Er betrachtet die Bilder geheimnisvoller Fahrzeuge, Dampflokomotiven und Figuren, die er nicht kennt. Schließlich nimmt er die größte und teuerste Schachtel, auf der das Schloss Hogwarts abgebildet ist. Er bezahlt an der Kasse und hastet so schnell es geht zu seinem Wagen. Erst als er im Auto sitzt, merkt er, dass er vergessen hat, sich das Geschenk einpacken zu lassen. Aber er hat zu Hause noch Packpapier. Er setzt den Blinker, ordnet sich in die linke Spur ein und fährt zu seiner Wohnung.

* * *

Jakob lebt in dieser Wohnung, seit er und Vesna sich haben scheiden lassen. Seitdem ist fast ein Jahrzehnt vergangen, aber Jakob hat trotzdem das Gefühl, hier nur vorübergehend zu wohnen. Er hat Misto zu einer Zeit verlassen, als das Leben mit Vesna für ihn, aber auch für sie unerträglich geworden war. Sein Entschluss war allmählich gereift, doch als es so weit war, war die Entscheidung unumstößlich gewesen. Eines Morgens wachte er auf und wusste, dass es das gewesen war. Beim Frühstück hatte er Vesna verkündet, dass er wegziehen würde, und für einen Moment hatte er den Eindruck, dass sie mit Erleichterung auf die Neuigkeit reagierte. Er war definitiv erleichtert. Es fühlte sich an, als hätte ihm jemand eine schwere Last von der Brust genommen.

Das Haus, in dem sie lebten, war das Haus von Vesnas Familie gewesen, und so war es selbstverständlich, dass er auszog. Nichts hielt ihn mehr in Misto. Er besaß keine Immobilie, die Fabrik hatte dichtgemacht, und während der ersten Trennungsphase erkannte er, dass auch die zwischenmenschlichen Kontakte in seinem Geburtsort im Grunde oberflächlich und lose gewesen waren. Er hatte zu lange in einer glücklichen Ehe gelebt, denn eine glückliche Ehe beschneidet das Bedürfnis nach anderen Menschen. Niemand mehr hielt ihn in Misto. Niemand und nichts.

Nach dem Krieg war es mit der Wirtschaft langsam, aber stetig aufwärtsgegangen. Unternehmen wurden gegründet und es bestand wieder Bedarf an Buchhaltern. Jakob meldete sich zu einer Fortbildung an und lernte neue Computerprogramme zu bedienen. Er gab Stellengesuche auf und im September 1998 bekam er eine Stelle als Verkäufer in Split, in einem Großhandel für Baumaterial. Der Besitzer war der ehemalige Geschäftsführer, der im Krieg reich geworden war. Jakob war sich sicher, dass er mit Bestechung arbeitete, er war laut und prahlte gern, aber als Arbeitgeber war er nicht der Schlechteste. Er hatte Jakob am ersten Arbeitstag gesagt, er habe sich für ihn entschieden, weil er gerne ältere Leute mit Erfahrung einstelle.

In der Holzhalle arbeitet Jakob heute noch. Es ist keine schöne Arbeit und auch nicht besonders gut bezahlt. Aber er hat keinen Stress, das Geld kommt regelmäßig und deckt die Rechnungen.

1998 zog Jakob nach Split. Er öffnete in der Zeitung den Immobilienteil und fand diese Wohnung. Sie liegt im neunten Stock eines Hochhauses aus sozialistischen Zeiten, mit Blick auf den Handelshafen, die Werft und den Rangierbahnhof. Er hat die Wohnung im Glauben gemietet, es wäre vorübergehend, bis er sich zurechtgefunden oder vielleicht eine Wohnung gekauft hätte. Doch schließlich ist er hier geblieben.

Mit der Schachtel von Hogwarts unter dem Arm ruft Jakob den Aufzug und drückt die Neun. Beim Hochfahren und während er die Tür zur Wohnung aufschließt, erfüllt ihn eine angenehme Ruhe. Wenn Jakob seine Wohnung betritt, hat er das Gefühl nach Hause zu kommen. Diese Ruhe hat sich erst später eingestellt, nicht sofort, und sie kam unerwartet. Doch als sie einmal da war, ging sie nicht wieder weg, sondern wurde von Jahr zu Jahr stärker. Diese Wohnung ist zu Jakobs Heim geworden.

Er schließt auf und geht hinein. Er hat die Wohnung am Morgen verlassen und jetzt ist sie kalt. Er macht die Ölheizung an und den Boiler aus. Im Ofen ist noch gebratenes Hähnchen, aber er will nichts essen. Er geht zu einer Geburtstagsfeier und auf Feiern gibt es immer etwas zu essen. Er holt das Packpapier, Klebeband und eine Schere aus dem Schrank und packt das Geschenk ein.

Er hatte damals nicht viel in die Wohnung gebracht, da er ja nicht lange bleiben wollte. Beim Einzug hatte er nur etwas Kleidung, seinen Rasierapparat und seine Dokumente dabei. Sein ganzes Leben hatte er in Misto zurückgelassen: die Funkgeräte, Bücher, das Werkzeug, Familienerbstücke. Nach einigen Monaten hatte er erstaunt festgestellt, dass er nichts davon vermisste. Er hatte nicht eine Sache zurückgelassen, zu der er eine enge Bindung hatte oder die ihm wichtig war. Das war eine überraschende, aber auch befreiende Erkenntnis.

Jakob setzt sein Leben genau so fort. Neue Kleidung kauft er, wenn er die alte nicht mehr anziehen kann. Bücher leiht er sich oder verschenkt sie weiter, und Blumen, Vasen, Fotos und Dekorationsstücke spart er sich. Er fühlt sich gut, wenn sein gesamter Besitz in zwei Koffer passt. So wirkt seine Wohnung wie ein Ferienapartment oder eine Studentenwohnung während der Semesterferien. Die Wohnung ist leer und sauber, voller ebener Flächen, ohne Tischdecken, Deckchen, Teppiche, ohne Aschenbecher, Vasen und Obstschalen auf dem Tisch.

Das Geschenk ist eingepackt. Er räumt Schere, Klebeband und Packpapier weg. Dann nimmt er das Paket unter den Arm, macht alle Lichter aus und schaut noch einmal durch das dunkle Zimmer.

Am liebsten würde er zu Hause bleiben und den Abend mit einer Flasche Bier vor dem Fernseher verbringen. Aber das ist nicht möglich. Er muss es hinter sich bringen.

Er muss einen lauten, anstrengenden Kindergeburtstag hinter sich bringen, den er gerne schwänzen würde. Aber das kann er nicht machen, es ist der Geburtstag seiner Enkelin.

* * *

An der Tür erwartet ihn Mate. Sie haben sich einige Monate lang nicht gesehen und neuerdings trägt Mate einen stoppeligen Dreitagebart, der ihm gut steht. Mate umarmt ihn und sagt: „So, jetzt ist der Opa auch endlich da." Jakob weiß, dass Mate sich ehrlich freut, ihn zu sehen.

Im Wohnzimmer auf dem Teppich sitzen oder liegen Tinas Freunde. Sie sind ungefähr zu zehnt, vor allem Mädchen, ein paar Jungs. Sie wälzen sich in einem Haufen Lego-Steine, Puppen und Häuschen und spielen – wie es Jakob scheint – jeder für sich und nicht zusammen. In diesem Haufen steckt auch Tina. Als sie Jakob sieht, rennt sie in seine Arme. „Opa!", kreischt sie, schnappt sich das Geschenk und beginnt, das Papier aufzureißen. Als sie es ausgepackt hat, verdüstert sich ihr Gesicht. „Das habe ich schon", sagt sie. Schlagartig verliert sie das Interesse und geht zurück auf den Teppich.

Die Erwachsenen sitzen um einen großen ovalen Tisch. Da sind Doris, Doris' Eltern, einige ältere Verwandte von Doris, die er nicht kennt, am anderen Ende des Tisches entdeckt er Vesna.

Das letzte Mal hat er sie vor einem Jahr gesehen, auch zu Tinas Geburtstag. In diesem einen Jahr hat Vesna sich verändert. Schon vorher hat sie erste Anzeichen von Altern gezeigt, doch jetzt hat sie sich auf vornehme Art damit arrangiert. Ihre Haare sind kürzer und sie färbt die grauen Strähnen nicht, ihre Brille ist neu. Sie war schon immer schlank, viel schlanker als er. Jetzt, mit den kurzen grauen Haaren, sieht sie aus wie eine ältere elegante Lehrerin an einer elitären skandinavischen Schule.

Sie gibt ihm höflich die Hand wie einem Fremden. Er fragt, wie es ihr geht. Es geht ihr gut. Ihm geht es auch gut. Allen geht es gut. Alles ist in Ordnung.

Doris bietet ihm einen Schnaps an, den er in einem Zug austrinkt. Er hat Hunger und stopft sich nacheinander zwei Scheiben Baguette mit Salami, Mayonnaise und Ei in den Mund. Dann trinkt er ein Glas Wein und spürt eine angenehme Wärme. Hinter ihm liegt ein langer Arbeitstag und er ist müde.

Die Erwachsenen am Tisch führen ein langwieriges Gespräch, dem Jakob nur teilweise folgt, aber er heuchelt Interesse. Auch Vesna schweigt. Sie beide sitzen jeweils an einem Tischende wie zwei Schöffen, unberührt von dem Gespräch, das sich inzwischen politischen Themen zugewandt hat und hitziger geworden ist. Dann fangen die Kinder auf dem Teppich an sich zu zanken. Es entbrennt ein Streit, den Jakob nicht einmal zu verstehen versucht.

Er beobachtet nur Tina. Sie ist am lautesten, sie maßregelt die anderen wie eine strenge Lehrerin und nimmt jede ihrer Freundinnen einzeln ins Gebet. Dabei hebt sie ihre Stimme zum Falsett und theatralisch versucht sie, Autorität zu vermitteln.

Jakob schaut und hört zu und ihn ergreift ein ungutes Gefühl. Das Gefühl, so etwas schon einmal erlebt zu haben.

Er hört die Stimme seiner Enkelin, beobachtet ihre dramatischen Gesten. Er mustert ihre Gesichtszüge, die feine spitze Nase, die dunklen Augenbrauen und das lange Kinn. Zum ersten Mal erkennt er, dass er auf eine Kopie seiner Tochter blickt. Seiner Tochter Silva, die auch einmal elf Jahre alt gewesen war und ihre Freundinnen genauso selbstgerecht herumkommandiert und bestraft hatte. Sie musste immer das letzte Wort haben.

Das hat sie nicht weit gebracht, denkt Jakob. Vielleicht aber doch, weiter, als jeder von ihnen es sich gewünscht hätte.

Dann kreuzt sein Blick den von Doris. Kurz und fragend schaut sie ihn an. Doris kann nicht wissen, was er denkt. Doris hat Silva nie kennengelernt. Sie kann nicht wissen, wie sehr ihre Tochter der Tante ähnelt, einer Tante, die sie nicht kennt, die sie wahrscheinlich nie treffen wird.

„Alles in Ordnung, Opa?", fragt Doris und er nickt. „Mach dir keine Sorgen, mein Schatz, alles in Ordnung."

Der Streit legt sich. Die Erwachsenen rufen die Kinder zum Tisch, und als alle sich um die Tafel versammelt haben, bringt Doris die Torte mit einer Kerze in Form einer Elf in der Mitte. Tina pustet einmal, zweimal. Mate verewigt den Moment mit seinem Fotoapparat und Doris verteilt Tortenstücke an die Gäste. Die Torte besteht aus Margarine und Sahne, sie ist schwer und schmeckt nicht.

Jakob isst einen Bissen und trinkt dann schnell Sekt, der nach der süßen Sahne eklig sauer schmeckt. Er bekommt Kopfschmerzen vom Wein und nimmt seinen Teller mit dem Tortenrest mit auf den Balkon, um frische Luft zu schnappen. Er steht draußen in der kalten, angenehmen Dunkelheit und schaut nach drinnen wie auf einen Stummfilm. Wunderkerzen, Kinder, die Torte essen, Tina, die laut und autoritär etwas erklärt. Und Vesna, die schweigend in der Ecke sitzt, die Andeutung von Langeweile liegt wie ein Schleier auf ihrem Gesicht. Er denkt: Das alles berührt Vesna nicht. Nichts davon. Mich auch nicht, denkt er, und ein Stachel der Schuld durchbohrt ihn.

Er betrachtet weiter den Stummfilm. Doris orchestriert geschickt und wendig das Fest, das sie geplant hat. Sie zündet Kerzen an, verteilt Torte, schenkt den Kindern Saft ein und die ganze Zeit erkennt man die tiefen Sorgenfalten in ihrem Gesicht.

Irgendetwas stimmt hier nicht, denkt Jakob. Ich weiß nicht was, aber etwas ist nicht in Ordnung.

Er sieht, dass Mate ihn mit Blicken sucht. Er macht die Balkontür auf und geht zurück in den Bienenstock.

Als die Verwandten aufbrechen, nimmt Mate Jakob beiseite und sagt, er habe eine Bitte. Er müsse Doris beim Aufräumen helfen, und ob Jakob Vesna nach Misto fahren könne.

Jakob ist nicht sicher, ob das der wahre Grund ist oder ob es ein weiterer verzweifelter Versuch ist, ihn und Vesna miteinander zu versöhnen, sie wieder zusammenzuflicken. Aber es ist ihm egal und er weiß, dass es Vesna genauso geht.

Mate bringt sie zum Auto und gibt jedem einen Kuss. Wenn Jakob sich richtig erinnert, ist es das erste Mal seit ihrer Scheidung 1998, dass sie gemeinsam im Auto sitzen.

Von Zeit zu Zeit wirft er einen Blick auf die neue, veränderte, vornehm gealterte Frau, die neben ihm sitzt. Er mustert sie wie eine Fremde und in gewisser Weise ist sie das auch.

Lange fahren sie schweigend. Es gibt keine höflichen Fragen, weder *Wie geht es dir?* noch *Ist alles in Ordnung?* oder *Wie läuft es bei der Arbeit?* – nichts. Es ist gut, dass sie aus dieser Phase raus sind.

Kurz vor Misto sagt Vesna doch etwas. Sie sagt es, als habe sie lange gezögert, es anzusprechen.

„Bei denen“, sagt sie, „ist irgendetwas nicht in Ordnung.“

Es ist eine Feststellung, keine Frage.

„Ich habe es auch bemerkt“, sagt er.

„Es ist schlimmer, als es aussieht“, ergänzt Vesna.

„Hat er was gesagt?“, fragt Jakob und weiß die Antwort, noch bevor Vesna sie ihm gibt. Natürlich hat er was gesagt. Mate hat Probleme schon immer mit seiner Mutter besprochen.

„Vor ein paar Tagen“, sagt Vesna. „Sie haben sich auseinandergelebt. Sind sich fremd, streiten sich, und zwar heftig.“

„Heute? Am Nachmittag?“

„Ja. Es sieht nicht gut aus. Gar nicht gut.“

Und du weißt genau, warum, denkt Jakob. Du hast deinen Teil dazu beigetragen. Aber er sagt nichts, sonst würde es wieder in Streit ausarten und das würde niemandem helfen, Mate nicht und ihnen beiden nicht.

Sie erreichen Misto. Er biegt von der Magistrale ab und sie fahren am alten Militärstützpunkt vorbei. Am Zaun hängt eine Tafel mit dem Namen der neuen irischen Besitzer. Sie kommen an einem riesigen Plakat vorbei, auf dem die zukünftige Feriensiedlung abgebildet ist. Dann fahren sie am ehemaligen Basketballplatz vorbei, wo jetzt ein Kletterpark angelegt ist. Er fährt über den Platz an der Kirche, wo noch immer das Partisanendenkmal steht, angefressen und ohne Inschrift.

Sie kommen vor dem Haus an. Vesna fragt, ob er mit hineinwill und er sagt ja.

Sie setzen sich in die Küche. Vesna sammelt einen ganzen Stapel Schülerhefte ein und legt sie weg. Sie bietet ihm einen Pfefferminztee an. Er nimmt an. Der Tee tut ihm gut, er wärmt und vertreibt den Alkoholnebel aus seinem Kopf.

Er schaut sich in der Küche um. Vesna hält das Haus noch immer makellos sauber. Alles ist perfekt, poliert und aufgeräumt.

Aber Jakob kann sich des Eindrucks nicht erwehren, dass dieses Haus kein lebendiges Heim mehr ist, sondern eine mumifizierte Leiche. Denn alles ist gleichgeblieben. Der gleiche Tisch, die gleichen Stühle, der gleiche Garderobenständer, die gleiche kanadische Landschaft, der gleiche Öldruck von Jesus mit dem vertrockneten Olivenzweig an einer Ecke des Rahmens. Alles wirkt blutleer, leblos, tot, wie Pflanzen im Herbarium.

Jakob strengt sich an, nicht hinter sich zu schauen. Aber er weiß, dass in diesem Haus nicht nur die Möbel und die Bilder gleichgeblieben sind. Hinter ihm ist noch etwas, das sich nicht verändert hat. Es ist die cremefarbene Tür mit der Aufschrift KEEP OUT. Hinter der Tür ist ein Zimmer. Und in diesem Zimmer das gleiche Bett, die gleichen Poster, der gleiche Schrank mit der gleichen Kleidung, derselbe Zirkel, dasselbe Geodreieck und dieselbe Lampe. Das alles war schon da, als er zum letzten Mal diese Tür geöffnet hat.

Ihm wird auf einmal eiskalt und er will so schnell wie möglich hier weg.

Er trinkt noch einen Schluck Tee und verkündet dann, er müsse jetzt gehen. Sie bringt ihn zur Tür. Dann steht sie oben an der Treppe mit einem hohlen Lächeln. In diesem Moment erinnert sich Jakob, wie sehr er sie geliebt hat.

Er betrachtet die elegante, schlanke fünfundfünfzigjährige Frau auf der Treppe. Er sieht ihren anthrazitfarbenen Pulli mit V-Ausschnitt, ihre schmalen Hüften, ihre Brille und die hervorstehenden Wangenknochen. Und da kommen die Erinnerungen. Er erinnert sich an die Zeit, als sie zusammen waren, als er sich ihr gemeinsames Leben im Alter vorgestellt hatte, ihren Ruhestand, ihre Zukunft in gemeinsamer ruhiger Langeweile. Wenn er damals daran dachte, hatte er sich Vesna genau so vorgestellt. Ganz genau so, wie sie jetzt aussieht.

Er winkt und steigt ein. Er fährt aus dem Dorf hinaus und dann auf die Magistrale. Nach der zweiten Straßenkehre, vor dem Tunnel unter Križev Rat, überflutet ihn eine Welle des Bedauerns.

Was hast du nur aus unserem Leben gemacht, denkt er. Was hast du uns angetan, Silva, du egoistisches Monster?

Der Gedanke fliegt durch seinen Kopf, so kurz wie ein Funken. Dann erstirbt er. Jakob fährt weiter durch die Nacht, in Richtung Split, zu der Wohnung im neunten Stock, wo sein Zuhause ist.

12
Elda (2008)

Selbst um vier Uhr morgens erzeugt Toronto das Summen einer Großstadt. Aus der Ferne hört man Autoverkehr, Sirenen und dröhnende Bässe, von der Subwaystation *Nassau* ertönt in regelmäßigen Abständen das Brummen der U-Bahn. In der Spadina Avenue summt der Verkehr ohne Unterlass. In der *Grossman's Tavern* ist das Jazz-Konzert längst vorbei. Die letzten Gäste verlassen den Club, unterhalten sich laut, johlen, Schritte, Gelächter.

Elda steht im Bad vor dem Spiegel und ist beschäftigt. Mit kurzen, entschlossenen Bewegungen trägt sie Make-up und Wimperntusche auf und vollführt geschickt ihr tägliches Ritual. Als sie findet, dass es reicht, mustert sie sich im Spiegel. Sie ist zufrieden mit dem, was sie sieht.

Sie war nie eine Schönheit und wird das auch nie sein. Schon als Teenagerin hat Elda irgendwann festgestellt, dass ihr Gesicht zu breit ist, ihre Augen zu klein, um Sympathie zu wecken. Aber Elda hat früh gelernt, ihre Makel zu kaschieren, ihre Vorzüge zu betonen und aus ihrem Aussehen das Beste herauszuholen. Nach etwas mehr als zwanzig Jahren Übung ist sie eine Meisterin darin geworden.

So ist es auch an diesem Morgen. Die Wimperntusche lässt ihre Augen größer wirken, ein Lidstrich gibt ihnen einen interessanten, ostslawischen Schwung. Das kurze, gebleichte Haar kämmt sie streng entlang der Wangen, das macht ihr Gesicht länger. Ein dunkelroter Lippenstift bringt ihre ansonsten dünnen Lippen besser zur Geltung. An diesem Morgen trägt sie eine dunkle Strickjacke mit V-Ausschnitt, das betont ihren langen, eleganten Hals. Sie ist über vierzig, aber Elda ist weiterhin schlank und auf ihren Händen und dem Hals sieht man nur die Andeutung von Falten. Früher litt sie unter ihren kleinen Brüsten, doch jetzt sind sie ein Vorteil, weil ihr Oberkörper dadurch noch immer schmal und fest ist. Elda ist vierundvierzig, aber sie findet, dass sie jetzt besser aussieht als mit dreißig.

Zufrieden mit sich verlässt sie das Bad. Sie packt ihren Kulturbeutel ein und schließt endlich und zum letzten Mal ihren großen Samsonite-Koffer. Sie überprüft, ob Pass, Flugticket und Hotelbuchung an ihrem Platz sind. Dann schaut sie sich ein letztes Mal in der Wohnung um. Der Boiler ist ausgeschaltet, das Wasser abgestellt. Sie hinterlässt alles in ordentlichem Zustand, so wie immer.

Um Viertel nach vier schaut sie aus dem Fenster. Das nächtliche Toronto funkelt im künstlichen Licht. Ein Stück weiter die Spadina Avenue hinunter stehen Wolkenkratzer im Hafenviertel und sie sieht die Umrisse des Molson Canadian Amphitheatre und der Eishockeyhalle. Inmitten dieser Lichtstrudel stehen zwei vertikale Säulen – die neogotischen Glockentürme der Kathedrale. Hinter und über allem erhebt sich der riesige Fernsehturm in den dunklen Nachthimmel, an der Spitze blinkt ein rotes Licht. Im Kensington Market auf der anderen Seite der Straße ist immer noch einiges los. Reggaemusik aus Clubs und Pubs mischt sich mit den Klängen von Straßenmusikern. Von der Kreuzung Cecil und Huron Street hört sie Schreie und Stöhnen. Eine Streiterei. Ein bärtiger Taxifahrer mit Turban, wahrscheinlich ein Sikh, schimpft wütend mit einem Autofahrer, dessen Auto quer vor dem Taxi steht und es offensichtlich am Kotflügel gestreift hat. Die Blinker der Autos pulsieren und die beiden Fahrer schreien sich immer wütender und aggressiver an. Elda hofft, dass das nicht ihr Taxi ist.

Zum Glück nicht. Aus Richtung Dundas Street kommt schon bald ein zweites Taxi und bleibt genau unter Eldas Fenster stehen.

Sie zieht ihren Mantel an, schnappt sich Koffer und Laptop und sieht sich noch einmal um. Dann löscht sie das Licht und schließt beide Schlösser sorgfältig ab.

„*To the airport*“, weist sie den Taxifahrer an, der nickt und fährt Richtung Westen, Richtung Mississauga. Der Fahrer sagt kein Wort, aber an der Taxilizenz am Armaturenbrett fällt Elda der Name auf: Dalibor Jukić. Ihr Fahrer ist wohl Kroate – aber morgens um vier steht Elda der Sinn nicht nach Smalltalk mit einem Landsmann. Sie bleibt die ganze Fahrt über stumm. Als sie am Pearson Airport ankommen, gibt sie dem Fahrer ein üppiges Trinkgeld und bedankt sich auf Englisch. In gebrochenem Englisch bedankt sich auch Dalibor Jukić. Seinem Akzent nach klingt der Taxifahrer wie ein Dalmatiner. Kurz denkt Elda, wie seltsam es ist, dass zwei Landsleute auseinandergehen und mit der Metropole verschmelzen werden, ohne sich je wieder zu treffen. Am entgegengesetzten Ende der Welt treffen sie sich, zum ersten und einzigen Mal.

Auch früh am Morgen ist Pearson schon rappelvoll. Sie checkt für ihren Flug nach Frankfurt ein, gibt ihr Gepäck auf und sucht Gate 28. Erst als sie sich auf einen der Metallsessel setzt, spürt sie die Müdigkeit. Hinter ihr liegen eine lange Arbeitswoche und eine Nacht, in der sie nur zwei, drei Stunden geschlafen hat. Vor ihr liegt ein achtstündiger Flug, dann der Anschlussflug, Jetlag, anschließend eine zweitägige Konferenz, die ihr jetzt schon überflüssig erscheint.

Sie braucht einen Kaffee. Am erstbesten Stand kauft sie sich einen Filterkaffee, bitter und geschmacklos, und sie bereut, dass sie keinen Espresso bestellt hat. Sie stellt den Kaffee ab, öffnet ihren Laptop und bringt sich auf den neuesten Stand.

Erst surft sie durch kanadische Nachrichtenportale, an die sie gewöhnt ist: *Toronto Star* und *Toronto Sun*. Besorgte Artikel zur Börsenkrise, pessimistisch und düster, und dazu Grafiken mit Finanzkurven. Sie überfliegt die kanadischen Schlagzeilen und geht dann auf die kroatischen Portale. Und wie immer überkommt sie das gleiche Gefühl von Ekel.

Elda Zuvan lebt schon seit zehn Jahren in Toronto. Seit sieben Jahren leitet sie die hiesige Niederlassung einer Agentur, die sich auf

Adriatourismus spezialisiert hat. Seit sieben Jahren bringt sie Urlaub in Kroatien an meist kanadische Kunden. Doch je mehr Zeit vergeht, desto weniger versteht sie ihr Heimatland.

Als sie jetzt die Schlagzeilen auf den kroatischen Portalen liest, beschleicht sie wieder dieses Gefühl. Die Überschriften sind fett und schrill, giftig und aggressiv. Sie liest Artikel über Dinge, die sie nicht versteht und die nichts mit der Realität zu tun haben – Kriegsverbrechen, Massengräber, wütende Veteranen, Fehlentscheidungen von Fußballschiedsrichtern, Wirtschaftsskandale, Korruptionsprozesse, Geldübergaben an Tankstellen. Nicht nur der Inhalt der Artikel ist seltsam, sondern vor allem ihr Ton. Er klingt verbittert, wie die Wut eines Kindes ob der Ungerechtigkeit, dass die Eltern ihm etwas vorenthalten. Eldas Widerwille regt sich. Das kennt sie gut und es macht ihr Schuldgefühle. Mit diesem Land, das aus den Schlagzeilen und Artikeln durchsickert, hat sie von Tag zu Tag weniger zu tun. Sie lebt davon, den Leuten dieses Land zu verkaufen, aber sie versteht es immer weniger. Und sie mag es immer weniger.

Sie klappt den Laptop zu und legt ihn weg. Dann nimmt sie eine Broschüre der Agentur zur Hand. Der steife Titel der Broschüre lautet CROATIA SUMMER 2009, das Bild auf der Titelseite zeigt eine blaue Bucht, eine weiße Steinkirche und einen Kiesstrand. Das ist das Bild, das sie den Kunden verkauft: Polynesien, ein verborgenes Arkadien, wo die Zeit stehen geblieben ist und wo die Menschen noch immer ruhig und friedliebend sind. Manchmal, wenn sie sich richtig in die Arbeit reinkniet, glaubt sie es fast selbst. Doch dann öffnet sie eine kroatische Zeitung und das Bild verfliegt im Nu, so wie jetzt.

Auf einmal ist sie hellwach. Sie steht auf, um sich die Beine zu vertreten. In diesem Moment nimmt eine Mitarbeiterin der Lufthansa das Mikrofon zur Hand und ruft die Passagiere des Flugs LH471 nach Frankfurt zum Boarding. Elda packt ihren Laptop ein, nimmt Handtasche und Mantel. Dann reicht sie der Dame hinter dem Schalter ihren Pass und die Bordkarte und geht durch die Sperre.

Irgendwann am Nachmittag rebelliert Eldas Körper. Vom langen Sitzen schmerzen Waden und Nacken, und vom künstlichen Licht flimmert es vor ihren Augen. Wie ein grauer Schleier liegt die Müdigkeit auf ihr, und Sätze, Bilder und Informationen dringen nur mühsam hindurch, alles rauscht an ihr vorbei, nichts erreicht wirklich ihr Bewusstsein. Erschöpft vom Jetlag, zermürbt nach einer achtstündigen Konferenz, will Elda nur noch eins – dass all das so schnell wie möglich vorbei ist.

Seit neun Uhr morgens sitzt sie auf dem unbequemen Stuhl im Kongresszentrum der Frankfurter Messe. Sie sitzt da mit ihrem laminierten Teilnehmerausweis um den Hals und Kopfhörern für die Simultanübersetzung auf den Ohren und verfolgt die Präsentationen auf dem Podium für Investitionen, *Business Opportunities – Investment Roadshow Croatia Fall 2008*. Seit neun Uhr morgens wechseln sich Hoteliers, Immobilienmakler, Vertreter von Charteragenturen und Tourenveranstalter ab, sie zeigen PowerPoint-Präsentationen zu wunderbaren Projekten, die sie mit Hilfe von fremdem Geld umsetzen wollen. Von morgens bis spät abends wechseln sich auf der großen Leinwand vor Eldas Augen Modelle von Ferienhaussiedlungen und Jachthäfen ab, Simulationen und Finanzierungspläne. Alle Leute auf der Bühne haben ein Angebot und brauchen Kapital. Dabei wissen sie, genau wie die Menschen im Publikum, dass aus den ganzen Plänen nichts wird. Denn vor ein paar Monaten mussten in Amerika Fannie Mae und Freddie Mac vom Staat gerettet werden, die Wallstreet ist in ein tiefes Loch gestürzt und die ganze Immobilienwelt ist innerhalb weniger Wochen wie eine Seifenblase geplatzt. Doch das Rad dreht sich im Leerlauf weiter: All diese Leute sind hierhergekommen, um sich und alle anderen davon zu überzeugen, dass alles ganz normal ist, dass die Erdkugel sich weiterdreht wie gewohnt, nach den Gesetzen des Universums. Aber nichts mehr ist in Ordnung – und das wissen sie hier alle.

Seit neun Uhr morgens verfolgt Elda die Präsentationen von Projekten, die nie umgesetzt werden, und Projektionen von Gebäuden, die nie gebaut werden. Eine Computersimulation nach der anderen, die die Illusion von Palmen, Promenaden, Jachten und Pavillons erwecken soll. Und zwischen den Folien blitzt hin und wieder eine Fotografie des Landes auf, um das es hier geht. Zwischen Computeranimationen und PowerPoint-Folien erscheint das Foto eines verschlafenen Kaffs, irgendwo in einer wilden Bucht, ein verträumtes Dorf, das keinerlei Berührungspunkte mit diesen Menschen hier, diesem Hotel und dem Kongresszentrum der Messe zu haben scheint.

Eldas Augen brennen vom Neonlicht. Sie schließt sie und genießt den kurzen Moment in Dunkelheit. Dann stellt der Moderator den nächsten Redner vor. Der Mann auf der Bühne ist Ire und stellt einen Investitionsfonds vor, Smart Solutions Estate. Er zeigt Bilder. Zwei Investitionen, eine Ferienhaussiedlung und ein Jachthafen auf einem ehemaligen Militärgelände. Eins der Projekte soll in Istrien entstehen, das andere in Misto. Elda öffnet die Augen. Was sie auf der Leinwand sieht, unterscheidet sich durch nichts von den Hunderten Bildern, die sie seit heute Morgen gesehen hat. Eine Reihe Ferienhäuser, ein Hotel, eine rechtwinklige Mole mit fantastischen Jachten. Der Selling Point des Projekts, so nennt es der Ire, sind die alten Marinetunnel, die attraktiv für Abenteuertouristen sind. Der Ire drückt auf den Pointer, und Zahlenkolonnen ersetzen die Simulation. Der Ire erklärt die Timeshare-Optionen, und Elda stellt fest, dass das alles sie nicht interessiert.

Ihr Blick wandert durch den Saal. Sie mustert die Geschäftsmänner und Geschäftsfrauen und versucht zu erraten, wer Kroate ist und wer nicht. Sie sieht erschöpfte Gesichter, die mit dem Schlaf kämpfen, bis ihr Blick am anderen Ende des Saals an einem Gesicht hängen bleibt, das hellwach ist. Es ist ein junger Mann, Mitte dreißig, kein Schönling, aber gut aussehend. Der Mann starrt sie an.

Als er merkt, dass sie ihn anschaut, richtet er den Blick auf die Bühne. Auch Elda schaut weg, aber nur so, dass sie den Mann im Augenwinkel noch sieht. Sogleich richtet der Mann seine Aufmerksamkeit wieder auf sie.

So etwas ist Elda nicht gewöhnt. Sie ist keine Schönheit. Sie ist es nicht gewöhnt, dass bei zig anderen Frauen im Raum ein jüngerer Mann ausgerechnet sie mit Blicken verschlingt. Sie spürt eine seltsame, unwillkommene Sehnsucht.

Als der Ire fertig ist, kündigt der Moderator das Ende des ersten Konferenztages an und lädt alle zu einem Cocktail in die Hotellobby ein. Die Teilnehmer strömen zum Ausgang. Elda versucht, in der Menge das Gesicht des Mannes, der sie angestarrt hat, zu finden. Da ist er. Als er merkt, dass sie ihn ansieht, schaut er schnell weg.

In der Lobby wird Sekt gereicht. Elda nimmt ein Glas und trinkt gierig. Nach den vielen Stunden in der trockenen Luft des Konferenzsaals ist ihre Kehle ausgetrocknet und der Alkohol regt ihren Kreislauf an. Sie greift nach einem zweiten Glas und schaut wieder zu ihrem Verehrer. Er schaut sie noch immer an. Doch dieses Mal wendet er den Blick nicht ab. Eine Zeit lang mustern sie sich gegenseitig, dann bequemt sich der Mann und kommt auf sie zu.

„Ich kenne Sie", sagt er und Elda denkt, dass er sich für den wohl abgedroschensten Anmachspruch entschieden hat.

„Split, 1989", ergänzt er. „Sie haben bei der Jugobanka gearbeitet. Damals trugen Sie die Haare ähnlich, nur etwas heller. In dem Sommer waren Sie mit Interrail in Spanien, in Toledo, Barcelona und Segovia. Sie haben Fotos in Madrid gemacht, auf der Plaza Mayor."

Elda ist verdattert. Ein Mann, den sie zum ersten Mal im Leben sieht, spricht sie fern der Heimat an und erzählt Dinge aus ihrer Vergangenheit, die sonst nur ihre Familie und enge Freunde wissen. Ein Schauer läuft ihr über den Rücken.

„Woher in Teufels Namen wissen Sie das?"

„Ich weiß es, weil wir uns damals kennengelernt haben. Sie waren die Letzte, die meine Schwester lebend gesehen hat."

Da erkennt Elda ihren Irrtum, sie hat dieses Gesicht schon mal gesehen. Jetzt erinnert sie sich an die ernsten Augen, den Bogen der Augenbrauen, das lange Kinn. Doch als sie dieses Gesicht damals gesehen hat, war es nicht das eines reifen Mannes, sondern das eines Jungen.

Vor Eldas innerem Auge entsteht ein Bild. Ein Café, eine Nische mit lila Polstern, in einer Straße, die damals Arbeiterpromenade hieß. Auf einer Seite des Tischs saß sie in ihrem dunklen Bankerkostüm, auf der anderen Seite zwei Männer. Der eine war mittleren Alters, aber an sein Gesicht kann sie sich nach so vielen Jahren nicht mehr erinnern. Der andere war viel jünger, ein reifes Kind im Grunde. Der Junge saß ihr gegenüber und hörte aufgeregt und aufmerksam zu, was Elda zu sagen hatte. Sein Gesicht taucht nun aus der Vergangenheit auf.

Er heiße Mate Vela, sagt er. Der Bruder von Silva Vela, die 1989 verschwunden und im ganzen Land gesucht worden sei. Er sei auch geschäftlich hier, als Vertreter eines Unternehmens für Ship-Management, er handle mit Booten, Schiffsmotoren und Motorteilen. Er suche nach Aufträgen in neu entstehenden Jachthäfen. Seine Firma wolle in möglichst vielen Jachthäfen Vor-Ort-Werkstätten und Ersatzteil-Verkaufsstellen einrichten. Auch Elda berichtet, warum sie hier ist. Ihre Agentur sucht nach neuen Angeboten, sie wollen den Katalog auffüllen. Aber es läuft nicht so gut. Die Krise. Ja, die Krise, bestätigt Mate. Die Welt habe sich über Nacht verändert. Alle Berechnungen, die sie angestellt hätten, seien nichts mehr wert. Alle Quellen seien versiegt. Alle hätten sich zurückgezogen, um ihre Wunden zu lecken und abzuwarten.

Sie unterhalten sich eine Weile über die Arbeit, dann lädt er sie, genau wie sie es erwartet hat, endlich auf einen Drink in die Hotelbar ein. In der Bar setzen sie sich in eine Nische mit lederbezogenen Bänken. Elda bestellt ein Glas trockenen Weißwein und er schließt sich an. Der Kellner öffnet eine Flasche Rheinriesling und schenkt ein. Elda nimmt das Glas in die Hand und stellt dann die Frage, die ihr die ganze Zeit auf der Zunge liegt.

„Und?", fragt sie. „Wo war Ihre Schwester? Wo haben Sie sie schließlich gefunden?"

„Wir haben sie nicht gefunden", antwortet er. „Wir haben nie auch nur eine Spur von ihr gefunden."

„Sie wissen nicht einmal, ob sie noch lebt?"

„Nein, aber ich glaube, sie lebt. Wenn nicht, hätten wir es irgendwann und irgendwie erfahren."

Eine Weile schweigt Mate, doch dann beginnt er zu erzählen, als hätte sich eine Schleuse geöffnet. Seit 1989 sucht er seine Schwester. In der Zwischenzeit haben alle anderen aufgegeben, aber er nicht. Im Laufe der Jahre bekam er viele Hinweise, aber alle stellten sich als falsch heraus. Er war überall: Triest, Graz, Barcelona, Genua,

Ljubljana, Göteborg. Vor ein paar Jahren hat er eine Website eingerichtet. Es melden sich weiterhin Leute, schicken Nachrichten, verweisen auf Spuren, bis heute. Vor Kurzem hat er die Seite auch mit sozialen Medien verknüpft. Jemand hat ihm von Facebook erzählt und wie schnell es sich verbreitet. Er ist zufrieden, dass er das gemacht hat. Viele Menschen melden sich, und man weiß nie, wann ein nützlicher Hinweis darunter sein wird.

Sie bestellen noch eine Flasche. Noch während der Kellner die Flasche öffnet, berichtet Mate Vela weiter. „Diese Geschichte hat uns alle zerstört", sagt er. Seine Eltern hätten sich scheiden lassen und sprächen kaum noch miteinander. Er habe viel Zeit und Geld in die Suche investiert. „Aber", sagt er, „ich kann nicht anders." Morgens wacht er auf und in seinen Schläfen pocht der Gedanke, dass Silva irgendwo da draußen ist und vielleicht Hilfe braucht, dass sie hofft, ihr Bruder würde sie suchen. Da könne er doch nicht aufgeben. „Ein Tag, an dem ich sie nicht suche, ist ein Tag, an dem ich mich hasse", sagt er. „Meine Frau versteht das nicht. Sie glaubt, ich hätte irgendwann einen Schlussstrich ziehen sollen."

Vela spricht ohne Pause, als hätten sich die Worte in ihm angestaut und nur darauf gewartet, endlich ins Freie zu strömen. Dann sagt er: „Es ist sehr schön, mit jemandem darüber sprechen zu können. Zu Hause vermisse ich das."

In diesem Moment beschließt Elda, ihn mit auf ihr Zimmer zu nehmen.

Später lieben sie sich. Mate ist sanft, fast schon rührend. Er liegt unter ihr und überlässt Elda die Führung. Zärtlich streichelt er ihren Rücken und ihren Hintern, bis sie sich rhythmisch auf ihm windet. Elda spürt unter sich einen kantigen, schlanken Körper. Sie hat noch nie mit einem Mann geschlafen, der zehn Jahre jünger ist. Im Bett ist sie an Männer mittleren Alters gewöhnt, Männer mit weichem Fleisch und Bauchansatz. Jetzt spürt sie Knochen, Muskeln und lange, feste Gliedmaßen. Sie atmet immer schwerer, bis sie mit einem tiefen Seufzer kommt. Sie wälzt sich zur Seite auf die Hüfte und schaut ihn an. In Mates Blick liest sie demütige Dankbarkeit. Seine Hand streicht über ihre Hüfte und sie legt ihre Hand auf seine.

Sie kann lange nicht einschlafen. Neben sich spürt sie den warmen jungen Körper und hört seinen leisen, monotonen Atem. Sie hört das leise Brummen der Klimaanlage und schaut durch das Fenster in den Nachthimmel, über den als winzige helle Punkte Flugzeuge ziehen. Nach langer Zeit fühlt sie sich wohl. Sie versucht, dieses Gefühl zu konservieren, mit ihren Gedanken in diesem Zimmer zu bleiben. Aber es geht nicht, ihre Gedanken drängen an einen anderen Ort, in eine andere Zeit.

Sie stand am Busbahnhof in Split, vor dem Schalter für internationale Reiseziele. Damals war sie jung, fünfundzwanzig, und lebte vom Geld, das sie in der Bank verdiente. Sie war braun gebrannt von der Julisonne und faulen Nachmittagen am Strand. Gerade hatte sie sich ein Interrailticket gekauft, mit dem sie die Provence, Kastilien und Andalusien bereisen wollte. Jetzt wartete sie am Schalter, um sich ein Busticket nach Triest zu kaufen. Sie musste lange warten, denn vor ihr war eine Gruppe Rucksacktouristen mit blonden Haaren und kleinen dänischen Flaggen auf dem Gepäck. Sie diskutierten mit der Angestellten, die auf der anderen Seite des Schalters wild gestikulierte und ihnen in gebrochenem Englisch etwas zu erklären versuchte.

Elda musste warten, aber es störte sie nicht, denn sie war jung, sie hatte ihren ersten Gehaltsscheck bekommen und vor ihr lagen die sechs schönsten Monate ihres Lebens. Sie wartete und kam mit dem Mädchen, das hinter ihr in der Schlange stand, ins Gespräch. Das Mädchen war jünger als Elda. Sie unterhielten sich und lachten, lästerten über die verpennten Dänen und das furchtbare Englisch der Fahrkartenverkäuferin. Sie sprachen miteinander wie gute Freundinnen, auch wenn sie sich nie zuvor gesehen hatten. Dann kaufte Elda ihr Ticket nach Triest, verabschiedete sich von dem Mädchen und wünschte ihr schöne Ferien.

Noch lange erinnerte sie sich an die Begegnung und an das Gesicht. Dann vergaß sie es, komplett und für lange Zeit. Bis heute, bis dieses Erlebnis aus einem verborgenen Eckchen ihres Kortex an die Oberfläche gespült wurde. Der Mann, der neben ihr atmet, Mate Vela, sieht seiner Schwester ähnlich. Nicht ganz, nicht so wie

Zwillinge sich ähneln, aber sein Knochenbau, das lange Kinn, die Augen und der Brauenbogen. Seltsam, wie dieses Mädchen sie miteinander verbunden hat, denkt Elda. Nach mehr als zehn Jahren hat dieses Mädchen ihren Bruder in Eldas Hotelbett geführt und die beiden miteinander vereint.

An jenem Morgen hatte Elda der Fremden schöne Ferien gewünscht. Daran erinnert sie sich ganz genau.

Sie denkt kurz darüber nach, denn legt sie ihren Arm um Mate Vela. Er ist noch nicht ganz wach, aber er erwidert ihre Umarmung und zieht sie an sich.

* * *

Sie wird sehr früh wach, lange vor Mate, und schlüpft leise aus dem Bett. Sie duscht lange und spült den unwirklichen neuen Männergeruch von sich ab. Dann greift sie, wie jeden Morgen, zu ihren Werkzeugen. Sie greift zu Rouge, Lidschatten und Wimperntusche, um die allmorgendliche Arbeit an ihrer Fassade vorzubereiten. Einer Frau in ihrem Alter schmeichelt der Morgen nicht gerade. Mate soll sie an diesem Morgen in annehmbarem Zustand sehen.

Als Mate aufwacht, ist sie schon angekleidet und bereit für die Welt da draußen. Sie wünscht ihm einen guten Morgen und beobachtet, wie er sich wäscht und anzieht. Sie sucht nach Spuren, dass ihm die ganze Sache unangenehm ist, dass er ein schlechtes Gewissen hat und das Ganze so schnell wie möglich hinter sich bringen will. Doch von den Spuren, die sie erwartet hat, findet sie nicht einmal einen Hauch.

Wie ein Paar gehen sie in den Frühstücksraum und Elda findet dieses kleine Detail sehr schön.

Sie setzen sich in eine Ecke, mit Abstand zu den anderen Gästen. Sie reicht ihm den Zucker, er ihr die zerlassene Butter. Mit gesenktem Kopf mampft Mate Leberkäse auf Brot. Dann schaut er auf und eine Weile betrachten sie einander schweigend.

„Alles o.k.“, sagt Elda. „Ich weiß alles, und es ist in Ordnung.“

Er lächelt. „Es ist nicht so, wie du denkst.“ Er schweigt und scheint nach den richtigen Worten zu suchen. „Ich freue mich …

über das alles hier. Es war schön. Ich weiß gar nicht, wann ich mich das letzte Mal mit jemandem so gut unterhalten habe. Das habe ich sehr vermisst. Ich möchte gern mit dir in Kontakt bleiben." Dann ergänzt er bescheiden: „Das würde mich sehr freuen."

Wieder schweigen sie, doch ohne den Blick des anderen zu meiden. Sie schauen sich in die Augen, in seinen ist kein Schatten mehr zu sehen, keine Schuld, keine Peinlichkeit. Er schaut sie an wie jemand, der sich pudelwohl fühlt.

Nach dem Frühstück trennen sie sich und checken aus ihren Zimmern aus. Als Elda in die Lobby kommt, wartet Mate an der Rezeption auf sie. „Ich wollte nicht abreisen, ohne mich von dir zu verabschieden", sagt er.

Sie gehen zusammen vor das Hotel. Es ist Januar, von den Wäldern und Äckern auf der anderen Mainseite weht ein unangenehmer, kalter Wind. Elda vergräbt das Gesicht im Schal und wendet sich zu ihrem frischgebackenen Liebhaber um. Sie geht näher an ihn heran und drückt ihre Lippen auf seine. Er erwidert den Kuss. Eine halbe oder eine ganze Minute stehen sie mit aufeinandergepressten Lippen da, als wolle keiner von beiden die Berührung abbrechen. Dann zieht Elda sich zurück und flüstert: „Du kommst zu spät."

Sie schaut zu, wie er ins Taxi steigt, wie das Taxi um die Ecke biegt und aus ihrem Sichtfeld verschwindet. Es ist kalt. Ihr Flug geht erst am frühen Abend, doch es gibt nichts mehr, was sie in dieser kalten, grauen Stadt hält. Sie bereut, nicht mit Mate ins Taxi gestiegen zu sein, um mit ihm zum Flughafen zu fahren. Dann hätte sie noch die halbe oder ganze Stunde vor seinem Abflug mit ihm verbringen können. Doch jetzt ist es zu spät. Jetzt ist sie allein mit der Stadt Frankfurt.

Den Rest des Morgens streift sie durch die Stadt, an Bürohäusern und alten Brauereien hinter Fachwerkfassaden vorbei. Schließlich hat sie genug. Mit dem Taxi fährt sie zum Flughafen, wo sie noch vier Stunden auf ihren Flug warten muss. Sie checkt ein, gibt ihr Gepäck auf und geht zu ihrem Terminal. So früh ist es an ihrem Gate noch leer. Sie setzt sich in die hinterste Ecke und verbindet sich mit dem Internet. Sie tippt *Silva Vela* in die Suchmaschine.

Ganz oben ist Mates Seite. Die Überschrift lautet: *Silva Vela wird vermisst.* Im Text nennt er Ort und Zeit von Silvas Verschwinden, das Mädchen wird beschrieben, Haarfarbe, Größe und Alter. Dem, der hilft, Silva zu finden, wird Geld versprochen. Die Seite ist zweisprachig, kroatisch und englisch. Nur eine Nachricht ist nicht auf Englisch übersetzt. Mit fetten Buchstaben in anderer Farbe und Schrift. Es ist eine Nachricht direkt an die Vermisste. *Silva, melde dich! Wir suchen dich. Deine Liebsten.*

Im Zentrum der Website ist ein Bild von Silva Vela. Es ist das gleiche Bild, das damals an Hoftoren, Schaufenstern und am Busbahnhof hing. Auf dem Bild ist Silva Vela siebzehn Jahre alt und schaut mit trotziger Zuversicht in die Kamera.

Elda scrollt wieder zur Überschrift der Seite und sucht nach Kontaktdaten. Alle Daten führen zu Mate: Festnetz, Handynummer und Adresse. Die Mailadresse ist die gleiche, die Mate ihr vorhin gegeben hat.

Sie öffnet eine neue E-Mail-Maske und tippt die Adresse ein. Sie zögert einen Moment und fragt sich, ob es klug ist, was sie tut. Dann schreibt sie: *Es hat mich gefreut. Wir bleiben in Kontakt.* Sie überlegt, ob sie einen Smiley oder ein Herz anfügen soll und lässt es dann. Sie will Mate nicht zu etwas drängen, was er vielleicht nicht will.

Noch einmal zögert sie, dann schickt sie die Nachricht ab. Sie bleibt über den offenen Laptop gebeugt sitzen wie ein Verbrecher, der über seine eigene Tat erschrocken ist. Dann hört sie den Ton einer eingehenden Mail. Mate hat ihr sofort geantwortet.

Mich hat es auch gefreut, schreibt er. *Melde dich, wenn du in T. ankommst.*

Elda sitzt auf einem Stuhl im nahezu leeren Teil des Terminals für internationale Flüge. Ihr gegenüber sitzt inzwischen eine vom Jetlag erschöpfte indische Familie. Langsam sammeln sich die Passagiere nach Toronto, sie sind müde, gleichgültig, abgestumpft vom stundenlangen Warten und den verschiedenen Zeitzonen. Sie stecken die Köpfe in Bücher oder Zeitungen, warten mit offenen oder geschlossenen Augen darauf, dass die Zeit vergeht. Unter ihnen auch Elda. Aber Elda ist nicht gleichgültig und abgestumpft. Elda fühlt sich wie ein Grashalm im Sturm.

Sie starrt auf die Wörter auf dem weißen Bildschirm. Sie drückt auf *Antworten*, fügt ein Herz ein und schickt die Nachricht ab. Jetzt gibt es kein Zurück mehr, denkt sie. Wie immer es ausgeht, in diesem Moment hat etwas Neues begonnen.

Die Antwort kommt umgehend. Eine leere Mail mit dem gleichen schnulzigen Symbol, zwei Bögen und eine spitze Einkerbung in der Mitte.

Machs gut. Melde mich aus T., schreibt sie und schickt die Nachricht nach Split. Noch immer ganz aufgeregt, schließt sie den Laptop. Um sie herum werden es immer mehr Menschen verschiedenen Alters, aller Hautfarben und Geschlechter.

Elda betrachtet die Gesichter, die Haare, sieht Schultern und Nacken. Und sie versteht auf einmal, dass sie in dieser Masse Fremder ein bekanntes Gesicht sucht, eine Haarsträhne, die Neigung eines Halses. Sie erkennt, dass sie jemanden sucht, der die vermisste Frau sein könnte, sie sucht nach Silva Vela.

13
Mate (2012)

Mate kommt kurz vor acht als Erster ins Büro. Die Räume sind noch kalt. Nach einem langen Wochenende ist die Luft abgestanden, es riecht nach Leim, Lösungsmittel und Lack. Er hängt seinen Mantel an einen Bügel, zieht die Rollläden hoch, macht die elektrische Heizung an und öffnet dann die Fenster, um frische Luft hereinzulassen.

Es ist Januar, der Tag nach Dreikönig.

Über dem Kozjak und dem Mosor kündigen schwere, dunkle Wolken heftigen Regen an. Der Jachthafen ist zu dieser Zeit des Jahres geschlossen. Am Morgen haben Südwind und Wolken die ohnehin wenigen Arbeiter und Jachtbesitzer vertrieben. Durch das Fenster der Geschäftsräume schaut Mate auf eine Reihe abgesperrter betonierter Liegeplätze, auf Molen und Jachten, die im Tiefschlaf darauf warten, dass im Frühjahr der kleine Hafen zum Leben erwacht. So weit Mates Blick reicht, sieht er Reihen von Segeljachten, Fischkuttern, Schlauchbooten und Katamaranen, abgeschlossen, konserviert, in Planen verpackt, mit Schutzfolie verklebt. Für viele der Boote hat Mate Ersatzteile besorgt, den Besitzern einen Anker verkauft, einen Motor, eine Seilwinde oder einen Seitenschutz. All die Boote schaukeln nun träge in den Wellen und zerren knarrend an den Leinen. Von Zeit zu Zeit fegt eine Windböe um die Masten, Seile und Planen und macht aus dem kleinen Hafen eine kakofonische Orgel.

Als die ersten Tropfen fallen, schließt er das Fenster. Es riecht noch immer abgestanden. Der Raum ist eine Mischung aus Büro, Lager und Verkaufsraum, und die hundert Quadratmeter sind vollgestopft mit Chemie – Dosen mit Lacken, Tuben mit Spachtelmasse, Kanister mit Verdünner und Harz. Wenn hier jemand Feuer legen würde, würden Mates Büro und Business sich von jetzt auf gleich in stinkendem Rauch auflösen.

Er schaut auf die Uhr: zwanzig nach acht. In zehn Minuten kommt die Sekretärin und kurz vor neun Srećko, der am Empfang arbeitet. Mate hat zehn Minuten für sein morgendliches Ritual.

Er wartet, bis der Rechner hochgefahren ist, und klickt durch die Post, die übers Wochenende im Postfach der Firma eingegangen ist. Viel Spam, einige Angebotsanfragen, die Nachricht eines Lieferanten. Eine Aufforderung vom Zoll, um die sich Srećko im Lauf des Tages kümmern muss. Die Nachricht über eine Lieferung, auf die er schon ewig wartet, ein Innenbordmotor von Yanmar mit 57 PS, den er schon vor Weihnachten bestellt hat, wurde endlich geliefert und liegt beim Zoll.

Er löscht die Spam, schickt dem Zoll eine Empfangsbestätigung, aktualisiert das Postfach und schließt es. Dann zieht er die Maus in eine Ecke des Monitors und klickt auf das Symbol, das ihn mit der Webseite verbindet, die er jeden Morgen besucht.

Seit neun Jahren beginnt Mate seine Tage mit dem gleichen Ritual. Er öffnet die Seite, die er selbst gebaut und ins Netz gestellt hat.

Er sieht auf das Bild seiner verschwundenen Schwester und schaut, ob Nachrichten eingegangen sind, von ihr oder jemandem, der sie gesehen hat.

In den ersten Jahren meldeten sich immer wieder Menschen. Nicht oft, aber einmal jeden oder jeden zweiten Monat nimmt jemand Kontakt auf, der es gut meint, der verzweifelt ist, oder auch jemand mit sadistischen Neigungen. Sie behaupten, Silva gesehen zu haben oder zu wissen oder gehört zu haben, wo sie sich aufhält. Im Laufe der neun Jahre ist Mate jedem dieser Hinweise nachgegangen, auch denen, die er sofort als falsch oder als bösartigen Scherz erkannte.

In den ersten Jahren, als er und Doris verheiratet waren, überprüfte er Silvas Seite im Büro, weit entfernt von Doris' Augen. Doris und er sind schon seit zwei Jahren geschieden. Dennoch hat er die alte Gewohnheit beibehalten und öffnet die Seite im Büro, immer morgens ganz früh, bevor seine Kollegen kommen. Mit der Zeit hat sich immer seltener jemand gemeldet. Ganz kurz flackerte das Interesse noch einmal auf, als er die Facebook-Seite eingerichtet hatte. Die Leute schickten ihm Likes und hochgereckte Daumen, machten Vorschläge. Doch diese Welle ebbte genauso schnell ab, wie sie gekommen war.

„Guten Morgen", sagt jemand und er dreht sich um. An der Tür steht Srećko. Er schüttelt seinen Regenschirm aus und stellt ihn in den Ständer, dann zieht er seinen Regenmantel aus. Wie immer liegt ein Lächeln auf seinem gutmütigen Gesicht. „Gibt es was Neues?", fragt er.

„Der Yanmar-Motor ist endlich angekommen."

„Na, Gott sei Dank." Srećko zieht seine nassen Socken aus und trockene an.

Mate zeigt Srećko die eingegangenen Nachrichten und gibt ihm Anweisungen, dann geht er wieder an seinen Rechner.

Er schaut wieder auf das Bild seiner Schwester.

Er öffnet den Nachrichten-Ordner und erwartet eine leere Seite. Doch es ist eine Nachricht eingegangen. Einsam und allein steht sie inmitten weißer Pixel.

Die Nachricht ist seltsam. Es gibt keinen Text, keine Unterschrift, kein Betreff. Der Absender ist eine Mailadresse, die weder Namen noch Vornamen verrät. Ein Phantom hat die Nachricht geschickt, ein Fremder, jemand, der nicht erkannt werden will. Der Inhalt der Nachricht besteht aus einem Link.

Der Link führt zu einem Facebook-Profil.

Er klickt auf den Link.

Mate verharrt vor dem Bildschirm, mustert, was er sieht, und versucht, eine Welle der Aufregung zu unterdrücken.

Er wartet, dass Srećko sein Telefonat mit dem Zoll beendet, dann sagt er, dass er gehen müsse und heute nicht mehr zurückkomme. Srećko solle die Sache mit dem Zoll alleine regeln, denn er, Mate, müsse wahrscheinlich kurz verreisen.

Dann fährt er den Rechner herunter, zieht seinen Mantel an und verlässt hastig den Raum.

* * *

An diesem Tag ist er an der Reihe, den Nachmittag mit Tina zu verbringen. Nach dem Mittagessen, gegen drei, geht er zu Doris, und Tina steht schon bereit, auch wenn ihr anzumerken ist, dass ein Nachmittag mit ihrem Vater nicht auf Platz eins ihrer Teenagerträume steht.

Als Tina noch kleiner war, konnte Mate mit ihr spielen und sie unterhalten. Doch jetzt ist Tina vierzehn. Sie hat eine Haarsträhne pink gefärbt, auf die Ränder ihrer Hefte zeichnet sie Superheldinnen, hört Beyoncé und Shakira. Ein Indoorspielplatz, der Zoo oder eine Eisdiele sind keine Optionen mehr.

Den ganzen verregneten Nachmittag drücken sie sich in der Stadt herum und Mate hat ausreichend Gelegenheit, seine Tochter zu beobachten. Je älter sie wird, desto mehr ähnelt sie ihrer Tante, die sie nie kennengelernt hat. Sie hat Silvas Augen, die Form der Nase, sogar die Haarsträhne, die ihr über die Augen fällt. Mate erinnert sich an seine Schwester, als sie in Tinas Alter war. Den ganzen Tag wuselten sie in Misto herum, als unzertrennliche Freunde. Sie gingen baden, schlenderten zur Kapelle auf Rokkovs Land, kletterten auf den Križev Rat, um vielleicht einen Blick auf ein Pärchen beim Sex zu erhaschen. Sie trieben sich vor dem Supermarkt im Hafen herum, sammelten Kronkorken und tauschten sie bei der Verkäuferin Agate für Coca-Cola ein. Sie waren selten zu Hause, selten drinnen. Diese Zeit erscheint Mate jetzt wie ein einziger endloser Sommer.

Tina sieht ihrer Tante ähnlich. Aber es gibt auch Unterschiede. Silva war voller Energie und Leben. Für sie war das Glas immer halb voll. Für seine Tochter, muss Mate unwillig zugeben, ist das Glas immer halb leer. Das hat sie von ihrer Mutter, denkt er. Auch Doris sieht lieber die Nachteile, schimpft lieber, immer nur halb zufrieden, nur halb glücklich.

Der Nachmittag zieht sich. Sie schauen einen Film auf DVD, dann gehen sie noch ein Eis essen. Gegen sieben stellt er fest, dass sowohl er als auch Tina heimlich auf die Uhr schauen. „Ich würde gerne früher nach Hause", sagt Tina. „Ich bin um acht mit meinen Freundinnen zum Chatten verabredet."

Er bringt sie vor der verabredeten Zeit nach Hause, um zwanzig vor acht. Doris sagt nichts, aber in ihren Augen sieht er die Missbilligung. Sie bietet ihm Kaffee an, lässt aber durchblicken, dass es ihr lieber wäre, wenn er ablehnt. Er tut ihr den Gefallen. Er verabschiedet sich und geht zum Wagen. Im Auto öffnet er den Laptop und klickt noch einmal auf den Link, der heute im Postfach war. Lange schaut er auf das Gesicht, das ihn von der Seite anblickt.

Seiner Mutter darf er hiervon nichts erzählen, zumindest noch nicht. Bei seinem Vater ist er sich nicht sicher.

Es gibt nur eine Person, mit der er jetzt reden will und kann, und das ist Elda.

* * *

Mates und Doris' Beziehung war über die Jahre allmählich erloschen, Stück für Stück, wie vergilbtes, brüchiges Papier. Angefangen hatte es mit kleinen Geheimnissen, kleinen Lügen, kleinen

Gehässigkeiten. Mit der Zeit wuchsen Unlust und Verärgerung und auch das Misstrauen. Was früher mal eine liebenswerte Macke gewesen war, erwuchs zu einer verstörenden Charakterschwäche. Doris und er entfernten sich voneinander, langsam, beharrlich und kühl, wie zwei Körper, die im Weltraum nah aneinander vorbei fliegen und unbeirrt ihre Reise fortsetzen, jeder in Richtung seines eigenen kalten Nichts. In zehn Jahren Ehe hatten sie einen Weg gefunden, einander höflich, distanziert zu ertragen. Diese Fähigkeit hätte ihre Ehe vielleicht auf lange Sicht gerettet, hätte Doris nicht von Eldas Existenz erfahren.

Anfangs hatten Elda und Mate sich nur geschrieben. Ihr Kontakt wurde von Nachricht zu Nachricht intensiver, aber er existierte nur in ihren Postfächern. Im ersten Jahr trafen sie sich nur zwei Mal, als Elda im Sommer geschäftlich nach Kroatien kam. Beim zweiten Mal kam Elda nach Split und buchte ein Hotelzimmer am Stadtrand. Das war nicht Zagreb, Frankfurt oder Genua. Das Hotel lag nur ein paar Kilometer entfernt von Mates und Doris' Haus, die Kellner sprachen kroatisch und schienen Mate verschwörerisch zuzuzwinkern. Mate schämte sich unaussprechlich.

Wäre die Entfernung zwischen ihnen geblieben, wäre ihre Beziehung wahrscheinlich erloschen oder hätte sich auf einen freundschaftlichen Mailaustausch reduziert. Doch im September 2009 nahm Elda eine Stelle in der Niederlassung des kroatischen Tourismusverbands in Wien an. Jetzt wohnte sie viel näher. Zu nah: In diesem Moment war Mates Ehe zum Scheitern verurteilt.

Sie trafen sich in Wien, in Split und meistens in Zagreb, an Wochenenden und unter der Woche. Sie trafen sich in Hotels, in anonymen Zimmern voll Kirschholz und Messing, in Zimmern, wo an den Badtüren Frotteebademäntel hingen und wo in der Minibar immer Gin und Wodka bereitstanden. Wenn sie sich trafen, ergriffen sie gierig Besitz voneinander, als könnten sie nie genug bekommen. Und dann, wenn sich alles beruhigt hatte, sprachen sie miteinander. Mit niemandem konnte er so gut reden wie mit Elda.

Es dauerte nur wenige Monate, bis Doris es herausfand. Es war kein Wunder, weil die Indizien offenkundig waren. Mate war ständig auf Reisen, bei der Arbeit wusste nie jemand, wo er gerade war, und er machte sich nicht einmal die Mühe, Eldas Nachrichten aus seinem Postfach zu löschen. Später einmal las Mate in einer Zeitschrift einen Artikel über freudsche Fehler, Fehler, die eigentlich keine sind, sondern der Wunsch des Unterbewusstseins, eine Vase zu zerschlagen oder etwas völlig Unangemessenes auszusprechen. Er begriff, dass seine Unvorsichtigkeit, Eldas Nachrichten nicht zu löschen, ein solcher freudscher Fehler gewesen war. Irgendwo unter den Schichten der Vernunft hatte ein Männchen gesessen, das wollte, dass Mate die Vase zerbrach, dass Doris alles erfuhr und ihrer Ehe den Gnadenstoß versetzte. Das geschah Anfang 2010. Während er sich im Bad rasierte, setzte Doris sich an seinen Laptop und fand Eldas Nachrichten, erst eine, dann die zweite, fünfte, siebte, fünfzigste. Nach einer heftigen, aber kurzen Szene verließ Mate zum letzten Mal sein eheliches Heim. Er verbrachte die erste Nacht in einem Hotel, demselben, in dem er mit Elda geschlafen hatte. Am nächsten Morgen öffnete er Skype und berichtete Elda, dass er sich von seiner Frau getrennt habe. Am Wochenende darauf kam sie nach Split. Nach einem Nachmittag im Hotelzimmer gingen sie in die Stadt. Sie setzten sich in ein Café an der Promenade und bestellten Wein. Mate stellte erleichtert fest, dass seine Scham verschwunden war, als hätte es sie nie gegeben. Das Schuldgefühl war weg und er fühlte nur noch selige Ruhe.

Zu Beginn des Frühjahrs fand Elda eine Stelle in Split und kehrte endgültig zurück. Sie mietete eine Wohnung im Stadtteil Meje, aber Mate zog nicht zu ihr. Sie waren ständig zusammen, doch hatte jeder seine Wohnung und lebte für sich. Elda meinte, das sei besser, zumindest für den Anfang, doch dieser Anfang dauerte schon neunzehn Monate.

Mate fährt durch den Marjan-Tunnel und biegt am Archäologischen Museum rechts ab. Dann fährt er die gerade Strecke am Ufer entlang, auf der einen Seite der Strand, auf der anderen der schwarze, dichte Wald am Marjan. Zwischen Meer und Strand steht ein schmaler Streifen Einfamilienhäuser, wo zumeist Familien leben, die vor dem Krieg gut situiert waren, kommunistische Aristokratie oder Profiteure der Transitionsphase. Die Häuser sind großzügig angelegt, luxuriös ausgestattet mit Symbolen des Wohlstands, automatischen Türen, Videoüberwachung. Doch mit Verlassen der Türschwelle hört in Meje der Reichtum auf. Zwischen den Häusern ist das Viertel gewöhnlich und ungepflegt. Die Zufahrtsstraßen sind unterspült, einen Gehweg gibt es nicht, und zu den höher gelegenen Häusern geht man über klobige Betontreppen. Er hat sich immer gewundert, warum Elda sich für eine Wohnung in diesem Viertel entschieden hat. Nach Jahren in Toronto will sie vielleicht in der Nähe von Kiefernwald und Meer leben. Sie hat so lange im Tourismus gearbeitet, dass sie wohl ihren eigenen Märchen glaubt.

Er fährt in eine der Gassen zwischen den Häusern, kurz geht es bergauf, dann stellt er das Auto neben einer der Betontreppen ab. Er klingelt und Elda ist zum Glück zu Hause. Sie kommt die Treppe hinunter und lässt ihn rein. Als sie die Wohnung betreten, legt sie die Arme um seinen Hals und beißt ihn leicht ins Ohr. „Gerade wollte ich dich anrufen", sagt sie. „Du hast mir gefehlt."

Er küsst sie und sie zieht ihn ins Schlafzimmer. Doch dann sagt Mate: „Warte. Ich muss dir etwas zeigen. Es ist wichtig."

Er öffnet den Laptop und zeigt ihr das Bild.

* * *

Es ist ein Facebook-Profil. Die Frau heißt Silvia Aleksić. Aber es gibt keinen Zweifel. Silvia Aleksić ist Silva, seine Schwester. Die Ähnlichkeit ist nicht zu leugnen. Die gleichen Gesichtszüge, die gleiche Nase. Die Frisur ist anders. Das Bild ist leicht verschwommen, nicht ganz neu, und das Alter lässt sich nur schwer bestimmen. Aber es ist Silva.

Silva scheint auf Facebook nicht sehr aktiv zu sein. Es gibt keine Beiträge auf der Seite, keine Fotos, keine Kommentare. Es gibt kein Geburtsdatum und keinen Geburtsort. Aber der Name ihres Ehemannes ist genannt: Miomir Aleksić, sowie eine Adresse: Jurija Gagarina 138, Belgrad. Auch der Name eines Kindes steht auf Facebook: Jovan. An diesem Morgen erfährt Mate, dass er in Serbien einen Neffen hat.

Elda stellt eine Unmenge Fragen, auf die er keine Antwort hat. Weder weiß er, wer ihm den Link geschickt hat, noch warum. Mit der IP-Adresse des Absenders hat er sich nicht beschäftigt. Er hat eine Mail an die Adresse geschickt, aber keine Antwort erhalten. Er weiß nicht, wie es Silva nach Belgrad verschlagen hat, und auch nicht, warum sie sich nicht gemeldet hat. Doch aus den winzigen Informationskrümeln kann er sich eine einigermaßen vernünftige Erklärung zusammenreimen. Ganz offensichtlich hatte sie eine Beziehung zu jemandem aus Belgrad gehabt und diese verheimlicht. Mit diesem Mann war sie abgehauen. Sie war minderjährig und konnte nicht einfach mit ihm weggehen. Vielleicht hatten sie sich versteckt. Vielleicht hatte sie vorgehabt, sich zu melden. Doch dann brach der Krieg aus, ein eiserner Vorhang senkte sich zwischen Serbien und Kroatien und es gab sechs Jahre lang keinen Kontakt. Aber was war nach dem Krieg geschehen? Er weiß es nicht, hat keinen blassen Schimmer. Das Profil auf Facebook ist rätselhaft – ohne Geburtsdatum, Geburtsort, Nationalität, Familienfotos. Diese Rätselhaftigkeit ist vielsagend. Diese Frau, denkt Mate, will auch jetzt noch nicht lauthals verkünden, wer sie ist und woher sie kommt.

Aber das nimmt er alles nur an. Wissen kann er es nicht. Er weiß nur, dass dort, unter der Adresse Jurija Gagarina 138 in Belgrad, seine Schwester lebt. Ihr Gesicht, an das er sich so gut erinnert, schaut ihm von der Facebook-Seite entgegen. Ihr Gesicht ist gleich, doch der Blick ist anders. Der Blick ist sanft, friedlich, kein bisschen rebellisch. Es sind Jahre vergangen und Silva hat sich ganz offensichtlich verändert.

Er schließt den Laptop. Elda sieht ihn an. „Wann fährst du?", fragt sie.

„Morgen früh", antwortet er und rollt sich auf dem Bett zusammen.

* * *

Er erreicht Belgrad gegen vier Uhr am Nachmittag. Es hat aufgehört zu regnen, doch die Stadt ist noch nass und vom Regen gespült. Tropfende Autos und Straßenbahnen und Massen von Menschen, die sich auf den Gehwegen unter Regenschirmen drängeln. Der Fluss Save ist angeschwollen und bleigrau. An der Mündung vereinen sich die trüben Wasser von Save und Donau zu einem schlammigen Strom.

Über das Internet hat er ein Hotelzimmer gebucht, in einem Viertel, das Savamala heißt. Lange kreist er durch ein verworrenes Netz steiler Straßen, die hinunter zum Fluss führen. Die Straßen sind gesäumt von den rußigen Fassaden mehrstöckiger Häuser aus der Vorkriegszeit, ehemaligen Handwerksbetrieben und Kneipen. In einer steilen Gasse findet er einen Parkplatz. Er checkt im Hotel ein, wirft die Tasche auf das Bett und bestellt gleich darauf an der Rezeption ein Taxi. Er hat keine Lust herumzuirren. Jemand soll ihn schnell zu genau der Adresse bringen, die er sucht.

Das Taxi fährt eine Zeit lang am Fluss entlang, Mate glaubt, dass es die Save ist, aber er ist sich nicht sicher. Sie kommen an einem zerfallenen Hotel aus der Zwischenkriegszeit vorbei und am Busbahnhof, wo Obdachlose auf der Straße schlafen. Es geht über Schienen, an Parkplätzen vorbei und an Baustellen, dann überqueren sie eine Brücke. Zum ersten Mal sieht Mate die Silhouette der Stadt – eine Reihe Häuser am Flussufer, die Festung an der Mündung der beiden Flüsse und den spitzen barocken Turm der Saborna Crkva, der orthodoxen Kathedrale.

Als sie den Fluss überqueren, ist es, als würden sie eine ganz andere Stadt betreten. Die Straßen sind breit, zu beiden Seiten gesäumt von Reihen gleichförmiger Hochhäuser, hier und da von einem noch höheren Haus vertikal durchbrochen. Zwischen diesen Wohnblocks erhascht er einen Blick auf eine in Bau befindliche Kirche. Die Arbeiter bauen sie wie im Mittelalter, Ziegelstein auf Ziegelstein, und sie sind schon so weit fortgeschritten, dass man die byzantinische Kuppel erkennen kann. Sie bauen die Kuppel langsam und bedächtig, als gäbe es die Welt darum herum nicht. Der Anblick rührt Mate und macht ihn traurig.

Irgendwann biegt der Taxifahrer ab und sie fahren an einem Wohnblock an der Uferpromenade entlang. Schließlich hält er vor einem Eingang. „Hier sind wir“, sagt der Taxifahrer. Am Rückspiegel hängen ein kleines orthodoxes Kreuz und eine Ikone mit einem bärtigen Heiligen. Der Taxifahrer sieht Mates Blick. „Dalmatiner, oder?“, fragt er. „Wir sind Landsleute. Ich bin aus Obrovac. Ich war aus Obrovac.“

Mate muss lange auf den Aufzug warten. Als er kommt, drückt Mate auf den obersten Knopf und fährt ganz nach oben. Dann läuft er Stockwerk um Stockwerk durch das Treppenhaus nach unten, geht von Tür zu Tür und sucht den Namen Aleksić. Er hofft, dass es den Namen nicht zweimal gibt, was nicht unmöglich wäre, da das Gebäude sehr groß ist.

Im achten Stock findet er ein Türschild mit dem Namen Aleksić. Er bleibt stehen und schaut auf die Tür aus gelblichem Sperrholz. Er sammelt alle Kräfte, um zu klingeln und stellt sich die Szene vor, die gleich folgen wird.

Er klingelt.

Lange passiert nichts. Dann hört er das Tapsen kleiner Schritte und ein vielleicht fünfjähriger Junge öffnet ihm die Tür. Das muss Jovan sein, sein Neffe.

„Ist deine Mutter zu Hause?“, fragt Mate und der Junge verschwindet im Inneren der Wohnung. Es riecht lecker nach Gulasch oder Fleischeintopf.

Eine Weile ist nichts zu hören. Dann kommt eine Frau in Schürze aus der Küche an die Tür. Sie schaut Mate verwirrt an und fragt, was er will.

Die Ähnlichkeit ist verblüffend. Sie hat Silvas Augenbrauen, die gleiche Gesichtsform, die Wölbung der Stirn und die Lippen. Auch die Frisur ist ähnlich wie die, die Silva hatte, damals, bevor alles geschah. Vor Mate steht eine Frau, die auch er leicht mit Silva hätte verwechseln können. Nur, dass die Frau nicht seine Schwester ist.

Vor allem deshalb nicht, weil seine Schwester heute vierzig Jahre alt wäre. Aber die Frau, die ihn noch immer verwundert ansieht, hat gerade mal die Zwanzig überschritten. Sie ist eine junge Mutter.

In ihrem Blick liegt kein Erkennen und dann sagt sie, mit einem Akzent aus der Krajina oder vielleicht Bosnien: „Wie kann ich Ihnen helfen?“

„Entschuldigen Sie“, sagt Mate. „Ich habe mich in der Wohnungstür geirrt.“

Schnell geht er zurück zum Aufzug, um den Blicken der Frau zu entgehen. Niemand, auch nicht diese Fremde, soll den Moment seiner Schwäche miterleben. Er drückt auf den Knopf, und während der Aufzug kommt, ringt er mit den Gefühlen, die ihn zu überwältigen drohen. Er schämt sich.

* * *

Er übernachtet nicht in der Stadt. Er zahlt das Hotel und fährt in westliche Richtung. Er verlässt Belgrad, als die Nacht bereits hereingebrochen ist. Noch einmal fährt er an den gewaltigen Wohnblöcken vorbei, an Shoppingmalls und Bürotürmen. Während Hochhäuser und Tausende erleuchteter Zimmer an ihm vorbeiziehen, denkt er an den anonymen Absender des Hinweises. Das muss ein Nachbar der Aleksićs gewesen sein oder ein Bekannter, jemand, der die Frau jeden Tag trifft, im Aufzug, auf dem Parkplatz, jemand, der ihr die Zeitung verkauft oder Brot oder sie an der Straßenbahnhaltestelle trifft. Es muss jemand sein, der ihren Namen kennt. Dieser Jemand ist irgendwie auf Mates Website gestoßen und glaubt, das Geheimnis der Nachbarin entdeckt zu haben. Heimlich hat er in ihr Leben eingegriffen, aber auch in Mates. Dieser Mensch sitzt jetzt in einer dieser erleuchteten Waben und stellt sich vor, wie es weitergegangen ist. Verschwiegen und anonym wird er sein heimliches Leben weiterleben, im Glauben, er habe das gut gehütete Geheimnis seiner Nachbarin erfahren, das Geheimnis von Silvia Aleksić, der Kroatin.

Er fährt weiter aus dem Zentrum in die Peripherie. Nach einiger Zeit werden die Hochhäuser seltener und es folgen Dörfer mit niedrigen Häusern, die alle unfertig aussehen, dazwischen Brachland. Alle Dörfer sehen ähnlich aus: in der Mitte eine neue, strahlende Kirche und darum herum Reihen von Häusern aus roten Ziegelsteinen, unverputzt. Zu jeder Siedlung gehört ein Bocciaplatz. Und überall, wo es einen Bocciaplatz gibt, leben geflüchtete Serben aus

Dalmatien. An warmen Tagen versammeln sie sich bestimmt auf diesen Plätzen, entspannen sich beim Spiel, fuchteln mit den Armen, und die Stimmen werden lauter, sie lassen ihre Dialekte und ihre südländischen Gesten frei. Doch jetzt, an einem verregneten Abend, sind die Plätze leer. Die eingefassten Bahnen ruhen verlassen in der pannonischen Tiefebene, herausgerissen aus ihrer vertrauten Umgebung und hineingeworfen in diese neue Welt, wo sie nicht hingehören.

Er erreicht die Mautstelle bei Šid, dann die serbische Grenzstation und schließlich die kroatische. Er fährt weiter durch das kroatische Pannonien über eine Straße, die nach der Grenze viel besser ist. Er fährt durch Eichenwälder bei Spačva, und dann Richtung Westen, an Weinbergen vorbei, an Maisfeldern und Pflaumenplantagen.

Je weiter er fährt, desto stärker wird ein Gefühl, es wird so stark, dass er weiß, dass es nicht mehr weggehen wird: Es reicht. Er erinnert sich an all seine Reisen durch Europa, seine Streifzüge durch Triest, Barcelona, durch Schweden, Österreich und zu herzegowinischen Tankstellen. Er erinnert sich an all die Türen, an denen er geklingelt hat, an alle Tankstellen, die er aufgesucht hat, die Flughäfen, Polizeistationen und Niederlassungen des Roten Kreuzes. Jetzt erscheint ihm das alles nur noch sinnlos.

Er versucht, sich – wie jedes Mal – an das Bild aus der Vergangenheit zu erinnern. Er ruft sich Silva in Erinnerung, als sie noch Kinder waren, als sie durch Misto stromerten, gemeinsame Spiele, Lachen. Er erinnert sich, wie sie Kronkorken sammelten, wie sie am Strand vor Stella Maris badeten, Blinde Kuh, Schwarzer Mann und Verstecken spielten. Er erinnert sich an Muschelsuchen im flachen Wasser und an Bootsausflüge. Er erinnert sich an die Zeit, als Tante Zlata noch am Leben war, als er und Silva sich ein Zimmer teilten. An die Zeiten, als sie abends zusammen schlafen gingen und Silva mit einer Taschenlampe unter der Decke Mädchenzeitschriften las.

Manchmal gelingt ihm dieser Trick. Aber jetzt nicht. Er ist leer und ausgelaugt. Statt an Silva erinnert er sich an ein Gespenst ohne Form und Eigenschaften, das er seit zwanzig Jahren jagt und inzwischen vergessen hat, warum.

Die Fahrt nach Split ist lang, in der Lika wird er unbeschreiblich müde. Er biegt auf einen Parkplatz ab und schläft auf dem Rücksitz. Als er aufwacht, ist es bereits Tag. Es ist kalt und auf der Ebene bei Gacki hat Schneeregen eingesetzt.

Er setzt sich ans Lenkrad und fährt weiter. Gegen neun ist er in Split. Doch er fährt nicht gleich nach Hause. Er fährt auch nicht zu Elda, weil er weiß, dass sie bei der Arbeit ist. Er fährt in den Osten der Stadt, zu seinem Vater. Er fährt mit dem Aufzug in den neunten Stock. Jakob hat diese Woche die Nachmittagsschicht.

Er klingelt, Jakob macht sofort auf und lässt ihn ohne ein Wort in die Wohnung. Ich sehe bestimmt furchtbar aus, denkt Mate. Sonst hätte Jakob etwas gesagt. Aber sein Vater schenkt ihm nur Kaffee ein und starrt ihn dann schweigend an.

„Du hattest recht", sagt Mate. „Die ganze Zeit hattest du recht."

„Womit?"

„Mit Silva. Es hat keinen Sinn. All das hat keinen Sinn."

Jakobs Gesicht wird eine Spur verschlossener.

„Du hattest recht", wiederholt Mate. „Wenn sie gewollt hätte, hätte sie sich bei uns gemeldet. Und da sie das nicht getan hat, kann sie mir gestohlen bleiben. Sie kann mich mal."

Jakob schweigt weiter. Aber er steht auf und macht für Mate ein Brot mit Margarine. Als Mate hungrig in das Brot beißt, legt Jakob ihm die Hand auf den Kopf. Nie, wirklich niemals, nicht mal als Mate ein Kind war, hat sein Vater ihm den Kopf gestreichelt. Jetzt legt er ihm die Hand auf den Kopf, so, als würde er ihm seinen Segen geben.

„Iss", sagt Jakob. „Und dann geh nach Hause und schlaf dich aus. Vergiss sie, so wie sie uns vergessen hat."

Dann schenkt er Mate Kaffee nach, dessen Duft ihn an diesem grauen Morgen weckt und ihm das Leben wiedergibt.

Dritter Teil

Silvas Rückkehr

14
Jakob (2015)

Am sechzehnten Mai 2015 fanden Arbeiter in einem verlassenen Tunnel an der Landspitze Križev Rat Silvas Gebeine.

Anfang Dezember hatte die Baufirma *Hafenprojekt* aus Split begonnen, das Gelände der ehemaligen Marinebasis zu räumen, weil ein irischer Investor hier eine Hotelanlage errichten wollte. Bis Januar waren alle Wohnbaracken, die Munitionslager und die Offiziersmesse abgerissen. Im Februar wurde nach den Plänen von Smart Solutions Estate der Grundstein für den Hotelkomplex gelegt. Bis April waren schon die Fundamente der zukünftigen Timeshare-Apartments, des Hotel- und des Empfangsgebäudes gegossen. Im Mai sollten die verlassenen Tunnel, wo früher die Patrouillenboote Schutz gefunden hatten, für das Projekt vorbereitet werden. Die Tunnel waren in schlechtem Zustand. 1996 hatte ein Erdbeben die Eingänge verschüttet und die tragenden Elemente waren unterspült. Die Röhren waren durch herabgestürzte Fels- und Betonbrocken nahezu unpassierbar geworden.

Im Mai führten die Pyrotechniker von *Hafenprojekt* Sprengungen im Inneren der Tunnel durch, um die Röhren freizuräumen. Und dann, an einem Morgen im Mai, stießen die Arbeiter fast am Ende eines Tunnels auf einen riesigen Felsbrocken. Um Viertel nach zehn hatten sie sich daran vorbeigezwängt, um Löcher für die Dynamitstangen zu bohren. Dort, hinter dem Betonbrocken, fanden sie das Skelett. Die Knochen waren gebleicht von Zeit, Salz und Feuchtigkeit. Ganz friedlich lagen die Gebeine da, als wäre ein Kind zusammengerollt im Schlaf gestorben. Neben den Knochen lagen Reste von Kleidung und rote Stofffetzen.

Jakob erfährt es gegen zwei Uhr am Nachmittag des gleichen Tages. An diesem Tag hat er Frühschicht und gerade an der Kasse den Schichtwechsel gemacht, als sein Name ausgerufen wird. An der Pforte warten zwei Streifenpolizisten. Auch als er sie sieht, kommt er nicht auf die Idee, dass es um Silva gehen könnte. Als sie ihm mitteilen, was geschehen ist, hätte Jakob fast abgewunken. „Das kann nicht sein", sagt er. „Das ist jemand anders."

Dennoch zieht er seinen Kittel aus und fährt mit den Polizisten nach Misto.

An der Einfahrt zum Militärstützpunkt steigen sie aus und gehen zu Fuß weiter. Jakob betritt dieses Gelände zum ersten Mal.

Sie laufen an den Resten ehemaliger Wohnbaracken vorbei, dazwischen kann man bereits die Umrisse der neuen Gebäude erkennen. Auf einem großen Schild steht *Smart Solutions Estate*. Sie laufen bis zum ehemaligen Marineanleger, dann weiter zu den Felsen am Križev Rat und erreichen schließlich den Eingang zu einem der Tunnel. Jakob hat von diesen Tunneln gewusst. Er hat die Öffnungen vom Meer aus gesehen, wenn er mit Vesna zum Fischen hinausfuhr. Doch zum ersten Mal ist er ihnen so nah.

Vor der Tunnelöffnung herrscht Gedränge, aufgeregte, erschrockene Arbeiter. Ein Krankenwagen steht da, ein Leichenwagen, Fotografen, weitere Streifenpolizisten. Und in deren Mitte ein Mann, der offensichtlich die Befehle gibt. Jakob erkennt ihn nicht gleich. Erst, als der Mann sich ihm zuwendet, erkennt er Tomislav Čović.

Jakob hat Inspektor Čović nur einmal im September 1991 getroffen. Čović war damals jung und arrogant. Seitdem sind vierundzwanzig Jahre vergangen und Čović hat sich verändert. Vor Jakob steht jetzt ein Mann mittleren Alters mit ungesunder Gesichtsfarbe, leichtem Übergewicht und den ersten grauen Haaren an den Schläfen. Er reicht Jakob die Hand, und die Situation ist ihm sichtlich unangenehm. „Kommen Sie mit", sagt Čović und führt Jakob zum Tunneleingang, wo auf dem Kies ein Metallsarg steht.

Bis zu diesem Moment glaubt Jakob an einen Irrtum. Er ist sich sicher, dass die Knochen nicht von Silva stammen können. Als er an den Sarg tritt, erkennt er seinen Fehler.

Er sieht den Schädel, die Rippen und lange Knochen, vielleicht die Unterarme oder Schienbeine; daneben die zersetzten Reste einer Tasche und Kleiderfetzen. Das ist Silvas Beutel und es sind Reste der Kleider, die Silva an jenem Tag getragen hat.

Den geblümten Stoff haben Feuchtigkeit und Moder bis zur Unkenntlichkeit zerstört, doch die Reste von Silvas Turnschuhen sind noch gut zu erkennen; die weiße Schuhspitze und der runde Aufnäher mit dem Converse-Logo. Er erkennt den Haarreif aus Kunststoff. Erkennbar sind auch die Reste ihres roten Anoraks. Nach Jahrzehnten sind sie zum ersten Mal dem Licht ausgesetzt, und das Rot leuchtet noch immer.

Die roten Fetzen flattern im Wind wie kleine Wimpel. Sie flattern freudig, weil die Gefangenschaft in der Dunkelheit ein Ende hat.

* * *

Als die Arbeiter von Smart Solutions Estate am sechzehnten Mai im Tunnel die Knochen fanden, stellten sie die Arbeiten ein, verließen den Tunnel und riefen die Polizei. Die Polizisten aus Split trafen gegen Mittag ein, sperrten den Ort ab und begannen mit der Beweisaufnahme. Dann erzählte ihnen einer der Ortsansässigen, dass vor langer Zeit einmal ein junges Mädchen verschwunden sei. Die Zentrale in Split durchforstete das Archiv und stellte fest, dass der letzte Ermittler in diesem Fall Inspektor Tomislav Čović war. Čović war derjenige, der Jakob holen ließ. Jakob überbrachte die Nachricht Vesna und Mate.

Mate reagiert genauso wie Jakob eine Stunde zuvor: Er glaubt es nicht. „Das kann nicht sein", sagt er. Er zählt die Argumente auf, die sie jahrelang wiederholt haben. „Wir wissen, dass sie einen Tag später noch am Leben war. Wir wissen, dass sie von hier weggegangen ist. Wir wissen, dass sie am Sonntag nicht nach Misto zurückgekehrt ist." Er sagt die gleichen Sätze, die Jakob gesagt hat, bevor er die Knochen, das Haarband und die Reste des Anoraks gesehen hat.

Vesna nimmt die Nachricht anders auf. Jakob teilt es ihr nicht telefonisch mit, sondern geht zu ihr nach Hause, zu seinem ehemaligen Haus in der Gasse hinter der Kirche. Er setzt sich an den Küchentisch und berichtet, was geschehen ist. Vesna scheint nicht überrascht. Sie nickt nur, als hätte er ihr vom Tod eines Bekannten erzählt, der alt und krank gewesen ist. „Wir müssen alles für die Beisetzung vorbereiten“, sagt sie. Dann steht sie auf und zündet unter Silvas Bild eine Kerze an. Einen Moment sitzen sie schweigend am Tisch, als müssten sie nachdenken, was sie sich gegenseitig sagen könnten. Dann steht Jakob auf, an der Haustür versichern sie sich gegenseitig ihr Beileid und küssen sich auf die Wange.

* * *

Am nächsten Tag müssen sie gemeinsam ins Leichenschauhaus, um den Leichnam offiziell zu identifizieren. Mate holt sie ab und fährt sie zur Klinik. Am Osteingang staut sich der Verkehr. Um den Klinikeingang herum ist mit den Jahren ein ganzes Labyrinth aus Lagerhäusern, Baracken und Schuppen entstanden, eine wilde Stadt der Bestatter und Imbissbuden. Mate kämpft sich durch dieses Chaos, bis er an einer Kiesaufschüttung neben der Onkologie einen Platz zum Parken findet. An die Kieshalde grenzt ein Garten voller Feigenbäume, wo ein Hund wie wild bellt.

Sie fragen sich zur Gerichtsmedizin durch und werden dort schon von Čović erwartet. Er reicht ihnen die Hand, Jakob nimmt sie. Vesna nicht, denn Vesna vergisst nicht. Čović kennt den Weg. Er führt sie durch ein Labyrinth aus Fluren voller Aktenschränke. Sie müssen einen Stock tiefer, dann links, dann rechts und noch einen Stock tiefer, bis Jakob völlig die Orientierung verloren hat. Schließlich erreichen sie einen Raum, der im Unterschied zu den Fluren hell erleuchtet ist. Hier ist es selbst an einem warmen Maitag kalt. Ein Mann in Arztkittel und mit Chirurgenkappe auf dem Kopf erwartet sie. Er zieht die Handschuhe aus und schüttelt ihnen die Hand. Dann öffnet er ein großes Schubfach aus Metall. Darin liegt, was von Silva übrig ist.

Für Jakob ist es kein neuer Anblick. Für Mate und Vesna schon. Mate bricht nicht zusammen, aber man sieht ihm das Entsetzen an.

Das hat er nicht erwartet. Wie Jakob hat Mate geglaubt, Silva sei irgendwo weit weg, aber am Leben.

Vesna erträgt den Anblick ruhig. Sie starrt lange auf den Haufen weißer Knochen. Dann tritt sie näher und beugt sich über das Fach. Sie nimmt Silvas bunten Haarreif in die Hand und führt ihn an die Lippen, dann legt sie ihn wieder neben den weißen Schädel.

„Das ist sie“, sagt Vesna. Jakob schaut zu ihr und dann zu Mate, der nickt. Der Gerichtsmediziner schließt das Fach und begleitet sie zur Tür.

Dann stehen sie zu viert auf dem Flur. Jakob weiß, dass nun unausweichlich eine Szene folgen wird, und Vesna enttäuscht ihn nicht.

Sie tritt zum Inspektor und starrt ihn wütend an. Mate versucht, sie zurückzuhalten. Doch Vesna schreit mit blankem Hass: „Sie haben nicht einen Finger gerührt. Nicht einen Finger.“

Der Polizist steht schweigend und bedrückt vor ihr. Als Vesna sich beruhigt hat, legte Mate ihr den Arm um die Schultern und führt sie hinaus.

Der Hund im Garten mit den Feigenbäumen bellt noch immer, als wäre er wütend auf die ganze Welt. Sie stehen neben dem Auto und suchen nach Worten.

„Wir müssen die Beisetzung vorbereiten“, sagt Mate schließlich. „Mach du das. Ich fahre Mutter nach Misto zurück.“

„Pass auf sie auf“, sagt Jakob. „Gib ihr zwei Xanax und bring sie ins Bett.“

„Mach dir keine Sorgen“, sagt Mate. „Es kommt alles in Ordnung.“

Er sagt das mit der gleichen fürsorglichen Stimme, die er schon im Alter von siebzehn Jahren hatte.

Er setzt Vesna ins Auto und fährt vom Parkplatz. Jakob sieht dem Wagen seines Sohnes nach, wie er sich durch das Gewühl an den Imbissständen schlängelt und dann auf die Hauptstraße Richtung Misto biegt.

Jakob geht zu Fuß nach Hause. Lange Zeit führt sein Weg durch den neuen Teil von Split, entlang breiter Straßen und Reihen sozialistischer Hochhäuser, vorbei an improvisierten Märkten und Parkplätzen. Er stellt fest, dass ihm das Laufen guttut und er keine Lust hat, nach Hause zu gehen.

Er läuft weiter in Richtung Norden durch ein Gewerbegebiet. Am Rangierbahnhof biegt er nach Westen ab und passiert das Werftgelände. Nach einer halben Stunde erreicht er die Olympia-Schwimmhalle und das Fußballstadion. Hier biegt er zum Meer ab.

Er passiert den Fischgroßmarkt und ist am Wasser. Vor ihm liegt ein kleiner improvisierter Hafen, der in den Sechzigerjahren von der Werftleitung für die Arbeiter angelegt wurde. An den in die Jahre gekommenen Liegeplätzen haben ehemalige Angestellte, Elektriker und Schweißer ihre Boote liegen. Boote, die inzwischen ihre besten Tage längst hinter sich haben, liegen im Trockendock auf Holzstämmen, Latten und Brettern. Es ist Mai und es wird emsig an den Booten gearbeitet. Überall ertönt Hämmern und Schleifen. Es riecht nach Farbe.

Jakob schaut aufs Wasser. Wie in jedem Hafen ist es trüb und rötlich von den Resten von Schleifpapier und kupferhaltiger Antifouling-Farbe. In dieser roten Brühe entdeckt Jakob einen Schwarm Meeräschen. Sie schwimmen durch das Gift und suchen nach Nahrung.

Jakob setzt sich auf eine Bank und lässt seinen Blick über die Bucht wandern: der dunkle, ruhige Wald auf dem Marjan, die Schornsteine des Zementwerks, der Kai des Militärhafens und weit in der Ferne die Umrisse der Stadt Trogir. Der Tag ist wunderschön und klar. Leicht und warm scheint die Sonne, aber es weht auch ein angenehmer Mistral. Genauso ist auch jener Tag gewesen, denkt er. Perfekt. Der Tag, an dem Silva verschwand.

Er versucht, das Bild wachzurufen, das er am Morgen ertragen musste: den Schädel, die langen weißen Oberschenkelknochen, die Unterarme und Rippen. Die Reste des Anoraks und der bunte Haarreif. Auf einmal dringt es schmerzlich zu ihm durch: Das ist echt. Es ist wirklich Silva.

Dort in dem Schubfach – das war seine Tochter. Die Tochter, mit der er im Sommer zum Baden gegangen ist, der er die Stacheln von Seeigeln aus den Fußsohlen gezogen hat, mit der er Melodika spielen geübt hat. Die er in all den Jahren angefangen hat zu hassen. Weil sie ihre Familie feige und egoistisch verlassen hat und spurlos verschwunden ist, ohne eine einzige Nachricht.

Doch Silva hat sich nie gemeldet, weil sie tot war. Ihre Knochen haben in feuchter Dunkelheit nur wenige Kilometer von ihrem Haus entfernt gelegen.

Wenn sie das gewusst hätten, wäre alles anders gekommen. Sein Leben und das von Vesna und Mate wäre anders verlaufen.

Der Mann auf dem Boot neben ihm setzt sein elektrisches Schleifgerät in Gang. Zuerst hört Jakob das laute Brummen, dann steigt ihm der scharfe Geruch von schmelzendem Kunststoff in die Nase, und gleich darauf stieben rote Staubwolken durch die Luft. Mikroskopisch kleine Staubpartikel bedecken alles in der Umgebung: Bänke, Kleidung, Laub und Wasseroberfläche.

Er schaut auf die Uhr: elf. Mate und Vesna sind inzwischen in Misto angekommen, sind bestimmt schon ins Haus gegangen, haben schwarze Tücher vor die Fenster gehängt, eine Kerze angezündet und die Spiegel abgedeckt. Wahrscheinlich sind sie auch schon zur Kirche gegangen, um mit Don Dražen die kirchliche Beisetzung zu besprechen.

Jakob stellt es sich bildlich vor, ein altbekanntes Bild: der alte Ortskern, die Häusertraube um die Kirche herum, Häuser, die inzwischen fast alle hässliche Kunststofffenster haben und hässliche, angebaute Terrassen. Unterhalb des Ortskerns die Post. Neben der Post die Bäckerei und das Rathaus. Vor dem Rathaus das Partisanendenkmal, das beim letzten Mal, als er es gesehen hat, zerfiel und keine Aufschrift mehr hatte. Weiter unten der kleine Bootshafen. Der Bocciaplatz, der Basketballplatz. Und dann am Meer entlang die hässlichen Apartmenthäuser, die Slowenen, Österreicher und Ungarn gekauft haben, Reihen von Häusern, die immer bunter und hässlicher werden, bis zur Kapelle Stella Maris. Vom Aussichtspunkt oben an der Magistrale kann man das alles mit einem Blick erfassen.

Jetzt, denkt Jakob, weiß es das Dorf schon. Die Nachricht hat sich wie ein Lauffeuer verbreitet. Sie ist am Meer entlang und durch die Gassen gejagt, ist über Rokkovs Land bis zum Križev Rat gefegt, von den Bänken im Hafen zu den Apartments unterhalb der Magistrale. Man spricht inzwischen darüber in der Kirche und vor der Post, in Vesnas Lehrerzimmer und in Agatas Laden. Inzwischen weiß jeder, dass man im Tunnel Silvas Gebeine gefunden hat.

Das bedeutet, dass eine Lüge aufgedeckt worden ist. Und dass es mit dem Frieden in Misto ab morgen vorbei ist.

15
Gorki (2015)

Gorki saß an diesem sechzehnten Mai im Kongresszentrum des Hotels Westin als Teilnehmer der Konferenz *Adriatic Business Days*, die irgendeine Zeitung organisiert hatte. In einem Tagungsraum mit Neonlicht im Untergeschoss verfolgte er die Erklärungen zur Bewerbung von Investitionen in Tourismus-Portfolios. Der Saal war voll. Um ihn herum saßen Banker, Hoteliers, Medienvertreter, PR-Spezialisten, Spindoktoren, Business Angels und Dealmaker. Von morgens bis zum Nachmittag schaute Gorki auf PowerPoint-Präsentationen und hörte Vorträge, die zwar auf Kroatisch gehalten wurden, jedoch vor englischen Phrasen strotzten: Best-Case-Szenarien, Target Group, SWOT-Analyse. Irgendwann gegen vier, nach der Kaffeepause, spürte Gorki, wie seine Laune sich verdüsterte.

Er blickte sich um, als sähe er seine Umgebung zum ersten Mal. Er sah Menschen, die andere Menschen belogen, die wussten, dass sie belogen wurden von Menschen, die wiederum wussten, dass die anderen wussten, dass sie belogen werden. Und während sie einander belogen, klopften sich diese Menschen lächelnd gegenseitig auf die Schulter und dachten, dass sie einen weiteren Tag erfolgreich hinter sich gebracht hatten. Gorki beobachtete sie und erkannte auf einmal: Wenn auf dieses Hotel und diesen Tagungsraum ein Asteroid herabstürzte und alle Menschen darin zu Staub zermalmte, würde das am nächsten Morgen niemandem auffallen. Die Touristen kämen weiterhin, Häuser würden gebaut, Banken ihre Geschäfte tätigen und Zeitungen erscheinen. Die Welt würde sich weiterdrehen, als hätte es diese Menschen nie gegeben.

Er überlegte, den Raum zu verlassen, an die Bar zu gehen und sich einen doppelten Whisky zu bestellen. Aber er wollte im geschäftlichen Umfeld nicht den Ruf bekommen, ein Säufer zu sein, deshalb verwarf er den Gedanken und blieb sitzen. Auf der Bühne erläuterte ein Medienvertreter die Vorteile von Werbepaketen, und Gorki holte sein Smartphone aus der Tasche, um durch die Nachrichten zu scrollen. Er öffnete eine Online-Zeitung, dann die nächste, bis sein Interesse bei der dritten an der Schlagzeile hängen blieb. *Grausiger Fund.*

Darunter stand: *Misto bei Split: Leiche in Militärtunnel entdeckt.*

Es gab keine Fotos des Fundortes. Bis zum Nachmittag hatte die Presse nur so viel erfahren, wie in der Überschrift stand. Neben dem Artikel war ein Bild von Misto abgedruckt, vermutlich von einer Tourismus-Website übernommen. Gorki betrachtete das vertraute und leicht unscharfe Bild. Der Ortskern, die Kirche, der Hafen. Die Häuser auf dem Weg zur Kapelle. Und auf der anderen Seite der Bucht spitze Felsen und der Hügel mit dem Kreuz am Križev Rat.

Er las den Artikel und versuchte, die spärlichen Informationen zu verbinden. Die Leiche einer unbekannten Person, stand da. In einem der verlassenen Tunnel auf der ehemaligen Militärbasis. In einem fortgeschrittenen Stadium der Verwesung. Die Polizei hatte die Leiche noch nicht identifiziert. Es gab bisher keine Anzeichen für ein Verbrechen. Die Ermittlungen dauerten an, was sich jeder hätte selbst ausrechnen können.

Der Text setzte sich aus den gleichen polizeilichen Floskeln zusammen, die sich seit seiner Zeit nicht geändert hatten. Während er die Nachricht las, erfüllte ihn eine heiße Welle des Entsetzens. Vertieft in sein Smartphone stand er in einem Saal voller fremder Menschen und hatte nur einen Gedanken im Kopf.

Bitte lass es nicht sie sein, dachte er, nur nicht sie.

Doch bereits da wusste er eigentlich bereits, dass es sich um die Knochen von Silva Vela handelte.

Erst am nächsten Morgen erfuhr Gorki offiziell, dass man die Knochen als die sterblichen Überreste von Silva Vela identifiziert hatte. Früh am Morgen bekam er einen Anruf von einer Nummer mit Spliter Vorwahl. Der Mann am Telefon gab sich große Mühe, seinen dalmatinischen Dialekt zu unterdrücken.

Er rufe aus dem Polizeipräsidium in Split an und es gehe um den Fall Silva Vela. Der Mann stellte sich als Tomislav Čović vor. Als Gorki den Namen hörte, hatte er sofort ein Gesicht vor Augen. Vor einem Vierteljahrhundert war Čović der kommende Stern am Polizeihimmel gewesen. Er war dunkelhaarig, gutaussehend und stand politisch auf der richtigen Seite. Gorki erinnerte sich an den Morgen, als er Čović die Akten übergeben hatte. Čović hatte die Papiere durchgeblättert und war höflich und zurückhaltend gewesen, hatte Gorki aber nicht ein einziges Mal in die Augen geschaut, sondern über ihn hinweg zum Fenster oder an die Decke. Er hatte sich erfolglos bemüht, seine Geringschätzung zu verbergen. Čović hatte Gorki nicht gemocht, nicht seinen Heldennamen, nicht den in Bronze gegossenen Großvater und nicht, dass er hieß wie ein russischer Klassiker.

Aber jetzt braucht Čović ihn.

Am nächsten Morgen setzt Gorki sich ins Auto und fährt über die Autobahn nach Dalmatien. Gegen elf Uhr ist er auf der Magistrale oberhalb von Misto. Er biegt ab und fährt an dem früheren Militärgelände vorbei.

Er betrachtet das Projekt, das auch durch seine Lobbyarbeit entstanden ist. Von der ehemaligen Militärbasis sieht man nur noch wenig: den einen oder anderen Zementblock, Drahtrollen. Wo früher die Schlafbaracken standen, hat man die Apartmentblöcke hingebaut. Die noch unverputzten grauen Gebäude drängen sich um den Hafen und ein kleines Stück Strand. Er bemerkt, dass die Gebäude ein Stockwerk höher sind, als es der ursprüngliche Bebauungsplan vorsah.

Er fährt an der Stelle auf das Gelände, wo früher die Einfahrt zum Stützpunkt gewesen ist. Čović erwartet ihn auf dem ehemaligen Appellplatz. Er steht neben einem Streifenwagen und wischt nervös auf seinem Smartphone herum. Er hat sich verändert, ist dicker, schwerfälliger, erschöpfter. Gorki erkennt an ihm die gleiche bleierne Müdigkeit, die auch ihn während seiner Zeit bei der Polizei begleitet und oft an Sisyphus hatte denken lassen. Čović steht müde und derangiert am Wagen und schaut vom Telefon auf.

Gorki weiß, was Čović jetzt sieht. Den Enkel eines Kriegshelden, ein Kind der roten Elite, wie er aus einem VW Touareg steigt, auf die Rolex schaut, um zu sehen, ob er pünktlich ist. Čović sieht den Mann, der ihm diese Scheiße eingebrockt hat.

Höflich und kühl geben sie sich die Hand, dann führt Čović ihn zum Fundort. Zuerst laufen sie am Strand entlang, dann wechseln sie auf den betonierten Pfad, bis sie den Eingang des Tunnels erreichen. Čović macht eine Taschenlampe an und geht voraus.

Der Tunnel ist länger, als Gorki gedacht hat. Er ist tief in den Fels gehauen und beschreibt einen leichten Bogen nach rechts, wahrscheinlich, damit ein angreifender Torpedo nicht am Ende des Tunnels explodieren kann. Der Tunnel ist gerade mal so breit, dass ein leichtes Patrouillenboot darin Platz findet. Auf der einen Seite ist nur die Felswand, auf der anderen eine schmale Fläche, ausbetoniert mit Anlegestellen. Über diesen Pfad laufen sie, steigen über abgebrochene Fels- und Betonstücke. Je tiefer sie kommen, desto mehr Geröll liegt im Weg, und die Stücke werden größer. Es wird auch immer dunkler. Dennoch glänzt der Boden vor Feuchtigkeit und reflektiert das unruhige, gekräuselte Wasser. Gorki hat das Gefühl, eine Furcht einflößende mystische Kirche zu betreten, die von flackernden Kerzen beleuchtet wird.

Und dann, ganz am Ende des Tunnels, stoßen sie auf einen unförmigen Felsbrocken. Fast so groß wie ein Mittelklassewagen liegt er quer über dem Pfad, oben spitz zulaufend. An genau dieser Stelle gibt es in der Decke des Tunnels eine Kaverne, ein großes Loch im Fels.

„Zu Ihrer Zeit hat es hier nicht so ausgesehen“, sagt Čović, der Gorkis Blick gefolgt ist. „Die Decke ist 1996 während des Erdbebens von Ston eingestürzt.“

Sie umrunden den Felsbrocken. Die Knochen liegen nicht mehr hier, aber die Umrisse sind mit Kreide auf den Boden gezeichnet. Der Umriss scheint eine Betende zu beschreiben. Gorki spürt ein Brennen in der Brust. Monatelang hatte er Silva gesucht. Und jetzt, viele Jahre später, findet er statt des Mädchens nur eine weiße Kreidelinie.

Čović sieht ihn vorwurfsvoll an und Gorki ist genervt von dieser Selbstgerechtigkeit.

„Wir haben die Tunnel durchsucht", sagt Gorki, als wollte er sich rechtfertigen. „Gleich am ersten Tag. Wir haben Patrouillen ausgeschickt, die mit Hunden und Reflektoren alle Tunnel durchsucht haben. Damals war der Stützpunkt noch in Betrieb. Wir konnten hier nicht ewig herumkramen. Wir haben die Tunnel am ersten Tag durchsucht und später nicht mehr."

„Waren Sie damals auch hier?", fragt Čović.

„Nein", sagt Gorki. „Wir mussten an hundert Stellen gleichzeitig suchen. In den Olivenhainen, auf den Feldern, in der Prosika-Schlucht. Wir hatten Taucher, die fünf Tage lang im Wasser gesucht haben. Die Taucher waren auch in den Tunneln. In der ersten Woche haben wir achtzig Leute für die Suche eingesetzt. Ich konnte nicht überall sein."

Čović beugt sich über den Kreideumriss, als läge die Leiche noch da und er würde sie genauer untersuchen.

„Die Identifizierung war kein Problem", sagt er. „Wer auch immer das getan hat, hat sich keine Mühe gegeben, die Identität des Opfers zu verschleiern. Neben den Knochen fanden wir eine Tasche und darin Ausweisdokumente – Personalausweis, sogar einen Reisepass. Wer nimmt seinen Pass zu einem Dorffest mit?"

Jemand, der plant wegzugehen, denkt Gorki.

„Haben Sie auch irgendeine Art von Ticket gefunden?", fragt er.

„Wir haben etwas gefunden, das vielleicht einmal eine Fahrkarte gewesen ist. Das Papier war zwar in einer Plastikhülle, ist aber durch die Feuchtigkeit trotzdem zerfallen."

„Man kann nicht erkennen, wohin sie wollte?"

„Leider nein."

Gorki betrachtet weiter den betenden Umriss.

„Wurde sie hier umgebracht?"

„Wohl kaum", antwortet Čović. „Wir fanden die Überreste in Fötushaltung, nahezu perfekt, die Arme über der Brust gekreuzt. Es gab keine Anzeichen eines Kampfes und kein Blut."

Gorki nickt. Er versteht, was Čović damit ausdrücken will. Jemand hat die Leiche hierhergebracht. Wahrscheinlich, nachdem der Rigor Mortis nachgelassen hatte. Silva war irgendwo anders getötet, die Leiche vorübergehend versteckt worden. Und dann, am nächsten oder übernächsten Tag, hatte der Mörder sie hierhergebracht und war davonspaziert.

Den Blick auf den Kreideumriss gerichtet, denkt Gorki darüber nach, wie übel der Zufall Silva Vela mitgespielt hat. Hätten sie den Tunnel am zweiten oder dritten oder fünften Tag abgesucht, wären sie fündig geworden. Hätte der Körper nicht im militärischen Sperrgebiet gelegen, hätte jemand die Leiche gefunden. Wäre Jugoslawien nicht zerfallen und der Stützpunkt kurz darauf geschlossen worden, hätten die Soldaten sie gefunden. Wenn sich nicht das Gerücht verbreitet hätte, die Armee habe vor ihrem Abzug die Tunnel vermint, hätten die Ortsansässigen sie gefunden oder die Schrottsammler, Spaziergänger oder abenteuerlustige Kinder. Hätte sich 1996 durch das Erdbeben nicht der Felsbrocken aus der Decke gelöst, hätten die Abenteuersuchenden sie gefunden, die sich später in den Tunnel wagten. Hätte er den Stützpunkt nicht für Smart Solutions Estate gekauft, hätte irgendjemand den Tunnel benutzt und hätte sie gefunden. Hätten die Iren keine Schwierigkeiten mit dem Bebauungsplan gehabt, hätten sie früher mit den Arbeiten begonnen und die Leiche wäre früher entdeckt worden.

Doch nichts davon war geschehen. Sie hatten den Tunnel am ersten Tag abgesucht und nicht am dritten. Jugoslawien war zerfallen. Das Militär, das den Tunnel gebaut hatte, hatte den Stützpunkt gedemütigt verlassen. Jahrelang hatte niemand einen Fuß auf das Gelände gesetzt, bis man die Leute überzeugt hatte, dass das Gelände nicht vermint war. Und als die Leute keine Angst mehr hatten, war der Felsklotz schon abgebrochen und hatte Silva Vela verborgen. Silvas Körper hatte ein Schutzdach aus Felsgestein bekommen, lag friedlich hinter einem riesigen Stein und wartete darauf, dass Gorki den ehemaligen Besitzern ihr Land abkaufte, dass er mit dem Verteidigungsministerium verhandelte, dass er den Staatssekretär schmierte, dass das Projekt als strategisches Objekt Teil des Entwicklungsplans für den Tourismus wurde, dass der Gemeinderat den Bebauungsplan verabschiedete und die Detailpläne absegnete. Gorki hatte eine Sitzung nach der anderen abgesessen, mit Ministerien, Militärstäben, staatlichen Verwaltungen, Bauämtern und Tourismusverbänden. Unzählige Verträge hatten unterzeichnet und mit Siegel bestätigt werden müssen, es galt Widerspruchsfristen und Rechtsmittelbelehrungen abzuwarten. Und die ganze Zeit wartete Silva Vela darauf, dass dieses Epos zu Ende ging, dass die Außenwelt einen Zugang zu ihrer dunklen feuchten Gruft freilegte und dass man sie endlich fand.

„Es gibt etwas, das ich nicht verstehe", sagt Gorki und sieht sich noch einmal im Tunnel um.

„Was denn?"

„Wie konnte der Täter die Leiche hierherbringen? Er hätte in die Kaserne gelangen müssen, durch die bewachte Pforte, über den Appellplatz, an der Baracke des diensthabenden Offiziers und an den Wachen vorbei."

„Ich weiß es nicht", antwortet Čović.

Sie stehen schweigend im Tunnel, bis Čovićs Taschenlampe anfängt zu flackern.

„Hier gibt es nichts mehr zu tun", sagt er, und sie laufen zurück auf das Licht zu. Fast draußen, schaut Gorki zurück. Der abgebrochene Felsklotz lehnt schräg an der Tunnelwand, bedrohlich wie ein Meteorit.

Während sie sich im Tunnel aufgehalten haben, ist Südwind aufgezogen. Wellen schlagen gegen die Felsen unter Križev Rat, und salzige Wassertropfen fallen auf den Pfad.

Sie erreichen den Parkplatz. Čović schaut wieder vorwurfsvoll ob der Ungerechtigkeit auf Gorkis Wagen. Gorki bemerkt den Blick und spürt den gleichen Hass auf diesen Mann wie an dem Tag, als sie sich kennengelernt haben.

„Sie haben sich nicht gerade mit Ruhm bekleckert“, sagt Čović. „Das ist Ihnen hoffentlich bewusst.“

Und dann zählt er Gorkis Sünden auf.

„Sie haben die Leiche nicht gefunden, obwohl sie vor Ihrer Nase lag. Sie haben den Hauptverdächtigen gehen lassen. Sie haben den anonymen Hinweis und den einzigen physischen Beweis ignoriert. Wegen einer Zeugin, die etwas durcheinandergebracht hat. Sie haben sich ganz und gar auf die Aussage dieser Frau verlassen, wie hieß sie noch? Zuvan? Eine Zeugin, die behauptet hat, die kleine Vela am nächsten Tag gesehen zu haben, was sich jetzt wohl als falsch erwiesen hat.“

Fick dich, du kleiner Scheißer, denkt Gorki, aber er nickt nur schweigend.

„Es wurden viele Fehler gemacht“, wiederholt Čović mit selbstgerechter Entrüstung. „Sie haben viele Fehler gemacht.“

Fick dich, wiederholt Gorki im Stillen.

Er steigt in seinen Wagen und fährt an der Stelle vorbei, wo früher der wachhabende Offizier gesessen hat, am Appellplatz und am Wachhäuschen.

An dem Abend hatte ein älterer Feldwebel Dienst. Im Wachhäuschen hatte ein Soldat gesessen, auch der Anleger war bewacht worden.

Wenn der Täter die Leiche von der Landseite zum Tunnel gebracht hätte, hätten mindestens zehn Leute ihn gesehen.

Wenn er von der Landseite gekommen war.

Von der Meerseite aus hätte man mit einem Boot unbemerkt in den Tunnel fahren können.

* * *

Die Beerdigung war wie jede andere Beerdigung in einem kleinen Ort. Jemand hatte am Morgen die Grabplatte abgenommen und sie auf Holzleisten neben dem Grab abgelegt. Eine Nonne hatte am Morgen die Leichenhalle gefegt und gelüftet, hatte verwelkte Blumensträuße im Abfallcontainer entsorgt. Don Dražen hatte gegen Mittag die Friedhofskapelle aufgeschlossen und die Altarkerzen angezündet.

Die Ortsansässigen begaben sich gegen Mittag zur Riva. Gegen zwei war schließlich der ganze Ort versammelt. Die Verwandtschaft mütterlicher- und väterlicherseits, Mates und Silvas Bekannte und Freunde, die Nachbarn, ganze Sippen, die Končurats, Rokkovs, Velas, Padovans und Šustićs. Punkt zwei gesellte sich Don Dražen mit zwei Ministranten dazu und zehn Minuten später kam aus der Stadt die Blaskapelle. Die Musiker stiegen aus dem Bus und packten Trompeten, Hörner und Tubas aus.

Um Viertel vor drei geht es los. Die ersten Töne eines Trauermarschs erklingen. Männer aus der Verwandtschaft heben den Sarg auf, und das Oberhaupt der Familie setzt sich mit einem versilberten Kreuz an einer Stange an die Spitze des Zugs. Ihm folgt die Kapelle, dahinter Don Dražen und die Ministranten. Hinter ihnen der Sarg, dann die Familie und schließlich eine lange Schlange von Nachbarn und Bekannten. Der Trauerzug läuft vom Hafen zum alten Ortskern, vorbei am Rathaus, an der Kirche und an der Bäckerei der Lekajs. Kurz nach drei erreichen sie den Friedhof. Der Sarg wird auf dem Katafalk vor der Leichenhalle abgestellt, darauf kommen die Kränze. Die Sargträger wischen sich den Staub von den Händen, die Musik verstummt und Don Dražen spricht ein Gebet.

Die Beerdigung wirkt wie jede andere Beerdigung, aber sie ist es nicht.

Am offenen Grab steht der Sarg dann auf der Grabplatte, davor das Kreuz und vor dem Kreuz ein Bild der Verstorbenen. Das Foto zeigt Silva Vela so, wie alle sie in Erinnerung haben: ein Teenager mit langen dunklen Haaren, der frech in die Kamera schaut, der Pony fällt in die Augen. Das tote Mädchen war siebzehn Jahre alt und an ihrem Sarg stehen Freunde und ehemalige Mitschüler. Doch die sind nicht mehr siebzehn, sondern dreiundvierzig Jahre alt. Silvas ehemalige Mitschülerinnen sind nun Frauen mittleren Alters, mit breiten Hüften, hervorstehenden Bäuchen und Cellulitis. Und die inzwischen erwachsenen Freunde haben graue Haare und

Bierbäuche. Silvas Altersgenossen sind verheiratet, haben Kinder, haben einen Krieg geführt und gewonnen, sind um die Welt gereist und haben einen Job im öffentlichen Dienst ergattert oder führen ihre eigenen Werkstätten und Firmen, einige sind schon krank, nehmen Medikamente, messen regelmäßig ihren Blutdruck und hinken leicht, weil es im Knie sticht. Sie alle sind in den mittleren Jahren und nun begraben sie die erste ihrer Toten, ihre Altersgenossin. Doch diese Altersgenossin ist nicht dreiundvierzig wie sie selbst, sie ist nur siebzehn Jahre alt. Wie ein Fossil oder ein abgebrochenes Stück Polareis ist sie in der Zeit erstarrt.

Gorki hält sich diskret abseits. Er beobachtet Don Dražen, der sich seit 1989 auch verändert hat. Er ist dicker geworden, sein Blick ist abgestumpft, wie oft bei Priestern, die in der Provinz hängen geblieben sind. Da ist der Vater der Verstorbenen, mager und unscheinbar, wie Gorki ihn in Erinnerung hat. Da ist Silvas Zwillingsbruder, der immer noch jugendlich wirkt, schlank und sportlich. Die Mutter, Vesna, hat sich am stärksten verändert. Dünn, mit einer Kurzhaarfrisur, sieht sie aus wie Johanna von Orleans in dem alten Stummfilm, den Gorki in der Schule angeschaut hat. Vesna erinnert an eine Heilige, die man gleich mit heißen Eisen foltern und dann ins gleiche Loch werfen wird wie ihre Tochter.

Don Dražen läutet das Glöckchen und spricht ein Gebet. „In deine Hände, oh Herr, übergeben wir die Seele unserer Schwester Silva. Wir hoffen, dass sie wie alle, die mit Jesus Christus sterben, mit Jesus Christus wiederauferstehen wird am Jüngsten Tag. Deshalb, Herr, erhöre unsere Gebete: Öffne deiner Dienerin die Himmelspforte. Im Namen des Vaters, des Sohnes und des Heiligen Geistes, amen.“ Die Versammelten murmeln im Chor: amen.

Während Don Dražens Gebet beobachtet Gorki die Anwesenden, versucht, Gesichter zu erkennen und zu erraten, was in der Zwischenzeit mit ihnen geschehen ist. Er erkennt die Witwe von Kapitän Padovan, sie lebt tatsächlich noch. Er erkennt den alten Bäcker Lekaj, der sich am Rande hält. Da ist auch ein ehemaliger Cafébesitzer, der später Karriere in der Politik gemacht hat. Er sieht Ursula Rokkov. Der alte Tonko steht aber nicht neben ihr, und auch

Brane fehlt. Während sie das Mädchen begraben, das Brane geliebt hat, segelt er wohl über ein exotisches Meer.

„Bis wir alle Christus entgegengehen und für immer bei dir sind", sagt der Priester. Gorki studiert unbekannte Gesichter und versucht zu erraten, in welcher Beziehung sie zu den Leuten stehen, die er kennt, wann und wie sie in deren Leben getreten sind. Neben Mate entdeckt er eine zarte Frau Anfang vierzig mit kurzen Haaren. Neben ihr steht eine junge Frau Anfang zwanzig, die Silva Vela so verblüffend ähnlich sieht, dass es sich nur um Mates Tochter handeln kann. Hinter Mate und der jungen Frau erkennt Gorki ein Gesicht, das ihm bekannt vorkommt. Eine schick gekleidete Frau, nicht unbedingt schön. Gorki kennt das Gesicht, weiß aber zunächst nicht, woher. Dann fällt es ihm ein. Das ist Elda Zuvan, die Frau, die geglaubt hat, Silva einen Tag nach ihrem Verschwinden gesehen zu haben. Sie ist zur Beerdigung gekommen, auch wenn inzwischen bewiesen ist, dass sie sich geirrt hat. Zuvan hat sich sehr verändert. Ihre Gestalt hat etwas Vornehmes, das ihr als junge Frau gefehlt hat. Sie steht offensichtlich schuldbewusst in der Menge und betrachtet Mate mit beschützender Zärtlichkeit, was Gorki überrascht.

„Schenke ihr ewigen Frieden, oh Herr, und das ewige Licht möge ihr leuchten", sagt Don Dražen und kommt dann zum Ende. „Ruhe in Frieden." Die Menge murmelt ein letztes Mal *Amen.* Die Sargträger legen dicke Seile um den Sarg und heben ihn an. Das gelingt ihnen nicht gleichförmig und unter einem unangenehmen Kratzen neigt sich der Sarg. Schließlich gelingt es ihnen, ihn ins Grab hinunterzulassen. Die Trauernden werfen Blumen hinein und Jakob schluchzt. Auch das Gesicht des Bruders Mate verzieht sich. Nur die Augen von Silvas Mutter bleiben trocken, als hätte sie in all den Jahren alle Tränen geweint, die in ihr waren.

Das Grab wird mit der Grabplatte verschlossen und darauf legt man die Kränze. Die Kapelle stimmt ein letztes Mal eine Melodie in Moll an, begleitet vom leisen Weinen in der Menge. Das Dorf verabschiedet sich von seiner größten, nicht verheilten Wunde.

Gorkis Blick umfasst sie alle: Verkäuferinnen und Fischer, Angestellte und Wirtinnen, Kellner und Olivenbauern, Lehrerinnen und Rentner und Seeleute. Sie alle haben sechsundzwanzig Jahre lang friedlich im Glauben gelebt, Silva sei davongelaufen. Sie haben sich in der Lüge eingerichtet, die Gorki selbst ihnen angeboten hat. Jetzt erkennen sie die Lüge. Jetzt wissen auch sie, dass jemand Silva ermordet hat. Ein Fremder oder, noch schlimmer, einer von ihnen, einer, dem sie Tag für Tag begegnen.

Und am Abend, wenn alles sich beruhigt hat, wenn die Gassen still werden und die Kerzen ausgehen, werden die Leute einzig und allein über dieses Thema sprechen. Sie werden alle in ihrem Haus vor dem flackernden Fernseher sitzen und flüsternd Ahnungen, Verdächtigungen und Spekulationen äußern.

Das wünsche ich niemandem, denkt Gorki und läuft langsam vom Friedhof zu seinem Wagen.

16
Elda (2015)

Sie hatte gewusst, dass es der Samstag gewesen war. Das hatte sie schon immer gewusst.

Doch als sie es beim ersten Mal so sagte, hatte man sie korrigiert.

Samstag? Sie meinen Sonntag, hatte der Inspektor an jenem Tag gefragt, als sie das erste Mal miteinander sprachen. Nicht Samstag, sondern Sonntag, sagte Mates Vater beim ersten Treffen im Café neben der Bank. Man hatte sie einmal korrigiert, zweimal, dreimal. Irgendwann hatte sie selbst geglaubt, die anderen hätten recht.

Samstag oder Sonntag, kein Arbeitstag, der eine wie der andere. Und überhaupt, wie konnte sie sich nach sechs Monaten in Frankreich und Spanien so sicher sein? Und wenn sie sich nicht sicher war, dann täuschte sie vielleicht ihre Erinnerung. Sie konnte sich ja schlecht an etwas erinnern, was nicht den Tatsachen entsprach. Und Tatsache war, dass Silva am Samstag bereits um elf in Misto gewesen war und nicht in Split. Und Tatsache war, dass sie erst am nächsten Morgen verschwunden war, nachdem sie einem der Dorfjungs von ihrer geplanten Reise erzählt hatte. Am Sonntag, nicht am Samstag, musste sie sich also aus Misto fortstehlen und am frühen Morgen nach Split fahren. Am Sonntag, nicht am Samstag, war sie an den Bahnhofschalter gegangen, um eine Karte für ihre Flucht zu kaufen. Das waren die unumstößlichen Tatsachen. Die Puzzlestücke fügten sich ineinander, die Geschichte war logisch, es gab keine Lücken. Deshalb vertraute Elda der Geschichte.

Und als sie sie einmal glaubte, erzählte sie sie im Brustton der Überzeugung.

Aber jetzt weiß sie es. Jetzt ist es kristallklar, dass es nicht der Sonntag gewesen ist, sondern der Samstag. Am Freitagmorgen hatte sie ihre Aufgaben für die Woche erledigt und ihren Lohn abgeholt. Sie war zur Bank gegangen und hatte ihr Geld in Schecks umgetauscht. Den ganzen Nachmittag hatte sie für ihre Reise eingekauft. Sie war durchs Zentrum gelaufen, hatte einen Schlafsack gekauft, eine Isomatte, einen Rucksack und ein Reisekissen. Kurz vor Ladenschluss hatte sie noch in einer Wechselstube jugoslawische Dinar in Deutsche Mark gewechselt. Und dann war sie am Samstagmorgen, nicht am Sonntag, zum Bahnhof gegangen. Dort hatte sie ein Interrailticket gekauft und gegenüber am Busbahnhof eine Fahrkarte nach Triest. Das hatte sie nicht am zweiten Tag ihres Urlaubs gemacht, sondern am ersten.

Dieser Tag, dieser verschwommene leere Samstag, dieser Samstag hatte aufgehört zu existieren. Sie hatte Silva am Samstagmorgen gesehen. Silva war nicht mit dem lahmen Bus nach Misto gefahren, jemand hatte sie mit dem Auto mitgenommen, vielleicht war sie getrampt. Silva hatte das Busticket einen Tag vor ihrem Tod gekauft. Doch was auch immer ihr Ziel gewesen war, sie hatte das Ticket nie genutzt. Sie war nirgendwohin mehr gefahren.

Über zwanzig Jahre lang hat Elda die Version wiederholt, von der die Polizei und Jakob und Mate sie überzeugt hatten. Und jetzt gibt es diesen morschen Beweis, dass diese Version eine Lüge war. Dieser Beweis wird vor ihren Augen begraben, während die Blaskapelle traurig trötet und der Priester mit Weihrauch die Zeremonie beendet.

Während sich der Sarg ins Grab senkt, ist Eldas Blick wie versteinert. Sie weint nicht. Sie trauert nicht und kann nicht trauern um eine Person, die sie nie gekannt hat. Elda schaut in die Gesichter der Umstehenden und versucht, darin zu lesen, wie die Welt aussehen wird, die sie ab morgen erwartet.

Während der Zeremonie beobachtet sie die Familie. Von ihnen allen kennt sie Tina am besten. Tina kommt an den Wochenenden manchmal zu ihnen. Sie lässt ihr BWL-Studium schleifen und verheimlicht ihrem Vater sowohl ihr Studienbuch als auch ihr Liebesleben. Tina steht am Grab und verfolgt die Zeremonie mit distanzierter Neugier. Elda fragt sich, ob sich Tina überhaupt bewusst ist, wie sehr sie der Frau ähnelt, die gerade begraben wird, wie sehr ihr Gesicht und ihre Gestalt eine Kopie ihrer Tante sind.

Neben Tina und Mate steht Doris, Elda sieht sie nicht zum ersten Mal. Sie hat schon früh erfahren, wie Doris aussieht. Im Lauf der Jahre sind sie einander in der Stadt manchmal begegnet. Bei diesen Gelegenheiten durchbohrte Doris sie mit einem Blick, den verlassene Ehefrauen für die Schlampe im Repertoire haben, die ihnen den Mann ausgespannt hat. Doch jetzt kann Elda Doris zum ersten Mal in Ruhe und unbemerkt betrachten. Sie sieht den eleganten Schwanenhals, die zarten länglichen Ohrmuscheln, das ebenmäßige Profil mit der angedeuteten griechischen Nase und die perfekt gewölbte Stirn. Doris trägt kein Schwarz. Sie trägt ein strenges Kostüm mit einem kurzen dunklen Rock, der ihre schlanke Taille betont und ihre unglaublich schönen Beine zeigt. Elsa erkennt, dass die Exfrau ihres Liebsten noch immer eine Schönheit ist.

Schließlich schaut Elda zu Mate. Sie studiert ihn mit größter Aufmerksamkeit, weil sie versucht, in seinem Gesicht ein noch so kleines Anzeichen von Emotionen zu entdecken. Doch da ist nichts. Mates Gesichtszüge sind erstarrt, undurchdringlich wie bei einem Samurai. Unverwandt starrt er auf den Eschensarg, der an Seilen ins Grab hinabgelassen wird, bis er auf dem Betonboden aufkommt, dann ruht sein Blick auf den Sargträgern, die die Seile hochziehen, und dann auf den Trauergästen, die Blumen ins Grab werfen. Als die Grabplatte zum letzten Mal angehoben und auf Silvas Grab gelegt wird, verzieht sich Mates Gesicht nur für einen Augenblick, als würde ein leiser Windhauch über sein Gesicht streichen. Die Kränze werden auf das Grab gelegt. Als die Platte an ihrem Platz ist, ist auch Mates Gesicht wieder das eines Samurais.

Die Beerdigung ist zu Ende. Die Sargträger legen die Kränze auf die Platte, der Priester verabschiedet sich von der Familie, und die anderen Gäste gehen auseinander. Mate kommt zu Elda. Er schaut ihr nicht in die Augen, aber er legt ihr beschützend die Hand auf den Oberarm. Wir gehen, sagt er.

Bei einer gewöhnlichen Beerdigung würde sich die Trauergesellschaft nach der Beisetzung im Haus der Familie versammeln. Man würde um den Küchentisch sitzen, Käse und Aufschnitt essen und Wein trinken. Anfangs wären alle verheult, bis der Wein dann den Stress löste und alle gemeinsam in betrunkenem, traurigem Lachen versinken würden. Doch diese Beerdigung ist anders. Sie haben keinen Leichnam beerdigt, sondern ein Skelett. Jeder, der mit der Familie unter normalen Umständen trauern würde, hat längst sein Beileid ausgesprochen und bei ihnen gesessen. Deshalb gibt es bei den Velas an diesem Abend keine Beileidsbekundungen, es gibt keinen Leichenschmaus, keinen Wein und man sitzt nicht um den Küchentisch. Stattdessen nur die Messe, Umarmungen und Verabschiedungen. Gegen neun verabschiedet sich Mate von seinen Eltern, setzt sich mit Elda ins Auto und sie fahren nach Split.

Es ist Abend. Ein schöner Frühlingstag, doch die Badesaison ist noch weit entfernt, die meisten Ferienhäuser schlummern noch, und am Straßenrand leuchten nur vereinzelt Laternen oder die Leuchtreklamen von Wirtschaften. Mate fährt und Elda mustert ihn. Sie versucht, ein Gespräch anzufangen, doch Mate schweigt.

Gegen zehn erreichen sie Split. Sie fahren durch den Tunnel zu Eldas Mietwohnung. Mate hält auf dem Kiesstreifen vor der Treppe. Elda sagt: „Bleib hier über Nacht. Du solltest heute nicht alleine sein."

Mate nickt, schließt den Wagen ab und folgt ihr die Treppe hinauf. Mate setzt sich auf die Couch, lockert die schwarze Krawatte, zieht die Schuhe aus. Elda geht in die Küche und macht Kamillentee. Kamillentee und Valium, das brauchen sie heute.

Mate legt sich aufs Bett und rollt sich zusammen wie ein Fötus. Er ist vollkommen still, die Augen sind geschlossen, aber Elda weiß, dass er nicht schläft. In seinem Kopf sieht er Bilder der Beerdigung, aus der Vergangenheit, die Jahre der Suche. Bilder seiner toten Schwester. Bilder von Belgrad, Triest, Göteborg, die Bilder von toten Knochen, dem Eschensarg und von Tankstellen in verlassenen Gegenden, wo er Suchmeldungen aufgehängt hat.

Sie legt sich neben ihn, schiebt die Hand unter seinen Arm und schmiegt sich an seinen Körper. Mate erwidert ihre Berührungen nicht, er liegt nur da wie ein Schutz suchendes Kind.

Scheinwerferlicht streift durch das dunkle Zimmer. Elda schaut auf Mates kurz geschnittenes, borstiges Haar und seinen noch immer muskulösen Rücken. Sie hört, wie die Stadt einschlummert in dieser Frühlingsnacht, und denkt, dass sie glücklich ist. Sie hat alles, was sie sich wünscht. Sie liebt, was sie hat. Und alles, was sie im Leben hat, verdankt sie einer Lüge.

Sie hat nicht absichtlich gelogen. Sie hat die Unwahrheit nicht bewusst, sondern unkonzentriert und in bester Absicht gesprochen. Doch diese Unwahrheit hatte Folgen, die wiederum Folgen hatten und schließlich zur letzten Konsequenz geführt haben. Und das ist ihr Lebensglück.

Während Elda über diese Dinge nachdenkt, spürt sie unter ihrer Hand das Heben und Senken von Mates Brust und seinen leisen Herzschlag. Mate atmet gleichmäßig, er ist endlich eingeschlafen.

Er schläft, doch sie wird heute keinen Schlaf finden.

17
Gorki (2015)

Mit Čović trifft er sich drei Tage nach dem Begräbnis am Eingangsportal der Staatsanwaltschaft.

Nach dem unterkühlten, unangenehmen Gespräch vor dem Tunnel in Misto hatte Gorki angenommen, dass Čović ihn nicht mehr braucht. Deshalb war er erstaunt, als Čović am Tag nach dem Begräbnis anrief und darum bat, dass Gorki noch einmal mit ihm die Details durchgeht und sich hier mit ihm trifft. Gorki weiß, warum. Unten im Keller der Staatsanwaltschaft befindet sich die Asservatenkammer. Hier werden die Beweismittel aller nicht abgeschlossenen Fälle verwahrt, in denen keine Anklage erhoben wurde. Irgendwo in diesem Gewölbe liegen auch die Beweismittel im Fall Silva Vela. Beweise, die Gorki 1989 gesammelt hatte, wie auch diejenigen, die Čović bei den sterblichen Überresten im Tunnel gefunden hat.

Sie sind beide pünktlich. Dieses Mal versuchen sie nicht einmal, Höflichkeit zu heucheln. Sie grüßen sich verhalten, geben sich nicht die Hand und betreten das Gebäude.

Vor langer Zeit befand sich in diesem Gebäude das Amtsgericht und Gorki war oft hier gewesen. Das ist nun mehr als zwei Jahrzehnte her. Überraschenderweise hat sich nur wenig verändert. Um ihn herum hängt überall das kroatische Staatswappen, daneben Kruzifixe und an einer Stelle ein katholischer Kalender. Doch unter dieser neuen Tünche erkennt er noch deutlich das Gebäude von damals, die massive modernistische Treppe, Türstöcke aus dunklem Holz und große Fenster mit bräunlich gefärbten Scheiben. So sehr sich jemand um Tarnung bemüht hat, atmet das Gebäude noch immer Sozialismus.

Sie gehen ein Stockwerk tiefer und dann rechts, bis sie eine Tür aus dunklem Holz erreichen. Čović klopft an und tritt ein. Unangenehm berührt, erkennt Gorki, dass die Asservatenkammer sich kein bisschen geändert hat. Gleich am Eingang sitzt ein Polizist hinter einem Tresen, dahinter ein Raum voller Regale. Ein Meer aus Kartons und Ordnern enthält Pistolen, Schlingen, Handschuhe, blutbespritzte Messer, Abschiedsbriefe von angeblichen Selbstmördern, Bänder mit heimlichen Filmaufnahmen, Dokumente, Verträge, geheime Absprachen, Papiere mit weiß Gott was für geschäftlichen Verrenkungen. Die ganze Privatisierung der Wirtschaft in den Neunzigern befindet sich in diesem Raum, alle politischen Skandale und Korruptionsaffären, Mafia-Verbrechen, Kriegsverbrechen, die Folterung Gefangener und das Anzünden von Greisinnen in irgendwelchen Dörfern. In diesem Raum fließt alles zusammen, was Polizei und Gerichte nicht in Ordnung gebracht haben, und davon gibt es eine ganze Menge. Alle Unordnung und Ungerechtigkeit dieses Landes ist in einen kleinen stickigen Raum gestopft.

Čović weist sich aus. Der Beamte nickt nur und verschwindet zwischen den Regalen. Einige Minuten später kommt er mit einem Pappkarton zurück, den Čović so andächtig in Empfang nimmt, als enthalte er Reliquien. Er stellt den Karton auf einem Tisch ab und öffnet ihn.

„Hier", sagt er und deutet auf die ausgepackten Gegenstände.

Gorki sieht die Latte, die er 1989 im Schuppen der Lekajs gefunden hat. Silvas Tasche. Silvas Kleidung, oder das, was davon noch übrig ist. In einer Plastikhülle sind die Sachen, die Silva Vela für die Reise vorbereitet hatte. Der Personalausweis, Geld, der Reisepass, eine Busfahrkarte.

„Darf ich?", fragt Gorki und Čović nickt.

Zuerst nimmt Gorki die Geldbündel zur Hand. Es sind zwei, in zwei Währungen, die nicht mehr in Umlauf sind – Jugoslawischer Dinar und Deutsche Mark. Er blättert durch das Bündel fast vergessener jugoslawischer Geldscheine mit vielen Nullen, angefressen von der Inflation. Auf den größten Scheinen steht die Zahl 5000 und daneben das Wort Dinar auf Slowenisch, Makedonisch, Kroatisch und Serbisch. Neben der Zahl mit den drei Nullen prangt ein Porträt von Josip Broz Tito. Tito wirkt auf dem Schein künstlich und falsch, als wäre er ein Cyborg. Der Schein wurde erst nach seinem Tod gedruckt. Und die Nullen lassen erahnen, dass sein Reich am Zerfallen war.

Gorki nimmt auch das Bündel deutschen Geldes in die Hand. Im Gegensatz zu den jugoslawischen Scheinen sind es nur Hundertmarkscheine, einigermaßen intakt. Er blättert durch die Scheine mit dem Adler und wundert sich über die große Summe. Es sind bestimmt einige tausend Mark.

Dann untersucht er den Reisepass. Es ist ein alter roter jugoslawischer Pass. Auf dem Einband sind sechs Fackeln zu sehen, die ein Feuer bilden, und darunter in lateinischer und kyrillischer Schrift der Name des Landes. Er öffnet den Pass und ist verblüfft.

Er hat Silva Vela schon oft auf einem Foto gesehen, aber immer auf dem gleichen, auf dem einen. Im Pass ist ein anderes, eins, das er noch nie gesehen hat. Silva ist darauf vielleicht vierzehn oder fünfzehn Jahre alt. Ein kleines Mädchen – unschuldig und neugierig. Gorki hat in seinem Leben so viel über diese junge Frau nachgedacht, aber nie, nicht ein Mal, hat er sich vorgestellt, dass sie einmal ein kleines, unschuldiges Kind gewesen ist. Das Bild stammt aus der Zeit von zwei oder drei Jahren vor Silvas Tod. Doch zwischen diesem und dem Bild, das er kennt, liegen Welten.

Er legt den Pass weg und holt den letzten Gegenstand aus der Plastikhülle. Es sind die Reste einer Busfahrkarte, ausgebleicht und von Feuchtigkeit zerfleddert. Eigentlich sind nur noch die Ränder erhalten, und auf einer Seite ist die Aufschrift des Busbahnhofs Split zu erahnen. Auf der Karte ist nicht erkennbar, was Silva Velas Ziel war. Welche Stadt es auch gewesen sein mochte, sie hat ihr Ziel nicht erreicht.

Von Silvas Kleidung ist nicht viel übrig geblieben. Ein paar Fetzen eines roten Anoraks und eines Rocks oder Kleids, zerfledderte Turnschuhe.

Und dann ist da noch die Holzlatte. Gorki sieht sie seit 1989 zum ersten Mal wieder. Es kommt ihm vor wie ein Déjà-vu. Aus dem Vergessen aufgetaucht, liegt vor ihm eine bearbeitete, zersplitterte Holzlatte, sie sieht aus, als habe man sie aus einem Holzboden oder Holzzaun herausgerissen. Selbst jetzt, nach Jahrzehnten erkennt man Blutspuren auf dem Holz.

„Haben Sie die Abdrücke untersucht?“, fragt Gorki.

Čović nickt. „Weder auf der Kleidung noch auf dem Brett gibt es Fingerabdrücke“, sagt er. „Vielleicht gab es auf der Kleidung welche, doch die Feuchtigkeit im Tunnel hat sie in dieser langen Zeit vernichtet. Und auf der Latte gab es, wie Sie ja wissen, keine.“

„Und die anderen Sachen?“

„Auf der Kleidung sind Spuren von Meerwasser“, antwortet Čović. „Und von Benzin. Das Benzin können wir nicht erklären. Auf dem Anorak und der Tasche haben wir Glas gefunden.“

„Glas?"
„Fein zerstoßenes Glas. Dafür finden wir auch keine Erklärung."
„Und das Blut auf der Latte? Heute gibt es DNA-Abgleiche."
„Das Blut ist vom Opfer."
„Sicher?"
„Es wurde heute vom Labor in Zagreb bestätigt."
Aha, denkt Gorki. Deshalb hast du mich also angerufen.
Čović hat die Schachtel verschlossen und dem Beamten am Tresen übergeben. Gorki folgt ihm zum Ausgang. Die ganze Zeit schweigt Čović. Er sieht besorgt aus und Gorki weiß, warum.
Das Blut auf der Holzlatte ist vom Opfer, denkt Gorki. Und weil das so ist, denkt Čović, dass Adrian Lekaj der Täter ist. Er glaubt es und hofft es, weil das praktisch wäre. Er würde die Straftat dem Toten zuordnen und die Akte schließen.
Das würde Čović tun, wenn Adrian Lekaj irgendein Toter wäre. Aber Adrian Lekaj ist ein gefallener Kriegsheld des Vaterländischen Krieges. Lekajs Name ist in die Tafel der gefallenen Männer aus Misto gemeißelt, die neben dem Basketballplatz steht. In Misto gibt es nicht viele gefallene Helden, es sind nur vier. Čović will nicht derjenige sein, der einen von ihnen als Mörder anschwärzt.
Er will nicht der Erste sein, der diesen lästerlichen Gedanken laut äußert. Das soll an seiner statt Gorki tun. Gorki ist ein Roter, dem ist es ohnehin egal.
Auf dem Weg zum Ausgang erinnert sich Gorki an Lekaj. Er erinnert sich an den Morgen, als sie ihn verhaftet haben, als sie ihn im Unterhemd aus dem Bett zerrten und in den Streifenwagen bugsierten. Er erinnert sich an den alten Tenžer, der Lekaj mit den Fäusten auf Rippen und Rücken schlug. Gorki erinnert sich, wie der Sohn des Bäckers schluchzte, mit Handschellen an den Tisch gekettet, und wie er auf dem Boden der Zelle lag, während sich auf seinem Körper Blutergüsse bildeten, in der Form von Tenžers Fäusten. Er erinnert sich auch an den Lügendetektortest, den Lekaj mit Bravour bestanden hatte.
Sie verlassen die Staatsanwaltschaft. Čović reicht ihm versöhnlich die Hand. Er zögert, dann fragt er doch.

„Und? Was meinen Sie?“

„Ich glaube nicht, dass es Lekaj war“, antwortet Gorki.

„Wieso nicht?“

„Weil das nicht den anonymen Hinweis erklärt. Deshalb.“

Čović schüttelt zweifelnd den Kopf.

„Er muss es gewesen sein“, stößt er hervor. „Wer sonst?“

Scheiß drauf, denkt Gorki, der macht nur seine Arbeit. Aber er sagt nichts. Er verabschiedet sich – kurz, kühl und ohne Händeschütteln – und geht die Straße hinunter.

Er geht noch nicht zum Wagen, er braucht einen Spaziergang. Er läuft durch die Fußgängerzone ins Zentrum, vorbei am Theater und an der venezianischen Mauer. Als er auf die Promenade stößt, läutet es vom Franziskanerkloster Mittag.

Er kommt zu einem kleinen Fischerhafen, beobachtet, wie die kleinen Holzboote auf dem Wasser schaukeln. An der Promenade steht ein bärtiger Lulatsch, zu seinen Füßen ein mit Wasser gefüllter Plastikeimer. Der Mann verkauft Würmer als Köder zum Angeln. Die lebendigen Würmer tummeln sich in ihrem kleinen Meer, voller Energie, ohne sich des Schicksals bewusst zu sein, das ihnen droht.

Gorki setzt sich an die Kaimauer. Fähren kommen und gehen, im nahe gelegenen Jachthafen liegen Segelboote. Ein Handwerker überzieht sein Boot mit einer neuen Schutzschicht. Sorgfältig bringt er eine Schicht Glaswolle an und überzieht sie dann mit Harz und darüber Kunstharz. Er arbeitet hingebungsvoll und konzentriert, damit die Oberfläche schön glatt wird. Zwischendurch hält er inne und zieht an einer Zigarette.

Neben ihm auf dem Boden liegt eine Rolle Glaswolle. Sie glitzert in der Sonne.

Gorki schaut auf die Glaswolle und denkt an Čović, der schon so lange Polizist ist und doch nicht die Motivation aufbringt, zwei und zwei zusammenzuzählen.

Er bleibt lange an der Stelle sitzen, über den Inseln ballen sich die Wolken und werden immer dunkler. Es wird Regen geben.

Auch der Mann am Boot erkennt, dass sich das Wetter ändert. Bevor die ersten Tropfen fallen, schließt er den Eimer mit Harz und bringt die Glaswolle unter das Dach. Er zieht noch einmal an seiner Zigarette und stellt die Arbeit ein.

Die ersten Tropfen sind groß und warm. Schon bald wird der Regen dichter, ein Frühlingsschauer. Doch Gorki bleibt auf der Bank am Hafen sitzen, dort, wo eben noch der Mann sein Boot bearbeitet hat. Es regnet und er sitzt da und denkt nach. Er fühlt sich gut.

Denn endlich begreift er.

* * *

Falls Brane Rokkov auf dem Schiff gut verdient, bemüht er sich, das zu verbergen.

Er hat sich keine Wohnung an einer von Splits Eliteadressen gekauft, die sich direkt am Wasser aneinanderreihen, neben Tamarisken und Palmen. Stattdessen hat sich der Sohn der Rokkovs eine Wohnung in einem anonymen sozialistischen Plattenbau gekauft, zwar keine Bruchbude, aber auch kein Luxus, ein Gebäude, das sich durch nichts von Hunderten anderer Gebäude unterscheidet.

Um Viertel vor sechs hält Gorki am Rand einer ruhigen Wohnstraße. Er ist in Skalice, einem Viertel, wo in den Sechzigern Arbeiter längst pleitegegangener sozialistischer Unternehmen Wohnungen zugeteilt bekommen hatten. Auf der anderen Straßenseite, verborgen durch eine Reihe Nadelbäume, liegt der Hauseingang. Unauffällig und anonym wie zig andere in dieser Straße. Gorki beobachtet den Eingang Nummer 15. Es ist die aktuelle Adresse, unter der Brane Rokkov gemeldet ist.

Das Gebäude, das er beobachtet, ist ein lang gezogener, vierstöckiger Bau mit fünf Eingängen und schmalen Balkonen. Das Haus ist schmutzig gelb und die Jalousien haben schon bessere Tage gesehen, die Balkongitter sind rot, was dem Ganzen einen gleichmäßigen und fröhlichen Anstrich verleiht. In dem Haus gibt es ein Souterrain und ein Hochparterre, und die Eingangstür erreicht man über eine elegante überdachte Treppe aus Terrakottafliesen.

Um Viertel nach sechs sieht Gorki endlich, worauf er die ganze Zeit gewartet hat. Brane Rokkov kommt die Treppe hinunter und tritt auf die Straße.

Gorki hat sich Rokkovs Adresse über einen alten Kollegen aus dem Polizeiregister besorgt. Die Adresse stimmt laut Grundbucheintrag mit dem Eigentümer der Wohnung überein. Doch erst jetzt, als Rokkov vor der Wohnung erscheint, weiß Gorki mit Sicherheit, dass er wirklich hier lebt. Hier wohnt Rokkov. Er ist hier, in Kroatien, nicht auf einem Schiff irgendwo in der Ferne.

Allerdings erkennt Gorki den Mann nur mit Mühe. Damals war Brane ein zarter, empfindsamer junger Mann, der Gorki, selbst als sie ihn auf der Wache als Verdächtigen befragten, leidgetan hatte. Äußerlich hat sich Brane Rokkov fast bis zur Unkenntlichkeit verändert. Nach wie vor ist er sehr hellhäutig, aber er ist furchtbar dick. Von der Hüfte bis zu den Knien wuchern Fettpolster und er zieht beim Gehen die Füße nach, als hätte er Mühe, das eigene Gewicht vorwärtszubewegen. Aber – er ist es. Etwas in seinem Gesicht und dem verwundbaren, feuchten Blick hat sich nicht verändert und ist in Gorkis Gedächtnis haften geblieben.

Als er sicher ist, dass Brane weit genug entfernt ist, steigt Gorki aus und betritt das Haus. Auf dem Briefkasten steht: Rokkov, III. Etage. Es gibt keinen Aufzug und so nimmt er die Treppe. Im dritten Stock angekommen, findet er zwei Türen aus grauem Pressspan mit einem Spion auf Augenhöhe vor. Auf der einen steht der Name Luketin. Auf der anderen steht nichts. Das ist die Tür, die er sucht.

Für alle Fälle klingelt er. Er klingelt lange, zweimal, dreimal, doch aus der Wohnung ohne Namensschild dringt kein Laut. Dafür geht die Tür der Nachbarwohnung auf. Aus der Wohnung Luketin lugt eine alte Frau in Morgenmantel und Pantoffeln hervor und mustert Gorki misstrauisch.

„Suchen Sie Brane?“, fragt sie.

Gorki schwankt, ob er lügen soll oder nicht, und schweigt.

„Er ist nicht zu Hause“, sagt die alte Dame. „Soll ich ihm etwas ausrichten?“

„Nein, ist nicht nötig“, antwortet Gorki.

„Sind Sie ein Freund von ihm?“, insistiert die alte Dame.

„Ein Irrtum“, sagt Gorki. „Ich habe mich im Eingang geirrt.“

Er bleibt stehen, doch die Alte bleibt auch beharrlich in der Tür stehen und wartet, dass Gorki geht. Als Gorki die Treppe hinuntergeht, schaut sie ihm so lange nach, bis sie überzeugt ist, dass der Eindringling das Gebäude verlässt, dann erst schließt sie ihre Wohnungstür.

Sobald ihre Tür zu ist, kehrt Gorki um. Leise tritt er an die Tür der der alten Dame, horcht und versichert sich, dass niemand durch den Türspion schaut. Wieder an der Tür ohne Namensschild nimmt er ein Taschenmesser und eine Kreditkarte aus der Hosentasche, das Messer schiebt er ins Schlüsselloch und die Karte auf gleicher Höhe zwischen Tür und Rahmen. Es ist ein altes Schloss, kurz darauf ist die Tür offen.

Es ist lange her, dass er die Polizei verlassen hat. Doch die Tricks, die ihm die Gauner beigebracht haben, sind noch immer nützlich.

Er betritt die Wohnung und macht leise die Tür zu.

Die Wohnung ist nicht groß und bescheiden eingerichtet. Eine Diele, ein Wohnzimmer mit offener Küche und eine Tür, die zu einem weiteren Raum führt. Er tritt in das erstaunlich helle Wohnzimmer. Durch das Fenster blickt man bis zum Fußballstadion und zu den Kränen in der Werft.

Die Wohnung wirkt unbewohnt. Die Küche ist sauber, als würde hier nie gekocht. Auf dem Tisch kein Teller, kein Aschenbecher, nichts – nur die leere, glatte Resopal-Fläche. Wenn der Bewohner Kleidung besitzt, liegt diese in einem Schrank. Das einzige Zeichen von Leben in der Wohnung ist der Bildschirmschoner des eingeschalteten Rechners. Geräuschlos ziehen bunte Quadrate und Kreise über den Bildschirm.

Gorki öffnet Küchenschränke und Schubladen, findet aber nichts Unerwartetes. Auch im Bad findet er nichts weiter als Zahnpasta und ein paar frische Handtücher.

Er öffnet den Schrank im Wohnzimmer. Hier liegen einige wenige Kleidungsstücke sowie Bettwäsche und Decken. So würde es in einer Ferienwohnung aussehen, denkt er.

Er schließt den Schrank und lässt den Blick durch das Zimmer wandern, bis er am Rechner hängen bleibt. Er setzt sich und berührt die Maus. Der Bildschirmschoner verschwindet und die Google-Seite erscheint.

Gorki zögert, dann klickt er auf das Gmail-Symbol. Vor seinen Augen öffnet sich Rokkovs Eingangsordner.

Der ist deprimierend. Außer Werbung und Spam findet sich hier nur Rokkovs Kommunikation mit seinem Agenten. Sie tauschen sich regelmäßig aus, vereinbaren Termine, sprechen über Visa, Hotelvoucher und Flugtickets. An den elektronischen Tickets erkennt Gorki, dass Rokkov Ende Februar in Split gelandet ist. Anfang April hat ihm der Agent ein Visum für Ecuador geschickt, dazu einen Voucher und ein Flugticket für die nächste Heuer. Am dreizehnten Juli soll Rokkov morgens am Hafen Guayaquil sein.

Seit dem Winter ist Rokkov also in Kroatien. Er ist auch am Tag von Silvas Beerdigung in Kroatien gewesen. Aber er war nicht bei der Beerdigung seiner ehemaligen Freundin.

Gorki scrollt weiter durch die Mails und versucht, zwischen Angeboten für Leihwagen und anderen Werbeangeboten etwas zu finden, das ihn weiterbringt. Dann entdeckt er eine Adresse, die sich wiederholt. Die Adresse beginnt mit urokkov@. Das muss Branes Mutter sein.

Sie hat ihm im Februar geschrieben, dann wieder im März und zweimal im Mai. Vor einer Woche hat sie ihm auch geschrieben. Sie schreibt ihm, während er in Kroatien ist.

Auf die meisten Mails seiner Mutter hat Brane nicht geantwortet, auf einige aber doch. Gorki liest die Antworten.

Im März hat er geschrieben, dass er Kapstadt verlassen habe. Da war er schon sechs Tage in Split.

Kurz nach der Entdeckung von Silva Velas Gebeinen hat Rokkovs Mutter ihm eine kurze, aufgeregte Nachricht in Großbuchstaben geschickt: WEISST DU, WAS PASSIERT IST?

Brane hat drei Tage lang nicht reagiert. Erst einen Tag nach der Beerdigung hat er geantwortet.

Haben Anchorage, Alaska, verlassen. Probleme mit der Verbindung. Kann mich eine Zeit lang nicht melden.

Dann, zwanzig Minuten später eine weitere Nachricht, nur ein Satz: *Ich will nicht darüber reden.*

Am gleichen Tag hat Ursula ihm noch zwei Nachrichten geschickt. Er hat nicht geantwortet. Sie hat ihm auch am Tag von Silvas Beerdigung geschrieben, am Nachmittag. Auch auf diese Nachricht hat Brane nicht reagiert.

Rokkov versteckt sich. Vor seiner eigenen Mutter, und zwar in Split, eine halbe Autostunde von seinem Familienhaus entfernt. Und Ursula schreibt und schreibt, eine Nachricht nach der anderen.

Gorki scrollt weiter durch Branes Postfach und versucht, noch mehr über ihn zu erfahren. Dann hört er von draußen ein Geräusch. Im Treppenhaus klappert und raschelt es. Dann ist es wieder still und Gorki beruhigt sich. Aus dem Gebäude dringen nur die üblichen Geräusche zu ihm: ein laufender Wasserhahn, ein zu lauter Fernseher, eine Waschmaschine im Schleudergang.

Ein letztes Mal scrollt er durch Branes Posteingang. Hier gibt es nichts Interessantes mehr. Er steht auf und geht zur Wohnungstür, als er die Tür bemerkt, die er bisher nicht geöffnet hat. Er drückt die Klinke herunter, doch die Tür ist abgeschlossen.

In der Küche öffnet er eine der Schubladen, in der ihm vorhin ein Schlüsselbund aufgefallen ist. Ganz hinten liegt ein einzelner Schlüssel.

Der Schlüssel passt und die Tür öffnet sich.

Die Dunkelheit überrascht Gorki. Die Jalousien sind geschlossen und durch die Ritzen fällt Licht, das an die gegenüberliegende Wand ein Streifenmuster malt. Gorki ertastet den Lichtschalter und grelles Licht erfüllt den Raum.

Und dann sieht er es.

* * *

Drei Wände des Raums sind harmlos. An der linken Wand steht ein großer Schrank, darin ein Stapel Koffer.

An der rechten Wand steht ein Einzelbett. Die dritte Wand nimmt ein großes Fenster mit Jalousien davor ein. Genau vor ihm ist die vierte Wand, und diese Wand ist ein Schrein für Silva Vela.

Im Zentrum hängt ein vielfach vergrößertes Foto von Silva. Es ist das gleiche Bild, das man für die Ermittlungen verwendet hat. Das gleiche Bild, das Silvas Familie im ganzen Land verteilt hatte. Unglaublich groß starrt Silva ihn von der Wand an, so stark vergrößert, dass man jede Pore und Aknenarbe erkennen kann. Jedes Haar, das ihr über Stirn und Augenbrauen fällt.

Um das große Foto herum hat Brane unzählige kleine geklebt. Die meisten hat Gorki noch nie gesehen. Einige zeigen Silva als Kind, auf anderen ist sie ein Teenager. Auf einigen sieht man nur sie, auf anderen ist sie in Gesellschaft von Freundinnen, Mitschülerinnen und Mitbewohnerinnen. Auf den meisten Fotos sind Silva und Brane abgebildet. Sie haben sich in Misto fotografiert und in Split, am Strand und auf dem Boot, auf Križev Rat und vor dem *Lanterna*. Sie haben einander fotografiert und sich zusammen, lachend und unbeschwert, während eines langen, endlos scheinenden Sommers.

Je länger Gorki diesen bizarren Schrein betrachtet, desto deutlicher wird die Absicht. Dieser Altar ist sorgfältig abgeschirmt worden – gegen Silvas Tod. Nichts an dieser Wand lässt auch nur erahnen, dass Silva verschwunden oder tot ist: keine Zeitungsausschnitte, keine Flugblätter mit der Suchmeldung. Auf dieser Wand hört Silvas Geschichte am 23. September 1989 auf. Nach diesem Samstag im September existiert nichts mehr. Nichts mehr ist wichtig – nichts ist geschehen.

Brane hat der lebenden Silva einen Schrein errichtet, ein Tabernakel.

Ein Schauer überläuft Gorki. Er macht das Licht aus und zieht die Tür zu.

Vorsichtig späht er ins Treppenhaus. Da ist niemand. Er verlässt Rokkovs Wohnung. Wieder hat er das Gefühl, ein Geräusch zu hören. Er schaut zur Wohnung Luketin. Am Türspion kann er nichts erkennen, aber er wird das Gefühl nicht los, dass hinter der Tür ein Mensch steht.

Er geht die Treppe hinunter, doch nach ein paar Stufen fällt ihm ein, dass er den Raum nicht abgeschlossen und den Schlüssel nicht zurück in die Schublade gelegt hat.

Er will umkehren, hört in diesem Moment aber das Öffnen der Haustür im Erdgeschoss. Er kann nicht mehr zurück.

Er geht weiter und gleich darauf kommt ihm eine Person entgegen.

Mühsam wuchtet Brane Rokkov seinen schweren Körper die Stufen hinauf. Gorki geht einfach weiter die Treppe hinunter, im Kopf die Regeln über Verfolgungstechniken aus der Polizeischule. Dreh den Kopf nicht weg, schau nicht nach unten. Lauf ruhig und desinteressiert. Niemals, wirklich nie Blickkontakt aufnehmen.

Genauso macht er es. Er läuft an Rokkov vorbei, ohne Reaktion, Gruß oder Blick. Er hat keine Ahnung, ob Rokkov ihn erkennt. Aber den Schlüssel wird er bemerken. Er wird wissen, dass jemand in seiner Wohnung und in dem Raum gewesen ist.

Im Erdgeschoss angekommen, hört er das Öffnen einer Wohnungstür im dritten Stock. Dann eine Frauenstimme. Er versteht nicht, was sie sagt, aber er kann es sich denken.

Frau Luketin berichtet ihrem Nachbarn von dem geheimnisvollen Eindringling, der ihn gesucht hat.

Gorki verlässt das Gebäude und geht schnellen Schrittes die Straße hinunter. Das Auto wird er später holen, denn er will nicht, dass jemand ihn beim Einsteigen sieht und sich das Kennzeichen merkt. Er ist nur wenige Schritte weit gekommen, als er hinter sich aus Richtung des Hauses einen dumpfen Schlag hört. Er dreht sich nicht um und geht weiter.

Nach dem Schlag herrscht Ruhe. Dann erklingt ein hysterischer Schrei.

Da erst dreht Gorki sich um. Vor dem Eingang sieht er eine Frau, die immer noch schreit. Eine Gruppe Passanten hat sich versammelt und starrt auf etwas am Boden. Einer von ihnen schaut immer noch geschockt nach oben. Die Frau schreit immer lauter.

Gorki geht zurück und mischt sich unter die Gruppe. Auf dem Boden vor dem Haus, genau unter seinem Balkon, liegt Brane Rokkov. Sein riesiger lebloser Körper erinnert an eine kaputte Puppe, die Glieder unnatürlich verrenkt. Seine toten Augen starren auf die letzte Treppenstufe und einen Gullideckel. Um seinen Kopf breitet sich eine Blutlache aus. Das dicke, zähe Blut fließt zum Gullideckel und tropft dort in die Tiefe.

Gorki schaut nach oben, zum Balkon, von dem Brane gesprungen ist. Ein gewöhnlicher, leerer Balkon wie zig andere an der Fassade des Hauses. Er unterscheidet sich nur dadurch von den anderen, dass die Balkontür halb offen steht.

Auf dem Balkon neben Branes steht Frau Luketin. Sie hat die Hände vor den Mund geschlagen, aber sie gibt keinen Ton von sich.

In der Zwischenzeit sind immer mehr Menschen herbeigeeilt. Gleich wird auch die Polizei eintreffen.

Gorki geht zu seinem Wagen. Bevor er einsteigt, dreht er sich noch einmal um.

Dann dreht er den Zündschlüssel. Er legt den ersten Gang ein und fährt los.

18
Vesna (2015)

Genau an diesem Tag erreichte der Ärger in der Schule seinen Höhepunkt.

Eine Woche vorher hatte Vesna mit den Siebtklässlern einen Test über die Klimazonen geschrieben. Nach der Korrektur stellte sich heraus, dass von zwanzig Schülern sechzehn eine schlechte Note hatten. Am Montag hatte sie den Schülern den Test zurückgegeben und damit hatten die Probleme begonnen.

Als sie nach der großen Pause in die Klasse kam, stand an der Tafel VELA IST EINE HEXE. Der Schüler, der Tafeldienst hatte, musste die Tafel putzen und danach schickte sie die ganze Klasse zum Direktor. Der Direktor bat sie, nach der letzten Stunde zu ihm zu kommen.

Das Gespräch entwickelte sich nicht so, wie sie erwartet hatte. Der Direktor hatte kein böses Wort für die Kinder. Stattdessen teilte er ihr mit, er habe eine Petition von den Eltern erhalten, die dritte in den vergangenen fünf Jahren. Es sei nicht normal, sagte er, dass das schwierigste Fach für die Schüler ausgerechnet Erdkunde sei.

Vesna wollte etwas zu ihrer Verteidigung sagen, doch der Direktor ließ sie nicht zu Wort kommen. Er wies darauf hin, dass sie zum Ende des Schuljahrs vierundsechzig sein werde und alle Bedingungen erfülle, um in Frührente zu gehen. Er erwarte von ihr – um des lieben Friedens willen – dass sie diese Möglichkeit nutze. Falls nicht, würde er beantragen, dass eine Kommission ihre Arbeitsfähigkeit überprüft.

Erbittert wegen des Verrats ging Vesna nach Hause. Sie zog sich um und ging in Agatas Laden, um eine Dose Kichererbsen und Salz zu kaufen. Und dort erfuhr sie dann, dass Brane Rokkov vom Balkon gesprungen war.

„Brane Rokkov hat sich umgebracht", verkündete die alte Agata ganz unaufgeregt in breitestem Dialekt, während sie Grapefruits aus einer Kiste ins Regal sortierte.

Während Agata mit wohldosiertem Mitgefühl die Nachricht kommentierte, warteten an der Theke einige Frauen darauf, bedient zu werden. Darunter die alte Padovan und die jüngere Schwiegertochter der Bakićs. Beide schwiegen. Wegen des alten Tonko hatten sie ihre Parzellen auf Rokkovs Land nicht verkaufen können. Weder die Bakić noch die Padovan hatten auch nur einen Funken Mitgefühl für die Rokkovs.

Vesna erledigte ihren Einkauf und ging nach Hause. Auf dem Heimweg dachte sie an den mageren, sanften jungen Mann, der vor langer Zeit in ihr Haus gekommen war. Sie erinnerte sich, welche Sorgen er sich um Silva gemacht und wie unaussprechlich er gelitten hatte. Er war ein stilles, zartes Kind gewesen, ganz offensichtlich viel zu sensibel. Es wäre anders gekommen, wenn Silva sich mehr an ihn statt an irgendwelches Gesindel gehalten hätte.

Zu Hause wässerte sie den Garten, schnitt die Kiwi zurück und machte sich ein einfaches Essen aus Kichererbsen und Olivenöl. Das Telefon unterbrach sie beim Essen. Es war Jakob. Er kündigte an, morgen zusammen mit dem Polizisten Čović nach Misto zu kommen.

Es gebe Neuigkeiten, aber auch er wisse nicht, um was es gehe.

Sie kommen zu dritt: Jakob, Mate und der Inspektor. Der Inspektor lehnt den angebotenen Kaffee ab, nimmt aber ein Glas

Wasser. Er teilt ihnen mit, was sie bereits wissen: dass Brane Rokkov tot ist. Dann schweigt Čović kurz, als fiele es ihm schwer weiterzusprechen, und formuliert den nächsten Satz vorsichtig und zurückhaltend.

„Wir glauben, dass Rokkov es getan hat", sagt er. „Dass er Ihre Tochter umgebracht hat. Jetzt hat er Selbstmord begangen, weil er glaubte, wir würden gegen ihn ermitteln."

Vesna beobachtet die Gesichter der anderen. Jakob zuckt mit keiner Wimper und Mate runzelt die Stirn wie unter Schmerzen.

Čović erläutert ihnen die Indizien. Auf Silvas Kleidung habe man Spuren von Glaswolle gefunden. In ganz Misto verwendete nur Branes Vater dieses Material zur Beschichtung von Booten. Auf der blutigen Latte habe man Reste von Bootslack entdeckt. Diese Stoffe seien Indizien, sagt er.

„Einige haben wir jetzt erst entdeckt, andere wurden in den Ermittlungen 1989 vernachlässigt. Doch das ist nicht alles. Rokkovs Verhalten ist seltsam. Alle sagen, dass er seit 1989 fast nie nach Misto kommt. Er kommt auch nicht, wenn er in Kroatien ist, weder um seine Eltern zu besuchen, noch zu Beerdigungen."

„Aber das wussten Sie doch früher schon", sagt Mate. „Was daran ist neu?"

„Neu ist das, was wir gestern gefunden haben", antwortet Čović. „Als wir nach seinem Selbstmord die Wohnung durchsucht haben."

Er legt ein Bündel Fotos auf den Tisch. Darauf ist die Wand eines kleinen Raums zu erkennen. Die ganze Wand ist bedeckt mit Fotos von Silva. Sie hängen dicht nebeneinander um ein großes Foto in der Mitte herum. Wie eine Wand für Nachrichten und Fürbitten.

„Das haben wir gefunden, als wir in die Wohnung kamen", sagt Čović. „Genau so hat es ausgesehen."

Vesna sieht Mates Reaktion. Wütend ballt er die Fäuste. Wäre Brane nicht tot, würde Mate ihn jetzt umbringen, denkt Vesna.

„Wir glauben, dass er sich umgebracht hat, weil er glaubte, wir würden gegen ihn ermitteln", fährt der Inspektor fort. „Eine Nachbarin hat erzählt, dass sich an diesem Tag ein unbekannter Mann nach ihm erkundigt und in die Wohnung gewollt habe. Es gab

Zeichen eines gewaltsamen Eindringens. Er glaubte wohl, wir, die Polizei, sei ihm auf der Spur."

„Aber das waren Sie nicht", unterbricht ihn Vesna. „Sie waren ihm nicht auf der Spur, oder?"

Čović wird rot. „Nein, es war Zufall. Wir wissen nicht, wer dieser Mann war. Es war auf keinen Fall einer von uns."

„Aber hatte Brane nicht ein Alibi?", fragt Vesna. „In dieser Nacht saß er doch im Bus."

„So steht es in der Ermittlungsakte", antwortet der Inspektor. „Aber Sie müssen verstehen, dass damals sehr schlampig gearbeitet wurde. Bei der Polizei arbeiteten Kommunisten, denen war es nur wichtig, die Leute auszuspionieren. In dem Nachtbus waren der Fahrer und vier Passagiere. Der Fahrer ist 1993 gestorben, zwei der Passagiere sind nach Serbien gezogen, einer nach Sydney. Einen haben wir gefunden. Er ist 79 Jahre alt und leidet an Demenz. Es gibt niemanden, der bestätigen könnte, dass Rokkov im Bus saß. Niemand in Misto hat gesehen, wie er aus dem Bus gestiegen ist, und außerdem ..." Čović zögert. Dann gibt er sich einen Ruck.

„Rokkov war Seemann", sagt er. „Wir können nicht ausschließen, dass ihm die Polizei damals einen Ausweg aufgezeigt hat. Unter der Bedingung natürlich, dass er mit ihr zusammenarbeitet."

„Zusammenarbeitet?", fragt Mate. „Was meinen Sie damit?"

„Sie wissen schon", antwortet Čović. „Dass er im Ausland für sie arbeitet. Ich behaupte nicht, dass es so gewesen ist, aber es ist möglich. Keiner von den Alten würde das heute zugeben."

Mate starrt Čović düster an. Čović sieht zu Vesna und erkennt offensichtlich ihre Skepsis. Als wollte er sie überzeugen, spricht er an sie gerichtet weiter.

„Rokkov hatte ein Motiv", sagt er. „Eifersucht. Wahrscheinlich hat er sie mit dem anderen … erwischt. Oder hat von jemandem gehört, was passiert ist. Oder hatte vorher schon einen Verdacht. Ganz offensichtlich hatte er eine ungesunde Fixierung, wie man hier an den Fotos ja sieht. Wir haben diese Fotos. Wir haben physische Beweise, schlüssige Indizien. Für uns", schließt er, „ist der Fall gelöst."

„Heißt das“, fragt Jakob, „dass Sie hiermit zur Staatsanwaltschaft gehen und dann vor Gericht?“

Čović kann ein Grinsen nur mit Mühe unterdrücken. „Natürlich nicht. Wie sollten wir ihn denn anklagen? Er ist tot.“

„Was dann?“, fragt Jakob.

„Seid ihr blind?“ Vesna springt auf. „Nichts. Er wird gar nichts tun.“

In dem Moment, als die Worte aus ihrem Mund kommen, sieht sie Jakobs ängstlichen Blick. Als hätte er Angst davor, dass sie ausrastet.

„Wirklich praktisch“, zischt sie. „Oder nicht? Sie müssen nichts beweisen, es gibt keinen Verteidiger, kein Beweisverfahren, keine Zeugen, die dem widersprechen. Es wird nie jemand verurteilt werden, keiner wird erfahren, dass er es gewesen ist. Sie haben einen unaufgeklärten Fall weniger, und die ganze Angelegenheit bleibt hier zwischen uns auf dem Küchentisch.“

Sie spürt die angespannte Atmosphäre, die sich bei ihren Worten ausgebreitet hat.

Mates unterdrückte Wut scheint ihr auf einmal gegen sie gerichtet zu sein. Und Jakob schaut bedauernd zu dem Polizisten, als wollte er sich für ihr Verhalten entschuldigen. Das ist wieder der Jakob, der ihr zu einem Zeitpunkt ihres Lebens zuwider geworden ist, unterwürfig und anbiedernd, jeder Autorität hörig, zufrieden mit jedem Mist, den man ihm vorsetzt. Vesna beobachtet, wie er zuvorkommend versucht, ihren Ausbruch abzumildern – und nach so vielen Jahren flammt ihr Hass auf ihn erneut auf.

Sie muss raus an die frische Luft. Sie geht auf die Terrasse. Von draußen schaut sie durchs Fenster, wo Čović noch immer spricht und Mate und Jakob versöhnlich nicken. Dann verabschiedet sich Čović. Er gibt beiden Männern die Hand, dann schaut er zögernd zur Balkontür, zweifelnd, ob er sich auch von Vesna verabschieden soll. Er verwirft die Idee und verlässt das Haus. Vesna sieht, wie er die Treppe vor dem Haus hinuntergeht, dann zwischen ihren Gemüsebeeten hindurch zum Gartentor, das er öffnet und wieder schließt, und wie er dann die Straße hinuntergeht, bis sie ihn nicht mehr sehen kann.

Sie dreht sich um und schaut wieder ins Zimmer. Jakob und Mate sitzen am Tisch. Mate hält sich gut für sein Alter. Aber auch er wird langsam alt. Und je älter er wird, desto mehr ähnelt er seinem Vater. Stirn und Schläfen nehmen die gleiche Form an wie bei Jakob, die Geheimratsecken werden immer höher, genau wie damals bei Jakob. Vater und Sohn unterhalten sich wie Zwillinge, die eine Zeitreise voneinander getrennt hat, sodass sie nun unterschiedlich alt sind. Sie sprechen leise und ernst miteinander, wahrscheinlich über Vesna, wahrscheinlich mit besorgtem Ton und als wollten sie sie vor sich selbst beschützen. Wenn sie die beiden hören könnte, würde sie bestimmt toben.

Sie schaut auf Misto. Es wird langsam Abend und an der Promenade gehen die Lichter an. Der Bocciaplatz leuchtet wie eine Metropole und von dort dringen Gesang und Rufe zu ihr. Hinter allen erleuchteten Fenstern schauen die Leute fern, waschen sich die Hände, essen zu Abend, streiten sich, haben Sex. Es ist Juni, noch zu früh für die Touristen, doch Misto ist aus dem Winterschlaf erwacht und segelt in den Glanz des Sommers und der Hochsaison. Für einen Moment erscheint ihr Misto wie ein warmer, ruhiger Ort, an dem man gut leben kann. Doch das ist eine Illusion und die wird in ungefähr zwanzig Stunden verschwunden sein, da ist sich Vesna ganz sicher.

Denn die Leute werden es erfahren. Der Kleine von Tonko hat sie getötet. Ermordet. Er hat Vesnas Tochter ermordet.

Brane. Sie versucht sich sein Gesicht vorzustellen: große, schüchterne Augen, Nase, Stirn. Diesem Gesicht hatte man nicht ansehen können, dass er zu Aggression fähig war. Aber das kann täuschen. Die Menschen sind Meister der Täuschung.

Im Haus stehen Mate und Jakob auf. Sie kommen zu ihr, um sich zu verabschieden. Jakob hebt nur mit resigniertem Blick die Hand. Mate umarmt sie und gibt ihr einen Kuss auf die Wange. Doch beide sind sorgfältig darauf bedacht, vorsichtig mit ihr umzugehen, wie mit einer Geistesgestörten, die man besser nicht reizt.

Sie wartet, bis die beiden im Auto sitzen und weggefahren sind. Als sie die Rücklichter nicht mehr sehen kann, geht sie zurück ins

Haus. Erst jetzt sieht sie, dass die ganzen Fotos noch immer auf dem Tisch liegen.

Sie nimmt sie in die Hand. Sie sieht ihre Tochter, die an einer Wand hängt, in einer kleinen Stadtwohnung. Silva schaut von der Wand, als würde sie fragen: Habt ihr es jetzt kapiert?

Sie legt die Bilder zurück auf den Tisch. Und dann erinnert sie sich. Einmal, genau in jenem Sommer, saß Brane an genau diesem Tisch, auf dem Stuhl, auf dem sie jetzt sitzt. Es war Juni oder Juli. Sie erinnert sich an diesen Morgen. Sie erinnert sich, dass sie ihm zu Essen gegeben hat, Brot, Mortadella und Milch. Er war höflich, sehr freundlich. Sie erinnert sich, dass sie die Vorstellung angenehm fand, er könnte ihr Schwiegersohn werden.

Da saß er, denkt sie. Er hat ein Mortadellasandwich gegessen und hat gelacht, auch Silva hat gelacht und glücklich gewirkt.

Stimmte das? War das wirklich er gewesen?

Vesna sitzt in der Küche und stellt sich diese Fragen wieder und immer wieder. Eine Antwort findet sie nicht.

Vierter Teil

Blut und Wasser

19
Gorki (2016)

Er muss es zugeben: Die Iren haben sich Mühe gegeben. Für die Eröffnung der Sunset Residence Misto haben sie weder Geld noch Mühe gescheut.

Die Ferienhaussiedlung ist picobello hergerichtet. Am Tag zuvor hat eine Landschaftsgärtnerei Oleander, Olivenbäumchen, Lavendel und Rosmarin auf den Grünflächen gepflanzt. Treppen und Pfade aus polierten Steinen glänzen in der Sonne, Handläufe und Bänke sind frisch gestrichen. Zur Eröffnung der Siedlung hat Smart Solutions zehn Katamarane gechartert, die jetzt am ehemaligen Anleger der jugoslawischen Marine liegen. Die Masten der Katamarane und die erste Reihe Ferienhäuser sind mit bunten Fähnchen geschmückt, die im Nachmittagswind flattern.

Überall stehen lächelnde, vollbusige Hostessen. Auf der Restaurantterrasse spielt ein Orchester leise Swing, alte Songs von kroatischen Schlagerstars und von Frank Sinatra, und an der Bühne, als Verneigung vor dem Lokalkolorit, stehen verkleidete Männer. Einige tragen Gewänder, wie man sie Piraten zuschreibt, andere gestreifte Matrosenshirts. Gorki kann sich ungefähr vorstellen, was dem Eventmanager vorschwebte. Ein Fischerfest für die VIP-Gäste, Fischer, die den Gästen Fisch anbieten, alles Fake, und dann ein gespielter Piratenkampf, der die lokale Tradition von Heldenmut und Streitlust darstellen soll. Alles ist perfekt, bis auf den Wind. Der Mistral weht viel zu stark für diese Jahreszeit. Er kommt von Westen in unregelmäßigen Böen und lässt Fähnchen, Kleider und Tischdecken flattern. Der Geschäftsführer, der Bürgermeister, der Tourismusminister, der irische Botschafter, Mitarbeiter von Reiseveranstaltern, ein paar Journalisten und Vertreter des Gemeinderats, der Pfarrer und ein paar Einheimische sind da. Gorki erkennt den Besitzer des Cafés *Lanterna*, der inzwischen Gemeinderat ist. Er sieht einen ehemaligen Fußballstar, mindestens eine ehemalige Miss Croatia und zwei Fernsehmoderatorinnen.

Schließlich erklimmt eine der Moderatorinnen die Bühne, hüstelt ins Mikro und die Band hört auf zu spielen. Die Moderatorin bittet den Tourismusminister auf die Bühne, dann den Geschäftsführer von Smart Solutions. Beide begrüßen die Gäste und wünschen ihnen gute Unterhaltung. Zum Schluss bittet die Moderatorin noch den neuen Bürgermeister auf die Bühne, und groß und kräftig wie eh und je tritt Mario Cvitković vor das Publikum.

Der neu gewählte Bürgermeister nimmt das Mikro. Er begrüßt die Gäste aus Politik und Wirtschaft und die kirchlichen Würdenträger. Er hebt die Bedeutung von Investitionen hervor, die der Entwicklung des Tourismus dienen und der Arbeitslosigkeit entgegenwirken. Er ruft alle zu weiteren Investitionen auf, die zu, genau so bezeichnet er es, Gästen von guter Qualität führen würden. Gorki arbeitet schon lange im Tourismus und weiß inzwischen, dass der Tourismus, genau wie der Nationalsozialismus, die Menschen qualitativ unterscheidet.

Von der Seite aus verfolgt Gorki Cvitkovićs Rede und bemerkt verwundert etwas, das ihm schon früher aufgefallen ist. Cvitković wirkt auf das Publikum verführerisch wie ein Magier. Er ist groß, attraktiv, hat die natürliche Haltung eines Anführers, spricht mit angenehmem Bariton und schlägt einen friedfertigen Ton an. Gorki ist sich bewusst, was die Leute in Cvitković sehen: einen Kriegshelden, Oberstleutnant der kroatischen Armee, zwei Mal verwundet, und jetzt ein Befürworter der konservativen Erneuerung, nationaler Werte und eines besseren Investitionsklimas. Aber Gorki erinnert sich auch an das andere. Er erinnert sich an Mario Cvitković aus der Zeit, als der noch kein Politstar war, bevor er Oberstleutnant wurde, bevor in Kroatien der erste Schuss fiel. Er erinnert sich an ihn, als er ein einfacher Ganove war, ein kleiner Dealer, als Gorki ihn auf der Wache verhörte, weil er überzeugt war, dass Cvitković etwas mit Silva Velas Verschwinden zu tun hatte. Ob Cvitković ihn nach all der Zeit wiedererkennen würde? Und wenn, wie würde er reagieren? Würde er andeuten, aus politischen Gründen verfolgt worden zu sein? Würde er so tun, als erinnerte er sich nicht? Oder würde er ihm einfach auf die Schulter klopfen und ihm sein ansteckendes, charismatisches Lächeln schenken?

Cvitković beendet seine Rede und das Publikum applaudiert enthusiastisch. Gorki sieht und hört alles. Er könnte den Leuten so einiges über Cvitković erzählen. Doch selbst wenn er wollte, würde es niemanden interessieren. Vor die Wahl zwischen Wahrheit und Legende gestellt, entscheiden sich alle für die Legende.

Cvitković verlässt die Bühne, die Moderatorin verkündet den nächsten Programmpunkt und die Musik setzt wieder ein. Während der Wind weiter auffrischt und mit den Tischdecken spielt, tragen Hostessen Getränke herum und Kellner Speisen auf. Voll beladene Servierwagen werden angekarrt, darauf Riesengarnelen, Thunfisch mit Kapern, Oktopussalat, Rindercarpaccio und Hummer mit Mayonnaise. Die Elite der Gesellschaft stürzt sich auf das Essen, Ellbogen werden ausgefahren, als drohte ab morgen die Hungersnot. Gorki nimmt sich noch ein Glas Wein, das dritte, stellt er grummelnd fest, und schlendert durch das Werk, das er mit erschaffen hat.

Er entfernt sich von der Feier und dem Gedränge, steigt die Treppe zur oberen Terrasse hoch und schaut auf die Reihen von Apartmenthäusern, neu, perfekt gestrichen, mit heruntergelassenen Rollläden.

Er geht noch weiter hoch zur dritten und vierten Häuserreihe, biegt nach rechts ab, läuft um eine grüne, mit Tamarisken bepflanzte Insel und erklimmt die Stufen eines Hauses auf der obersten Terrasse. Er zieht den Schlüssel aus seiner Hosentasche und schließt die grüne Kunststofftür auf.

Drinnen macht er Licht und betrachtet sein neues Eigentum. Die Iren sind ihm die zweite Rate seiner Provision schuldig geblieben und haben ihm stattdessen die einundvierzigste Woche des Jahres im Timeshare-Apartment 64 überschrieben. Als er mit den Iren zu einer Einigung gekommen war, musste Gorki erst einmal auf dem

Kalender nachsehen, wann die einundvierzigste Woche des Jahres ist. Im Oktober. Er hat dennoch akzeptiert, denn so bekommt er wenigstens etwas. Die Iren haben nämlich bei Gott und der Welt Schulden – den Baufirmen, dem Staat, den Banken. Die wiederum haben Schulden bei anderen und die anderen bei Dritten, und in diesem Schuldenkreisverkehr bewegt sich auch der kleine Betrag, den man ihm schuldet. Er hat dafür das Beste rausgeholt: eine verregnete Woche auf dieser Terrasse.

Erstaunt stellt Gorki fest, dass ihm das Apartment gefällt. Alles ist weiß und unbenutzt, fast steril. Es gibt eine kleine, funktionale Küche mit einem Kühlschrank, eine Theke mit Barhockern zum geselligen Plaudern, eine Terrassengarnitur, die jemand zum Schutz vor Regen hereingestellt hat. Gorki trägt einen Stuhl auf die Terrasse. Er setzt sich und fragt sich, wie der Ausblick wohl im Oktober sein wird, wenn die Tage kürzer und die Strandcafés und Pizzerien geschlossen sind, wenn sich an den Bergen die Wolken ballen und die Tage verregnet sind. Wenn der Südwind bleigraue Wellen durch den Kanal treibt. Das wird er wahrscheinlich sehen, wenn er im Apartment 64 wie in einer Theaterloge sitzt.

Unten am Meer spielt noch das Orchester und die Leute unterhalten sich. Im kleinen Hafen flattern die Wimpel an den Bootsmasten. Die neue Apartmentsiedlung leuchtet, glitzert und vibriert. Und auf der anderen Seite der Bucht liegt der andere Ort, das Original. Im Vergleich mit der Fälschung sieht er kraftlos und tot aus: Auf dem Basketballplatz sind die Körbe abgerissen, das Partisanendenkmal dämmert beschädigt vor sich hin, die Tamarisken welken und das Glas der Telefonzelle ist eingeschlagen. Gorki kennt die Silhouette des Ortes sehr gut, er sieht den Hügel mit dem alten Ortskern, den Kirchturm, den Kiesstrand, die Umrisse der Landspitze und darauf die kleine Kapelle Stella Maris.

Und hinter der Kirche, wo keine Häuser mehr sind, beginnt die Ödnis: sechs Hektar Macchia, Gestrüpp, ohne ein einziges Haus, ohne bearbeitetes Feld. Rokkovs Land. Er sieht es und fühlt ein Stechen und Brennen in den Eingeweiden. Denn es gibt Dinge, die er noch nicht erledigt hat.

Aus dem Glas, das er unerlaubt von der Party mitgenommen hat, trinkt er den letzten Schluck Wein. Ihm wird klar, dass er Misto nicht verlassen kann, ohne den letzten Knoten zu lösen. Bevor er geht, muss er den letzten Zweifel beseitigen, dann wird er nie mehr wiederkommen, weder in der einundvierzigsten noch in irgendeiner anderen Woche, nicht im nächsten und in keinem anderen Jahr.

Er stellt den Stuhl zurück, geht hinaus und schließt ab. Sein Ziel ist der Altort.

Er geht dorthin, um eine Ermittlung abzuschließen, die er vor langer Zeit begonnen hat.

* * *

Er läuft am Ufer entlang, vorbei an Bootsanlegern, am Bocciaplatz und an der ehemaligen Fischergenossenschaft. Schon bald geht die Asphaltstraße in einen Schotterweg über. Nach einigen Minuten erreicht er die Kapelle. In der neuen Nachbarschaft der großen Apartmenthäuser wirkt sie erbärmlich klein.

Er umrundet die Landspitze und sieht das Haus der Rokkovs, das keine Lebenszeichen zeigt. Vor dem Haus an der Bootsrampe liegt kein Boot und es wirkt auch nicht so, als habe bis vor Kurzem jemand hier gearbeitet.

Er läuft den Weg zum Haus hinauf, doch statt zur Haustür zu gehen, läuft er die Außenwand entlang in den Garten hinter dem Haus, über die Terrassen mit Olivenbäumen, bis er den Schuppen erreicht.

Die Tür ist wie beim letzten Mal morsch. Er schiebt sie auf und geht hinein. Dieses Mal ist der Schuppen leer: keine Fischernetze, keine Fässer mit Harz und keine Rollen oder Matten aus Glaswolle. Nur der alte zerrissene Zementsack liegt noch auf dem Boden, Papierreste und eine graue erstarrte Pfütze.

Er schaut sich um an dem Ort, wo Silva Vela vierundzwanzig Stunden gelegen hat. Wo ihre Leiche unter Matten aus Glaswolle versteckt war.

Er kann sich noch gut erinnern: Rokkovs Land hatten sie am dritten Tag durchsucht. Erst am dritten Tag, als klar war, dass Silva

Vela weder ertrunken noch betrunken in eine Felsspalte gefallen war. Erst dann hatten sie Branes Haus durchsucht, und selbst wenn die Polizisten damals den Schuppen zwischen den Olivenbäumen bemerkt hatten, dann hatte die tote Silva Vela längst nicht mehr dort gelegen.

Er verlässt den Schuppen und schließt die Tür. Vor ihm das Land der Rokkovs. Ein Jahrzehnt ist vergangen, aber Tonko hat nicht verkauft. Das Land ist verwildert, ein Denkmal der Dickköpfigkeit. Rokkovs Land – Silva Velas erstes und nur vorübergehendes Grab – ist unberührt, als wären Johannisbrotsträucher und Gestrüpp ein Mausoleum.

Er läuft hinunter zum Haus und sieht sich nach den Bewohnern um. Schließlich entdeckt er vor der Werkstatt den alten Tonko. Er hat sich kaum verändert, nur sein Bart ist von silbergrauen Fäden durchzogen.

Tonko sieht ihn hasserfüllt an. Aber wahrscheinlich sieht er jeden so an. Er überwindet seine Überraschung schnell und deutet dann mit dem Kinn zur Haustür. „Wenn Sie die suchen, sie ist oben."

Gorki geht durch das Tor mit der Aufschrift *Für Rokko Rokkov und seine Kinder.* Über die Treppe gelangt er zum Wohnbereich und klopft. Er muss noch einmal klopfen, und als wieder keine Reaktion kommt, geht er einfach hinein.

Er findet Ursula Rokkov im großen Zimmer am Tisch sitzend. Es sind zwölf Jahre vergangen, seit er sie das letzte Mal gesehen hat. Und jetzt sieht man ihr die Jahre an.

An Ursulas Gesicht und Figur lässt sich noch ihre frühere Schönheit erahnen. Doch inzwischen ist sie verwelkt wie ein morscher Ast, und die Haut im Gesicht und an den Händen ist runzlig. Sie sitzt am Tisch und palt Erbsen. Sie hört die Tür und hebt den Kopf. Als sie Gorki sieht, zeigt sie Enttäuschung, aber keine Überraschung. Als hätte Ursula ihn erwartet.

Er grüßt und hört gleich darauf ein Husten und schwere Schritte auf der Treppe. Tonko kommt herein.

„Sie schon wieder", sagt er.

„Ich fürchte, ja."

„Wenn Sie wieder wegen dem Land hier sind, dann können Sie gleich wieder gehen. Ich wollte nicht verkaufen und will es noch immer nicht."

Ursula schiebt die Schüssel mit den Erbsen beiseite und schaut resigniert zu Gorki.

„Lass nur, Tonko", sagt sie. „Deshalb ist der Mann nicht hier. Er will kein Land kaufen."

„Was dann?", fragt der Alte.

„Er ist hier, weil er es weiß."

Sie schaut zu Gorki. „So ist es doch? Sie sind gekommen, weil Sie es wissen."

Gorki schweigt. Ursula steht auf und trägt die Schüssel zur Spüle.

„Ich wusste immer, dass Sie irgendwann kommen", sagt sie. „Früher oder später."

Sie öffnet den Wasserhahn und lässt kaltes Wasser über die Erbsen laufen.

20
Ursula (1989)

Am schwersten war es, sie vom Schuppen zum Boot zu ziehen. Das war, so erinnert sich Ursula, der anstrengendste Teil.

Sie erledigte das mitten in der Nacht. Als sie die Leiche aus der Rolle Glaswolle gewickelt hatte, klebten an Silvas Haaren, ihrer Haut und Kleidung Tausende winziger Glasteilchen. Sie stachen in Ursulas Hände und ritzten ihre Haut auf, als sie die Leiche zum Wasser zog.

Sie brauchte eine Viertelstunde, vielleicht auch länger. Zuerst schleppte sie den Körper bis zum Haus, dann zum Ufer und schließlich zur Bootsrampe. Dort nahm sie ihn auf den Rücken, zog das Boot heran und ließ den unhandlichen, schweren Körper hineinfallen. Das tote Vela-Mädchen lag zusammengekrümmt auf den Planken des Bootes.

Der Motor wollte nicht gleich anspringen. Sie zog mit aller Kraft am Anlasser, doch der weiße *Johnson* mit sechs PS stotterte nur und erstarb dann. Sie zog immer wieder am Anlasser und der weiße Deckel mit dem stilisierten Pferdekopf zitterte und zerriss die nächtliche Stille. Erst beim vielleicht siebten Mal erklang das erlösende Geräusch. Der *Johnson* tuckerte gleichmäßig.

Sie lenkte das Boot hinaus aufs Meer. Als sie die Bucht verließ, erkannte sie, dass sie die Wetterverhältnisse unterschätzt hatte. Am Abend war Wind aufgekommen, der nun auffrischte. Aus der Prosika-Schlucht kam ein eisiger Wind, der kurze Wellen vor sich hertrieb und Ursula salzige Wassertropfen ins Gesicht peitschte. Sie fuhr weiter in den Kanal hinein, bis ihr aufging, dass das nicht klug war. Sie war zu weit draußen, Wind und Wellengang nahmen zu und bei diesem Wind würden die Wellen die Leiche bereits wenige Stunden später an Land spülen. Sie ging vom Gas und dachte nach, dann fiel ihr der Tunnel ein.

Sie fuhr Richtung Osten auf die Landspitze Križev Rat zu. Die Wellen schlugen jetzt gegen den Bug, das Boot lag stabiler im Wasser und der Motor tuckerte gleichmäßiger. Sie fuhr in einem großen Bogen um den Ort und den kleinen Hafen, und als sie sich der Kaserne näherte, löschte sie die Positionslampen. Das Tuckern eines Motors würde die Soldaten nicht alarmieren. Es war Herbst und die Ortsansässigen fischten mit Fangleinen Tintenfische, dazu mussten sie mit geringer Geschwindigkeit die Küste entlangfahren. Der Tunnel würde leer sein, die Armee nutzte ihn schon lange nicht mehr und ließ ihn verfallen.

Als sie sich den Felsen näherte, wurde das Meer unruhiger. Die Wellen brachen sich an den Felsen der Landzunge und wühlten das Wasser auf. Sie hatte Glück, dass noch kein Mond zu sehen und die Nacht dunkel war. Schon bald erkannte sie in der Dunkelheit eine helle hufeisenförmige Formation. Es war der Eingang zu einem in den Fels gehauenen Tunnel.

Sie drosselte den Motor und fuhr langsam auf die Öffnung zu. So nah an der Felsöffnung herrschte Windstille und auch das Wasser war ruhiger. Sie korrigierte die Richtung und fuhr vorsichtig in den Tunnel hinein. Dann stellte sie den Motor ab und nahm die Ruder. Es war still wie in einer Kirche.

Sie ruderte bis ganz zum Ende des Tunnels, dort entdeckte sie einen breiten Betonvorsprung. Das war die Stelle. Hier würde sie die Leiche ablegen.

* * *

Niemand hatte je einen Sohn wie Brane gehabt. Er war aufmerksam, fröhlich, klug und sanft. Er war ein Sohn wie aus dem Bilderbuch.

Das Leben mit Tonko auf dem Land der Rokkovs war nicht leicht. Es war ein entbehrungsreiches, schmutziges Leben, das vor allem in der Werkstatt stattfand. Das alte Haus zerfiel und es war nie genug Geld da, um es frisch zu streichen, die Löcher zu stopfen, die Dachziegel zu erneuern und die feuchten Stellen zu trocknen. Es war ein Leben weit weg vom Ort und den Leuten. Mit Tonko, der wahrlich kein einfacher Mensch war. In ihrer Jugend hatten sich Ursula unzählige Wege eröffnet. Sie hätte sich an einen anderen binden können. Sie hätte ein besseres Leben führen können.

Aber sie bereute nichts. Weil mit diesem Leben – mit Tonko, mit dem Land der Rokkovs, dem feuchten Haus, von dem die Farbe abblätterte – Brane einherging. Der Brane, der sich zu einem Kind entwickelte, wie sie es sich immer gewünscht hatte. Der alles übertraf, was sie sich je vorgestellt hatte.

Alles wäre gut geworden. Brane hätte die Schule abgeschlossen und ein Studium begonnen. Sie hätten das Land der Rokkovs an ihn vererbt, damit er es fruchtbar machte, ein Haus baute, vom Tourismus profitierte oder es verkaufte und in seine Kinder investierte.

Sie und Tonko hätten einen ruhigen Lebensabend verbracht, und Brane hätte sich um sie gekümmert, denn Brane war ein fürsorglicher und aufmerksamer Sohn.

So hätte es sein sollen.

Doch dann war sie aufgetaucht. Die kleine Vela.

Anfangs hatte Ursula sie gemocht. Sie war liebenswert, das konnte jeder sehen. Sie war eine angenehme Gesellschaft, wirkte vernünftig und reif, sie grüßte höflich, wenn sie zu Besuch kam, und bot immer ihre Hilfe an. Sie gehörte zu den Menschen, die man ins Herz schloss, und Ursula hatte sie in ihr Herz geschlossen. In diesem Sommer hatte Brane gestrahlt vor Glück wie nie zuvor. Er war so glücklich gewesen, dass Ursula ein klein wenig eifersüchtig war.

Anfangs waren es keine großen Sachen. Brane blieb länger weg und kam öfter nachts nicht nach Hause. Wenn er spät nachts nach Hause kam, stanken seine Kleidung und sein Atem nach Bier und Zigaretten. In seinem Zimmer hing manchmal ein aromatischer Geruch nach Heu. Damals kannte sie den Geruch noch nicht. Später hatte sie gelernt, dass so *Pot* roch. So nannten es alle – Pot.

Dann mehrten sich die Zeichen. Kleine Vorkommnisse, die mit der Zeit ein Bild ergaben.

Eines Morgens kehrte sie den Hof und schaufelte den Abfall in die Mülltonne. In einem Haufen Laub stieß sie auf eine benutzte Nadel. Das war seltsam, doch sie fand keine Erklärung, weil sie damals noch keine Ahnung hatte.

Ende August fand sie ein Löffelchen im Garten, an der Mauer hinter dem Kaktus. Der Löffel war an der gewölbten Seite dunkel und verrußt. Und dann, am letzten Augusttag, fand sie das erste Paket. Sie fand es im Schuppen im Olivengarten, hinter der Klappe des alten Holzofens. Sie fand dort ein eingewickeltes Päckchen, so groß wie ein Buch, umwickelt mit braunem Packband. Ursula war keine Expertin. Aber es waren die Achtziger, eine Heroinseuche hatte Dalmatien erfasst, Zeitungen und Fernsehnachrichten waren voll von hysterischen Artikeln und erbärmlichen Drogenbeichten. Sie wusste nicht viel darüber, aber genug, um zu erkennen, was sie gefunden hatte.

Sie rief nicht die Polizei. Heute weiß sie, dass das ein Fehler war, aber sie rief sie nicht, weil sie dachte, das Päckchen würde Brane gehören. Sie legte es zurück und verlegte sich einige Tage lang aufs Beobachten. Drei Tage später hörte sie mitten in der Nacht Geräusche und sah im Garten einen Schatten. Sie sah, wie die kleine Vela den Pfad zum Olivengarten hochging. Am nächsten Morgen stand Ursula früh auf und überprüfte den Holzofen. Er war leer.

Die folgenden Tage beobachtete sie sehr genau, was vor sich ging. Sie fand nie mehr ein so großes Paket wie beim ersten Mal. Manchmal war der Ofen leer, manchmal waren kleinere Päckchen drin. Silva brachte und holte ständig etwas. Und dann – eine Woche vor jener Nacht – hörte sie im Hof Schritte und Geflüster. Ursula sah zwei Silhouetten. Sie hörte Silvas Stimme. Am Morgen fand sie ein genauso großes mit Paketband umwickeltes Päckchen wie beim ersten Mal.

Es war die Phase, als Ursula keine Rücksicht mehr nahm und sich nicht schämte. Wann immer es möglich war, selten genug, verfolgte sie Brane und Silva im Ort. Eines Tages fand sie einen Vorwand und fuhr nach Split. Sie fand das Schülerwohnheim, in dem Silva wohnte. Sie wartete, bis das Mädchen herauskam, und folgte ihr den ganzen Tag. Zuerst sah alles ganz unschuldig aus. Um acht ging die kleine Vela in die Schule. Doch nach der zweiten Stunde verdrückte sie sich und ging in die Stadt. Sie verschwand in einem Hauseingang, blieb dort aber nur kurz. Dann lief sie ins Zentrum, zum Diokletianpalast. Dort lehnte sie sich an eine Mauer und wartete.

Ab und zu blieb jemand bei ihr stehen und sprach sie an. Die kleine Vela nickte und sagte etwas. Ihr Gesprächspartner übergab ihr einen Geldschein. Dann forderte Silva ihn mit einer Kopfbewegung auf, den Hauseingang zu betreten.

Ursula hatte viel darüber gehört. Doch zum ersten Mal sah sie, wie das vonstattenging. Zum ersten Mal beobachtete sie eine Dealerin.

An diesem Abend wollte sie Tonko alles erzählen. Sie lief zur Rampe, wo Tonko schmutzig und verschmiert unter einem Boot lag. Er achtete kaum auf sie. Er würde ihr nicht glauben. Und wenn sie es trotzdem erzählte, wäre das für ihn nur eine Störung. So war Tonko: viel Rauch und wenig Feuer. Für Tonko war es wichtig, dass sich nichts veränderte, dass er nichts unternehmen musste. Er konnte dabeistehen und zusehen, wie sich die Dinge auflösten und zu Staub zerfielen.

Das sollte mit Brane nicht geschehen. Deshalb beschloss sie zu schweigen und – dieses Mal – alleine zu handeln.

Sie spionierte Brane nach und auch der kleinen Vela. Sie verfolgte die beiden. Sie lauschte an der Tür und hörte ihre Gespräche.

Silva versuchte, Brane zu überreden, seine Studienpläne aufzugeben und mit ihr zusammen wegzugehen. Sie würden, so sagte sie, Cvitkos Ware mitnehmen und nach Deutschland abhauen. Dort würden sie die Ware verkaufen und ein neues Leben beginnen. „Ein für alle Mal“, sagte sie, „werden wir dieses Scheißkaff verlassen.“

Brane wehrte sich. Er verwarf die Idee, weigerte sich mitzumachen. Doch Ursula kannte Brane, und inzwischen kannte sie auch Silva. Sie wusste genau, wie solche Gespräche endeten. Nämlich so, dass Silva die Träger ihres BHs herunterzog und ihre Titten zeigte. Sie hatte eine Möse. Sie war die Königin und er ihr Diener.

Dieses Gespräch führten die beiden ganz offensichtlich nicht nur einmal. Mit jeder neuen Runde wurden Branes Argumente schwächer, sein Widerstand bröckelte.

An dem Donnerstag fuhr Brane nach Rijeka. Vor der Reise telefonierte er mit Silva. Ursula hörte über den Apparat im ersten Stock mit. Silva verkündete, sie werde am Sonntag abreisen, mit ihm oder ohne ihn, am Samstag werde sie ein Busticket kaufen. Ursula hatte zwei Tage Zeit, um das Leben ihres Sohnes zu retten.

Als Brane weg war, begann sie mit den Vorbereitungen. Sie lief zur Rampe und fand zwischen Tonkos Werkzeugen eine geeignete Latte. Die Latte war hart und an einem Ende gesplittert, am anderen Ende steckten rostige Nägel. Tonko benutzte sie, um den Bug zu stützen und um damit Farbdosen zu öffnen.

Als Tonko nicht hinsah, verschwand Ursula schnell im Schuppen im Olivenhain. Sie räumte das Gerümpel beiseite und machte Platz. Sie fand ein paar alte Plastikplanen. Damals dachte sie noch, sie könnte die Leiche länger dort liegen lassen.

Am Abend war das Fischerfest. Darauf bedacht, nicht gesehen zu werden, beobachtete Ursula das Fest. Sie beobachtete das Mädchen, das ihre Schwiegertochter hätte werden sollen, wie sie eng umschlungen mit dem Sohn des Bäckers tanzte. Sie verfolgte die beiden bis zum Kreuz auf Križev Rat. In völliger Dunkelheit hörte sie die beiden stöhnen. Sie wünschte sich, Brane könnte das hören, denn nur ihren Worten würde er nicht glauben.

Sie lief in einem großen Bogen nach Hause und betrat ihr Grundstück über den Olivenhain. Sie musste nur warten, denn die kleine Vela würde kommen. Sie würde kommen, weil sie vor der Abfahrt die Ware holen musste.

Und sie kam. Spät in der Nacht schlich sie in den Schuppen, um das Paket zu holen. Ohne zu wissen, dass Ursula das Paket bereits im Hof der Velas versteckt hatte. Das würde Silva auch nie erfahren. Denn als sie in den Schuppen trat, schlug Ursula zu.

Sie schlug einmal, dreimal, zehn-, zwanzigmal zu. Mit dem ersten Schlag öffneten sich die Schleusen ihres Hasses. Sie dachte an Silvas verlogene Freundlichkeit, an den verrußten Löffel und die Spritze, an den Geruch von Pot, an Branes Hemd, das nach Zigaretten und Bier stank, an Silva, wie sie *Scheißkaff* sagte, an ihr Stöhnen, während der Sohn des Bäckers zwischen ihren Schenkeln lag. An all das dachte Ursula und schlug weiter auf Silva ein, bis sie bemerkte, dass sie auf einen leblosen Körper einschlug, auf einen toten Klumpen, ein Stück Fleisch, das weder zuckte noch sich regte.

Sie hielt inne und trat zurück. Sie blickte auf den Körper zu ihren Füßen. Silva lag auf dem Boden, mit dem Gesicht nach oben. Ihre Augen waren geöffnet. In diesen Augen war kein Leben mehr.

Ursula legte die Latte beiseite und wischte sich die Hände ab.

21
Gorki (2016)

Ursula dreht den Wasserhahn zu und stellt die Schüssel mit Erbsen auf den Tisch.

„Deshalb sind Sie doch gekommen?“, fragt sie. „Weil Sie es wissen.“

„Ja“, antwortet er. „Ich weiß es.“

„Wann haben Sie es begriffen?“

„Zu spät“, antwortet Gorki. „Erst, als man die Leiche gefunden hat. Erst dann hat sich das Offensichtliche zusammengefügt. Es musste jemand von hier gewesen sein, aus diesem Haus. Und dieser Jemand konnte nicht Brane gewesen sein.“

„Ihn haben Sie also verdächtigt."

„Nein", antwortet Gorki. „Nicht eine Sekunde. Brane saß in dieser Nacht im Bus."

Kurz hat er den Eindruck, in Ursulas faltigem Gesicht Erleichterung zu lesen.

„Also?", fragt Gorki. „Sie haben das Paket in die Regenrinne der Velas gelegt?"

„Dort gehörte es hin. Nicht hierher, in meinen Garten."

„Und die Latte in der Backstube der Lekajs? Das waren auch Sie?"

Ursula zuckt zusammen. „Ja, das war ich. Ich habe auch von der Telefonzelle aus die Polizei angerufen."

Sie wird rot, und Gorki denkt: Von allem, was sie getan hat, schämt sie sich nur dafür. Sie schämt sich, weil sie weiß, wozu es geführt hat. Wir haben Lekaj tagelang auf der Polizeiwache in die Mangel genommen. Das ganze Dorf hatte sich von ihm abgewandt. Wenn diese Frau nicht getan hätte, was sie getan hat, wäre vielleicht alles anders ausgegangen. Lekaj wäre nicht in den Krieg gezogen und vielleicht noch am Leben.

„Das war der Moment, als auch er sich gegen mich wandte", sagt Ursula und zeigt auf Tonko. „Er hat es auch vorher schon gewusst. Er hat die Geräusche auf dem Hof gehört. Hat gesehen, wie ich nachts den Körper hinter mir herzog, wie ich mich mühte, den Außenbordmotor anzuwerfen. Er hat mir nicht geholfen, weil er wie alle anderen Männer ein Feigling ist. Aber er hat hinter mir gestanden. Bis er von der Latte bei den Lekajs hörte. Als er erfuhr, dass ich angerufen hatte, war es vorbei. Am Schluss habe ich ihn um eine einzige Sache gebeten: dass er es Brane nicht sagt. Daran hat er sich gehalten."

„Aber Ihr Sohn hat es trotzdem gewusst, oder etwa nicht?", fragt Gorki.

Ursula schweigt. Sie dreht sich zur Spüle und stopft die leeren Erbsenschoten in den Abfalleimer. Sie wäscht sich die Hände und dreht sich wieder zu ihm. Zum ersten Mal zeigt ihre Haltung Risse. Ihr Gesicht hat sich verzogen und in ihren Augen schwimmen Tränen.

„Glauben Sie, ich wäre ungestraft davongekommen?“

In diesem Moment hört man Lärm. Auf der anderen Seite der Bucht, in der Sunset Residence, dröhnt die Musik, Reflektoren zerschneiden die Nacht und auf der Bühne geht irgendetwas vor sich, vielleicht eine Modenschau oder ein inszenierter Piratenkampf.

„Das denken Sie doch“, beharrt Ursula. „Ich weiß, dass Sie das denken. Aber glauben Sie mir: Ich habe meine Strafe bekommen, eine harte Strafe.“

Sie zögert, spricht dann aber weiter. „Seitdem sind fünfundzwanzig Jahre vergangen. Jede einzelne Nacht dieser fünfundzwanzig Jahre hat mein Mann in seiner Werkstatt verbracht. Seit fünfundzwanzig Jahren hat er kein einziges Wort mit mir gesprochen. Am Tag, als wir unseren Sohn begruben, wollte er nicht einmal meine Hand anfassen. Seit fünfundzwanzig Jahren essen wir getrennt voneinander, jeden Tag lese ich auf seinem Gesicht den Vorwurf – und ich kann nicht einfach gehen. Wenn wir uns getrennt hätten, hätte Brane erfahren, warum. Seit fünfundzwanzig Jahren bin ich zu einem Leben in diesem elenden Haus verurteilt. Mein eigener Sohn hat mich verachtet, er hat mich nicht besucht und nie auf meine Briefe geantwortet. Und dann hat er sich wegen mir umgebracht. Und noch schlimmer – im Dorf heißt es, sein schlechtes Gewissen habe ihn umgebracht, weil er ein Verbrechen begangen habe – ein Verbrechen, für das ich verantwortlich bin. Ich habe ihn nicht nur umgebracht, sondern beschmutze noch im Tod seinen Namen.“

Und deshalb brauchst du mich, denkt Gorki. Damit es alle erfahren. Damit die Welt erfährt, dass du es warst und nicht dein Sohn.

„Wenn sie ihn wenigstens offen beschuldigt hätten“, spricht Ursula weiter. „Dann hätte ich die Schuld auf mich nehmen können. Was kann ich jetzt schon tun? Ich kann gegen die Gerüchte kämpfen, den Leuten auf den Wecker gehen. Ich kann die Polizei beknien, mich zu verhaften – sie würden nichts tun, es würde niemanden interessieren.“

Sie schüttet die Erbsen in einen Topf und gibt Wasser dazu. Sie macht die Herdplatte an und reibt sich die Augen.

„Ob Sie es glauben oder nicht, ich habe meine Strafe bekommen“, wiederholt sie. „Wir alle wurden bestraft. Das habe ich bis vor Kurzem nicht begriffen. Alles, was darauf folgte, war eine Strafe. Zuerst wurde das Werk geschlossen, dann machte die Genossenschaft Pleite. Hass erfüllte die Leute. Dann kam der Krieg und kostete die jungen Leute das Leben. Der junge Lekaj fiel. Danach kamen die Aasgeier und Parasiten, kauften das Land auf und bauten, wo sie wollten. Und schließlich kamen dann Sie ...“

Ihre Worte werden untermalt vom Feuerwerk und Rufen aus der Bucht. Man hört eine Salve und der Himmel wird rot und gelb erleuchtet.

„Sie waren der Schlimmste“, sagt Ursula. „Sie waren die letzte und schlimmste Strafe. Sie kamen. Und mit Ihnen das da drüben. Alle wurden gierig, gingen sich gegenseitig an die Kehle, um für zehn Quadratmeter Gestrüpp zweihundert Euro mehr zu bekommen. Es war wie eine Seuche, die Pest. Und ich habe all die Jahre zugeschaut und habe es als Einzige verstanden. Ich habe das heraufbeschworen. Das alles war die Strafe für meine Tat.“ Gorki sieht, wie unerwartet eine Träne ihre Wange entlangläuft. Es ist bestimmt das erste Mal, dass Ursula weint. Das erste Mal in siebenundzwanzig Jahren.

Doch die Schwäche ist gleich vorüber. Ursula wischt sich die Augen und ihr Gesicht nimmt wieder den mürrischen und gefassten Ausdruck an. Vom Herd hört man das Wasser aufkochen und der leicht bittere Geruch von gekochten Erbsen verbreitet sich in der Küche. Gorki überlegt, was er tun soll. Soll er die Gelegenheit ergreifen und zugeben, dass er in Branes Haus eingebrochen ist? Er tut es nicht. Selbst jetzt, in dieser Verfassung, wäre sie in der Lage, ihn umzubringen.

„So, jetzt wissen Sie's“, sagt sie. „Jetzt können Sie wieder gehen.“

Das Gespräch ist zu Ende. Gorki steht auf und geht die Treppe hinunter, Tonko folgt ihm. Denn Tonko, das weiß Gorki nun, schläft nicht im Haus. Tonko wird sich nach diesem abendlichen Besuch in seine Höhle verkriechen und dort die Nacht verbringen.

Auf dem Hof, unter dem Bogen mit der Gedenktafel für die Rokkovs und deren Nachfahren, bleibt er stehen und wendet sich ein letztes Mal zum Haus der Mörderin. Ursula steht oben an der Treppe und sieht Gorki nach. All die Jahre hat sie vielleicht gehofft, dass die Blase platzt. Dass es ihr besser geht, wenn es endlich jemand erfährt. Das ist nun geschehen, aber Ursula sieht nicht aus, als wäre eine Last von ihr abgefallen.

In der Bucht explodieren noch immer bunte Raketen hoch am Himmel, und ein Regen weißer Funken zieht über den Himmel wie ein glitzernder Vorhang. Aus der Sunset Residence hörte man Applaus und Schreie des Entzückens.

* * *

Gorki läuft um die Landspitze herum und durch die Ferienhaussiedlung, die jetzt dunkel und verlassen ist. Er biegt in den Weg, der in den alten Teil des Ortes führt, passiert die ehemalige Bäckerei, den alten Genossenschaftslaster, der noch immer an der gleichen Stelle steht und sich inzwischen in einen rostigen Schrotthaufen verwandelt hat. Er läuft an den letzten Häusern vorbei, bis er sein Ziel erreicht. Den Aussichtspunkt an der Magistrale.

Er ist außer Atem und muss erst einmal durchatmen. Er holt seine Blutdrucktabletten aus der Hosentasche und nimmt eine. Er hat es mit dem Wein übertrieben.

Er wartet, bis die Tablette wirkt und sein Blutdruck sich beruhigt. Dabei schaut er auf Misto hinunter, von genau der gleichen Stelle, wo er den Ort 1989 zum ersten Mal gesehen hat.

Es ist nach zehn und der Ort ist dunkel. Die einzigen Lebenszeichen kommen aus der Sunset Residence. Das Neubaugebiet wird von unzähligen Lämpchen, Reflektoren und Neonlicht erleuchtet, auf der Terrasse spielt ein Orchester, angetrunkene Menschen lachen. Das Feuerwerk erlahmt, einige kleinere Raketen noch und schließlich ein großer Knall. Die letzte Rakete explodiert zu Hunderten gelber Funken, die nach unten schweben, auf Boote, Dächer und Höfe, wie von einem zornigen Gott geschleuderte biblische Fackeln.

Das ist alles die Strafe für mein Verbrechen, hat Ursula vorhin gesagt. Ihr Gesicht hat dabei ausgesehen wie das einer Wahnsinnigen.

Gorki steht am Aussichtspunkt und betrachtet von dort oben die Handvoll Häuser, die er zum ersten Mal als junger Mann betreten hat. Nun verlässt er den Ort zum letzten Mal als alter müder Mann. Jetzt begreift er es. Ursula ist nicht wahnsinnig. Ursula hat recht.

Vor langer Zeit einmal mussten sie in der Schule eine griechische Tragödie lesen, *Antigone*. In dem Stück erlaubte der König seiner Schwester nicht, den Leichnam ihres Bruders zu bestatten. Und dann kamen alle möglichen Seuchen über die Stadt, sie hieß Theben. Durst, die Pest und Pocken. Gorki erinnert sich, dass er sich schon als Kind über diese kosmische Ungerechtigkeit gewundert hatte, denn nicht nur der König wurde wegen seiner Gotteslästerung von den Seuchen befallen, sondern alle, ob schuldig oder unschuldig, ob gehorsam oder ungehorsam. Er erinnert sich auch an die Geschichte von Moses, die er vor langer Zeit in einem alten Farbfilm angeschaut hat. Wegen der Sünden des Pharaos hatte Gott den Ägyptern Frösche, Pest und Heuschrecken geschickt, hatte ihre Quellen versiegen lassen und das Wasser mit Blut rot gefärbt. Schließlich hatte er als grausamer Rächer alle Erstgeborenen ermorden lassen.

Misto hat Silva Vela siebenundzwanzig Jahre lang nicht bestattet. Siebenundzwanzig Jahre lang hat sie hinter dem Felsbrocken im Schacht gelegen wie eine tote Ratte oder ein verendeter Straßenköter. Und in diesen siebenundzwanzig Jahren hat Gott alle bestraft: der Konkurs der Fabrik, die Pleite der Genossenschaft, der Krieg und Leutnant Cvitković, das Land der Rokkovs, das vom Gestrüpp aufgefressen wird, und die Sunset Residence. Und auch das dort drüben ist eine Strafe: die verkleideten Piraten, das Fischerfest, die 41. Woche, Hostessen, die sich von den betrunkenen Marketingchefs betatschen lassen. Auch er selbst ist nur eine andere Spielart der Seuche. Er weiß nur nicht, welche, ein Frosch, eine Heuschrecke oder von Blut gefärbtes Wasser. Dann fällt es ihm ein. Die Antwort ist klar, so klar, dass es traurig ist, dass er es jetzt erst erkennt. Er steht für den Tod der Erstgeborenen: Der Erstgeborene, der wegen ihm vom Balkon gesprungen ist.

Vor seinen Augen beginnt die Umgebung zu schwanken. Er umklammert das Geländer, um nicht in den Abgrund zu stürzen.

Er ist betrunkener als gedacht. Heute Nacht kann er nicht mehr nach Split fahren. Er muss im Apartment 65 übernachten, auf der nackten Matratze, ohne Bettzeug, er muss die Unberührtheit seiner Immobilie zerstören.

Er verlässt den Aussichtspunkt, geht zwischen den Häusern den Berg hinunter zum Ufer. Er schwankt und grübelt über die letzte Entscheidung, die er treffen muss.

Morgen früh könnte er zur Polizei gehen und eine Anhörung bei Inspektor Čović fordern. Er könnte ihm berichten, was er erfahren hat, dass Ursula das Verbrechen gestanden hat.

Čović würde Ursula verhaften, triumphierend vor die Presse treten und verkünden, das rätselhafte Verbrechen sei nach siebenundzwanzig Jahren aufgeklärt. Er habe den Fall gelöst, den die Polizei damals nicht hatte lösen können oder wollen. Dass er den Täter entlarvt habe, was Gorki Šain nicht gelungen war. Und Ursula würde ein Gefängnis für ein anderes, besseres eintauschen. Ihre Bestrafung hätte damit ein Ende.

Ich wurde schon bestraft, hat sie gesagt. Sie und der Ort. Und auch Gorki hat seine Strafe bekommen.

Er läuft über die Promenade in Richtung Sunset Residence, vorbei an Tamarisken und der ehemaligen Pforte der ehemaligen Kaserne, dann weiter auf die Hotelterrasse zu, dem Epizentrum von Licht, Stimmen und Musik.

In diesem Moment weiß er es.

Am nächsten Morgen wird er nüchtern aufwachen, nach Split fahren und ins Büro gehen. Er wird einige wichtige Telefonate erledigen und dringende Mails beantworten. Er wird Čović nicht anrufen. Weder morgen noch irgendwann wird er erzählen, was er erfahren hat. Er wird niemandem sagen, wer Silva Vela getötet hat. Es gibt keinen Grund dafür.

Darüber denkt Gorki nach, während er sich der feiernden Menschenmenge nähert. Er mischt sich unter die Leute und entdeckt einen Kellner mit einem beladenen Tablett. Er schnappt sich ein Glas Wein und leert es in einem Zug.

22
Ursula (2016)

An diesem Morgen stellt Ursula fest, dass sie in den Ort gehen muss. Ihre Speisekammer ist leer. Der Zucker ist alle, keine Pasta mehr und kein Öl. In der Speisekammer findet sie nur noch eine angebrochene Packung Mehl. Schon lange kauft Ursula kein Brot mehr, sondern backt es selbst. Aber an diesem Morgen kann sie nicht mal mehr Brot backen, weil sie keine Hefe hat.

Ihr bleibt nichts anderes übrig, als in Agatas Laden zu gehen, auch wenn sie diesen Gang gerne um jeden Preis vermeiden würde.

Gegen zehn ist sie fertig und macht sich auf den Weg. Die Tür zu Tonkos Werkstatt steht offen, doch von ihm selbst keine Spur.

Als sie an der Kapelle um die Kurve biegt, liegt Misto vor ihr. Sie bleibt stehen. Sie kann nicht weiter. Eine Woge der Abneigung hat sie erfasst.

Sie setzt sich auf das Mäuerchen vor der Kapelle, schaut auf die Madonnenfigur hinter der vergitterten Öffnung und die von der Meeresluft angegriffenen und feuchten Devotionalien. Dann geht sie weiter, um zu erledigen, was sie erledigen muss.

Es ist Dezember. Die Tage sind kurz. Die Sonne zeigt sich erst kurz vor acht und geht am späten Nachmittag wieder unter. Die Stunden mit Tageslicht sind begrenzt und die Sonne ist geizig, nur eine blasse Erinnerung an die Wärme im August und September. Nach Allerheiligen sind schwere Regengüsse über Dalmatien niedergegangen, die Gestrüpp, Gestein und menschlichen Gelenken gleichermaßen zugesetzt haben. Die Saison der Touristen ist längst vorbei. In Misto sind nur noch die Einheimischen. Sie huschen wie kleine Nagetiere durch den Ort, der ihnen nun einige Nummern zu groß ist. Sie scharen sich in den verbliebenen bewohnten Häusern um die Kirche. Darum herum liegt wie ein wesentlich größerer Ring das andere Misto, das der leeren, leblosen Ferienhäuser. Und dahinter der letzte konzentrische Kreis – die neue Ferienanlage, noch völlig unberührt. Sie leuchtet in makellosem Weiß. Doch auch hier nagt die feuchte Luft, auch diese Häuser unterspült das

Regenwasser. Auch sie werden vom unerbittlichen Zahn der Zeit zerfressen.

Ursula geht am ehemaligen Genossenschaftsgebäude vorbei, an der ehemaligen Ölmühle, am ehemaligen Basketballplatz und am ehemaligen Partisanendenkmal. Dann läuft sie die Straße hinauf am Rathaus vorbei bis zum Marktplatz. Sie trifft niemanden.

Sie erreicht Agatas Laden in der Hoffnung, auch hier niemanden anzutreffen. So ist es. Agata sitzt auf einem umgedrehten Bierkasten und liest Zeitung. Sie grüßt, als Ursula den Laden betritt. Das macht sie nur, wenn sonst keiner da ist. Wenn einer von den Bakićs oder Padovans im Laden ist, überspringt sie die Begrüßung und zeigt Ursula die kalte Schulter.

Ursula kauft, was sie braucht: Eier, Öl, Pasta, Hefe und Dosentomaten. Agata rechnet alles auf einem Notizblock zusammen. Außerhalb der Saison benutzt sie die Kasse nicht. Zusammen mit den Touristen verschwinden auch die Finanzinspektoren.

Ursula packt ihre Einkäufe in die Tasche und tritt den Heimweg an. Langsam, Schritt für Schritt, läuft sie die Gasse hinunter, dann entlang der mit Tamarisken bepflanzten Uferpromenade und erreicht nach einigen Minuten die Kapelle an der Landspitze. Hier bleibt sie stehen und absolviert die immer gleiche Zeremonie. Es gibt keine Vergebung für ihre Sünden, dennoch schenkt sie der Madonna hinter dem Gitter jedes Mal eine Fünf-Kuna-Münze. Wofür auch immer.

Zu Hause trifft sie Tonko an der Rampe an. Schon lange dient seine Arbeit nichts Sinnvollem mehr, nichts, was etwas eingebracht hätte. Als der Skipper-Club im Ortskern einen Schiffskran anschaffte, hat Tonko auch die letzten verbliebenen Kunden verloren. Dennoch ist er ständig an der Rampe und beschäftigt sich mit etwas, das nur er selbst versteht. Er sammelt Rohre und Bretter zusammen, schüttet Farbe aus einem Eimer in einen anderen oder schleift immer wieder die Wände von Booten, deren Besitzer sich bestimmt nie wieder zeigen werden. Zumindest beschäftigt er sich. Ihr gelingt das nicht.

Sie geht in die Küche und räumt die Einkäufe in die Kammer. Sie knetet Brotteig und schiebt ihn in den Ofen. Sie schneidet Zwiebeln in Scheiben und dünstet sie in Öl an und schon bald zieht ein würziger Duft durch die Küche. Als die Zwiebeln glasig sind, würfelt sie ein Stück Kalbfleisch und gibt es dazu, dann noch Wurzelpetersilie, Karotten, Lorbeer und eine Dose Tomaten. Sie dreht das Gas herunter und gießt noch etwas Wein dazu.

Dann macht sie sich wie jeden Tag ans Aufräumen. Sie lüftet das Schlafzimmer und dann das Zimmer ihres verstorbenen Sohns. Die Bettwäsche steckt sie wie jeden Freitag in die Waschmaschine. Anschließend spült sie und stellt das Geschirr ins Abtropfgitter. Die gewaschene Wäsche hängt sie hinter dem Haus auf der Südseite an die Leine. Die großen weißen Laken flattern im Südwind, als würden sie vergeblich die Kapitulation verkünden.

Gegen Mittag ist das Ragout fertig. Sie setzt einen Topf Wasser auf. Als es kocht, wirft sie zwei Handvoll Makkaroni hinein, die kurz darauf weich sind.

Sie vermischt Pasta und Ragout, stellt den heißen Topf auf den Tisch und wartet. Nichts anderes muss sie tun, nur warten.

Sie behält recht. Fünf Minuten später hört sie Tonkos schweren Schritt auf der Treppe. Sie hat nie verstanden, wie Tonko merkt, dass das Essen fertig ist. Aber er weiß es immer, nie muss sie ihn rufen, nie muss sie lange warten.

Tonko wäscht sich die Hände und setzt sich an den Tisch. Ohne Zögern und wortlos nimmt er den Deckel vom Topf und schaufelt seinen Teller voll. Er isst schnell und mechanisch.

Ursula beobachtet ihn beim Essen. Sieht, wie das Essen in Tonkos Mund verschwindet, bis der Teller leer ist. Das ist alles, was von ihrer Ehe übrig geblieben ist, diese kurze Zwischenzeit.

Als er den letzten Bissen gegessen hat, steht Tonko auf, wäscht sich die Hände und geht die Treppe hinunter. Ohne ein Wort.

Ursula isst nach Tonko. Erst dann, nie früher. Sie weiß, dass Tonko nicht mit ihr zusammen essen will, so wie er auch nicht mit ihr in einem Bett schlafen will. Also lässt Ursula ihn zuerst essen und isst selbst anschließend in Ruhe.

Essen stößt sie schon lange ab, und auch heute isst sie nur ein paar Gabeln voll, den Rest gibt sie den Katzen im Hof. Als sie hinausgeht, sieht sie Tonko. Er sitzt am Boot und streicht mit einem Pinsel die Holzplanken. Sie sieht ihn an, aber er erwidert den Blick nicht.

Schließlich geht sie ins Haus zurück, spült das Geschirr und macht die Küche sauber. Sie wischt den Steinboden und hängt den Lappen an die Wäscheleine. Regen kündigt sich an, deshalb nimmt sie die Bettwäsche ab. Nach nur wenigen Stunden riechen die Laken nach frischer Meeresluft.

Sie schaut auf die Uhr. Es ist halb drei. Vor ihr liegen noch drei Stunden Tageslicht und danach ein nicht enden wollender, zermürbender Abend.

Sie geht ins Schlafzimmer. Das Bett riecht gut nach frisch gewaschener Wäsche. Sie ist müde, legt sich hin und schließt die Augen. Ihre Gedanken wandern zu den immer gleichen Bildern am immer gleichen Ort.

* * *

Sie sieht sich selbst auf dem Bett liegen, dem gleichen, auf dem sie jetzt liegt. Tonko liegt mit dem Rücken zur Tür neben ihr und gibt kein Lebenszeichen von sich. Sie weiß noch immer nicht, ob er wirklich geschlafen hat oder nur so tat. Sie hat ihn nie gefragt und wird ihn nie fragen, er würde ihr ohnehin nicht die Wahrheit sagen.

Genau wie jetzt lag sie damals im Bett und ihr Herz raste.

Sie hatte Silva Velas Körper zur Hütte im Olivenhain geschleppt und in einer Ecke abgelegt. Sie hatte ein paar Bündel von Tonkos Stahlwolle davorgerollt, zumindest bis zum Morgen. Die blutverschmierte Latte hatte sie in den alten Ofen gestopft, wo bis eben noch die Drogen gelegen hatten. Dann war sie wieder ins Haus gegangen, hatte ihre blutbefleckten Kleider in die Waschmaschine gesteckt. Sie hatte die Kratzer vom Gestrüpp desinfiziert und die Reste von Stahlwolle von den Händen gewaschen. Dann hatte sie geduscht, um auch den Rest wegzuspülen: Staub, Blut, Aufregung.

Danach lag Ursula neben Tonko und lauschte auf die Geräusche der Bucht, die so früh am Morgen noch leise waren. Aus dem Ort drangen die letzten Töne des Fischerfests. Arbeiter montierten die

Bühne ab, die Musiker packten ihre Instrumente ein und Elektriker nahmen Beleuchtung und Verstärker ab.

Kurz vor Sonnenaufgang hörte sie die Geräusche des Hafens; das laute Husten von Fischern, ihre leisen Gespräche, das Stottern der Anlasser. Danach das leise Tuckern der Dieselmotoren. Und auch wenn Ursula durch die dicken Fensterläden nichts sehen konnte, erkannte sie an den Geräuschen, dass der Morgen anbrach. Die Fischer fuhren hinaus, um die Netze und Reusen einzuholen, bevor die Winde sich erhoben.

Bald darauf wurde es im Hafen wieder ruhig, doch dafür hörte man aus dem Ort die ersten Anzeichen eines neuen Tages: Aus der Kaserne tönte eine Trompete, von der Kirche des heiligen Spyridon läuteten die Glocken. Und schließlich hörte sie das Geräusch, auf das sie wartete. Oben an der Magistrale hielt der Bus und fuhr gleich darauf weiter. Es war der Nachtbus aus Rijeka.

Sie hörte längere Zeit nichts mehr, bis sie schließlich die ersehnten Geräusche erkannte: Branes Schritte auf dem Hof und dann auf der Treppe. Sie hörte, wie er das Haus betrat, die Schuhe abstreifte und die Jacke auszog. Wie er in die Küche ging und das Käsesandwich aß, das sie für ihn auf den Küchentisch gestellt hatte.

Ursula hörte, wie ihr Sohn sich in seinem Zimmer auszog, die Zähne putzte und sich unter die Dusche stellte. Das Wasser, das lange über seinen warmen, müden Körper floss. Danach zog er die frische Wäsche an, die sie ihm auf das Bett gelegt hatte. Er bewegte sich noch kurz durch sein Zimmer und legte sich dann ins Bett, um noch ein, zwei Stunden Schlaf zu bekommen.

Sie hörte ihn atmen, erst laut, dann immer leiser und gleichmäßiger, bis Ursula sicher war, dass er schlief.

Sie stand auf und drückte vorsichtig die Tür seines Zimmers auf. Sie schaute auf Brane, der schlief wie ein Mensch mit reinem Gewissen.

Sie zögerte, weil sie ihn nicht wecken wollte. Doch dann konnte sie nicht widerstehen und betrat das Zimmer. Sie beugte sich über ihn und legte ihre Hand sanft auf seine Wange. Seine Haut war noch kühl. Sie gab ihm einen Kuss.

„Alles wird gut", flüsterte sie.

„Alles wird gut." Dann küsste sie ihn noch einmal und verließ leise das Zimmer.

23
Mate (2017)

Am 23. September, dem Todestag seiner Schwester, will Mate nach Misto, um Blumen auf das Grab zu legen.

Der 23. fällt in diesem Jahr auf einen Sonntag. Früh am Morgen kauft Mate im Blumenladen einen Strauß Chrysanthemen. Als er mit den Blumen nach Hause kommt, ist Elda schon aufgestanden und fertig zur Abfahrt. Mate bittet sie, das Steuer zu übernehmen. Es ist noch warm, der Altweibersommer hält an und die Magistrale ist voller Touristen. In Misto erwartet sie das Getümmel der letzten Sommertage. Die Cafés an der Promenade haben noch geöffnet, am Strand liegen zahlreiche Handtücher und aus der Ferienhaussiedlung dringt das Gewummer von Bässen. Am Hotelpool spielt der DJ Elektromusik, die von den Steinmauern abprallt und über die ganze Bucht schallt.

Elda biegt von der Magistrale ab und will Richtung Friedhof fahren. Doch Mate bittet sie, durch den Ort zu fahren. „Ich will noch ein Mal das Haus sehen", sagt er. „Schauen, wie es jetzt aussieht."

Elda kommt seiner Bitte wortlos nach. Sie fährt am Rathaus vorbei, an der ehemaligen Bäckerei und an der Kirche. Kurz darauf hält sie am Haus, in dem Mate aufgewachsen ist.

Es gibt deutliche Veränderungen. Das Haus ist frisch gestrichen. An den Fenstern auf der Südseite hängen Markisen über den Fenstern. Im Garten sind Vesnas Artischocken, der Grünkohl und die Tomaten verschwunden. Stattdessen umgibt ein perfekt geschnittener englischer Rasen das Haus. Mate muss widerstrebend eingestehen, dass die Niederländer sich viel Mühe gegeben haben.

Vesna hat das Haus in Misto im Sommer 2016 verkauft. Mate erinnert sich an den Tag, als sie es ihm mitteilte. Sie hatte am letzten Schultag angerufen. Sie sei fertig mit Schule und Unterricht. Zum ersten September habe sie die Pensionierung beantragt. „Ich ertrage sie einfach nicht mehr“, ergänzte sie. Die Kinder seien rücksichtslos, unsympathisch und frech.

Am gleichen Nachmittag verkündete Vesna, sie wolle ihren Ruhestand nicht in Misto verbringen. Sie ertrage weder ihre ehemaligen Schüler noch die Einheimischen, nicht die ehemaligen Kollegen und auch nicht die alten Omas in Agatas Laden. Deshalb werde sie das Haus verkaufen, die Hälfte der Verkaufssumme solle Tina bekommen, um eine Eigentumswohnung anzuzahlen, und mit der anderen Hälfte wolle sie sich eine kleine Wohnung in der Stadt kaufen. Dann sei sie näher bei ihm, Elda und der Enkelin. Jakob erwähnte sie nicht.

Frühsommer war an der Küste der beste Moment, um eine Immobilie zu verkaufen. Innerhalb von nur zwei Wochen hatte Vesna das Haus an ein Professorenehepaar aus den Niederlanden verkauft, doch als Mate hörte, wie viel sie für das Haus bekommen hatte, konnte er seine Enttäuschung kaum verbergen. Wenn sie noch etwas gewartet hätte, hätte sie ein wesentlich besseres Geschäft gemacht. Doch Vesna hatte es eilig gehabt und Mate ahnte, wieso. Vesna hatte nie geglaubt, dass Brane Silva umgebracht hatte, und quälte sich selbst. Tag für Tag lebte sie mit der Vorstellung, im Ort vielleicht unwissentlich Silvas Mörder zu begegnen, auf der Straße, in der Schule oder beim Einkaufen.

Einen Monat später zog sie nach Split. Sie kaufte sich eine düstere Souterrainwohnung neben einem Rugby-Spielfeld in der Nähe des Zentrums. Mate sieht sie manchmal in Gesellschaft eines älteren verwitweten Arztes. Vesna hat sie nie miteinander bekannt gemacht. Doch wenn Mate den Arzt in der Stadt trifft, grüßt dieser ihn ausgesprochen freundlich, als wüsste er genau, wer Mate ist.

So hat Vesna den letzten dünnen Faden zerrissen, der sie alle mit Misto verbunden hatte. Die Verbindung war über die Jahrzehnte immer mehr zerfasert, sie alle hatten daran gezerrt, auch Mate. Vesna hatte nur die letzte Faser durchtrennt. Doch als Vesna das Haus verkaufte, hatte Mate zu seiner eigenen Überraschung Bedauern verspürt. Sollte er je wieder nach Misto kommen, würde er wie ein

Tourist im Hotel übernachten. Diese Erkenntnis hatte ihn traurig gemacht.

Und jetzt sitzt er im Auto vor seinem Familienhaus. Der Sommer neigt sich dem Ende entgegen und das Haus ist verschlossen, ohne Leben, die Vorhänge zugezogen. Aber der Rasen ist makellos gepflegt und der Rasensprenger sprüht. Offensichtlich bezahlen die Niederländer einen von den Einheimischen, damit er sich um den Garten kümmert.

Während er das Haus beobachtet, fühlt Mate sich unwirklich. Es ist das gleiche Haus, an das er sich erinnert. Und doch ist es anders. Als würde er den Zwilling seines Familienhauses betrachten, den bei der Geburt jemand entwendet hat und den Mate nun zum ersten Mal trifft. Er sieht die Ähnlichkeit, weiß aber genau, dass es nicht das Haus ist, das er kennt.

Er sieht das alte und doch neue Haus und versucht sich vorzustellen, wie es von innen aussieht. Er stellt sich vor, wie er die Treppe hinaufsteigt, aufschließt, durch die Tür tritt. Er stellt sich den Flur mit der Garderobe und dem Schuhschränkchen vor, dann die Küche und das Wohnzimmer, Jesus über der Küchentür und den Glastisch an der Längswand. Er erinnert sich an die Tür, die vom Wohnzimmer in Silvas Zimmer führte. Was die Niederländer wohl aus Silvas Zimmer gemacht haben? Wen haben sie darin untergebracht? Weiß derjenige, dass er das Zimmer einer toten jungen Frau bewohnt? Weiß er, dass eines Abends jemand aus diesem Zimmer in den Tod gegangen ist?

Darüber denkt Mate nach, bis er begreift, wie sinnlos diese Fragen sind. Denn dieses Haus ist fünf Generationen lang im Besitz der Familie seiner Mutter gewesen. Erbaut hatte es sein Ururgroßvater vor 180 Jahren. In diesem Haus waren Oma Franka und Opa Mate gestorben. 1977, als er fünf Jahre alt war, hatten sie Tante Zlata tot auf dem Küchenboden gefunden. Und vor Tante Zlata waren hier Opa Mates Vater und Mutter gestorben und vielleicht seine Brüder und auch deren Vater. Fünf Generationen waren in diesem Haus gestorben, in den Schlafzimmern, auf dem Dachboden, am Küchentisch und im Schuppen. Die Niederländer haben ein altes Haus gekauft, ein Haus mit Geschichte: So hat es auch in der Anzeige gestanden – *vintage house in scenic historic core.* Sie haben das Haus mit all diesen Toden gekauft, wegen dieser Tode, die sich ablagern wie eine erwünschte, wertvolle Patina. Auch Silva ist jetzt nichts anderes und nicht mehr als eine weitere Ablagerung. Seit ihrem Tod sind dreißig Jahre vergangen. Solange Vesna, Jakob und er noch am Leben sind, wird die Flamme der Erinnerung flackern. Wenn sie drei einmal gestorben sind, wird Silva nur noch eine urbane Legende sein, die Geschichte einer Familie, die man sich bei einem Glas Wein, Orangenlikör und Knabbereien erzählt. Und noch ein wenig später wird es nicht einmal das mehr geben. Silva wird im Nichts versinken, wird zum Schatten eines Schattens werden, einer der namenlosen Schatten an den Mauern des Hauses, das einem niederländischen Professorenehepaar gehört.

Das kommt Mate auf einmal furchtbar vor. Doch egal wie furchtbar, so sind die Dinge nun mal, unwiederbringlich.

Gedankenversunken folgt Mate mit dem Blick einer menschlichen Gestalt im Garten. Ein Mann, Mate kennt ihn nicht, geht zum Rasensprenger und dreht das Wasser ab. Er schaut zu ihnen, verwundert, warum zwei Fremde auf das Haus starren. Es ist Zeit, aufzubrechen.

„Ich habe alles gesehen." Ohne ein Wort lässt Elda den Motor an, lenkt das Auto aus der Gasse und fährt zum Friedhof.

* * *

Sie parken und Elda steigt als Erste aus. Sie macht ein paar Schritte auf dem Kiesweg und bleibt dann stehen, sie schwankt leicht und greift nach seinem Arm. „Mir ist schlecht von der Hitze", sagt sie.

Elda ist sechs Jahre älter als er. In den letzten Jahren macht sich dieser Altersunterschied bemerkbar. Elda hat die fünfzig überschritten und plagt sich mit den Begleiterscheinungen der Wechseljahre. Ihr Zyklus war unregelmäßig geworden, dauerte lange und war schmerzhaft, sie hatte Hitzewallungen und Taubheitsgefühle. Sie hat sich mit Hormontabletten und Schmerzmitteln vollgestopft, die zu Magenproblemen, Kopfschmerzen und Müdigkeit geführt haben. Schon seit Jahren leidet sie an Schlaflosigkeit. Im Frühjahr hat sie Mate gesagt, dass sie die Hormonschwankungen nicht mehr aushält. Sie ist zum Gynäkologen gegangen und hat eine Dilatation und eine Kürettage durchführen lassen. Eine Woche später hat sie verkündet, sie habe keine Lust mehr auf den Kampf gegen die grauen Haare. Sie ließ sich die Haare kurz schneiden und silbergrau färben.

So ist über Nacht die neue Elda entstanden, eine Elda mit Knieproblemen, die ihre grauen Haare pflegt, die Hitzewallungen hat. Mit den kurzen grauen Haaren erinnert Elda ihn manchmal an Vesna. Er hat bemerkt, dass Elda sich unwohl fühlt, wenn sie zusammen unter anderen Menschen sind. „Noch ein Weilchen, und sie werden mich für deine Mutter halten", hat sie einmal gesagt und Mate hat darauf nichts geantwortet. Mit seinen 46 Jahren hat er noch die Figur eines Sportlers, er hat schon immer wenig gegessen und sieht immer gleich aus. Selbst wenn er wollte, könnte er das nicht ändern. Er will es ohnehin nicht. Ihn stört es nicht, egal wie andere das sehen. An Elda stört ihn nichts, hat es nie und wird es nie.

Arm in Arm betreten sie den Friedhof von Misto. Wie an jedem heißen Sommertag leuchtet der Friedhof weiß. Schon seit dem Morgen brennt die Sonne auf die Gräber, und die Platten aus Kalkstein geben die Hitze nun gleißend zurück. Mit Elda untergehakt, schreitet Mate an den Gräbern vorbei, die er gut kennt. Einige Kapellen von italienischen Familien aus der Zeit vor dem Krieg, Grabstellen von reichen Händlern und Geistlichen mit ambitionierten Madonnen- und Engelsstatuen, vereinzelt Gräber ehemaliger Kapitäne, mit dem Relief eines Segels auf dem Gedenkstein. Familiennamen gibt es vielleicht gerade mal zehn, die sich von Grabstelle zu Grabstelle abwechseln: Skaramuč, Končurat, Vela, Bakić, Padovan. Einige Gräber sind vernachlässigt, die meisten aber gepflegt und geschmückt. In einigen Gräbern liegen Verstorbene, die Mate nicht gekannt hat, doch er ist inzwischen in einem Alter, wo die anderen in der Mehrzahl sind. Er entdeckt das Grab seiner Grundschullehrerin, das seines ersten Arztes, des ersten Gemeindepfarrers mit dem seltsamen Namen Fulgencio, an den er sich nur noch dunkel erinnert. Gleich am Eingang ist das Grab von Mates Schulfreund, der beim Tauchen verunglückt ist. Neben der Leichenhalle ist das Grab von Kapitän Padovan, der sie mit dem Luftgewehr verjagt hat, wenn sie in seinem Garten Kirschen klauten. Sein Grab ist überhäuft mit verwelkten Blumen, weil die Witwe des Kapitäns vor vier Wochen gestorben ist.

Neben dem Grab des Kapitäns ist die Grabstelle der Lekajs. Während sich in den anderen Grabstellen ganze Generationen versammeln, steht auf der Grabstelle der Lekajs nur ein Name. Auf einer weißen Tafel steht: *Adrian Lekaj, als kroatischer Soldat gefallen, 1971 – 1995.* Und neben dem Namen das kroatische Wappen.

Und wie jedes Mal, wenn er Adrians Grab sieht, drückt Mate auch jetzt das Gewissen.

Wie jedes Mal erinnert er sich auch jetzt. Erinnert sich, wie er hinter dem Genossenschaftslaster kauerte. Erinnert sich an das Zirpen der Grillen. Wie Adrian spät in der Nacht das Haus verließ, um frische Luft zu schnappen. Wie er selbst aufsprang, Adrian angriff, ihn schlug, auf die Brust, das Kinn, die Beine, die Rippen. Wie er ihn erbittert und rachsüchtig prügelte, bis er vom Ende der Straße Stimmen und Geräusche hörte.

Sie laufen an der Leichenhalle vorbei und kommen in den hinteren Bereich. Hier ist der neue Friedhof. Er besteht aus Reihen gleich aussehender Betongruften, einige sind mit einer Platte bedeckt und geschmückt, andere starren hohl in den Himmel und warten noch auf ihre zukünftigen Bewohner. Am Anfang der ersten Reihe, gleich hinter der Apsis der Kirche, liegt die Gruft, die sie besuchen wollen. In diesem hohlen Betonklotz werden die Velas begraben. Auf der Grabplatte steht aufrecht eine schlichte Steintafel mit den Namen und Geburtsdaten der Verstorbenen. Mates Blick gleitet über die Namensliste, die Geburts- und Todesdaten. Uropa Špiro, Opa Mate, die Nonna. Und am Ende Silva.

Neben den anderen Namen auf dem Grab der Velas gibt es keine Bilder, nur die Lebensdaten, eine anonyme, unpersönliche Information. Silva ist die Ausnahme. Neben ihrem Namen ist ein ovales, in Porzellan gefasstes Bild. Doch auf dem Bild ist nicht die Silva, an die Mate und alle anderen sich erinnern – die freche siebzehnjährige Silva, die glaubte, die Welt gehörte ihr. Vesna hat dem Steinmetz ein Passfoto gegeben. Darauf ist Silva fünfzehn Jahre alt. Das Haar ist glatt und über die Stirn fällt ein Kleinmädchenpony. Das Bild ist aus Silvas erstem Jahr an der Mittelschule. Sie war gerade in das Schülerinnenwohnheim in Split gezogen.

Das war in jenem Sommer, als sie mit der Clique in der Travna-Bucht waren, um nach Muscheln zu tauchen. Als sie Feuer gemacht und Kartoffeln in die Glut gelegt hatten. Als Brane Silva mit Blicken verschlang. Selbst damals, bevor alles andere geschehen war, hatte Mate das bemerkt.

Und dann hatte Silva mit einem Jungen aus Zagreb rumgemacht. An diesem Abend wurden Silva und der Junge aus Zagreb ein Paar. Drei Sommerwochen lang gingen sie miteinander, und Mate hat nie erfahren, ob sie sich später je wiedergesehen hatten. Es war der erste Freund, den Silva hatte. In diesem Sommer war ihm Silva viel älter vorgekommen.

Mate und Elda stehen am Grab und schweigen. Als folgten sie ungeschriebenen Regeln, bringt Elda die verwelkten Blumen zum Kompost und füllt Wasser in eine Vase. Mate schneidet die Stiele der Chrysanthemen zurück und zerknüllt das Einpackpapier. Sie stellen die Blumen ins Wasser. Dann entzünden sie eine Kerze, deren Flamme man erst in der Nacht sehen wird, weil sie im gleißenden Sonnenlicht fast unsichtbar leuchtet.

Als sie fertig sind, tritt Mate einen Schritt zurück und bekreuzigt sich flüchtig, als täte er etwas, das ihm nicht zusteht. Er schaut auf das Grab, auf Silvas Bild, dann zu Elda. Elda steht neben ihm, neben dem Grab einer ihr unbekannten Frau, dem Grab einer Frau, die sie nur einmal im Leben gesehen hat, vor langer Zeit und nur ganz kurz. Aber diese Begegnung hat ihr Leben verändert, ihrs und seins.

Mate und Elda stehen in der größten Mittagshitze am Grab. Die Zypressen werfen keinen Schatten, die Grabplatten werfen die Hitze zurück, und Mate spürt, wie Schweißtropfen auf seiner Stirn perlen. Er schaut auf das Grab seiner Schwester, dann schaut er zu der neuen, grauhaarigen Frau an seiner Seite. In diesem Moment begreift Mate, er begreift, dass Silva sie zusammengebracht hat.

Wie ein kalter Wind fährt das Gefühl durch Mate hindurch. Aus dem Grab, das sie damals nicht hatte, schickte seine tote Schwester ihm einen letzten Gruß. Um sich selbst hatte sie sich nicht kümmern können, aber um ihren Zwillingsbruder schon. Sie hat ihm diese Frau geschickt, die jetzt an seiner Seite steht.

Elda ist Silvas Geschenk. Und dafür ist Mate ihr dankbar.

Er beugt sich über die Grabplatte und berührt mit den Fingern das oval eingefasste Bild seiner Schwester. Dankbar überträgt er mit dem Zeigefinger einen Kuss auf ihr Gesicht, dann dreht er sich zu Elda. Er lächelt und streckt seine Hand aus.

Elda nimmt seine Hand und erwidert den Druck.

Jurica Pavičić: Fremde Helden

Erzählungen, aus dem Kroatischen von Susanne Böhm und Blanka Stipetić

Pavičićs Geschichten nehmen uns mit in den Krieg und wieder hinaus in eine Gesellschaft im radikalen Wandel. Sie erzählen von Verrat, Vergeltung, Vergebung, von Verlust und Flucht. Pavičić ist ein Meister der Beobachtung, mit untrüglichem Instinkt findet er den Moment, nach dem nichts mehr ist, wie es war.
Hardcover, 300 Seiten,
ISBN 978-3-944359-45-8
EUR 24,90 (D) 25,60 (A), CHF 26,90

Jurica Pavičić: Die Zeugen

Roman, aus dem Kroatischen von Brigitte Kleidt

Kroatien im Krieg 1992: In einem Vorort von Split wird ein serbischer Unternehmer ermordet. Womit die Täter nicht gerechnet haben: Die Tochter des Mannes wird Zeugin des Verbrechens. Die Männer entführen sie. Zunächst wird die Tat vertuscht, denn die Täter verfügen über gute Beziehungen zu einflussreichen Personen. Doch immer mehr Leute werden in den Fall hineingezogen.
Taschenbuch, 240 Seiten,
ISBN 978-3-944359-44-1
EUR 12,90 (D) 13,30 (A), CHF 13,80

Jurica Pavičić: Ein Tod für ein Leben

Roman, aus dem Kroatischen von Blanka Stipetić

Brunas Plan war ein normales, langweiliges Leben mit Arbeit, Mann und Kindern. Stattdessen verbringt sie mehr als zehn Jahre ihres Lebens im Gefängnis und versucht herauszufinden, wann sie den ersten Fehler gemacht hat. Oder fing alles schon weit früher in einem anderen Leben an?
Taschenbuch, 220 Seiten,
ISBN 978-3-944359-23-6
EUR 12,90 (D) 13,30 (A), CHF 13,80

Leseproben und mehr unter www.schruf-stipetic.de